백소연 작가

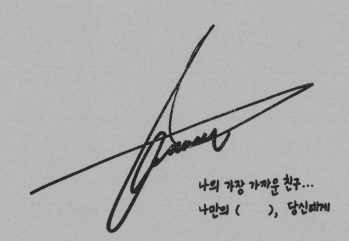

나의 가장 가까운 친구...
나만의 (　　), 당신에게

어쩌다 마주친, 그대와 함께해주셔서 감사합니다.
이렇게 조금 더 가까운 자리에서 또 한번 마주할 수 있어
더없이 기쁘고 설레는 마음입니다.
오랜 시간동안 내가 기다려왔던 당신에게,
아름답고 행복한 순간들이 가득 채워지기를 응원하겠습니다.

김동욱 해준

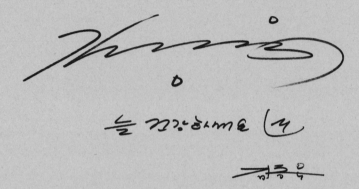

늘 건강하세요

진기주 윤영

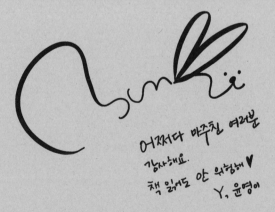

어쩌다 마주친 여러분
감사해요.
책 읽어도 안 위험해 ♥
Y, 윤영이

서지혜 순애

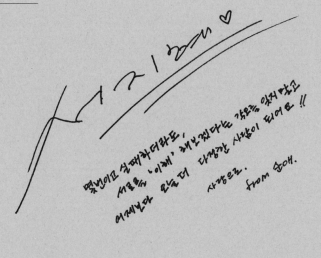

몇번이고 실패하더라도,
서로를 '이해' 해보겠다는 것으로 잊지 말고
어제보다 오늘 더 다정한 사람이 되어요 !!
사랑으로. from 순애.

이원정 희섭

저희 어쩌다 마주친, 그대와
희섭이, 원영이를 사랑해주셔서
감사합니다 ♥

어쩌다 마주친, 그대

백소연 대본집

어쩌다 마주친, 그대 2

1판 1쇄 인쇄 2023. 7. 14.
1판 1쇄 발행 2023. 7. 21.

지은이 백소연

발행인 고세규
편집 김민경 디자인 유상현 마케팅 김새로미 홍보 반재서
발행처 김영사
등록 1979년 5월 17일(제406-2003-036호)
주소 경기도 파주시 문발로 197(문발동) 우편번호 10881
전화 마케팅부 031)955-3100, 편집부 031)955-3200 | 팩스 031)955-3111

값은 뒤표지에 있습니다.
ISBN 978-89-349-7926-5 04810
     978-89-349-5430-9 (세트)

홈페이지 www.gimmyoung.com   블로그 blog.naver.com/gybook
인스타그램 instagram.com/gimmyoung   이메일 bestbook@gimmyoung.com

좋은 독자가 좋은 책을 만듭니다.
김영사는 독자 여러분의 의견에 항상 귀 기울이고 있습니다.

어쩌다 마주친, 그대

2

백소연 대본집

김영사

깨어나서 다행이다
또 봤어.

안녕하세요. 당신은 내가 오래도록 기다려온 사람입니다.

책상 앞에 앉아 모니터를 수없이 노려보면서, 밤 12시에 인적 없는 골목길을 수없이 돌면서, 풀리지 않는 문제들 탓에 머리를 쥐어뜯고 괴로워하면서도 당신을 생각하면 언제나 온순해지곤 했습니다. 내가 써보낸 글들을 마주할 당신이 조금이라도 따뜻해지는 상상, 조금이라도 행복해지는 상상을 하고 나면 모든 게 괜찮아지곤 했습니다. 그렇게 당신과 내가 함께 만든 16시간의 이야기가 마침내 끝이 났네요. 나는 당신이 되돌려준 수많은 것들을 통해 아주 많이 따뜻하고 행복해졌습니다. 길고 긴 시간을 돌아 마주한 당신에게, 한없이 감사한 마음입니다.

〈어쩌다 마주친, 그대〉는 끝에서부터 시작된 이야기입니다. 하나의 그림에서 분해한 조각들을 각각의 인물들 손에 쥐여주고, 그 손 안에 든 조각을 되찾기 위해서 그 사람의 사연을 들여다보아야 하는 형태로 짜여진 이야기입니다. 한 사건에 얼마나 많은 사연들이 얽혀있을 수 있는지, 그 사연들 속에 숨겨진 얼굴들이 우리 곁에 있는 사람들과 얼마나 닮아있을 수 있는지, 그리고 우리의 성실한 사랑과 시간이 어떤 방식으로 이어져 서로를 이해하고 위로할 수 있는지. 때로는 무섭도록 서늘하게, 때로는 슬프도록 아름답게 그 과정을 더듬어보고 싶었습니다. 우리의 이 구불구불했던 여정이 활자로 담긴 이 기록을 통해 한 번 더 새롭게 이어질 수 있다면 좋겠습니다. 그동안 나는, 당신과 다시 만날 날을 애틋하게 기다리며, 우리가 함께할 또 다른 즐거운 여정을 꿈꿔보고자 합니다.

꿈같았던 여정을 함께 나누어준 소중한 동료들에게도 마음 깊이 감사의 말을 전하고 싶습니다. 외딴 시대에 갇혀 이리 뛰고 저리 뛰느라 고생이 많았을, 그러나 그 와중에도 굳건하게 중심을 잡은 채 멋지고 사랑스럽고 다 해주신 우리의 믿음직한 주인공 해준과 윤영, 엄마와 아빠의 풋풋하고도 단단한 사랑을 너무나 잘 그려내 주었던 희섭과 순애, 얼굴만 봐도 눈물이 나게 만들어주셨던 87년 우정리 어른들 형만과 옥자, 병구 선생님, 종종 의심을 받게 만들어 죄송했지만 끝까지 든든하게 자리를 빛내주었던 동식과 교련, 더없이 아름답고 서늘하고 애잔했던, 우리가 사랑했던 그 시절 속 그녀들 미숙과 청아, 떠올릴 때마다 마음 한구석을 아릿하게 만들어준 빛나는 청년들 유섭과 주영, 아마 지금쯤 새로운 미래를 되찾았을 우정리 귀염둥이 경애와 우정리의 성실한

CCTV 범룡, 어려운 역할이었음에도 아슬아슬한 긴장을 이어가며 상반된 두 얼굴을 보여주었던 연우, 우정리 마을을 한층 더 생생하게 만들어준 우리의 김이박(해경, 유리, 은하)과 민수, 오복 그리고 2021년에 없어서는 안 될 고맙고 애틋한 어른들 희섭, 순애, 어른 미숙 분과 그 밖에 저마다 반짝반짝 빛을 내며 화면을 채워주셨던 우정고 학생들, 기자 선배들, 반장님과 형사님들, 이장님과 마을 어른들, 용우와 용순 등등 모든 배우분들께 감사드립니다. 그 어떤 역할도 여러분이 아닌 얼굴은 상상할 수 없을 정도로 완벽하게 인물 그 자체가 되어주셨습니다.

B팀의 이웅희 감독님, 그리고 카메라 뒤 각자의 자리에서 너무나 멋진 역할을 해주셨던 모든 스태프 여러분들께 진심의 박수를 보냅니다. 여러분의 열정과 땀, 그 빛나는 손길로 만들어진 1987년 우정리 마을에 감동받은 순간이 많았습니다. 카메라의 안과 밖에서 여러분이 보여주셨던 아름다운 순간들을 오래도록 기억하겠습니다. 아크미디어의 김신아 PD, 강수경 PD님께도 감사의 인사와 애정을 전합니다. 이따금 스스로에 대한 의심과 불안으로 작아질 때마다 누구보다 큰 목소리로 "당신이 최고"라고 외쳐주던 윤재혁 CP님, 당신이 보내주었던 든든한 신뢰와 지지 덕분에 무사히 끝마칠 수 있었습니다. 감사합니다.

누구보다 저와 가까운 자리에서 믿음직하게 곁을 지켜준 이화주 보조작가님은 대본이 8부 이상 나온 시점에 합류하게 됐던 바람에 더욱 밀도 높은 시간을 보내야 했으나, 그 모든 순간을 두 배로 꼼꼼하게 채워주셨습니다. 해준의 방 벽면에 붙어있던 수많은 기사들과 경찰 자료들, 각종 문건의 초안은 그렇게 작성되었으며, 미래가 바뀔 때마다 달라져야 하는 디테일들 때문에 여러 개의 버전을 꾸려야 했습니다. 정말 고생 많으셨습니다.

이 모든 과정의 소중한 동반자였던 강수연 감독님, 대본에 적힌 모든 장면과 대사들은 우리가 함께해 온 그간의 시간들을 통한 무한 신뢰를 바탕으로 마음껏 펼쳐질 수 있었습니다. 같은 꿈을 함께 꿀 수 있어 감사하고 행복했습니다.

출판사 김영사의 김민경 차장님, 덕분에 더 고마운 속도로 천천히 이 작품을 보내줄 수 있게 되었습니다. 책을 펴내는 모든 과정을 꼼꼼하고 깊게 살펴봐주셔서 감사드립니다.

어머니와 아버지, 두 사람의 사랑 덕분에 지금의 제가 있습니다.
'나'를 만나기까지 부모님이 지나온 그 모든 시간이 제게도 애틋합니다.
언제나 감사합니다.

어쩐지 길어지고 말았지만, 내게 소중한 당신을 마주하기 위해
이토록 많은 배려와 도움들이 필요했음을 기억하고자 합니다.
감사합니다. 꼭, 다시 만나요.

2023. 07.

작가 백소연 드림

기획의도

개요

여기, 1987년도로 출발하는 남자가 있다.

당연하게도 그는... '시간여행자'다.
멋진 빈티지 자동차(타임머신)를 끌고 향하는 그 작은
시골 마을에선 곧, 잔인한 연쇄살인사건이 일어날 예정이다.
원래대로라면 두 명이 죽고, 한 명이 실종될 테지만,
잘하면 모든 이가 살 수 있다. 남자는 그런 일을 할 것이다.
그리고 그곳에서 몇 가지 진실을 찾아낼 것이다.
그러니까 이건... 꽤 위험한 시간여행인 셈이다.

여기, 1987년도에 도착해버린 여자가 있다.

이상하게도 그녀는... 영문을 모른다.
어느 이상한 자동차에 좀 부딪쳤을 뿐인데 눈을 떠보니
34년을 백스텝해 과거의 작은 시골 마을에 와있는 것이다.
그러나 이곳엔, 아는 얼굴들이 있다.

열아홉의 엄마, 열아홉의 아빠...
여자는 이곳에서 해야 할 일을 곧장 알아차린다.
황당하게 들리겠지만, 두 사람의 결혼을 좀 막아보려고 한다.
그러니까 이건... 꽤 앙큼한 시간여행인 셈인데.

어쩌다 일어난 사고, 어쩌다 만난 그대...
우리는 우연일까, 운명일까.

이 황당한 사고로 엮인 남자와 여자는 어쩔 수 없이 함께 지내야 한다.
자동차(타임머신)는 완전히 고장이 나버렸고, 정체를 들켜선 안 되는
이 1987년에서, 2021년의 둘은 유일한 동시대인이기에.
서로의 목적을 적당히 감춘 채 각자 은밀하고도
바쁜 날을 보내는 동안 두 사람은 슬며시 깨닫게 된다.
이토록 달라 보였던 두 사람의 목표가 사실은 전부 이어져있다는 것을...!
세 명의 피해자와 세 명의 용의자...
힘을 합친 두 사람은 결국 필사의 추적 끝에 범인을 잡는 데
성공하지만, 동시에 너무나도 충격적인 진실을 맞닥뜨리게 된다.
1987년. 우리가 이곳에서 만난 건, 단순한 우연이 아니었던 걸까...?!

기획의도

'운명'이란 무엇일까.
지나고 보니, 결국은 그렇게 될 일이었더라, 곱씹어보는 것.
시간 앞에 무력한 우리가 할 수 있는 유일한 위로이자 낭만, 혹은 체념.
사소한 일상의 순간에 의미를 부여해 보려는 예쁜 손짓.
혹은, 누군가의 피와 땀과 눈물이 새겨진 의지의 총합...
이 드라마는, 운명이란 단어에 담긴 그 무수한 의미들을 이리저리 비춰보며
때로는 아름답고 때로는 짠하게, 때로는 우습다가 때로는 무섭게 얽히는
다양한 인간들의 얼굴을 그려보고자 한다.

2021년 현재에서 마주칠 듯 마주치지 못한 두 남녀는
1987년 과거에서 만난다.
각자의 사연, 각자의 목적을 가진 채 이 멀고도 아득한 시간을 뛰어다니던
둘은 곧, 서로가 서로에게, 거대한 운명의 끈에 얽혀있다는 것을 깨닫는다.
그리고 이곳에서 함께 하나의 사건을 해결하는 동안
여러 군상의 인간들을 만나며 엄청난 진실을 목격하게 될 것이고
마침내 미워하고 원망했던 누군가를 이해하고 용서하게 될 것이다.
또는, 사랑하게 될 것이다.

이 드라마의 주요 내용에는 살인사건이 등장하지만,
결국 남는 것은 '사건'이 아니라 '사람'이 되기를 바란다.
긴 시간에 걸쳐 곁에 있는 사람들을 이해하는 이야기,
긴 시간에 걸쳐 잘못된 선택들을 바로잡으려는 사람들의 이야기,
긴 시간에 걸쳐 사랑하는 이를 만나러 가는 그런 이야기를 그리고자 한다.

타임머신 사용법

1 차 내부 계기판의 네 자리 숫자를 이용해 당신이 가고 싶은 연도를 설정할 수 있다. (날짜와 시간은 지정할 수 없고, 현재와 동일한 날짜와 시간으로만 갈 수 있다)

2 연도를 설정한 뒤, 시동을 걸고, 당신 앞에 놓인 굴다리를 통과하면 해당 연도에 도착하게 된다. (도착 지역은, 현재와 동일 위치다)

3 기능이 작동되는 순간, 차체는 그 누구에게도 보이지 않도록 '투명'해진다.

일러두기

○ 이 책은 백소연 작가의 드라마 대본 집필 형식을 최대한 따라 편집하였습니다.

○ 드라마 대사는 글말이 아닌 입말임을 감안하여, 한글맞춤법과 다른 부분이라 해도 그 표현을 살렸습니다.

○ 띄어쓰기와 말줄임표는 다양하게 표현되어 있습니다. 이는 대사 시 호흡의 양을 다양하게 하고자 한 작가의 의도를 반영한 것입니다.

○ 쉼표, 느낌표, 마침표 등과 같은 구두점도 작가의 의도를 따랐습니다.

○ 이 책은 작가의 최종 대본으로, 방송되지 않은 부분이 포함되어 있습니다.

해준

타임라인
1988년_ 서울 출생.

2013년_ **방송사 사회부 기자**로 입사 → 최연소 주말 9시 **뉴스 앵커**.

2021년 3월_ '타임머신' 득템, **시간여행자**의 삶 시작.

2021년 4월_ '1987년' 우정고등학교, **국어교사**로 위장 취업.

2021년 5월_ 시간을 오가던 중, 의문의 교통사고로 **'1987년'에 갇힘**.

냉철하다. 두뇌 회전이 빠르고, 직선적이다. 에둘러 말하기보단, 핵심부터 곧바로 파고드는 게 그의 스타일이다. 방심한 사람의 옆구리를 쿡 찌르듯 상대방을 동요하게 만들어야 '쓸 만한 진실'이 튀어나온다는 게 직업적 지론인데 결과적으론, 상대의 시간과 에너지를 절약하게 해주려는 배려이기도 하다. 그래서 질문을 훅— 들어가는 대신, 대답도 훅— 꺼내준다.

이따금 무표정한 얼굴로 빠르게 읊는 그의 수수께끼 같은 말들은 흘려듣자면 '미친놈'이라 욕하기 쉽지만 자세히 들으면 피가 되고 살이 되는 정보란 걸 알 수 있게 된다. 사실 그는... 스스로의 생각 이상으로 따뜻한 사람이기 때문. 때

때로 '질문'보다 '위로'가 필요한 순간이 있다는 걸 알고 제 속도를 한발 늦춘 채 기다려줄 줄 아는 그는, 꽤 믿음직한 어른 남자다.

그러나 동시에, 매우 유치하고 삐딱하고 시니컬한 소년의 모습도 품고 있다. 어린 시절의 그는.. 끝없는 애정적 허기에 시달려야만 했으니까. 자신을 낳은 어머니는 출산 직후 해준을 내팽개친 뒤 야반도주했고 자신을 키워준 할아버지는 평생 그런 해준을 집안의 오점인 양 여기면서 매사에 끊임없는 비난과 질책, 외면만을 선사했으며 자신을 유일하게 사랑해 준 아버지는 교수직을 위해 홀로 외국에 나가 12월의 산타클로스보다 못한 방문을 간간이 해오는 식이었다.

가족에게 받을 수 있는 감정적 유대나 온기 따위를 일찌감치 포기해버리는 대신 해준은 조금 삐딱해지기로 했다. 그것도 매우 독특한 방식으로. 매사에 찬물 끼얹는 할아버지 앞에 맞서고 실컷 비웃어주기 위해 제 삶을 보란 듯이 멋지게 살아내기로 한 것이다. 명문대 졸업 후 우수한 성적으로 방송사에 입사해 기자로 거친 현장을 누비다 마침내 앵커가 되어, 꼬박꼬박 뉴스를 챙겨 보는 할배에게 주말 밤마다 잘난 제 얼굴과 목소리를 꾸역꾸역 보고 듣게 만드는 괴로움을 겪게 해줬고, 당신이 준 상처 따위 그 어떤 영향도 없었노라, 병구 앞에 웃는 말로 골려도 줬다. 삐딱하기 위해 똑바로 사는 게 영리한 방법이란 걸 아는 사람이 해준이었고 감추고 외면하는 상처는 아물지 못한다는 걸 모르는 사람 역시, 해준이었다.

그렇다고 그가 온통 반항이나 결핍에 사로잡힌 삶을 산 것은 물론 아니었다. 해준이 '기자'를 택했던 건 순전히 그의 소신이었고 딱히 정의롭다는 자각조차 없이 강강약약, 불의 앞에서 강해지곤 했다. 필요할 땐 누구보다 집요하게 끝까지 밀어붙이는 능력으로 이 달의 기자상을 두 번이나 받고 앵커로서 명성까지 착착 쌓아가는 동안 해준은 스스로 자각하는 것 이상으로 자신의 일과 삶을 즐기고 있었다.

그의 손에 '타임머신'이라는 황당한 물건이 들어오기 전까지는...

윤영

타임라인

1993년 _ 서울 출생.

2013년 _ 문학 공모전에서 소설 입상.

2015년 3월 _ **출판사 편집자**로 입사, 베스트셀러 고미숙 작가 담당.

2021년 5월 _ 우정리 굴다리에서 의문의 교통사고로 **'1987년'**에 떨어짐.

2021년 5월 _ 어떤 목적으로, **우정고등학교 3학년 1반 학생**이 되어 잠입.

한때 안톤 체호프과 밀란 쿤데라, 필립 로스와 파스칼 키냐르의 세계에 푹 빠져 작가의 삶을 소망하던 순수하고 꿈 많던 순간들은 결국 '밥벌이'에 밀려났고, 현재는 매우 시니컬한 사회인이 되어버린 그녀였다. 유명하고 번지르르한 작가들의 '쪼잔하고, 초라하고, 환멸나는' 실체는 볼 만큼 봤고 어쨌든 그 사이에서 "선생님, 최고!"를 외치며 영혼을 탈탈 털어 을의 의무를 다하는 게 우리 직장인의 윤리 아니냐고 시원하게 인정하고, 까짓 거 화끈하게 해낸 뒤 완전히 방전된다는 점에서... 그녀는 이 시대의 평범한 직장인이었다. 이제 삶에 지친 그녀가 사랑하는 것은, 달달한 카페인과 피로회복제, 단짠단짠 지렁이 젤리와 각종 편의점 음식들뿐이었다.

어쩌면, 담당하고 있던 베스트셀러 작가 고미숙의 '갑질'과 '진상'에 시달려온 어언 6년의 시간들이 윤영의 삶을 지금처럼 퍽퍽하게 만들었던 건지도 모른다. 그러나 꿋꿋하게 버텼다. 스트레스가 치솟는 어떤 날엔 엄마에게 대신 좀 화풀이를 하기도 했다. 괴롭히는 직장 상사(?)에겐 고분고분 착한 말만 하면서도 내 걱정하는 엄마에겐 괜한 짜증을 부리는 일은, 이 시대의 모든 딸들이 평범하게 하는 일이기도 하니까.

그러나... 그날 그녀가 내뱉은 짜증이 엄마가 이 세상에서 들을 마지막 말이 될 줄은 꿈에도 몰랐다. 길거리에서 한바탕 다툰 뒤 헤어졌던 엄마 순애는 그날 밤 '우정리'라는 낯선 마을의 강가에서 시신으로 발견되었다.

눈물로 길을 잃고 헤매던 윤영이 우정리의 버려진 '굴다리'를 지나게 된 그 순간, 어디선가 갑자기 달려온 '투명한' 차가 마치 윤영을 '밀어내듯' '통과하듯' 지나쳐 갔고, 정신을 차렸을 땐... 거짓말처럼 1987년의 과거로 떨어진 뒤였다.

그리고 그곳엔, 열아홉의 엄마가 있었다!

윤영을 친 사람은 해준이었다. 유일한 동시대인이자 동거인이 된 해준의 눈빛에는 어쩐지 갈수록 의심이 가득해 보이고.. 윤영 역시 무언가를 숨기고 있는 해준이 미심쩍지만 어쩔 수 없이 서로의 목적을 감춘 채 아슬아슬한 1987년 생활을 이어가는데. 두 사람이 각자의 일에 몰두하면 할수록, 1987년의 상황들은 두 사람을 자꾸만 한 곳으로 얽혀들게 만들고 만다. 기막히게 이어지는 우연이 반복될수록 둘은 점점 서로가 서로에게 어떤 운명의 끈에 연결되어 있다는 것을 느끼게 되는데...!

순애(19세, 여)

우정고등학교 3학년 / 해준의 앞집 소녀
훗날의 윤영母

그 시절, 누구보다 순수하고 반짝였던 문학소녀. 밝고 긍정적이다. 상상력이 뛰어난 만큼 겁도 많은 울보지만, 금방 잊고 털어낸다. 세상에 진짜로 나쁜 사람은 없다고 생각한다. 조금 약한 사람이 있을 뿐. 버지니아울프와 헤르만 헤세, 도스토옙스키와 알베르 카뮈가 그녀의 유일한 친구지만, 그래서 더 행복하다 여기는, 맑고 감수성 넘치는 시골 여학생. 좋아하는 가수는 김승진 오빠와 이선희 언니. 밤마다 몰래 라디오 듣는 게 취미다. 이따금 전교 1등도 하고 백일장에서 입상도 하는 모범생이지만, 상장 받으러 구령대 올라가는 게 죽기보다 싫을 만큼 남들 앞에서 유독 긴장을 한다.

같은 반 여학생 '고미숙'의 주도로 친구들에게 은근한 따돌림과 괴롭힘을 당하고 있다. 그러나 타고난 긍정과 살짝 모자란 눈치 덕분에 그럭저럭 버티는 중. 어쩌면 내내 언니와 남동생에 치여, 싸우는 법보다 포기하고 체념하는 법을 먼저 배운 순둥순둥 둘째라 가능한 일인지도 모른다. 열 번 맞으면 열 한 번 참는, 짠한 맹꽁이. 그렇게 은은하게 속 터지던 어느 날, 순애 앞에 든든한 지원군 윤영이 나타나고, 어째선지 대신 싸워주고 지켜주고 꿈을 이루게 해주겠다며 스파르타 교육을 시켜대는데... 어째 그런 윤영이 더 무서운 것도 같아서 화장실에 들어가 몰래 또 찔끔 울어보는 순애.

그런데 갑자기 동네 이상한 아이들의 끈끈이라도 된 것일까? 이번엔 전학 오자마자 읍내 최고의 뺀질이가 된 기타남 희섭이 쫓아다니며 온갖 고백을 해대는데… 순애의 이상형은 오로지 앞집 사는 세련된 국어선생님 해준일 뿐이다. 하지만 늘상 도망다니기 바빴던 순애도 결국 어느 순간엔, 희섭이 좀 귀여워 보이고, 그 심경을 고백하자 도끼눈 뜨며 내 어깨를 잡고 마구 흔드는 윤영조차, 매우, 매우 좋아지고 말았다. 친구와 사랑은 책에만 있다고 여겼던 순애에게 윤영과 희섭은 각각 찐─한 '베프'와 '첫사랑'이 되어가고. 이제야 비로소 글자 밖 세상도 행복해진 것만 같다며 수줍게 미소 짓던 그때… 순애의 주변에서 이상한 일들이 일어나기 시작한다.

희섭(19세, 남)

| 우정고등학교 3학년 / 해준의 반 학생
| 훗날의 윤영父

그 시절, 누구보다 꿈이 많았던 매력적인 음악소년. 단순하고 활기차다. 유들유들 변죽 좋고, 해맑게 씩 웃는 미소가 킬링 포인트. 스무 살이 되면 서울에서 멋진 그룹사운드를 결성해 엄청나게 유명해질 계획이다. 백두산과 시나위 형님들에게 미쳐있고, 읍내 디스코 클럽에서 밴드 공연이 있는 날이면 무조건 달려가 1열 사수한다. 삐끼 형들과는 언제나 호형호제하고 있다. 훤칠한 외모에 뛰어난 패션 센스로, 읍내에서 좀 논다 싶은 누나들이 몹시 귀여워한다. 공부에 관심이 없는 것일 뿐 똑똑한 유전자 어디 안 가서 잔머리도 비상하다. 하지만 모든 가사가 '영어'인 백두산 형님들의 노래를 따라 부르는 건 아마도 조금 곤란한.

또래 소년들과 달리 여자한테는 관심도 없이, 오로지 거친 록 스피릿에만 빠져있던 열아홉 그 한가운데서, 우연히 순애를 발견하고 첫눈에 반한다.

♪ 얼굴만 붉히면서 애태우다 헤어지면 혼자서 너무도 너무도 속상해
가고 나면 후회할 걸 왜 말을 못 했나, 말할걸 그냥 말할걸 ♫

아, 그동안 샤우팅 기법에만 집중해 듣느라 몰랐는데, 그 가사가 이런 뜻이었
구나...! 세상 모든 노래가 구구절절 내 마음 같아 논두렁을 걷다가도 수시로
심장을 부여잡아야 하는 첫사랑... 그 아름답고 귀한 것이 오고야 만 것이었는
데. 근데... 뭐지, 저 방해꾼은? 얼굴은 예쁜데 성깔은 더러워 보이는 저 윤영이
란 기지배가, 시시각각 둘 사이를 갈라놓아 부모의 반대도 없이 로미오와 줄
리엣이 될 판이다.

작은아버지의 집 뒤뜰, 창고로 쓰던 작은 방에 얹혀 살게 된 지 얼마 안 됐다.
희섭은 이 마을에서 유일하게 사투리를 쓰는 전학생이자, 숙부 가족에 딸린
객식구다. 얹혀사는 걸 반기지 않는 숙모에게 면구스러워 최대한 집에서 일찍
나오고 늦게 들어간다. 해서, 유일한 피붙이이자 서울에 머무는 둘째 형 유섭
이 찾아오는 주말이면 전날부터 즐겁다. 일상에 고달픈 순간이 없는 건 아니
지만 세상에서 제일 자랑스러운 형과 세상에서 가장 좋아하는 소녀 순애, 그
리고 신나는 이 록 음악만 있어주면 충분히 행복하다 믿었는데...

우정리에서 일어난 끔찍한 연쇄살인사건은, 희섭의 소중한 것들을 뿌리채 뒤
흔들기 시작하고. 수렁에 빠질수록 그간 애써 지워냈던 고향, 7년 전 그 기억
들마저 희섭을 괴롭혀온다.

병구 | 우정고등학교 교장 겸 이사장, 50세, 남

훗날의 해준 할아버지. 이 지역 최고의 자산가. 고향 우정리에 학교도 척척 세우고 어려운 이웃들도 착착 도와가면서 산다. 덕분에 이 마을의 경찰이고 유지고 누구든 병구를 모르는 사람이 없고, 존경하지 않는 사람이 없다. 늘 허허— 웃으며 가벼운 농담을 던지지만, 이 마을에서 벌어지는 일들을 단 하나도 놓치는 법 없이 모두 파악하고 있다. 얼마 전 마을의 영웅이 되어 학교까지 들어오게 된 젊은 교사 해준이 예뻐 죽겠는 참이다. 매번 은근하게 자신에게만 삐딱선을 타는 것 같긴 한데, 이상하게도 밉지가 않다. 해준이 미래의 제 손자란 사실을 알 리 없이 계속계속 혼자서 짝사랑(?) 중인데…! 훗날 우정리 연쇄살인사건이 일어나면, 가장 바빠지게 될 인물 중 하나다.

연우 | 유학생, 25세, 남

훗날의 해준 아빠. 병구의 아들. 미국에서 긴 유학생활을 마치고 돌아온다. 전공은 기계공학. 해준이 자동차(타임머신) 고장 이후 믿고 기다려왔던, 숨겨진 카드다. 오랜 외국 생활로 영어는 유창한데 가끔 모국어가 꼬인다. 이 모든 게 '배운 티' 내려는 퍼포먼스라며 병구는 먼저 나서서 제 아들을 놀리지만 실은, 하나뿐인 제 아들이 자랑스러워 미칠 지경이다. 아버지 병구의 소개로 해준의 고장 난 자동차를 비밀리에 고치게 되는데 평범한 듯 평범하지 않은 이 자동차를 뜯어볼수록 조금씩 해준의 정체가 궁금해진다.

청아 | '봉봉다방' 운영, 26세, 여

훗날의 해준 엄마. 조용하게 모두를 휘어잡는, 강한 포스의 아름다운 여인. 이 동네의 그 어떤 날라리들과 변태들도 그녀의 앞에서만큼은 똑바로 눈을 못 뜬다. 산전수전 다 겪은 듯한 느낌이 은은하게 나는데, 정작 그녀의 과거를 아는 이는 아무도 없다. 열여섯 살 때, 마을 외곽에 혼자 살던 외조부에게 홀연히 흘러들어와 조용히 살다가 그가 죽고 나자 물려받은 재산으로 또 홀연히 읍내 중심에 다방을 차렸다. 꽤 맛있는 커피를 끓여내며, 꽤 맛있는 꽈배기와 단팥빵을 만들어 수완 좋게 팔고, 꽤 세련된 음악들을 틀고 있어서인지.. 그녀의 다방은, 논다 하는 동네 젊은이들의 인기 있는 아지트가 된 지 오래다. 얼마 전부터 이 마을에 등장한 해준이 미래의 제 아들이란 사실은 꿈에도 모르고 있다. 물론 자신이 낳자마자 버리고 떠나게 될 아들이라는 사실은 더더욱 모르고 있다. 훗날, 우정리 연쇄살인사건이 일어나면, 또 홀연히 다방을 접고 사라지려 하는 인물이다.

윤영과 순애의 가족 및 주변 인물 ─────────────

미숙 | 우정고등학교 3학년, 19세, 여

윤영과 순애의 같은 반 학생. (2021년, 윤영이 담당하는 베스트셀러 작가) 차갑고 이지적인 분위기. 매번 순애와 전교 1등을 번갈아 차지하지만, 모범생은 아니다. 늘 어딘가 다른 곳을 보고 있는 느낌. 서늘한 눈빛에 젠틀한 미소로 무언가 부탁하면 또래 여자애들이 꼼짝없이 끌려갈 수밖에 없는 묘한 포스가 있다. 항상 책을 들여다보는데, 에드거 앨런 포와 서머셋 몸, 김성종의 추리소설들 혹은 정체불명의 과학책들이다. 생명체를 죽이는 갖가지 방법을 모으는 데 탐닉하는 괴상한 취미를 가진 소녀. 우정리 읍내 가장 큰 병원에서 의사로 일하는 유능한 엄마와 스물두 살의 오빠가 가족이다. 세상 어두운 것 따위 모른다는 듯 해맑은 순애가 마음에 안 들어 조금씩 괴롭혀 줬는데 어디서 왔는지 모를 윤영과 해준이 사사건건 제동을 걸자, 점점 더 잔인해지기 시작한다.

형만 | 읍내 차부집(버스 터미널) 운영, 45세, 남

순애의 아빠. 훗날 윤영의 할아버지. 호방하고 유쾌한 동네 유지(라 쓰고, '호구'로 읽는다). 감투 쓰기 좋아하는 그를 둥기둥기 띄워주면서 온갖 명목의 모임을 만들어 회장을 시켜준 뒤 돈을 쓰게 만드는 동네 사람들의 꾀를, 사실은 어느 정도 알면서도 당해주고 있다. 외지에서 왔음에도 이만큼 마을에 정착해서 살아온 건 다 그 덕분이라고 생각하기 때문. 타향살이의 서러움과 눈치를 알기에 앞집에 사는 윤영과 해준에게도 잘 대해준다. 매사 실없는 농담을 즐기고 뭐든 허허 웃지만, 자식들 키우는 데는 나름대로 진지하다. 두 딸들 시집 보낼 넉넉하고 좋은 혼처 구하고, 막내아들 공부시켜 대학 보내는 게 목표다.

옥자 | 가정주부, 45세, 여

순애의 엄마. 훗날 윤영의 외할머니. 욕쟁이. 건드리지만 않으면(?) 매우 우아하게 살 수 있는 사람인데, 그런 그녀를 자식 셋이 매일매일 차례대로 골고루 '돌아버리게' 만든다. (매일 '나대는' 남편은 덤이다.) 망할 년 1호인 첫째 딸 경애는, 읍내 최고의 술꾼으로 집안 망신을 다 시키고 다니지, 망할 년 2호인 둘째 딸 순애는, 하라는 밥은 안 하고 쓸데없는 소설책에 코 박고 다니지, 보물 1호인 막내아들 오복은, 쓸데없이 자꾸 부엌에 들어오겠다 설치지, 거기다

'바깥일'로 공사다망한 남편 대신 틈틈이 차부집 운영까지 돕느라 정신이 없는데... 그나마 맞은편 이웃으로 나타난 윤영이란 여자애 때문에 요즘 좀 살맛이 난다. 왜인지 모르게 윤영이 자꾸만 귀엽고, 예쁘고, 맛있는 걸 해서 먹여보고 싶다. 등짝을 후려칠지언정 언제나 모든 사건사고의 뒷감당을 책임지는 굳세고 강한 엄마.

경애 | 미용실 근무, 22세, 여

순애의 언니. 미스코리아가 꿈이지만, 세상엔 맛있는 게 너무도 많다. 밤에 먹은 찹쌀 도나쓰를 만회하기 위해 매일 디스코 클럽에 출석해 열심히 흔드는데 그리고 나면 갈증이 나서 맥주를 병째로 들이붓기 때문에, 또 망하고 만다. 그래서 별명은 '맥주 먹는 하마'. 그래도 읍내 최고의 패션 피플. 미니 스커트에 뾰족구두, 풍성한 파마 머리를 장착했으며, 최근엔 김완선 스타일에 빠져 괜히 눈을 홉뜨고 다닌다. 동생 순애를 볼 때마다 쥐어박으며 잔소리지만 엄마 몰래 과외비를 쥐여주기도 하는, 그저 노는 걸 좋아하고 쌍욕을 즐길 뿐 진짜 쎈 언니는 못 되는 속정 깊은 허당. 늘 엄마에게 등짝 맞는 1호지만 여전히 엄마의 사랑이 그립기도 한 슬픈 첫째. 우연히 서울대생 유섭을 보고 첫눈에 반해 그의 뒤를 쫓는다. 그러던 어느 밤, 연쇄살인범의 두 번째 피해자가 되고 만다.

오복 | 고등학교 2학년, 18세, 남

순애의 남동생. 집안의 애지중지 귀한 보물. 부엌에 못 들어가게 하는 엄마 때문에 밤마다 살금살금 온갖 야식을 뚝딱 만들어내는데 평소엔 티격태격하던 삼남매가 이때만은 합심해 음소거하고, 한 방에 모여 나눠 먹는다. 누나들이 혼자 엎어질 땐 그 누구보다 배꼽 잡고 크게 웃는 짓궂은 막내놈이어도 누나들을 누가 엎어뜨릴 땐 그 누구보다 먼저 달려가 한 방 먹여주는 든든한 막내.

희섭의 주변 인물 ────────────

유섭 | 서울대 국문과 학생, 23세, 남

희섭의 둘째 형. 자상하고 선량하다. 막냇동생인 희섭을 제 자신보다 살뜰하게 챙긴다. 어려서부터 명석한 두뇌로 주변의 기대를 한몸에 받았으나, 늘 겸손하고 수줍음 많았던 소년. 그러나 소년은 너무나 일찍 어른이 되어야 했다. 부모님과 큰형이 한날한시에 세상을 떠나버렸을 때, 그는 겨우 열여섯 살이었으니까. 단 하나뿐인 동생을 데리고 도망치듯 고향을 떠나 이집 저집 먼 친척 집을 옮겨다니면서도 공부를 놓지 않아 결국 우수한 성적으로 장학금까지 받으며 대학에 입학했다. 최근엔 작은아버지 동식에게 희섭을 맡겨놓고 훗날 둘이 함께 살 돈을 모으며 학업 중이다. 그 바쁜 와중에도 주말마다 꼬박꼬박 내려오는 건, 늘 잘 지낸다고 밝은 척하지만 숙모 눈치에 슬슬 밖으로 도는 희섭이 안쓰러워서다. 하지만 그토록 애틋한 동생 앞에서도 완벽히 감추고 있는 것이 하나 있으니... 늘 잔잔해 보이는 그의 얼굴 아래에 이따금 걷잡을 수 없이 들끓어 오르는 '울분'이다. 모든 걸 잊은 척 지내지만, 유섭은 종종 참을 수 없는 분노와 증오가 솟구친다.

범룡 | 우정고등학교 3학년, 19세, 남

희섭과 같은 반 학생. 새침하고 도도하다. 매일 교과서를 읽고 있지만, 반에서 꼴등이다. 그래도 어떨 때 보면 좀 똑똑한가 싶은데, 그러다가 또 여지없이 맹하고, 역시 맹하다 싶으면 갑작스레 똑똑한 소리를 해서 여러모로 사람을 방심하지 못하게 만드는 인물. 록 밴드를 꿈꾸는 희섭에게 첫눈에 반해(?) 베프가 되어 졸졸 쫓아다닌다. 그러면서도 예쁜 여학생들을 발견하면 러브레터를 날리는 일을 소홀히 하는 법이 없으며, 여학생들 앞에서 늘 청결하고 위생적인 모습을 보이는 게 예의라며, 소독차가 지날 때 적극적으로 따라 달려 온몸을 소독하기도 한다. 숨겨진 여자친구가 하나 있는 그는, 훗날 우정리 연쇄살인사건의 주요 용의자 중 하나가 된다.

동식 | 강력반 형사, 36세, 남

희섭의 숙부. 말수 적고 무뚝뚝하지만, 한번 맡은 사건은 책임감 있게 끝까지 해결해낸다. 집에 들어오는 날이면 "왔다" "밥 먹자" "자자" 세 마디를 크게 벗어나지 않는데도 이상하게 아이들의 존경과 신뢰를 듬뿍 받는 가장이다. 마당 한쪽에 세워놓은 고장 난 자전거를 그저 힐끗 보는가 싶더니 밤새 말없이 고쳐놓고, 잠든 아이들의 책상을 또 힐끗 보는가 싶더니 필통을 열어 슬쩍 별사탕을 넣어놓는 등 늘 소리 없이 은은하고 뜨뜻하게 자신만의 사랑을 보여주는 아버지이기 때문. 그러나 일터에서는 초절정 카리스마. 깊은 속내까지 한번에 꿰뚫을 듯한 매서운 눈빛에 용의자는 물론, 옆자리 형사들까지 괜히 움찔, 없는 죄까지 털어놓고 싶어지게 만든다. 하지만 모종의 이유로 경찰서 내에서 은근한 따돌림을 받는 중이다. 언젠가부터 이 마을에 흘러 들어온 외지인 해준을 몹시 경계하고, 의심하며, 갈등하고 있다. 훗날, 우정리에서 살인사건이 벌어지자 특유의 집요함을 발휘해 수사에 몰두하는데... 자신이 겨눈 총구가 누굴 향한 것인지 깨닫곤, 충격에 빠지게 된다.

그 외 주변 인물

윤영과 순애의 같은 반 친구들: 김이박 트리오(19세/여)

김해경 | 중성적인 스타일/운동 잘함/반항적/의리를 중시하는 날라리
이은하 | 엉뚱한 4차원/늘 이상한 것에 꽂혀있음/군것질 대마왕
박유리 | 공주병/만년 3등 콤플렉스/고미숙이 주는 필기노트 때문에 충성함

윤영과 순애의 학교 인물과 가족 외

교생 | 이주영(24세/여), 연쇄살인사건 첫 번째 피해자
미숙의 가족 | 미숙모 서지현(42세/여), 미숙오빠 고민수(22세/남)
동식의 동료 형사들 | 반장 및 팀원들
동식의 가족들 | 미자(35세/여), 용우(8세/남), 용순(5세/여)

그리고 당연하게도, 이들 중엔...
기나긴 시간에 걸쳐 이어진 연쇄살인사건의 진짜 범인이, 숨어있다.
아주 태연하고 친밀한 얼굴을 하고서...!

씬 #S	장면(Scene)을 표시하는 것으로, 뒤에 숫자를 달아 장면의 순서를 표기한다.
인서트 Insert	화면의 특정 동작이나 상황을 강조하기 위해 삽입한 화면으로 이 화면을 삽입함으로써 상황이 명확해지고 스토리가 강조되는 효과가 있다.
(E) 이펙트 Effect	효과음을 뜻하며, 보통 등장인물은 보이지 않고 소리만 나는 경우에 사용한다.
(F) 필터 Filter	전화기를 통해 들려오는 대사나 마음속으로 하는 이야기를 표현할 때 사용한다.
(N) 내레이션 Narration	등장인물 사이에 오가는 대사가 아닌 독백이나 시청자를 향한 설명을 뜻한다.
몽타주 Montage	따로따로 편집된 장면들을 짧게 끊어서 연결해 하나의 긴밀하고도 새로운 내용으로 만드는 편집 기법을 의미한다.
Cut to.	하나의 씬이 끝나고 다음 씬으로 넘어가는 장면 전환 효과를 뜻한다.

작가의 Pick

9부 **"근디 너는 내가 뭘 잘못했는지 알어...?**
우리가 뭘 잘못했는지, 넌 알어...?"

9부 대본을 쓰고 나서는 한동안 길을 걷다가도 문득 눈물이 솟곤 했습니다. 희섭과 유섭 형제가 가슴에 얹힌 것처럼 오래도록 남아있는 느낌이었습니다. 방송이 나가고는 많은 분들이 꼭 같은 마음으로 엔딩 속 희섭의 울음 섞인 질문들에 공감하고 슬퍼해주셨던 것 같습니다. 우리의 그 마음들이 또다시 누군가에게 작은 위로로 가 닿을 수 있으면 좋겠다고 생각했습니다.

개인적으로는 엔딩 이전에 여관 화장실 타일 바닥에 쪼그리고 누운 희섭이 "엄니, 나 무서워..."라고 읊조리던 장면이 가장 아프게 남아있습니다. 한때 누구보다 맑은 소년이었던, 그 아픈 시간을 품고도 어떻게든 밝게 살아보려고 부단히 애썼던 아버지가 결국 혼자 남은 순간에 두려움에 떨며 자신의 '엄마'를 찾았다는 생각을 하면 지금도 너무나 마음이 아픕니다.

10부 **"어떤 진실은... 끝내 도착하게 돼있는지도 모르겠어요.**
멀고 먼 시간을 돌아서라도 꼭.. 가 닿아야 할 그 사람한테."

괴롭고 힘겨웠던 9부의 시간을 함께 통과해주신 분들께 온 힘을 다해 위로를 보내고 싶은 마음으로 써 내려갔던 회차입니다. 그래도 아직 여기에 희망이 있다고, 여기서부터 바꿀 수 있는 것들이 여전히 남아있다고, 서로를 따뜻하게 도닥여주는 마음을 가득 담아 이 시간여행만이 줄 수 있는 의미를 다시금 짚어보는 일이 필요했고, 그런 마음을 담은 문장으로 10부의 시작과 끝을 만들게 되었습니다. 이 힘겨운 시간여행을 통해 우리가 하려는 것은 미처 알지 못했던 누군가의 순간들을 알아채는 것인지도 모른다는 것, 그리고 그것은 꽤 소중한 일일 거라는 마음에서요. 동시에 장치로서는 이 내레이션이 윤영에게는 벅차는 마침표가, 해준에게는 아릿한 물음표가 되어 이야기의 배턴을 윤영에서 해준으로 자연스럽게 넘겨주는 느낌이 되었으면 하기도 했습니다.

11부   "말하자면... 윤영의 Y 같은."

소설을 되찾은 윤영과 순애가 함께 걸어오던 장면은 제게도 가장 벅찼던 순간입니다. 내가 가장 좋아하던, 내가 힘들 때 가장 위안이 되어줬던 그 소설이 다름 아닌 엄마의 글이었다는 것. 심지어 그 소설에는 언니 경애를 생각하던 엄마의 마음이, 아빠를 사랑하던 엄마의 마음이 가득가득 들어있었다는 것. 그 슬프고 반짝이던 모든 순간에 엄마가 노트 속에 애틋하게 호명하던 이름이 바로 내 자신의 이름이었다는 것을 알게 된 윤영이는 얼마나 행복했을까요. 익명 혹은 익명 비슷한 무언가였던 사람들의 이름을 하나씩 되찾아가는 이 기나긴 여정 속에서 윤영 역시, 이제는 자신의 이름을 사랑하게 되지 않았을까요.

12부   "우리한테 시간이 많은 건 아니지만..
        잠깐.. 멈췄다고 생각하지 뭐."

주어진 짧은 밤조차도 매번 악몽을 꾸고 코피를 흘리는 윤해준 씨, 자기 자신을 위한 자리는 없는 게 당연하다는 듯 1987년에서 남들의 안위와 시간만을 생각하던 우리의 윤해준 씨가 처음으로 자신을 위해서 멈춘 시간. 잠깐은 멈췄다고 생각해버리기로 했던 그 짧은 시간.
제게 갈대밭의 고백이 소중했던 또 다른 이유는, 예전에는 영원한 사랑 따위 절대로 믿지 않았을 윤영이 그곳에서 지켜낸 순애와 희섭의 미래를 통해 새로운 희망을 품게 되면서 자신을 위해서도 한 발짝 앞으로 나아가기로 용기를 냈다는 점 때문입니다. 또 더는 상처받기 싫어 제 인생에 아무도 들여놓지 않기로 차가운 결심을 했을 해준이 심지어 그 위험한 변수의 현장에서 자신을 위해 한 발짝 물러서기로 용기를 냈다는 점 때문이기도 합니다.

13부   "...... 망할 할배였구나, 나는.."

매 회차마다 형만과 옥자, 병구와 동식 등 우정리의 어른들께서 순간순간 보여주던 얼굴에 뭉클했던 순간이 많았습니다. 13부에서의 병구 역시 그토록 기다려왔던 손자를 마주하고 기뻐하던 애틋한 포장마차 씬을 지나, 어쩐지 자신의 마음과 다른 해준의 태도에서 슬픈 미래를 예감하는 그 순간까지. 보여주신 얼굴들이 참 슬프게 느껴졌습니다. 병구가 마주하게 될 이후의 시간을 생각하면 더욱이요.

14부   "만날 해, 기쁠 준... 만나면 기쁠 사람.. '해준'."

'邂 : (우연히) 만나다' '遘 : 기쁘다'
한때 순애가 Y를 만들어냈듯이, 청아 역시 '해준'을 지어둔 순간이 있었을 겁니다. 이후에 연우의 대사에서 짧게 언급되지만 청아는 부모 없이 자라야 했던 사람이고, 북적대는 봉봉다방을 무심한 듯 운영하면서도 결국 자신만의 가족을 간절히 기다려왔던 사람이기도 했습니다. 그 사랑을 미처 전하지 못한 아쉬움 탓에 청아는 그렇게도 해준에게 끼어들고 싶어했던 걸까요?
'해준'은 5부에서 자신에겐 '애틋한 이름이 아니다'라고 말했던 바로 그 '엄마'의 애틋한 마음이 담긴 이름이자, 결과적으로 우정리 모든 사람들에게 해준이라는 사람이 갖게 될 의미를 담은 이름이기도 했습니다. 모두들 어쩌다 마주쳤다고 생각하겠지만, 사실 해준은 처음부터 그들을 구하기 위해 성큼성큼 그 앞으로 다가간 사람이었으니까요.

15부   "당신이 어디서 시작됐든, 나한텐 달라지는 거 없으니까."

병실에서 깨어난 해준의 마음을 생각해 보면, 마침내 진실을 마주하게 된 충격과 깊은 죄책감 저 아래에, 어쩌면 윤영마저 잃게 될까 두려운 아이의 마음도 있었을 것 같습니다. 윤영이 청아처럼 자신의 존재가 끔찍하고 두렵게 느껴진다고 하더라도 그저 묵묵히 받아들여야만 한다고 다짐했을 테지만, 정말로 그랬다면 해준은 언젠가 완전히 무너졌을지도 모릅니다. 그런 해준에게 윤영의 단단한 말 한마디는 무엇보다 큰 힘이 되었을 거라 믿습니다. 아버지와 당신은 다른 사람이라는 그 단호한 구분이, 앞으로 해준이 맞닥뜨려야 할 세상에서 그를 버티게 해줄 한마디가 되기를 바라면서요.

어쩌면 청아는 해준의 미래를 상상할 여력이 없었기 때문에 그 시작점에 더 초점을 맞추게 됐던 건지도 모릅니다. 윤영이는 해준의 미래이자 현재를 누구보다 잘 알았기에 시작점과 떨어뜨려 해준을 생각할 수 있었는지도 모르고요. 그런 윤영이야말로 이 시간여행이 해준에게 줄 수 있는 가장 큰 위로가 아니었을까요.

16부   "이 세상에 태어나게 해준 것만으로도.. 충분히 고마워요."

처음에 상상했던 장면은 청아가 해준을 낳던 바로 그 밤이었습니다. 병원에서 해준을 막 낳던 그 밤, 몸도 다 풀지 못한 채 초췌한 얼굴로 짐가방을 들고 허겁지겁 도망쳐 나오던 청아를 건물 뒤편에서 맞닥뜨린 해준의 모습으로요. 눈이 내리는 차가운 밤에 청아의 파리한 모습을 마주한 해준이 그럼에도 결국 '태어나게 해주어 고맙다'고 얘기하고 떠나 보내주던 장면이었습니다. 시간 흐름상 1988년까지 기다릴 수 없어 바닷가 민박집의 상황으로 바뀌었지만, 덕분에 더 담백하고도 아름다운 장면이 된 것 같습니다.

해준에게 청아라는 사람을 남겨주는 것에 대한 고민도 있었습니다. 글을 쓰는 동안 주위에서 훗날 해준의 곁에 엄마가 있었으면 좋겠다는 이야기를 종종 들려주었고, 두 사람의 행복을 진심으로 바라는 그 마음이 이해가 갔기 때문에 지금의 결말로 맺게 되었습니다. 하지만 해준의 이야기는 결국 엄마를 떠나보내는 것으로 완성될 거라는 생각이 들었습니다. 해준은 연우와 비슷한 성장 환경 속에 자랐지만 완전히 다른 삶을 살아온 사람이고, 그 자체로 연우의 변명을 가차없이 반박하는 존재가 되기도 합니다. 누군가는 자신을 차갑게 버린 엄마에 대한 원망을 핑계 삼아 다른 이들을 해하지만, 누군가는 같은 원망 속에서도 다른 이들을 구하는 따뜻한 사람으로 자랐으니까요. 날 떠난 엄마 앞에서도 태어나게 해준 것만으로 고맙다고, 그 덕분에 사랑하는 이를 만나게 되었다고, 엄마의 평안을 바라는 게 해준이라는 사람이니까요. 그런 사람이기에 이 모든 이야기가 존재할 수 있었던 것이기도 하고요. 실제로 그 말을 하는 해준의 얼굴이 제 예상보다도 훨씬 후련해 보여서 더욱 좋았고, 두 사람이 나란히 앉아있던 그 장면은 오래도록 슬프고 아름답게 제 기억에 남을 것 같습니다.

어쩌다 마주친, 그대

chapter 9

당신의 가장 어두운 밤에, 내가

씬1.　　　희섭의 방. 밤 (8부 엔딩에 이어)

해준에게서 피 묻은 셔츠를 휙 뺏어 드는 희섭을, 찌푸린 채 지켜보는 윤영. 그런 윤영의 시선에서 희섭, 어느새 (1부 씬45 행색 그대로) 초라한 아버지 희섭(53세)의 모습으로 바뀌어 보인다. 피 묻은 셔츠를 든 채 서 있는 늙은 희섭의 서늘한 얼굴 위로,

희섭(19세, E)　　이거, 내 꺼여요..

윤영　　　　　(?! 보면)

희섭(53세)　　(직접 담담히 입을 열어) 다.. 내가 한 짓이라구..

윤영　　　　　(!! 순간 멍해지는 위로, N) ...... **나는 누구고...**

　　　　　　　여긴 어디인 걸까요...

해준　　　　　(걱정스레 힐끗 윤영을 보면)

윤영　　　　　(천천히 시선 내려 희섭(19세)의 손에 들린 셔츠를 얼얼하게 보는, N) **이토록 긴 시간을 건너온 내게 당신은 고작..**

　　　　　　　이런 답을 들려줘야 했을까요?

희섭　　　　　(떨리는 시선 들다, 문득 윤영의 눈빛을 보곤 멈칫)?

윤영　　　　　(어느새 경멸 담긴 시선으로 맞받아보며, N)

　　　　　　　모든 것이 비로소 선명해집니다.

　　　　　　　나에게 당신은.. 처음부터 끝까지 이해할 수 없는,

　　　　　　　아니, 이해하고 싶지 않은,

　　　　　　　한심한 인간일 뿐이었단 것을.

희섭　　　　　(?! 그런 윤영의 눈빛에 어째선지 덜컹하는 마음, 마구 두근대기 시작하는데)

희섭모(46세, E)　(문득 들려오는) ... *오메, 불쌍헌 내 새끼,*

　　　　　　　가여븐 내 새끼, 어째쓰까잉...

희섭　　　　　(!! 희섭의 환청인 것이다. 급히 제 한쪽 귓가를 툭툭 때리면)

해준	(?! 보는데)
희섭모(E)	... 둘이서 도랑도랑 좋게 살아야 헌다, 꼭 살아야 한다, 알긋제?
희섭	(!! 괴로운 듯 이번엔 제 양쪽 귀를 틀어막고)
해준	(얼른 침착하게) 정신 차려, 백희섭.
희섭	(그저 거친 숨을 힘겹게 내쉬며) ...흐미.. 죽겄네, 참말로...!!
해준	(희섭의 손을 획 떼어내며) 똑바로 봐...!! 이건 앞으로 네 인생 전부가, 네 가족 모두의 미래가 뒤바뀔 수 있는 문제야. 만약 거짓말하는 거면,
희섭	(획 뿌리치며, 노려보는) 워뜨케 될지 나보다 잘 아는 사람은 없응께.. 괜한 참견 더 허지 말고 싸게 가요.. 꾸물대다 같이 피 보기 싫으믄.
해준	(?! 가늠하듯 예민한 얼굴로 희섭을 보는데)
윤영	(차갑게) ... 가요.
해준	(! 보면)
윤영	더 들을 거 없잖아요, 자기가 했다는데.. 제대로 죗값 치르게 두자구요. (희섭 향해) 그런 게 가능한지나 모르겠지만. (획 돌아, 방문 벌컥 열면)
해준	잠깐.. (하다 말고) !!

씬2.   동식의 집, 뒷마당. 밤

당황한 얼굴로 멈춰 선 윤영. 보면, 창고 같은 희섭의 방문 앞에 굳은 얼굴로 서있던 이, 바로 동식이다...! 그 뒤쪽으로, 무슨 일인가 나와 섰던 미자, 역시 사색 된 채 서있다가 마침 "아빠아~" 외치며 해맑게 달려오는 용우와 용순 데리고 서둘러 앞마당 향해 사라진다.

동식, 그저 천천히 시선 돌려, 윤영의 뒤쪽으로 드러나는 방 안 풍경을

바라보면 피 묻은 셔츠와 그것을 꽉 움켜쥔 채 놀라 굳어있는 희섭에게
로 시선이 닿는.

동식   ...... !!
희섭   ...... 짝은 아부지..

씬3.   희섭의 방. 밤

그런 두 사람을 복잡한 듯 지켜보는 해준.
동식, 그저 희섭에게 붙박인 채, 낮은 소리로.

동식   내가 들은 게, 전부 사실이냐.
희섭   (후들후들 떨려오는) ... 죄송혀요.. 죄송혀요.. 짝은아부지..
동식   (!! 시뻘개진 눈으로 악문 채 보다, 그대로 뒷주머니에서 빠
             르게 수갑 꺼내며 들어와 희섭의 손목에 거칠게 채우는)
희섭   (!! 겁먹은 얼굴로 동식 보면)
동식   너를... 너를, (하다 곁의 해준과 윤영 의식해 차마 체포 고지
             못 읊고) ... 나와, 이 새끼야. (셔츠를 휙 빼앗곤, 끌어내는)
희섭   (반쯤 정신 빠진 채로 그저 끌려나가는데)
동식   (나가다 우뚝 멈춰 서고는, 뒤돌아선 해준을 향해) ... 자꾸
             이딴 식으로 나랑 마주치는 거, 당신한테두 결코 좋은 일이
             되진 못할 거야.. 똑똑히 알아두라구. 알겠어?!
해준   (뭔가 찜찜한 듯, 그저 희섭의 뒷모습만을 보면)
동식   (노려보다 희섭을 휙 떠밀며 나가고)
해준   (그제야 천천히 시선 옮겨, 파르르 떨려오는 윤영의 손을
             보는) ...

씬4.   우정리 강가 근처, 다리 위. 밤

걱정스러운 눈빛으로 지켜보며 걷는 해준... 보면, 몇 걸음 앞선 채 걸어
나가는 윤영의 위태로운 뒷모습인데.. 터질 듯 꽉 쥔 손을 하고 더듬더듬
간신히 걸음을 옮기던 윤영, 순간 다리에 힘이 풀린 듯 그대로 훅 쪼그려
앉는다. '!!!' 손을 뻗으려던 해준, 그러나 이미 웅크린 채 조금씩 들썩이
는 윤영의 어깨를 보곤 곧 천천히 앞으로 다가가 툭 마주 앉는다.

윤영   (! 괴로움에 시선도 못 맞춘 채, 겨우) ... 미안해요... 정말 미안
         해요..

해준   (안쓰러워 나직한 한숨으로) ... 또, 남 생각부터 한다..

윤영   (빠르게 내저으며) 전부 우리 아버지가 벌인 짓이었잖아요..
         당신이 여기까지 오게 된 것도.. 하필 내가 따라오게 된 것두
         다 그래서였는지 몰라요. (떨리는 숨으로) 근데.. 어떻게 용
         서를 빌어야 할지 모르겠어요..

해준   (진정시키려 조금 더 가까이 앉아, 입을 열려는데)

윤영   위안이 될지 모르겠지만, 나, 절대, 잘 살지 않을 거예요. (하
         며 다급한 확신으로) 아니, 그러지 못할 거예요.

해준   (!? 그 말에 멈칫, 가만히 보면)

윤영   이번엔 아버지가 자백하는 것까지 경찰이 다 들었으니까,
         제대로 처벌받게 될 거구.. 엄마도 곧 다 알게 될 거예요. 그
         럼 결혼 같은 건 당연히 물거품 될 거구, 결국 난, (하는데)

해준   (순간 차갑게 식어선) 사라지게 돼서.. 위안이 될 거라구, 나
         한테?

윤영   (?! 해준의 눈빛에 어쩐지 덜컥해 보는데)

해준   ...... (예민해진 얼굴로 곧 획 일어서선 왠지 끓어오르는 감정
         에) 미안한데 그런 일은 없을 거고, 없게 할 거예요.

윤영	(!?)
해준	어차피 백희섭.. 당신 아버지가 범인이라고 생각 안 하니까, 난. (획 가면)
윤영	(?! 멀어지는 해준의 뒷모습을 혼란스럽게 보는 데서)

씬5.   해준의 집 앞 골목길. 밤

굳은 얼굴로 걸어오는 해준을 다급히 붙잡아 세우는 윤영, 혼란스러운 얼굴로.

윤영	무슨.. 말이에요? 범인이 아니라니.. 분명히 들었잖아요, 아까 그 자백.
해준	(차갑게 보며) 들었죠. 질문이랑 하나도 안 맞는 대답을.
윤영	(?! 보면)
해준	아까 내가 물었던 질문은, '왜' 였으니까.

[인서트 - (8부) 씬55. 희섭의 방. 밤 (회상)]

해준	*(셔츠를 쥔 채 희섭에게 다가서며) 뭐야, 이거.. 이걸 여기 왜 숨긴 거야.*

해준	그런데 이유를 묻는 그 질문에 다짜고짜 나온 대답은, '내 꺼' 였죠. 자기 방에서 나온 물건에 굳이.
윤영	(! 그제야 되짚어 보는데)
해준	아무리 당황했어도, 단 한마디 변명도 없이 그렇게 자백을 하겠어요? 진짜 자기가 한 짓이라고 해도. (하는데, 그 순간)

"아유, 오복 아부지!" 말리듯 외치는 옥자의 목소리와 함께, 맞은편 순애네 집 대문이 벌컥 열리고 뛰쳐나오는 형만. 그 뒤로 "아부지!!" 외치며 따라 나온 오복, 겨우 붙잡고 늘어지면.

형만	(시뻘개진 눈으로) 놔, 안 놔?! 내 그놈 자식, 당장 죽여버릴 거야!! 놔!!
해준, 윤영	(?! 보면)
옥자	(붙잡은 채) 이런다구 뭐가 달라져요? 아직 확실한 것두 아니래잖어!
해준	(급히 다가서) 무슨 일이십니까?
오복	동식 아저씨가 자기 손으로 직접 자기 조카를 수갑 채워 갔대요. 본 사람들이 한둘이 아니래요. 그 새끼가, (울먹) 그 새끼가.. 아무래도 우리 누나 죽인 범인인 거 같대요.
해준, 윤영	(! 난감한 얼굴로 시선 마주치는데)
형만	(울부짖듯) 다들 이거 놔! 내가 그놈 면상을 갈가리 찢질 않으면, (하는데)
순애(E)	(불쑥 큰소리로 버럭) 아니라구요!!
일동	(?! 놀라 돌아보면)
순애	(뒤늦게 급히 뛰어나와, 눈물로) 희섭이 걘 아니라구요...! 절대 아니라구요!!
일동	(그대로 멈칫, 저마다 심각한 얼굴들로 순애를 보는 데서)

씬6.   어느 골목길. 밤

어둡고 인적 없는 길. 수갑을 찬 채 잔뜩 움츠러든 희섭을 거칠게 끌며 걷던 동식. 도저히 못 참겠단 듯 순간 근처 담벼락에다 희섭의 멱살을 홱 밀어붙이곤 가까이 붙어 선다.

동식	정말이냐? 정말로, 네가 그랬어? (셔츠를 쥔 손 떨며) 이게, 이게, 정말로..
희섭	(그저 참담한 듯 고개를 떨구는데)
동식	어떻게.. 어떻게, 다른 사람도 아니고 네가, 사람을..!
희섭	(? 천천히 보면)
동식	(악문 채 가까스로 토해내듯) 죽일 수가 있어, 이놈 자식아..!!
희섭	(!? 그제야 눈빛 달라져선) 죽이다니.. 그게 뭔..
동식	이제 와서 오리발 내밀면 무슨 소용이야, 모든 증거가 죄다 널 가리키는데, 인마..!! (떠올리는)

〔 인서트 - (8부) 씬53. 경찰서, 강력반. 밤 (에 이어) 〕
책상에 놓인 '봉봉' 성냥갑과 쪽지 두 개를 골똘히 내려다보던 동식, 가물가물하던 기억이 마침내 떠올라, 순간 눈빛이 달라진다. 그 위로,

동식(E)	그 성냥갑... 그리고 쪽지..!

〔 인서트 - 씬. 동식의 집, 뒷마당. 밤 (다른 날[*]) 〕
퇴근길의 동식, 제 목에는 용순이를 목말 태우고, 한 손으론 용우 손 붙잡은 채 희섭의 방을 향해 걸어간다. 가까워질수

---

[*] 희섭에게 상처(범룡과 싸운 흔적)가 아직 없던 때. (4부의) 소풍 이후의 시간.

록 안쪽에서 크게 들려오는 음악 소리..

세 사람, 장난스레 놀래키려 조심조심.. 순간 문을 휙 열어젖히며, "위!!" 외치는데 볼펜 잡고 엎드려 열중해있던 희섭, 화들짝 놀라 글씨 적던 쪽지들을 옆으로 밀어 치운다.

동식, 대수롭지 않게 죽 둘러보면, 바닥 한가득 널려있는 '봉봉' 성냥갑 여러 개가 텅 빈 채 열려있고, 거기서 쏟아져나온 성냥개비들로 어지러운 상태다.

백두산의 거친 록음악이 흘러나오던 작은 고물 라디오를 얼른 정지시키는 희섭.

용우	(방 안 풍경 둘러보며) 와아, 이게 다 뭐야, 형아야?
희섭	(당황해 붉어진 얼굴로) 별거 아니여.. (서둘러 정리하면)
동식	(그저 무심히) 나와, 밥 먹자. (돌아서는 위로)

희섭(E)   아녀요... 아니라고요, 고것은...!!

희섭   (어느새 사색 된 얼굴로, 내저으며) 아녀요.. 제가 헌 것은.. 그게..

동식   아니면.. 아니면, 이게 다 뭔데! (셔츠 거칠게 흔들며) 누구 피야, 이게!!

희섭   (!!! 사실대로 말할 순 없고, 그저 엄청난 덫에 빠졌음을 직감하는)

씬7.   순애의 집, 거실. 밤

어안이 벙벙한 얼굴로 앉은 형만과 옥자, 오복. 그 옆으로 심각하게 앉은 해준과 윤영. 그들 앞에 무릎 꿇고 앉은 순애, 서럽게 울먹이면서도 또박 또박.

순애   ... 어젯밤... 희섭이가 집으로 찾아왔었어요.. (윤영 향해) 어 제 우리 구해줬었잖아, 걔가, 우정여관 앞에서..

옥자   (?! 사색으로 탄식하듯) 여관...!!

순애   (아랑곳없이) 걱정된다구 온 거야.. 다친 건 지가 다쳐놓구서..

씬8.   순애의 방. 밤 (회상, 16일 밤*)

아직 가느다란 빗줄기가 떨어지는 밤... 문득 창문으로 작은 돌멩이 하나 가 톡— 날아와 부딪치면, 외출 준비하느라 거울 앞에서 열심히 화장 중 이던 경애, 힐끗 쳐다본다. 다시금 돌멩이 하나 날아와 톡— 부딪치면, 바닥에 엎드려 책 읽던 순애 역시 힐끗 보는데. 이번엔 어설픈 (희섭의) 목소리로 "뻐.. 뻐꾹..!! 뻐꾹!!" 소리가 작게 들려온다.

순애, 경애   (?! 서로 눈 마주치곤, 곧 품— 웃음 터지는 데서)

씬9.   순애의 집 앞 골목길. 밤 (회상)

뻘쭘한 자세로 조금 떨어져 서서 비를 맞고 있는 희섭. 그 옆으로 작은 우

• 7부 엔딩 이후의 상황. (해준과 윤영 두 사람은 이때, 범룡의 전화를 받고 나간 상태.)

산을 든 순애, 역시 뻘쭘한 듯 서있으면, 그런 둘을 놀리듯 보고 선 경애**.

경애 (장난스레 우산 돌리면서) 아이구 씨, 요 귀여운 것들...! 연
애하냐, 니들?!

희섭 (얼른 두 손 내저으며, 허둥지둥) 아유, 연애는 무슨, 절대 그
란 일은.. 기양 많이 놀랐을까 봐서, 순애 씨가 걱정이 되가
꼬요, (하는데)

순애 (새침하게 툭) 빨리 가, 언니.. 만날 사람 있다며.

경애 간다 가~ 요 부뚜막 고양이 같은 기지배야! (다가가 희섭 볼
을 쭉 잡아당겨) 내 동생한테 잘 해라? 요 귀여운 얼굴로 쌈
박질하고 다니지 말구?!

순애 (!!) 가, 얼릉! 일찍 들어오구! 엄마 아부지한테 걸리면 또
나만 혼난단 말야.

경애 오냐~ 꺼져주마~~ (웃으며 팔 크게 흔들고 인사하며 가면)

그제야 둘만 남는 희섭, 순애. 쑥스러워 죽겠는 희섭, 괜히 머리에 묻은
빗물 샤샥 털어보는데.

순애 (슬쩍 다가가, 희섭에게 우산을 톡 씌워주며) ... 다친 덴.. 괜
찮아요..?

희섭 (!! 좁혀진 거리에 눈 깜빡깜빡) 그.. 쩌기.. 뭐 나중에 된장이
나 쪼께 바르면 돼요... 괜찮은 거 봤응게, 그라믄 이만.. (얼
른 우산 밖으로 나가려는데) !?

** 8부 씬10, 시신이 입고 있던 마지막 차림을 하고 있다.

순애	(희섭의 옷자락을 툭 붙잡은 채로) ..... 우리 집 옥상에 많은 데, 된장...
희섭	(!! 쿵쿵 뛰는 가슴으로 돌아보는 데서)
옥자(E)	(청천벽력이다..) 옥상...?!!

씬10.   순애의 집, 거실. 밤 (현재)

쾅쾅 뛰는 가슴으로 보는 옥자, 기막히다는 듯 순애를 향해.

옥자	옥상.. 우리 집 옥상...?! 그 밤에 둘이서 같이 있었다구?!
순애	(그렁그렁한 채, 천천히 끄덕이는)
해준	(!! 중요한 문제다) 정확히 몇 시, 언제까지 같이 있었는지도 기억해?
순애	... 언니 올 때까지 같이 기다려준다구 해서 날 밝을 때까지.. 밤새 같이 있었어요. 그러니까 희섭이는.. 절대 범인일 수가,
윤영	(! 멍하니 보는 얼굴 위로)
형만(E)	(순애 말을 툭 끊으며) 그 얘기... 또 아는 사람 있냐.
순애	(? 얼떨떨해선) ... 아뇨..
형만	(무섭게 굳은 얼굴로) 없어야 될 거다, 이제부터, 쭉..
해준, 윤영	(!? 보면)
순애	그게 무슨.. (하다 알아듣곤) 그럼 희섭인 이제 어떡하구요!!
형만	(벌떡 일어서며) 그놈의 희섭이, 희섭이! 언제부터 알았다고 남자애 이름을 그렇게 친근하게 불러대?! 너... 너, 사람들이 니 언니더러 뭐라고들 수군대는지 몰라서 그래? 그 밤에, 그 먼 폐가까지 왜 갔겠느냐구.. 술 먹구.. 사내새끼들 만나러 간 거라구.. 그러구들 함부로 지껄이는 거 모르느냐구!!

옥자	(손바닥에 얼굴 묻으며, 왈칵 울음 터지면)
형만	(벌게진 눈으로) 하필 그 시간에 둘째 딸내미는 웬 남자애랑 지네 집 옥상에서 밤새 연애질 했대봐.. 이 쫍은 시골 바닥에 온갖 드러운 소문 퍼지는 거 순식간이야.. 네 엄마한테 정말, 그것까지 듣게 할 거야?!
순애	(눈물로) 아부지이...!!
형만	죄 없으믄 알아서 풀려날 일이야... 그니까 앞으론 누구도, 절대, 그 얘기 입 밖으루 꺼내지 마. (해준 향해) 선생님, 염치없지만 꼭 좀 부탁합니다.
해준	(... 복잡해지는 마음이고)

씬11.　경찰서, 강력반. 밤

철제 책상 앞에 수갑 찬 채 앉은 희섭의 머리를, 두꺼운 서류철로 탕—탕— 내려치는 반장. 희섭의 맞은편에 앉아 타자를 두드리다 멈추는 동식, 그저 묵묵히 있는데.

반장	(계속 세게 치며) 이 새끼 이거, 아주 입 꾹 다물고, 완전 꼴통 새끼네. (책상 한쪽에 올려진 피 묻은 셔츠 들어 보이며) 이거, 피해자 죽일 때 튄 피 맞잖어, 어?! 어젯밤에 폐가에서 이경애 머리 깨뜨릴 때, 새끼야!
희섭	(그저 입 꾹 다문 채 버티는데)
동식	(반장 향해) ... 제가 하겠습니다.
반장	(픽 비웃곤) 아유, 어떻게 그럽니까, 식구끼리 눈물나게.. 건 법적으로두 안 되죠. (형사 2, 3 향해, 매서워진 눈빛으로) 야 이거 입 좀 열게 해라.

형사2, 3	예! (다가와 양쪽에서 희섭 붙들고 무지막지하게 끌어내면)
동식	(!! 저도 모르게 덜컥, 시선을 들다 희섭과 눈이 마주치는데)
희섭	(떨면서도 그저 비장하게 눈을 꾹 감아버리곤 붙들려 가는)

씬12. 순애의 집, 마당. 밤

순애, 퉁퉁 부은 얼굴로, 해준과 윤영을 마주 보고 서있다.

해준	아까 얘기 중에, 만날 사람이 있다고 했었지? 그날 밤 경애가 나갈 때.
순애	(!? 저도 놓쳐버렸던 사실이고) 네.. 근데.. 엄청 좋은 사람이랬어요. 그날 낮에.. 길에서 언닐 구해줬던 은인이라구..
해준, 윤영	(!! 보는 데서)

씬13. 순애의 집 앞 골목길. 밤

대문이 열리자마자 빠르게 뛰어나오는 해준과 윤영, 골목 끝을 향해 달려나간다.

윤영(E)	이미... 누군지 짐작했던 거죠?
해준(E)	(그저 앞만 보고 달리는 굳은 얼굴 위로) 자백이 틀렸다면, 백희섭이 그럴 만한 이유는 딱 하나니까.

씬14. 동식의 집 근처, 시골길. 밤

흙길 위를 빠르게 달리는 두 사람. 밀려오는 감정에 홀로 입술을 질끈 깨무는 윤영.

윤영(E)   역시... 아버지가 지키고 싶었던 건 엄마가 아니었어.
           그날 밤... 이경애가 마지막으로 만나러 갔던 사람..

           〔 인서트 - (7부) 씬35. 차도. 낮 〕
           - 사기꾼1을 제압한 채 해준을 올려다보던 유섭의 모습.
           - 봉고차 앞에 주저앉은 경애, 그런 유섭을 홀린 듯 멍하니
             바라보는 모습까지.

윤영(E)   파란 모자... 백유섭. 평생을 끔찍하게 생각했던 그놈의 형을
           또.. 감싸려던 거야, 아버지는!!
윤영   (괴로운 마음으로 달려나가는 데서)

씬15.   동식의 집, 마당. 밤

툇마루에 앉은 미자, 불쾌한 표정을 감추지 못한 채, 앞에 선 해준과 윤
영을 올려다본다.

미자   아까는 희섭이더니, 이번엔 유섭인가요?! 지난번 우리 용우
           구해주신 건 정말 감사하게 생각하지만요 선생님, 대체.. 저
           희 집에 왜 이러시는 건가요?
윤영   더 힘든 일을 겪고 있는 집도 있다는 걸 모르세요, 지금 이
           마을에?
미자   (! 보다, 냉랭히) 걸 해결하는 건.. 우리 애들 아빠 몫이구요.
해준   (수습하듯 얼른) 개인적으로 꼭 물어보고 싶은 게 있어 그런

겁니다. 어차피 연락은 하셔야 됐을 텐데요, 백희섭 군 소식
전하려면.

미자   되야 말이죠... 하숙집 안 들어온 지가 벌써 3일이 넘었다는데.

해준, 윤영   (?! 슬쩍 시선을 주고받으면)

미자   (그런 뜻 아니라고) 자주 있는 일이에요.. 서울서 그 좋은 대
학 다니믄서도 나중에 지 동생 데려갈 돈 모으겠다구 틈틈
이 공장까지 다니는 애니까.

윤영   (믿기지 않는 듯 찌푸린 채, E) ... 큰아버지가...?

미자   지 동생이라믄 어쩌나 끔찍하게 생각을 하는지.. 그 와중에
도 주말마다 내려와선 잠깐이래두 저들끼리 얼굴 보구 가구
그런다니, 어디 하숙집에 제대로 붙어 잘 시간이나 있겠어
요? (전부 못마땅해서) 아휴, 골치야.

윤영   (모두 의외의 얘기들인데) ...

해준   하숙집 위치가 혹시 어떻게 됩니까?

미자   학교 근처라.. 신림동 어디랬는데..

해준   (멈칫) 신림동이요?

씬16.   읍내 거리. 밤

화려한 간판 불빛들 사이로 나란히 걸어오는 해준과 윤영.

윤영   (충격이 가시지 않은) 서울대 학생이었다구...? 큰아버지가...?

해준   (역시 심각한) 서울대학교 국문학과 3학년...

〔 인서트 – (4부) 씬33. 산 중턱 1, 2. 낮 〕

처음 학생들 앞에 소개되던 교생 이주영, 둘러보는 그 맑은 미소 위로.

병구   *(밝게 소개하던) 여기는, 앞으로 한 달간 여러분 들과 함께하게 될 교생 이주영 선생이고, 무려 서울대학교 국문학과 4학년생입니다.*

해준   같은 학교, 같은 과... (분한 듯) 첫 번째 피해자까지도 접점이 있었단 건데.

윤영   다들 저렇게 입을 꾹 다물어줬으니 어떻게 의심을 했겠어요. 아버진 자기 형 감싸겠다고 대신 붙잡혀가기까지 했고, 외할아버진 동네 소문 무섭다고 모른 척.. 덕분에 백유섭만 꽁꽁 숨을 수 있었던 거죠. ... 근데 그래도 그렇지, 어떻게 언급조차 안 된 거지?

해준   ... 된 적은 있어요. 아주 잠깐, 스치듯이, 한 번.

씬17.   경찰서, 강력반. 밤

묵묵히 앉은 동식, 저 안쪽에서 픽— 픽— 맞는 둔중한 소리와 희섭의 신음 작게 들려오자 애써 초조함을 숨긴 채 타자기로 치다 만 글자들만 괜스레 쳐다보고 있는데. 그때, 급히 뛰어들어오는 형사1, 반장의 책상으로 향하며.

형사1   반장님! 김 순경이 폐가 근처에서 이런 걸 주웠다는데, 증거물로 올릴까요?

동식	(그 소리에 힐끗 쳐다보면, '자물쇠' 모양의 목걸이고) ......!!!
반장	뭐야, 이건 또.. 누가 이딴 걸 목에 매달고 다녀, (하는 순간) ?
동식	(거의 낚아채듯 그 목걸이를 빼앗아 들곤, 달려나가는)
반장, 형사1	(?! 황급히 따라 일어서는데)

씬18.　　경찰서 내 휴게 공간. 밤

급히 들어서는 동식, 보면, 구석진 곳에 고꾸라진 희섭, 얻어터진 채 거의 기절한 듯 있다..

동식	(!! 보면)
형사2	(얼얼한 제 주먹 매만지다, 민망한 듯 동식 향해) 아깐.. 자백을 했담서요?
동식	(악문 채 곧장 뛰어들어 희섭의 셔츠 속으로 손을 홱 넣곤 숨어있던 '열쇠' 목걸이를 꺼내 손에 들었던 자물쇠에 꽂아 돌리자.. 완벽히 들어맞는다) !!
형사3	(코 슥 문지르며) 뭡니까, 그게?
반장	야! 백동식!! (하며 형사1과 함께 뛰어들어오다, 그 광경을 보는)
동식	(가물대는 희섭의 뺨을 다급히 때리며) 야, 희섭아, 인마, 정신 차려봐. 너.. 너.. 이거, 네 형.. 유섭이 꺼 맞지? 어?! 솔직히 말해, 인마!
희섭	(간신히 눈 뜨다, 자물쇠를 발견하곤) !! ...... 내 꺼예요..
동식	(?! 당황해 보면)
형사2	(새삼 감탄) 아아, 또라이 같은 놈. 맞아도 안 열던 입을 이제야 여네.. 와..

희섭	잠깐 빌려줬던 거인디 돌려받은진 한참 됐어요.. 원래부터
	다 내 꺼라고요.
윤영(E)	(절박한 희섭의 그 얼굴 위로, 냉정히 가라앉은 소리) 아네
	요, 아버지 꺼...

씬19. 읍내 거리 일각. 밤

구석진 건물 뒤편에 마주 서있는 해준과 윤영. 해준이 내민 휴대폰 속 '자물쇠 목걸이' 증거 사진을 확대해 들여다보던 윤영, 끄덕이며.

윤영	확실해요. 나 어릴 때부터, 큰아버지가 자기 꺼라고 손도 못
	대게 했던 거라.
해준	(! 역시 그랬구나.. 싶고, 휴대폰 집어넣으며) 백희섭은 자기
	꺼라고 우길 거예요. 실제로도 통할 거고.
윤영	(!)
해준	원래대로라면 어차피 뭘 해도 풀려나게 돼 있지만, 이번엔
	자백 땜에 일이 어떻게 될지 몰라요. 최대한 빨리.. 백유섭
	찾아야 돼.
윤영	(조금 불안해서) 정말 찾기만 하면 되는 거예요? 어차피 그
	목걸인.. 살인 정황을 증명하기 어려울 거랬잖아요.
해준	떨어진 시간도, 장소도 애매하니까. (힐끗 손목시계 보곤)
	그래서, 미리 하나 찾아 놓을 겁니다... 잃어버린 증거.

씬20. 경찰서, 복도. 밤 (과거, 흑백)

피로한 얼굴로 빠르게 걷는 형사1, 한 손에는 자판기 커피잔 하나 들렸고, 다른 손에는 '피 묻은 셔츠'가 그 흔한 비닐백에조차 담기지 않고 대충 구겨진 채로 들려있다. 그 위로,

해준(E)   아까 그 셔츠...
            그건 생각보다 훨씬 중요한 증거가 될 수 있었어요.

씬21.   경찰서 앞. 밤 [과거, 흑백]

경찰차 세워놓고 대기 중이던 순경, 건물에서 나오는 형사1 보고 얼른 거수경례하면, 가볍게 어깨 쳐주며 셔츠와 커피잔을 넘겨주는 형사1.
고맙다고 꾸벅하는 순경 위로.

해준(E)   아직 과학수사라는 게 한참 낯선 시대의,
            어느 사소한 실수 하나가

씬22.   경찰서 근처 도로 + 차 안. 밤 [과거, 흑백]

긴장한 채 운전 중인 순경, 입에 물고 있던 커피잔을 잠깐 옆으로 내려놓으려는데, 순간 앞으로 휙 끼어드는 차량에 화들짝 놀라 손을 삐끗해 버린다. 그 결에 조수석 의자에 아무렇게나 놓여있던 피 묻은 셔츠 위로 전부 쏟아져버린 커피.

해준(E)   한순간에 모든 걸 망쳐버리지만 않았어도.
순경   (!! 헉 놀라 다급히 셔츠를 들어 탈탈 털어보지만, 이미 흠뻑 스며든)
해준(E)   오염된 증거... 그렇게 아무런 결과도 못 얻게 된 것도 모자

라, 수사가 종결된 뒤엔 아예 영영 잃어버리기까지 했죠.
먼 미래의 가능성까지.. 완전히 박살 내버린 셈이고.

씬23.   경찰서 앞 거리. 밤 (현재)

홀로 걸어오는 해준, 경찰서 안쪽을 힐끗 들여다보면, 이번엔 흑백이 아
닌 채로, (씬21처럼) 나오는 형사1, 거수경례하는 순경의 어깨를 가볍게
쳐주곤, 셔츠와 커피잔을 넘겨준다.

해준[E]   (그 모습을 확인하는 위로) 이번엔 다를 겁니다.
          그 증거만 살아나면 백유섭은..
          이제 어디로도 숨을 수 없을 거예요.

씬24.   경찰서 근처 도로 + 차 안. 밤

이번에도 커피 든 종이컵을 입에 문 채로 운전대를 돌리며 가는 순경. 불
편한데 커피잔을 내려놓을까.. 막 손을 뻗으려는 순간, 갑자기 앞을 툭
막아서는 누군가에 화들짝 놀라 멈춰 세운다. 그 결에 살짝 출렁이며 떨
어지는 커피, 제 허벅지에 떨어져 "앗 뜨뜨.." 하며 문지르는데, 곁에 와
서서 창문을 툭툭 두드리는 이, 해준이다.

순경   (!? 얼른 크랭크 돌려 창문 내려 보는데)
해준   (곧장 종이컵을 뺏어 길바닥에 착— 쏟아버리면서) 아이고,
          이런 거 들고 운전하시면 위험한데..
순경   (어리둥절한 채) 아니 지금 뭐,
해준   (셔츠 향해) 저거구나.. 이 형사님께서 깜빡하셨다고. (주머

니에서 접힌 투명 비닐백 꺼내 내밀며) 중요한 거니까 잘 넣
어서 가져가시랍니다.

순경   (얼떨떨하지만 비닐백을 넘겨받아 셔츠를 넣어본다)

해준   (확인하듯 보곤) 그럼 안전하게 조심히 가십쇼. (차 툭툭 쳐
주면)

순경   (?! 크랭크 돌려 창문 올리고 출발하는 모습 위로)

해준(E) 결과가 나오기 전까지, 백유섭을 찾아올게요. 학교, 공장, 하
숙집... 있을 만한 곳은 전부 다 뒤질 겁니다.

해준   (곧장 달려오던 택시 한 대를 붙잡는)

씬25.   도로, 택시 안. 밤

뒷좌석으로 올라타 앉는 해준, 운전사 향해.

해준   서울, 신림동이요.

씬26.   순애의 집, 거실. 낮

초췌한 얼굴로 깊은 한숨 내쉬는 형만, 괴로운 듯 눈 질끈 감은 채 방문
앞을 지키고 앉아있다. 안쪽에서는 연신 "아부지.. 아부지이!!" 쿵쿵 문
을 두드리는 순애 소리 들려오는.

씬27.   순애의 방. 낮

역시 초췌한 순애, 방문 앞에 붙어 서선 애처롭게 두드리는 중이다.

순애   아부지, 제발요... 다른 사람들이 하는 말이 뭐가 중요해요..
         희섭이 갠.. 절대 자기 입으로 제 얘기 안 꺼낼 거란 말예요,
         네...? 그러다 정말 잘못되면 어떡해요, 아부지..! (답 없자 울
         컥해선, 스르륵 무너져 앉고선, 힘없이 작게) ... 저도, 제가
         너무 미워요, 아부지..

씬28.   순애의 집, 거실. 낮

'...?' 방문 앞의 형만, 그 작은 소리를 귀 기울여 듣는데.

순애(E)   언니가 어떻게 되는지두 까맣게 모르구... 가지 말라고 할걸..
          내가 그때 가지 말라구 붙잡았음.. 언니 그렇게 안 됐을 거잖
          아요.. 그때.. 내가 붙잡았어야 되는데..
형만   (!! 숨죽인 채 괴로운 눈물을 훔치는)

씬29.   순애의 방. 낮

방문에 제 머리를 짓누르듯 하고 앉은 순애, 역시 괴로운 눈물을 뚝뚝 흘
리며.

순애   다 제 잘못 같아서.. 나도 내가 너무 끔찍하고 미워요, 아부
         지.. 근데요, 아부지.. 우리가 언니 잃어버렸다구... 다른 사람
         이 어떻게 되든 그냥 두는 건.. 아니잖아요, 그럼 안 되는 거
         잖아요, 아부지..

그러나 바깥은 역시 묵묵부답이다. 흐느끼던 순애, 무심코 고개 돌리는

데, 창문이 보인다. 잠시 망설이다, 곧 어떤 결심으로 보는 순애.

씬 30.   순애의 집, 마당. 낮

창문 틈으로 끙끙대며 간신히 빠져나오는 순애, 거의 넘어지듯 툭─ 바닥에 내려서서는 까진 손바닥을 대충 털어내고, 얼른 일어서 대문으로 향한다.

씬 31.   순애의 집 앞 골목길. 낮

조심히 대문을 닫고 나서려던 순애, 몸을 돌리다 순간 멈칫하고 보면, 그럴 줄 알았다는 듯 맞은편 해준의 집 대문 앞에 쪼그려 앉아있던 초췌한 윤영이다.

순애   (와중에 반가움으로 울컥해선) 윤영아.. 나 좀 도와줘.
윤영   ... (쓰린 듯 보는데)

씬 32.   우정리 강가 근처, 다리 위. 낮

윤영의 손을 이끈 채 빠르게 달려나가는 순애, 따르면서도 그런 순애를 잠시 보던 윤영, 곧 붙잡은 순애의 손에 천천히 힘을 주고는 걸음을 멈춰 세운다.

순애   (? 초조한 얼굴로 돌아보면)
윤영   ... 어딜 가는 건데, 지금.
순애   (당연하단 듯) 경찰서. 혹시 아직도 붙잡혀있는 거면 제대

	로 밝혀야지. 지금 희섭이 혼자 얼마나 무섭겠어. 얼른 가야, (돌아서는데)
윤영	(휙 붙잡아 돌려세우며) 그만해.. 지금은 네가 나설 때 아냐.
순애	(?!) 무슨 뜻이야?
윤영	(설명할 순 없으니, 부러 더 냉정히) 어른들이 다 알아서 해 결할 거라구. 그러니까 그냥 좀 기다리고 있으면,
순애	(예민해져선) 무슨 어른들? 제대로 알지도 못하면서 무턱 대고 자기 조카 수갑 채워 끌고 가서 동네에 소문 쫙 퍼지게 만든 그런 어른?
윤영	(! 보면)
순애	너한텐 윤 선생님, 나한텐 엄마 아버지.. 그렇게 무조건 감싸 고 보호해 줄 어른들이 있었으면 나도 안 이래. 그치만 희섭 이한텐.. 아무도 없단 말야..
윤영	(다시 가려는 순애 꽉 붙든 채) 모르면 좀 가만있어, 경찰이 다 바보야?! 백희섭이 그렇게 된 건 자기 탓도 있는 거라구!
순애	니가 뭘 안다구 그래?! 좀 놔, 제발.. (안간힘 써보다 안 되 자, 벌컥 답답함에 주저앉으며) 가야 된다구! ... 약속했는 데... 약속했는데..! (먹먹한 채 저 멀리 반짝이는 강물을 바 라보는 데서, 떠오르는)

씬33.　　순애의 집, 마당. 밤 (회상 – 씬9에 이어)

마당 한쪽에 작게 고인 물웅덩이 위로 타닥타닥 — 가느다란 빗줄기 떨
어진다. 곧 그 웅덩이를 톡 밟고 살금살금 걸어가는 순애. 그 뒤를 엉거
주춤 따르는 희섭, 들고 있는 우산으로 앞서가는 순애를 열심히 씌워주
느라, 홀로 비를 다 맞는 중이다. 두 사람, 그렇게 옥상으로 향하는 측면

의 계단 위를 찰박찰박 올라가는.

씬34.　　순애의 집, 옥상. 밤 [회상]

옹기종기 모인 장독대들 앞에 우산을 들고 선 희섭, 홀로 가슴이 콩닥콩
닥한데.. 곧 그 우산 밑으로 뛰어드는 순애, 작고 귀여운 종지에 된장을
퍼 담은 채다.

희섭　　(설레다 말고, 히끅 놀라선) 지, 진짜 된장을 바르게요?

순애　　(눈 동그랗게 뜨고선) 그러기루 했잖아요.. (희섭의 손목을
　　　　끌어당겨 바닥에 툭 앉히고는, 저도 마주 앉아) 얼굴 대봐
　　　　요, 얼른.

희섭　　(! 초조해) 꼴이 많이 우스워질 거인디.. 얼굴서 똥냄시가 날
　　　　거인디..

순애　　아, 얼른?!

희섭　　(! 순순히 질끈 두 눈을 감으면)

순애　　(그런 희섭의 얼굴을 가만히 들여다보다 풋, 웃음이 나오는
　　　　걸 참는다) 눈 뜨면 안 돼요.. (하고는 슬쩍 종지를 내려놓고,
　　　　주섬주섬 주머니에서 연고 꺼내, 손가락에 묻혀 희섭의 상
　　　　처 위에 살살 발라주는)

희섭　　(너무 걱정돼서 슬쩍 코 킁킁.. 그러나 냄새 안 나자, 슬쩍 떠
　　　　보는데) ?!

순애　　(연고 발라주다, 그제야 품― 웃음 터져) 누가 요즘 시대에
　　　　된장을 바르냐, 이 바보야...? (재밌단 듯 큭큭대고 웃으면)

희섭　　(참 나.. 작게 따라 웃으며 그런 순애를 바라보다가 슬쩍) ...
　　　　말이.. 짧네...

순애   (헛 — 입술 앙다물곤, 민망해) 싫어?

희섭   (지그시 보다, 담백하게) ... 좋아.

순애   (! 보면)

희섭   (어떤 예감에 작은 떨림으로) ... 좋아서, 겁나. 아무래도 네
         가 나헌티.. 너무 소중해질 거 같아서.

순애   (!!) ... 그게.. 왜?

희섭   (머쓱한 듯 시선 툭 내리곤, 담담하려 애쓰며) 나는, 잘 잃어
         버리걸랑... 우리 엄니, 아부지, 그리고 큰 성아도. 내가 사랑
         허고 애끼믄.. 다 떠나. (떨리는 눈으로 겨우 순애 향해 작게
         씩 웃으면)

순애   (! 그 눈빛이 너무 슬퍼 보여서, 잠시 보다) ... 나는.. 가끔씩
         외롭고 무서운 생각이 들 때면.. 작은 문을 상상해.

희섭   ... 작은 문..?

순애   (작게 끄덕이곤) 숨어있어서 잘 보이진 않지만.. 분명 누구
         한테나 하나씩은 꼭 있을 거라고 믿는.. '작은 문'을 말야.

씬35.   우정리 강가 일각. 밤

고요하게 흐르는 강물. 그 위로 타닥타닥 떨어지는 가느다란 빗줄기.
그때만큼은 그저 아름다워 보이는 그 풍경 위로 이어지는.

순애(E)   아무리 어둡고 캄캄한 밤일지라도..
          그 작은 문을 찾으면.. 찾아내기만 하면..
          그 문 뒤에 서서 날 기다리고 있던 누군가를
          만날 수 있게 될 거라고..

씬36.   순애의 집, 옥상. 밤

제 얼굴을 빤히 바라보는 희섭에 조금 쑥스럽지만.

순애   너도 무섭고 외로운 기분이 들 때면.. 눈을 감고 그 문을 상
         상해봐. 그럼 항상 내가 그 문 뒤에서 기다릴게. 아주 아주
         어두운 밤일지라도.. 꼭 있어 줄게, 내가.

희섭   (!! 떨리는 눈으로 잠시 보다) ... 진짜?

순애   (수줍은 듯, 작게 끄덕) ... 응..

희섭   (순간 저도 모르게 획─ 순애의 입술에 제 입술을 톡, 예쁘
         게 맞춘다)

순애   (!!!)

곧 화들짝─ 다시 나란히 고쳐 앉는 희섭과 순애, '방금 무슨 일이 일어
난 거지...' 두 눈만 깜빡 깜박, 침 꼴깍 삼키며 붉어진 얼굴로 멍하니 앉
아있는 두 사람의 위로.

윤영(E)   (더없이 냉정한) 정신 차려, 이순애.

씬37.   우정리 강가 근처, 다리 위. 낮 (현재)

주저앉아 있던 순애를 붙잡아 일으키는 윤영, 거칠게 순애의 엉덩이를
털어주며.

윤영   네가 생각하는 것만큼 백희섭도 널 생각한다는 건.. 다 너만
         의 착각이야.

순애   네가 뭘 안다구 그런 말을 해?! (하는데)

형만	(저만치서 뛰어오다, 보곤) 순애야!!
순애	(울컥) !! ... 실망이야, 너한테.
윤영	... 실망해, 실컷. 지금 그러고 끝내는 게 너한테 훨씬 나을 테니까.
순애	(!? 이해할 수 없는 와중에)
형만	(급히 도착해선) ... 가, 얼른. (순애의 손을 이끌어 가면)
윤영	(끌려가는 순애의 뒷모습을 본다. 역시 저도 괴로운...)

씬38. 우정고등학교, 여자반 교실. 낮

쉬는 시간.. 유리를 중심으로 크게 모여 앉은 여학생들, 수런거리는 중이다. 그 틈에는 쭈쭈바 먹으며 듣는 은하, 삐딱하게 앉아 지켜보는 해경도 있고.

여학생1	정말이야?
유리	아, 정말 내 두 눈으로 똑똑히 봤대니까? 우리 엄마아빠두 같이 봤다구. 그때 우리 소풍 갔을 때 기타 끝내주게 치던 그 귀여운 남자애 있잖어, 걔가 수갑을 이르케 차구, 가녀린 눈빛으루 달달 떨구 있드래니까?!
여학생들	(수런대며) 어머, 웬일이야, 정말.. / 그런 짓 하게 안 생겼지 않어..?
해경	(그 모습들을 가만히 지켜보다, 슬쩍 저쪽을 바라보면)

저만치 홀로 떨어진 채 자기 자리에 앉은 미숙의 뒷모습, 바른 자세로 책을 읽는 중이다. 그러나 천천히 앞을 비춰보면, 서늘한 눈빛으로.

미숙	(작게 읊조리듯) ... 멍청한 새끼, 일을 복잡하게 만드네..

씬39.　　남자반 교실. 낮

역시 와글와글대는 남학생들. 그 사이로 걸어 들어오는 병구, 교탁 앞에
가 서면, 모두 후다닥 자리에 앉아 조용해진다.

병구	(무거운 얼굴로) 자, 너희 담임선생께서 개인적인 사정으로 며칠간 못 나오게 되셨으니, 그동안 문제 만들지 말고 학업에 열중, (하다 저만치 맨 끝 창가 쪽 희섭의 자리를 향해) 저긴 누군데 아직이야?
남학생1	... 살인자 자린데요.. (풉— 작게 웃으면)
남학생들	(같이 키득대고)
범룡	(!! 홀로 못 웃고, 파들파들 떨려오는 두 손을 얼른 책상 밑으로 내리면)
병구	(교탁을 탕— 때리며) 이 철없는 녀석들아! 아직 확실치도 않은 걸 가지고 같은 반 친구한테 무슨 큰일 날 소리야!?
남학생2	저희 아부지가 그러는데 우리 마을엔 그런 험한 짓 할 사람이 없대요~ 근데 백희섭 걔는 전학생이잖아요, 쩌 먼 데서 올라온.
남학생3	게다가 걔네 작은아부지가 경찰이잖아요. 근데도 잡혀간 걸 보믄 빤하죠~
병구	(! 참담한 듯 보는 데서)

씬40.　　해준의 집, 거실. 밤

불도 켜지 않은 채 어둑한 소파에 바짝 웅크리고 앉은 윤영, 그 위로 멀게 들려오는 소리.

윤영(19세, E)　(다급한) 엄마.. 엄마아!!

씬41.　　병원, 응급실. 낮 (과거)

복통이 심한 듯 식은땀을 뻘뻘 흘리며 괴로워하는 순애(43세), 베드에 실린 채 안쪽으로 급히 들어가는 중이다. 그 곁으로 따라붙은 교복 차림의 윤영(19세), 땀에 흠뻑 젖은 채 헝클어진 머리로 "엄마.." 울먹이는데. 그런 윤영의 한쪽 손에 들린 휴대폰, '아버지'를 향해 통화 연결 중인 상태다. 급히 윤영을 붙잡아 세우는 간호사.

간호사　　보호자... (하다, 윤영의 교복을 내려보곤) 어른은 안 계시니?
윤영　　　... 어, 어.. (하며 얼른 휴대폰 확인해 보면, 여전히 연결 중일 뿐이다. 끊고, 다시 전화하려 최근 통화 목록을 보는데, 벌써 '아버지(10)' 남겨진 기록에, 누르려던 걸 우뚝 멈추고는, 순간 멍해진다... 입술을 꾹 깨무는)

씬42.　　순애의 집 앞. 밤 (과거)

멍한 얼굴로 터덜터덜 걸어오는 윤영, 한쪽은 찢어져 너덜너덜한 슬리퍼에 꼴이 말이 아닌데. 그때 문득 들려오는 익숙한 발소리에 정신이 든 듯 휙 고개를 드는 윤영. 보면, 이쪽을 향해 불편한 왼쪽 다리를 끌며 비척비척 걸어오는 희섭(43세)의 발소리다.

윤영	(!! 그대로 휘적휘적 빠르게 다가가선 곧장) 종일 어디 계셨어요, 오늘?
희섭	(영문 모른 채, 지친 얼굴로) 너희 큰아버지한테.. 일이 좀.. (하는데)
윤영	(그럴 줄 알았다는 듯 원망스레 보다, 획 돌아서 가버리는)

씬43. 해준의 집, 거실. 밤 → 낮 → 다시 밤˚ (현재)

여전히 어둠 속에 바짝 웅크리고 앉은 윤영..

윤영(E)	아버진.. 이번에도 자기 형을 선택한 거라구.. 엄마가 얼마나 슬퍼하든, 자기 인생이 얼마나 꼬여버리든, 그냥 그렇게 또.. 큰아버지한테 우리가.. 저만치 밀려나버린 거라구요, 평생 그래왔던 것처럼.

치미는 감정에 무릎 위로 얼굴을 푹 묻는다. 그런 윤영의 위로 반쯤 열린 커튼을 통해 조금씩 새어 들어오는 빛... 점차 밝아져오는데. 그 자세 그대로 조금도 움직이지 않는 윤영.. 쨍쨍하게 비치던 햇빛, 곧 빠르게 잦아들며 다시금 새 어둠에 잠기고 나면 그제야 천천히 고개 드는 윤영, 걱정스레 벽시계를 돌아보는.

• '5월 18일 월요일'에서 '19일 화요일'로의 시간 흐름. (셔츠 혈액검사 소요 시간 필요)

씬44.   차부집 일각 + 버스 안. 밤

천천히 속도를 늦추며 차부집 일각으로 막 들어서는 시외버스 한 대. 다른 승객은 없이 텅 비어있는 그 버스 한쪽에, 한껏 수척해진 얼굴의 해준, 차창에 머리를 기댄 채 힘없이 앉아있는데. 버스가 몸을 돌리자 곧 창문 밖으로 들어오는 바깥 풍경으로 나무 벤치 위에 홀로 앉아 초조히 자신을 기다리고 있는 윤영이 보인다.

해준   (!!) ...

씬45.   차부집 일각. 밤

윤영, 멈춰 선 버스에서 해준이 내리자 벌떡 일어서서 보는데. 천천히 윤영 곁으로 다가와 서는 해준, 겨우 고개 들어 윤영을 마주 본다.

해준   ...... 서울이 꽤 넓네요..

윤영   (! 못 찾았구나.. 그러나 애써 담담히) 자기 동생이 대신 붙잡혀가도 모른 척 작정하고 숨은 사람이에요. 쉽게 찾는 게 더 이상해.

해준   우리가 틀렸어요.. 백희섭이 덮으려던 건, 살인이 아니었다구요.

윤영   (?!)

해준   이상했어요.. 우리가 여기 오기 전에도.. 자백 같은 거 없이도.. 백희섭은 똑같이 용의자가 됐었고. 그때도 그 셔츠, 자물쇠... 전부 자기 꺼라면서 살인만은 아니라고 했어.. 덮어쓰려고 각오한 사람이 죄는 부정한다..?

윤영   (혼란스러운 채) 그거야.. 증거가 애매해질 거 같으니까 빠

져나가려고,

해준	아니요.. 진짜 아니었던 거예요..
윤영	(!? 눈빛 변해 보면)
해준	거기서 마주친 모두한테.. 똑같은 질문을 했어요. 백유섭을 마지막으로 본 게, 언제였냐고.

씬46.　　몽타주 – 서울 곳곳에서의 해준°. 낮/밤 (회상)

어느 어둑하고 후미진 서울의 골목길 전봇대 아래, 혹은 캠퍼스 내 구석진 벤치 일각, 변두리의 낡은 공장 근처, 혹은 좁은 다방 등지에서 서울의 젊은이들을 만나고 다니는 해준. 해준 앞에 선 그들은 저마다 몹시 당혹스럽거나, 두려워하거나, 걱정스러운 얼굴들이다.

해준(E)	절반은 모른 척했고.. 절반은 얘길 해줬어요. 16일 그날 밤.. 모두가 백유섭을 지켜봤다고, 것도 서울 한복판에서.
여학생1	(! 해준에게 무어라 얘기하다, 두 손바닥에 얼굴을 묻고 울어버리는)
윤영(E)	(그 위로, 문득) ... 잠깐만요..! 그럼 우리 아버진,

씬47.　　차부집 일각. 밤 (현재)

당혹스러운 얼굴로 보는 윤영, 해준을 향해.

• 몽타주 대사 별첨.

윤영	백유섭이 아니라면, 우리 아버진 어떻게 되는 거예요, 이제?!
해준	(진정시키듯) 그래도 그 셔츠가 도움이 돼줄 거예요. 경찰들이 원하는 건 거기 없을 테니까.
윤영	... 그래도.. 그래도...! (불안하게 흔들리다, 이내 달려나가는)

씬48.   경찰서 내 휴게 공간. 밤

완벽히 봉투로 감싼 피 묻은 셔츠를 들고 뿌듯한 얼굴로 서서 지켜보는 순경. 그러나 그 앞에 모여 서있는 반장과 형사 1, 2, 3, 그리고 동식의 얼굴은 심각하기만 하다.

반장	(서류를 읽으며) 셔츠에 묻은 혈흔... 검출된 혈액은.. A형... A형...? (급히 확 보며) 야, 피해자들 혈액형이 어떻게 된다고?
형사1	(찌푸린 채) 이주영은 O형, 이경애는 B형인데요.
동식	(! 보는데)
반장	그럼 저 새끼는? (고개 돌려, 의자에 간신히 기대앉은 희섭 가리키면)
동식	(얼얼한 채) ... O형... 입니다..
반장	(혼란으로) 하 씨.. 뭐야, 그럼 이건? 누구 핀데, 이게!
서울형사1(E)	(넉살 좋은 소리로) 안녕들 하십니까~~
반장, 형사들	(?! 동시에 확 돌아보면)

가죽자켓 차림을 한 매서운 인상의 서울 형사1, 2. 여유로운 태도로 둘러보며 들어와 선다.

| 서울형사1 | (지갑 펼쳐 증을 보여주며) 고생 많으십니다~ 서울서 나온 |

	한 식구예요. 우리 서장님한테 미리 전화 넣었는데, 어떻게 전달이 좀 되셨나?
동식	(?! 경계로 보면)
반장	(그런 동식을 의식해 힐끗 쳐다보곤, 마지못해) 아.. 예. (하는데)
서울형사2	(반장 손에 들린 결과지 뺏어 읽으며) 아이고, 이거, 괜한 짓 하셨네.. 이거 얘 꺼도 아닐 텐데, (희섭 향해) 그치, 희섭아?
동식	(나서선, 매섭게) 뭡니까?
서울형사1	... 뭐긴 뭐야, 살인보다 더 나쁜 짓 한 대학생 놈들 잡겠단 거지.. (친근하게) 야, 희섭아.. 너 이제 우리랑 가야 돼. 니네 형 백유섭 찾으러.
희섭	(!! 드디어 올 것이 왔단 생각에, 바짝 고개 들고 쏘아보면)
서울형사2	(그런 희섭에, 씨익 웃으며) 알고 있었네, 쟤.. 우리 올 거.
동식	(!? 보는 데서)

씬49. 경찰서 앞 + 근처. 밤

서울형사 1, 2에 의해 수갑은 푼 채로 험하게 끌려나오는 희섭. 건물 앞에 세워져있던 검은색 봉고차에 구겨지듯 순식간에 태워지면, 그 뒤로 급히 달려나오는 동식.

| 동식 | (막 닫히는 문을 두드리며) 야, 이 새끼들아! 야! 희섭아!!! |

때마침 달려 도착한 해준과 윤영, 역시 그 광경을 놀란 눈으로 보는데. 거침없이 팍 출발해버리는 봉고차. 어쩔 줄 모르던 동식, 곧 다시 경찰서 안으로 뛰어들어 가면.. 상황이 짐작되는 해준, 순간 획 돌아 봉고차의

뒤를 쫓아서 빠르게 달리기 시작한다.

윤영   (!! 차마 따르지도 못한 채 완전히 굳어서 보는)

씬50.   도로 + 봉고차 안. 밤
달리는 봉고차 안에서 여유롭게 껌을 씹으며 검은색 스카프를 꺼내는 서울형사1, 가운데 끼어 앉은 희섭의 눈을 가려 묶는다. 침착한 듯하지만, 덜덜 떨려오는 희섭의 손.

씬51.   거리. 밤
저만치 가는 봉고차를 따라 미친 듯이 빠르게 달리는 해준, 봉고차가 코너를 꺾자 그대로 도로 안으로 뛰어들어 길을 가로질러 곧장 쫓아간다.

씬52.   경찰서 근처. 밤
초조함 속에 그대로 굳은 듯 서있는 윤영, 이러지도 저러지도 못한 채, 읊조리듯.

윤영   ... 백유섭.. 백유섭.. 백유섭.. (질끈 눈을 감는데, 그 순간 떠
             오르는)

씬53.   유섭의 단칸방. 낮 (과거 – 씬42의 다음날)
교복 차림의 윤영(19세), 잔뜩 화난 얼굴로 짐가방 두 개와 보따리 하나

를 내던진다. 한쪽에 작은 밥상을 놓고 식사 중인 유섭(47세)을 챙겨주던 희섭(43세), 놀란 눈으로 보면.

윤영   아버지 짐 챙겨 왔어요. 그냥 마음 편하게, 여기서 쭉 사시라구요.

희섭   (가만히 그 짐가방들을 내려다보는데)

윤영   엄마 입원해있는 동안 병원엔 한 번이라도 왔어요? 그러면서 여기는,

희섭   (시선 내린 채) 거기는... 네가 있잖냐..

윤영   (더 발끈해) 그러니까 됐다구요! 우리도 아버지 필요 없다구!! 지겹다구요.. 혹시라도, 혹시 늦게라도 어쩌면 아버지가 올까 봐.. 안 올 거 알면서 자꾸 또 기다리게 되는 거, 그게 더 끔찍하게 싫다구요!!

희섭   (! 그저 바닥만 물끄러미 보며, 애꿎은 침을 겨우 삼키면)

유섭   (울먹이며) ... 무섭다... 무섭다, 희섭아. 숨자, 우리 숨자...

숟가락 든 채로 급히 일어서는 유섭, 다락방 한쪽 벽면 위로, 조그맣게 달린 다락방 문을 열고는 낑낑대며 그 안으로 기어 올라간다. 희섭, 그런 유섭을 멍하니 바라보고 있으면.. 윤영, 그런 두 사람을 다 지워내기라도 하려는 듯, 눈 질끈 감은 채 고개를 세차게 내젓는 데서.

씬54.   경찰서 근처. 밤 (현재)

'!!!' 어떤 확신으로 눈을 뜨는 윤영, 곧 뒤돌아선 빠르게 달려나간다.

씬55.   거리. 밤

골목 사이로 마구 달려나오던 해준, 저만치서 다시금 코너를 꺾어 나오는 봉고차를 보고는 곧장 따르려다 순간.. 우뚝 멈춰 선다.

해준   ... 같은 길을.. 계속...?

씬56.   희섭의 방. 밤

벌컥 문을 열고 뛰어들어오는 윤영, 급히 이리저리 둘러보다, 좁은 한쪽 벽면 앞을 버티고 선 옷장을 발견하고는 곧장 거침없이 밀어내기 시작한다. 끙끙 힘을 주다, 순간 옷장이 옆으로 밀려나고 나면, 그 뒤에서 비로소 모습을 드러내는 작은 정사각형의 나무 문. (씬53의) 그것과 비슷하게 생긴 형태다.

윤영   (! 떨리는 손으로 다가가 그 문을 열고, 계단을 올려다보는)

씬57.   희섭의 방, 다락방. 밤

천천히 계단을 올라서던 윤영, 순간 놀란 얼굴로 입을 틀어막는다. 보면... 하얗게 질린 얼굴로 식은땀을 흘리며 모로 누워있던 유섭, 역시 놀라서 파르르— 본다. 그런 유섭의 복부에 칭칭 감긴 하얀 천은.. 흘러나왔던 유섭의 피로 이미 흠뻑 젖어있는.

윤영   (! 말이 막혀 그저 보는데)
유섭   (! 힘겹게 입을 열어) ... 희섭이.. 우리 희섭이 어딨어요, 지금...?

씬58.　　어느 방. 밤

검은색 스카프로 눈이 가려진 채 획 걷어차이는 희섭, 바닥으로 나동그라지는데 그런 희섭의 왼쪽 정강이를 밟고 올라서는 서울형사1의 군홧발. 고통스레 신음하는 희섭의 허리께를, 들고 있던 각목으로 가볍게 치며 내려다본다.

서울형사1　우리 유섭이.. 어디 있냐고, 지금.. 어? 희섭아, 쉽게 좀 가자, 쫌!!

희섭　　　(악문 채 힘겹게) 몰러요... 모른다고요, 난!

서울형사1　아휴.. 그럼 기억을 살려드려야지, 뭐. (각목 들어 힘껏 내리치는 데서)

씬59.　　희섭의 방, 다락방. 밤

떨려오는 채 윤영을 얼얼히 바라보는 유섭.

유섭　　　사, 살인이라니.. 누가, 누가 죽었단 말입니까..?

윤영　　　(! 해준의 말이 맞구나.. 믿겨지지 않는 듯 그저 멍하니 유섭을 보면)

유섭　　　어쩌다 일이 그렇게.. 그 셔츠는.. 내 꺼예요.. (혼란스러운 채 울컥) 희섭이는, 희섭이는.. 이미 다 알고 있었다구요. 그날 밤.. 내가 어디서 무슨 짓을 하고 왔는지..

윤영　　　(!! 보는 데서)

씬60.   어느 방. 밤

울컥— 피를 토해내는 희섭, 겨우 바닥을 기어가는데, 그런 희섭의 왼쪽 정강이를 다시 여유 있게 질끈 밟고 올라서는 서울형사1. "아윽...!" 괴로움에 몸을 비트는 희섭.

서울형사1   그날 밤.. 우리한테 도망쳐서, 네 형이 너한테 찾아왔었잖아, 그치?

희섭   (덜덜 떨리는 채 악물곤) 그런 적 없당께요..

서울형사2   (물 적신 담요를 들고 곁에 쪼그려 앉으며) 희섭아, 너 여기가 어딘 줄이나 알아? 너는 감히 짐작도 못 할 그런 데야.. 촌구석 경찰서랑은 차원이 다른 데라고.. 여기서 잘못되봤자 쥐도 새도 모르게 없어지는 거야, 응?

희섭   (떨면서도) 나는 무식혀서.. 어차피 그런 거 몰러요.

서울형사2   (형사1 향해 픽 웃고는) 아휴, 귀찮다, 귀찮어. (담요로 희섭 얼굴 감싸는)

희섭   (!! 막혀오는 숨에 발버둥 치는 위로)

유섭[E]   (애타게) 희섭아...!

씬61.   동식의 집, 뒷마당. 새벽 (회상 - 17일)

반갑고 들뜬 얼굴로 문을 여는 희섭, "어유, 이 시간에 성이 워뜨케..!!" 하다 멈칫 굳어서 보면, (씬1의) 셔츠를 입은 채 피를 흘리며 비틀대고 선 유섭이다.

유섭   (하얗게 질린 채, 겨우) 희섭아..

희섭   (! 얼른 주위를 둘러보고 아무도 없는 걸 확인하곤, 유섭을

획 끌어 문 닫는)

씬 62.   희섭의 방. 새벽 (회상 - 17일)

유섭의 멱살을 잡아 문 앞에 기대 세우곤, 잔뜩 화난 얼굴로 보는 희섭.

희섭   너, 뭐여, 이거.. 뭐냐고!! 결국... 또 데모헌 거여...?! 그런 거여?!

유섭   (혼미한 정신을 힘겹게 다잡으며) 미안해, 희섭아... 형이 미안해.

희섭   내가 다신 그딴 위험한 짓 허지 말랬지, 절대 허지 말랬지!! (다급히 유섭의 셔츠 안을 뒤적여 목걸이를 찾는데, 없다)

유섭   (!! 저도 놀라선) 어, 어디 갔지..

희섭   나쁜 새끼... 못난 새끼.. (제 티셔츠 안에 숨겨뒀던 열쇠 목걸이를 탁 끊어내 앞에 바짝 보이며) 다 잊었냐...? 벌써 다 잊은 거여?!!

유섭   (! 무너지듯 울먹이며) .... 잊었으믄... 이 짓을 하겄냐, 희섭아..

씬 63.   희섭의 집, 마당. 낮 (과거 - 7년 전, 광주)

햇살이 내리쬐는 아담하고 정겨운 옛날 형태의 집. 툇마루에 편히 엎드려 누운 희섭(12세), 다리를 까딱여가며 공책 펼쳐 숙제를 하는 중이고. 희섭모(46세)와 희섭부(48세), 각자 할 일 해가며 그런 희섭을 기특하단 듯 보고 웃는다. 평화로운 한때인데.. 순간 다급히 들어서는 교복 차림의 유섭(16세), 얼굴이 벌건 채로.

유섭	아부지! 엄니! 시방 큰일 났어라! 길에서.. 막 총을 쏘고 사람이 죽는디요!
희섭모	이이? (희섭부 향해) 유섭이 쟈가 뭘 잘못 먹었는갑소, 진섭 아부지..
유섭	(펄쩍 뛰며) 아, 참말이랑께요!! (하는데)
이웃여자	(뛰어들어와) 진섭 어매요! 시방 병원에 쪼께 가보셔야 쓸 거 같은디!!
희섭부	(?! 벌떡 일어나서 보면)
이웃여자	쩌그 학교서 데모하던 학생들이 총을 하도 맞아가꼬, 가마니때기에다 기양 여그다 저그다 밀어놨다는디.. 진섭이가 거 학교 안 다닝당가요!
희섭모	(사색으로, 멍하니 보면)
유섭	성...!! (걱정과 분노로 뛰쳐나가려 드는데)
이웃여자	(붙잡으며) 아유, 애기들은 나가들 못 허게 해야 돼요, 일나 든 워쪄..!!
희섭부	(!! 보는 데서)

씬64.   희섭의 집, 방 안. 낮

좁은 방 안으로 홱 떠밀어지는 희섭(12세)과 유섭(16세), "엄니!!" 외치며 나가려 들면, 얼른 다시 떠미는 희섭모, 애써 웃는 얼굴로.

희섭모	엄니랑 아부지가 금방 갔다올텐게, 너그 성 꼭옥 찾아가꼬 올 텐게, 절대 밖으로 나옴 안 된다이? 이?
희섭	(달려들어 안기며, 울먹) 엄니, 무서워, 가지 말어...!
희섭모	(결국 안아주며, 질끈) 오메, 불쌍헌 내 새끼.. 가여븐 내 새

끼, 어쩨쓰까잉..

유섭   (어쩔 줄 몰라선, 눈물 슥 닦으며) 엄니.. 나도 같이 가야 쓰
         겠는디.

희섭모   (내저으며, 단호히) 절대 안 된다이, 그런 일은 없었지만.. 혹
         여 뭔 일 있으믄 유섭이, 희섭이... 너그들 서로 짠한 중 알고,
         둘이서도 꼭 도랑도랑 좋게 살아야 헌다? 꼭 살아야 한다..
         알긋제? 이 엄니랑 꼭 약속이다이?

유섭, 희섭   (동시에 울부짖으며) 엄니이!!

희섭모   (눈물 훔치며) 얼른 문 닫으씨요, 진섭 아부지.

씬65.   희섭의 집, 마당. 낮

소리 없는 울음으로 방문을 꽉 닫는 희섭부, 그 문에다 자물쇠를 채워 잠
그는데... 바로 훗날 둘의 목걸이가 될 그 자물쇠와 열쇠다.. 안쪽에서 "엄
니! 아부지이!!" 울부짖으며 문을 치는 유섭과 희섭 소리를 뒤로 한 채,
희섭부와 희섭모, 서둘러 밖으로 나서고 나면, 쾅쾅— 두드리는 문 위로
덜컹덜컹 요란하게 흔들리는 자물쇠와 열쇠. 그러나 곧 그 위로.. 탕—
탕! 총소리 멀게 울려 퍼진다.

씬66.   희섭의 집, 방 안. 낮 (과거)

그 소리에, 각자 마구 두드리던 고사리 같던 두 손을 퍼뜩 멈추는 유섭과
희섭. 다시 한번 탕— 탕! 총소리 들려오면, 굳은 채 파르르 떨려오는 두
아이. 희섭, 어떤 예감에 그렁해진 눈으로 올려다보면, 그런 희섭을 왈칵
감싸 안아주는 유섭에서.

씬67.   희섭의 방. 새벽 (씬62에 이어)

씩씩대는 희섭을 올려다보며, 벌게진 얼굴로 울먹이는 유섭.

유섭   그날을.. 워찌 잊는다냐... 희섭아, 그때 그 총소리를, 어떻게
          잊겄어어...!

희섭   그라믄 엄니 약속은 워쩌고! 니가 이라믄 내가 또 워찌 살라
          고!!

유섭   그럼 어떡해.. 엄니, 아부지, 우리 성.. 다 잃어불고, 억울혀서,
          원통혀서 어떡혀.. (가슴을 툭툭 치며) 여그 안에 불이 들었
          는디 어떻게 조용히 살어!

희섭   (!! 역시 울컥해선 잠시 있다) ... 이제 막 좋아허는 사람도
          생겼는디.. 아직 잘해줘 본 것두 없는디.. (그러나 마음먹은
          듯, 곧 눈물 닦아내고는, 소리 낮춰선) ... 빨리 옷 벗어.. 내가
          너 절대 안 들킬랑께.

유섭   (! 보며) 희섭아..

희섭   (시뻘개진 눈으로) 아, 빨랑!! 내가 너까지 잃어불믄, 살겄
          냐...?!

씬68.   어느 방, 화장실. 밤

작은 욕조 위로 물이 채워지고 있다. 그 소리를 들으며, 타일 바닥에 버
려진 듯 쪼그리고 누운 희섭, 덜덜 떨려오는 귓가에 다시금 들려오는 그
목소리.

희섭모(E)   ...... 오메, 불쌍헌 내 새끼, 가여븐 내 새끼, 어쩌쓰까잉...

희섭   (그저 파르르 떨고 있는)

희섭모(E)	... 둘이서 도랑도랑 좋게 살어야 헌다,
	꼭 살어야 한다, 알긋제...?
희섭	(후들후들, 목 메인 채 작게) ... 엄니.... 나 무서워...

씬69.　　희섭의 방, 다락방. 밤 (현재)

얼얼한 채 듣고 있던 윤영, 그저 이 모든 얘기가 아득하게 느껴지는데.

유섭	(떨리는 손을 힘겹게 뻗어 윤영 손을 잡으면)
윤영	(놀라서 보는)
유섭	그 사람들이 찾는 건 나예요. 제발.. 제발.. 날 동생한테 데려
	다주세요.
윤영	(!!...)

씬70.　　경찰서 앞 거리. 밤

걷기도 힘든 유섭을 힘겹게 부축한 채 걸어오는 윤영, 그저 막연한 채 둘러보는데. 마침 저만치서 달려오는 해준을 발견한다.

해준	(!! 유섭과 그 상태를 빠르게 살피곤, 뜻을 예감한 듯 윤영
	보면)
윤영	(무너질 듯한 막막함으로, 절박하게 해준을 보는 데서)

씬71.　　우정여관 앞. 밤

가운데 선 유섭을 부축한 채 나란히 선 해준과 윤영, 익숙한 여관 건물을 올려다본다.

윤영   (믿겨지지 않는다는 듯) ... 여기, 있다구요? 이 안에?

해준   (무겁게 끄덕이곤) 예. 내 눈으로 확인했어요.

유섭   (! 곧장 들어가려 하면)

해준   (얼른 붙잡으며) 그건 좋은 방법이 아니에요. 나한테 생각이
        있어요. 걱정하지 말고 여기서 기다려요.

유섭   ... 좋은 방법이란 건 어차피 없어요, 여기선. 나 대신 희섭이
        가 잘못되면, 나도 더는, 더는 못 살아요..

윤영   (! 그런 유섭을 보는데)

유섭   내 방법이 통해서.. 우리 희섭이가 풀려나게 되면, 잘 좀 부
        탁합니다. (여관 향해 서둘러 가면)

해준   (쫓으려는 윤영 잡으며) 위험하니까 여기서 기다려요. (곧
        따르고)

윤영   (!! 보는 데서)

씬72.   우정여관 앞 골목길. 밤

인적 없는 골목길. 윤영, 초조한 채 홀로 왔다 갔다 하는데.. 그때, 오랜
침묵 속에 가라앉아 있던 여관 문이 불쑥, 열리고는 누군가 천천히 걸어
나온다. 윤영, 놀라서 돌아보면.. 만신창이가 된 희섭, 눈도 제대로 못 뜬
채 왼쪽 다리를 절뚝이며 다가오는데.. 윤영의 시선에서 그 모습, 잠시
늙은 희섭(53세)의 모습으로 바뀌어 보인다. 묵묵하게 가라앉은 그 익숙
한 얼굴, 기우뚱대는 그 익숙한 아버지의 걸음걸이...
'...!!!' 말을 잃은 채 지켜보는 윤영의 앞까지 다가온 희섭(19세), 그제야
비틀 주저앉으면.

윤영	(붙잡지도 못한 채 놀라서) 괜찮아...?
희섭	(그러한 채, 겨우) ... 괜찮어.. 잘못했으니께, 벌 받는 건 당연한 거잖어.
윤영	(?! 그 참담한 모습에 역시 그렇해져선) 무슨 잘못을 했는데, 네가...?
희섭	... 잘못을 혔으니께, 그라니께, 일이 다 이렇게 됐겄제.. 안 그러믄.. (고개 들어, 말갛게 윤영을 올려다보며) 왜 이런 일이 일어나겄어...?
윤영	(!! 차마 어떤 대답도 못 하고 내려다보면)
희섭	안 그러믄 대체 왜.. 우리헌테 이런 일이 일어나겄어...? (울먹이며) 근디 너는 내가 뭘 잘못혔는지 알어...? 우리가 뭘 잘못혔는지, 넌 알어...?
윤영	(멍하니 보는 위로, **N**)

... 나는 누구고... 지금 여긴 어디인 걸까요...

희섭	(그런 윤영을 괴롭게 보다, 곧 아이처럼 서럽게 울음을 터뜨리고)
윤영(N)	**이토록 긴 시간을 건너온 나는 당신에게 과연..**
	어떤 답을 들려줘야 할까요?
	(희섭에게로 떨리는 손을 뻗어보다, 차마 닿지 못한 채)
	...... 아무것도 모르겠는 채로 그저 바보처럼 있습니다.
	여기, 당신의 가장 어두운 밤에... 내가.
	(마침내 눈물을 후두둑 떨구고)

그렇게 길고 긴 시간 끝에 서로를 마주한 채,
조용히 울음을 우는 두 사람의 모습에서.

어쩌다 마주친, 그대 / 제 9회 엔딩

어쩌다 마주친, 그대

chapter 10

멀리, 혹은 가까이

씬1.　　　우정여관 앞 골목길. 밤

서로를 마주한 채 눈물을 떨구는 윤영과 희섭, 그런 두 사람 위로.

윤영(N)　　어떤 진실은... 끝내 도착하게 돼있는지도 모르겠어요.

상처투성이가 된 희섭의 손을 내려다보던 윤영, 망설이다 한쪽 손을 뻗어 내밀면 가만히 그 손을 올려다보는 희섭, 천천히 뻗어 맞잡는 위로.

윤영(N)　　멀고 먼 시간을 돌아서라도 꼭.. 가 닿아야 할 그 사람한테.

윤영　　(곧 힘주어 일으키곤) 걸을 수 있겠어? 가자. 병원.

희섭　　(멈칫, 버티며) ... 싫어.

윤영　　(!? 보면)

희섭　　혼자 빠져나온 주제에.. 얼마나 더 뻔뻔해지겠다고 치료씩이나 받어. (손 툭 놓으며) 내버려 둬.. 성 나올 때까진 아무 데도 안 가, 난.

윤영　　(!! 다친 다리를 내려다본다. 이렇게 영영 때를 놓쳤겠구나 싶은..) 그렇게 생각했겠지.. 그렇게 내버려 뒀겠지. 이 골목에 너 혼자였을 땐.

희섭　　(? 보는)

윤영　　(굳게 보며) 지금은 아냐. 그렇게 안 둘 거야, 난.

다시 희섭을 부축해 가는 윤영.
그러나 몇 걸음 못 가 비틀대며 넘어지는 희섭.

희섭　　(슬픔에 치받아선) 제발 그냥 두라니께, 나 좀...!! (하는데)

때마침 뒤쪽에서 라이트 뿜으며 거칠게 달려오는, 'KBC' 로고 붙은 회색 승합차 한 대. 윤영, 그 모습 보며 떠올리는.

씬2.   우정여관 앞 골목길. 밤 (회상, 9부 씬기에 이어)

여관으로 들어간 유섭을 쫓으려던 윤영을 붙잡던 해준.

해준   실은, 아까 백희섭 끌려들어가고 곧장 선배들한테 전화해 뒀어요. (손목시계 보며) 50분 안에 온댔으니까 곧 도착할 겁니다.

윤영   (얼떨떨한) 선배.. 라니요?

해준   내가 원래 뭐 하던 사람인지 잊었습니까?

씬3.   우정여관 앞. 밤 (현재)

바라보는 윤영.. 막 멈춰 선 승합차에서 빠르게 뛰어내리는 젊은 기자 다섯 명이다. 각자 'KBC' 써 붙은 대형 카메라 등을 챙겨든 틈에 옛날식 통통한 마이크를 든 김 기자*, 맨 마지막으로 내리다 그만 "어구구!" 발을 헛디뎌 떼구르르— 우스꽝스럽게 구른다.

김 기자   (허둥지둥하면서도) 307호랍니다, 선배! (동시에 다 함께 휙 올려다보면)

•   1부 씬10의 기자(20대 중후반, 남). 현재는 신입. 훗날 해준의 선배이자, 보도국장이 되는.

어딘가와 통화하며 창문 밖 내다보던 서울형사1, "쌍!" 표정 구기며 창문을 닫아버리는.

씬4.   우정여관, 객실 안. 밤

잔뜩 성질난 얼굴로 애써 참으며 초조하게 통화 중인 서울형사1.

서울형사1   예.. 지금 시국이야.. 알죠. 그치만, (하다 불호령 떨어지면, 질끈) 아닙니다! 죄송합니다!

그러는 동안 의자에 결박된 채 침착하게 앉아있던 유섭, 후들후들 떨리는 제 팔목을 슬쩍 들어서 보면.. 바로 해준의 손목시계다! 보며, 떠올리는.

씬5.   우정여관 내 구석진 일각. 밤 (회상)

코너에 겨우 기댄 채 거친 숨을 몰아쉬는 유섭.. 보면, 땀에 젖은 해준, 빠른 손길로 제 손목시계를 풀어 유섭의 손목에 채워주는 중이다.

해준   당신 말대로 좋은 방법 같은 건 여기 없을지도 몰라. 그치만 저 인간들도 절대 못 이길 만한 게 하나 있어요. (문득 보며) ... 미래를 아는 사람.
유섭   (?! 보는데)
해준   방송국 기자들이 제보받고 곧 도착할 겁니다. (시간 확인시키며) 앞으로 15분.. 딱 그만큼만 버티면 끝난단 걸 아는 사람은 저 방에 당신뿐인 거야.

유섭   (!!)

해준   동생 먼저 내보내고 남은 시간 어떻게든 더 다치지 않게 15
         분만. 제발 무사해줘요. 당신 가족을 위해서.

씬6.   우정여관, 객실 안. 밤 (현재, 씬4에 이어)

그 말을 떠올리며 울컥하는 유섭, 시계를 보면, 정확히 15분 지나 있다.

서울형사   예, 그렇게 하겠슴다!! (끊고, 서울형사2 향해 철수하자고
         까딱하는데)

선배기자(E) (그 위로 날카롭게) 고문 행위가 있었습니까?!

씬7.   우정여관, 복도. 밤

복도 끝을 향해 급히 달려가는 서울형사1, 2. 카메라 들고 격렬히 그 뒤
를 쫓는 기자들.

선배기자   고등학생까지 무단으로 여관방에 끌고 왔던 게 사실입니
         까?! 한마디 해주십시오!

김 기자   (마이크 들고 허둥지둥 쫓으며) 한마디 해주십시오!!

그 사이.. 고요해진 객실로 빠르게 달려 들어가는 해준, 곧 유섭을 등에
업고 빠져나오면 힘없이 기댄 채 제 손목에 찬 시계를 내려다보는 유섭,
옅은 미소로.

유섭   감사합니다.. 제가 알 수 있는 미래를.. 만들어주셔서..

해준	(!! 여러 의미로 다가온다. 책임감으로 묵묵히 달려 내려가는 데서)

씬 8.　　　우정리 읍내 병원, 전경. 밤

사거리에 위치한 '우정병원' 간판, 어둠 속에 홀로 빛을 내고..

씬 9.　　　우정리 읍내 병원, 병실. 밤

각자 수술을 마친 뒤 나란히 베드에 누운 희섭과 유섭, 링거 꽂은 채 곤히 잠들어있다. 희섭은 다리 한쪽을 통으로 깁스하고, 유섭은 붕대 감은 복부 위에 환자복을 걸친 상태.
구석진 작은 소파에 나란히 앉은 해준과 윤영, 나른한 안도감 속에서.

윤영	선배들은.. 잘 돌아갔을까요?
해준	한바탕 쇼 잘 마쳤으니.. 지금쯤 막걸리집에서 신나게 뒤풀이 중이겠죠.
윤영	(? 보면)
해준	(웃는) 87년도.. 진짜 보도가 될 리가 없잖아요. 그럴 거 다 알면서 와준 거고. (살짝 뻐기는) 내가 또 그럴 사람들 직통 번호를 좀 알고.
윤영	(와아.. 하듯) 그래서 떼구르르 하셨구나! (살짝 놀리는 중) 퍼포먼스의 일환이었던 거야.. 그쵸?
해준	(!!) ... 봤구나..
윤영	(웃는) 귀여우시던데요, 뭐. 나 신입 때 생각도 나구. 이 무시무시한 세상에서 어떻게 잘 살아남으셨어야 할 텐데.. 걱정

	도 되구.
해준	살아남기만 했나.. 보도국장 제일 오래 해먹은 사람인데.
윤영	진짜? 그 아기새 같은 분이? 대박..
해준	거기서 제일 깡마른 아저씨 봤어요? 그 아저씬 지금 여기 술배가 이만큼.. 후배들 밥 사주러 도보 10분만 걸어도 진땀을 이렇게..
윤영	(재밌단 듯 웃는다.)
해준	(역시 작게 좀 웃는데)
윤영	(자연스럽게 희섭 쪽 바라보며) 어떤 사람들이 돼 있을까요, 두 사람은..?
해준	(따라서 보면)
윤영	(천천히 일어나 희섭 곁으로 다가서는) 여기서부터 또다시 시작해볼 수 있으면 좋겠는데.. 아프고 고생하고 그런 건 많이 해봤으니까.. 이제 좀 살아보고 싶었던 삶도 살아보고 그렇게.
해준	(곁에 다가와 서며) 그럴 거예요. 수술도 잘 됐고 두 분 다 예전처럼 회복할 거니까.. 벌써 많은 게 달라져있을걸.
윤영	(! 상상만으로도 좀 벅차고)
해준	돌아가서 꼭 확인해봐요.. 어떤 가족이 기다리고 있는지.
윤영	(해준을 본다. 뭉클하게 몰려오는 고마움으로.. 예쁘게 미소 지으면)
해준	(역시 편안한 미소 지어주는)

씬10.   우정리 읍내 병원, 로비. 밤

나란히 걸어나오는 해준과 윤영. 바뀐 미래.. 벅찬 상상들로 좀 들떠있는 윤영.

윤영	(친근히 붙어 보며) 있죠, 내가 밥 사주고 싶어!
해준	(보며 픽) 돈 있어요? 여기 꺼.
윤영	빌려줘요! 꼭 내가 사는 걸로 하고 싶어. 돌아가서 갚을게, 응??
해준	내일 사요.. 비싼 맛집 좀 알아보게. (웃으며 두 사람 밖으로 나가면)
병구	(1층 다른 쪽 복도에서 나와 계단 쪽으로 급히 달려가는 데서)
병구(E)	유섭 군!!

씬11.　　우정리 읍내 병원, 병실. 밤

막 홀로 깨어난 채 부스스 앉아있던 유섭, 열린 병실 문을 보곤.

유섭	선배님...!!
병구	(문 닫으며 들어오는) 대체 어떻게 된 거야? 한동안 연락도 안 되더니 어떻게 이러고 나타나나.. (하다 상처투성이로 잠든 희섭을 보곤 멈칫, 분노로 고요히 끓어오르는 위로)
동식(E)	(격앙된) 말이 돼?! 이게 말이 되냐고!!

씬12.　　경찰서, 강력반(형사2반). 밤

분노로 한껏 흥분한 동식, 주먹이라도 날릴 기세로 반장을 향해 달려드는 중이다. "아이고, 형님..!!" 해가며 양쪽에서 뜯어말리는 형사1, 2, 3.

동식	제대로 된 증거도 없이 애를 그렇게 보내버리는 법이 어딨어!! 그 새끼들이 어떤 놈들인지 다 알면서!! 나한테 미리 말 한마디 없이!!
반장	웃기는 새끼, 야! 그래, 그렇게 조카를 걱정하는 놈이 네 손으로 여길 잡아다 끌고 왔던 거냐, 백희섭?!
동식	(!! 보면)
반장	왜.. 뭐 그거랑 이거랑 달러? 하긴 살인자 잡았대면 실적이라두 되지, 데모꾼이랑 엮이는 건 골치 아프니까. 가뜩이나 전적두 있는데. 그치?
동식	(하얗게 얼어붙은 채 떨려오는데)
반장	(가까이 붙어선) 이러나저러나 어차피 다 지 앞가림하자구 하는 짓인 거 빤히 아는데 너무 오바하지 말자, 동식아. 어? 피차 부끄럽잖어..!

동식, 스스로도 눈치채지 못했던 제 민낯의 일부를 마주한 듯 혼란스럽다..! 결국 그 혼란에 떠밀리듯 괴성과 함께 달려들어 주먹 날리면, 순식간에 뒤엉키는 두 사람. 당황한 형사들, 두 사람을 떨어뜨리려 안간힘 쓰느라 소란인데..

서장(E)	뭣들 하는 거야!!
일동	(멈추고 보면, 어느새 들어서 있던 서장과 그 옆에 병구다.) 서장님...!
동식, 반장	(짧은 새에 피 터진 얼굴들로 벌떡 일어서는)
서장	(분노로) 망신두 이런 망신이..!
병구	(전에 없이 냉랭하게 둘러보다) ... 사람이 둘씩이나 죽은 마을이 여기가 아닌가? 내가 그간 매일같이 밥 멕이고 술 멕이

던 게.. 식구 잃어 피눈물 흘리는 사람들 넘쳐나는 데서 저들
끼리나 싸우는 한심한 인간들이었어?!

일동   (! 고개 떨군 채 숙연해지는데)

병구   내 오늘 제대로 실망하고 가네. (돌아서려다, 멈칫) 그리고..
백희섭. 내 학교 학생한테 또 한 번만 그딴 식으로 무식하게
손들 대봐, 엉?!

동식   (그 경고를 듣는 제 자신이 더 참담해지는..)

씬 13.   순애의 집, 마당. 밤

초췌한 옥자, 바람을 쐬러 현관문을 열고 나오는데.. 열리는 문에 뭔가가
스윽 밀려나는 소리가 들려 보면, 불룩한 봉투 하나가 놓여있다.
'?' 조심스레 봉지를 열어 하나 꺼내 보면.. 설탕 가득 묻은 꽈배기다. 다시
보면 그 안에서 종이 하나 발견해 꺼내 보는데.. '**간장에 찍으면 맛있어요 ^_^**'

옥자   (? 누가 놓고 갔을까.. 하다 괜히 밤하늘을 물끄러미 올려다
보는)

형만   (곧 뒤에서 현관문 열고 고개 내밀며) 뭐 해.. (하다 봉지 보
곤) 뭐야?

옥자   글쎄.. 모르겠네.. 우리 경애도 참 좋아했는데, 이거.

형만   (잠시 보다) 밥 다 됐어. 들어가자, 옥자야. (어깨 감싸주면)

옥자   (끄덕끄덕.. 봉지를 품에 꼭 안고 함께 들어가는 데서)

씬 14.   해준의 집, 지하실. 밤

'우정리 연쇄살인사건 용의자' 적힌 벽면 앞에 서있는 해준. 그 밑으로

딱 하나 남아있던 백희섭의 증명사진을 잠시 바라보다 곧 떼어낸다. 이 제 완벽한 공백이 되어버리자 착잡함에 작게 숨을 내쉬는데..

윤영(E)	왔어요! 왔어!
해준	(? 돌아보면)
윤영	(번쩍 문 열고는 반가운 얼굴로) 드디어 다시 와줬다구요!
해준	... 뭐가..
윤영	(눈 빛내는) 우리의 히어로...!!

씬15.   해준의 집, 차고. 밤

타임머신 옆에 선 해준, 눈앞에 서있는 이... 바로 연우다. 돌려받은 큐브 를 툭― 툭 가볍게 공중으로 던졌다 받으며 천천히 어슬렁대는 연우.

연우	내가 필요한 조건은 딱 두 가지야.
해준	(중얼) 아.. 갑자기..?
연우	난 보통 저녁 한 끼만 먹는 걸 선호해. 메뉴는 그릴 치즈 토 스트. 8시에서 9시 사이에 맞춰 주면 좋을 거 같애. (이번엔 큐브 좀 섞으면서) 두 번짼, 그때 빼곤 건들지 않는 거? 한 번 집중하면 흐름 끊기는 거 되게 싫어하그든, 나.
해준	(알지.. 끄덕이는데)
연우	(멈춰서 보며) 물론 이건 5초가 사실이라는 전제하에. (다 섞은 큐브 획 던지며) 확인?
해준	(툭 받자마자, 곧장 빠르게 큐브 돌려 맞추는)
연우	(오..? 하듯 눈여겨보며, 영어로) 5.. 4, 3, 2.. (하는 순간 툭― 날아오는 완벽한 큐브를 탁― 받고는) 좋..아..! 고쳐주자, 까

짓거. (씩 웃으면)

해준   (마주 웃어주며) 되게 고자세로 나오네?

연우   (? 보면)

해준   뚜껑 열고 나면 나한테 매달리게 될 텐데, 제발 좀 고치게
              해달라고.

연우   (??)

해준   (이번엔 자신이 여유롭게) 내가 원하는 조건도 두 가지야.
              첫째, 여기서 본 그 어떤 것도 절대 타인에게 발설하지 않는
              다. 둘째, 나랑 같이 사는 동거인이 불편하지 않게 딱 차고만
              드나든다.

연우   (팔짱 끼고 여유 있게 웃는) 공짜로 해주는데 조건도 달아?

해준   (본네트를 열면서 와서 보라는 시늉 하면)

연우   (쳇.. 하듯 걸어와 힐끔 들여다보다, 헉? 놀라서 해준 본다)
              뭐야.. 이거?

해준   (모른 척) 왜, 뭐가 좀.. 달라?

연우   (곧장 고개를 깊숙이 처박고 이쪽저쪽 만져본다.. 대단히 흥
              미롭다..) 아니, ECU가 왜.. 배터리가.. 된다고.. 이게..?!

해준   어떻게.. 고쳐볼 만하겠어?

연우   (! 흥분한 채 벌떡 고개 들곤) 어, 형..

씬16.   **해준의 집, 마당. 밤**

밖으로 나오는 해준, 불빛 켜진 차고를 힐끗 돌아보다, 픽 웃음이 나온
다. 뒷주머니에서 지갑을 꺼내 열어보면 드러나는 사진 한 장. 어린 해
준과 큐브 하나씩 들고 다정하게 붙어 찍은 20대의 연우 모습이다. 똑같
군.. 흐뭇한 미소로 들어가는 해준이고.

씬17.   해준의 집, 지하실. 밤

마주 선 해준과 윤영. 그 사이에 놓인 철제 책상 위로 사진 한 장 올려져 있다.

윤영   (비장한) 이제 타임머신도 고치기 시작했고. 돌아가기 전에
            우리가 할 수 있는 일, 끝까지 해보는 거예요. 잡아야 할 인
            간은 잡고.. 살려야 할 사람은 살리는 거. (사진 내려다보며)
            일단, 87년에서의 마지막 피해자.
해준   (역시 사진 향해 시선 옮기면)

씬18.   봉봉다방. 밤

분홍색 리본 머리띠를 쓴 유리, 테이블에 앉아서 은하와 꺄르르 웃으며 장난친다. 그때, 딸랑— 종소리 들리면 반갑게 돌아보는 두 사람. 보면, 열린 다방 문 사이로 들어서는 이.. 시크한 얼굴의 해경이다!

윤영(E)   우정고등학교 3학년 1반... 김해경.

씬19.   해준의 집, 지하실. 밤 (씬17에 이어)

철제 책상 위 윤영이 막 내려다보던 증명사진, 역시 해경의 얼굴이 담겨 있는데. 윤영, 이번엔 벽면에 붙은 '우정리 연쇄살인사건 용의자' 아래 공백을 가리키며.

윤영   저긴 이미 바닥나버렸지만.. 오히려 깔끔한지도 몰라요. 이
            제부턴 경찰들이랑 겹치지 않는 다른 길로 앞서갈 수 있단

뜻이잖아. 그 사람들이 놓친 인물 하나를.. 우리는 아니까.

해준   (뒤쪽에 준비해뒀던 고미숙의 원고를 꺼내 보는데)

윤영   설마.. 아직도 고미숙은 아니라고 생각해요? 소설일 뿐이라
        서? 김해경이 피해자였다고 유일하게 지목한 건, (하는데)

해준   여기엔 특별히 적혀있는 게 없던데.. 고미숙이 따로 했던 얘
        긴 없어요? 김해경에 대해서.

윤영   (!) 있어요. 세 번째 피해자에 대해 어떻게 쓸 건지.. 들려준
        얘기.

씬20.   봉봉다방. 밤 (씬18에 이어)

나란히 앉아 떠드는 중인 유리와 은하. 그 맞은편에 심드렁한 얼굴로 앉
은 해경인데. 화장실 다녀온 미숙, 가볍게 해경 옆자리로 와 앉으며, 예
쁘게 웃어준다.

미숙   왔구나? (친밀하게 해경의 머리칼을 귀에 슥 걸어주면)

해경   (!! 좀 떨리는 듯) 어.

윤영(E) *주인공을.. 그러니까, 고미숙을.. 좋아하고 있었다고 했어요.*
        고미숙 자신도 그걸 잘 알고 있었고.

유리   자자, 다 모였으니까 푼다! (가방에서 제 머리띠와 똑같은
        분홍색 머리띠 네 개를 촤락— 꺼내 놓으며) 요즘 울 엄마
        부업하잖아. 요거 리본 하나 붙이는 데 20원 준대. 근데 팔
        때는 3천 원! 완전 뻥튀기 아니니? (새침한 미소로) 그래서
        몇 개 좀 쌔벼왔지. 너희들 하나씩 하라구~

해경   미쳤냐. 세트도 아니고 똑같은 걸.. 촌스럽게. (하는데)

미숙   (선뜻 하나 집어 머리에 써보며) 어때? 예뻐?

은하	야아~! 미숙이 네가 쓰니까 9천 원짜리 같애! (얼른 저도 집 어 쓰면)
해경	(웃고 있는 미숙의 옆얼굴을 본다. 예쁘다는 생각..)
청아(E)	하나 남겠네?
일동	(? 보면)
청아	(빈 쟁반 들고 지나다, 저도 하나 툭 챙겨 머리에 쓰는) 나 하나 한다?
유리	안 그래두 언니 줄라구 챙겨왔죠~ (윙크 날리며, 총알 쏘는) 왕 예뻐!!
청아	(픽 웃으며 가면)
해경	(마지막 남은 하나 슬쩍 챙겨 주머니에 넣곤, 미숙 향해) 얘 기 좀 해..

씬21.　봉봉다방, 여자 화장실. 밤

텅 빈 화장실.. 유일하게 뿌옇게 연기 피어오르는 마지막 칸 아래를 비추 면, 바짝 마주 붙은 채 섞여있는 두 명의 운동화.

해경(E)	이제 어떻게 할 거야?
미숙(E)	뭘?
해경(E)	백희섭 개.. 풀려난 거 같던데.
미숙(E)	잘됐지, 뭐. 그러게 처음부터 얌전히 있으라니까.. 말을 안 듣고.

씬22.　　여자 화장실, 마지막 칸. 밤

가까이 마주 선 미숙과 해경. 벽에다 담배를 문질러 끈 해경, 복잡한 듯
제 얼굴 부비면.

미숙　　　그놈의 형 때문에 괜히 나댈 거 같길래 입 좀 맞춰두려고 했
　　　　　더니 결국 끌려가선.. 근데 차라리 잘된 거 같아. 시간 벌어
　　　　　줬거든. (의미심장한 미소로) 아직도 다 안 나았더라.. 손이?

해경　　　(! 떠올리면)

〔 인서트 - 씬. 우정리 강가, 다리 밑. 밤 (7부 씬53 장소) 〕
자갈밭에 누운 고민수, 힘 안 들어가는 제 손을 고통스럽게
든 채, 거의 울먹.

　　민수　　　*너, 너 미숙이 친구 맞지? 전화 좀 해줘, 제발...!*
　　해경　　　*(그제야 드러난다. 다리 위에서 그 모습 내려다*
　　　　　　　보고 있는)

해경　　　(초조한) 진짜.. 정말로 덮어씌울 거야, 너네 오빠한테?

미숙　　　(미소 거두며, 짜증스러운) ... 왜 자꾸 다시 묻니, 자꾸 거슬
　　　　　리게.

해경　　　(! 보는 데서)

씬23.　　해준의 집, 지하실. 밤

마주 앉은 해준과 윤영.

윤영	자신의 비밀을 알고 있었던 김해경이 자꾸만 불안하게 굴어서 그게 거슬리던 참에 마침 가출까지 하더라는 거예요.
해준	가출이었던 건 맞아요. 자필로 편지까지 써놓고 나갔으니까.
윤영	그렇게 집까지 나왔으니 겁날 것도 없겠다, 고미숙한테 같이 서울로 떠나주지 않음 비밀을 다 폭로해버리겠다고 나와서.. 그래서..
해준	비밀이라면.. 자기가 범인이었다는 거?
윤영	(끄덕) 네.
해준	(한숨으로 원고 덮으며) 그렇게도 일단 알아둡시다.
윤영	그렇게도..?
해준	내가 알아낸 이야기도 있거든요. 김해경이 가출했던 이유.

씬24.   해경모의 술집. 밤

왁자지껄 중년 사내 손님들로 떠들썩한 가게 안. 빈 테이블 술병 치우느라 바쁜 해경모(39세), 활력이 넘친다. 이쪽저쪽 테이블에 앉아 떠들면서도 그런 해경모의 모습을 훔쳐보느라 바쁜 중년 사내들. 이때, 구석진 자리 한쪽에 앉은 채 조용히, 그러나 힘껏 중년 사내들을 쏘아보고 있는 이.. 교련이다!

윤영(E)	교련...?! 우리 반 담임이요? 그 사람이 여기서 왜 나와요?
해준(E)	김해경의 어머니를.. 좋아하고 있었거든요. 어머님도 같은 마음이었고.
교련	(속상함에 벌컥벌컥 소주 마시곤, 앞에 놓인 김칫국을 또 벌컥벌컥..)

그때, 만취한 채 비틀거리며 일어나는 중년男1, "강 사장~~" 하며 해경 모를 뒤에서 안는다. 곤란한 해경모인데.. 이에 격분하는 교련, 숟가락 쥔 채 부르르 떨다 그만 벌떡 일어선다. "동작 그마안!" 외치며 달려가는 교련, 옆으로 힘껏 날라차기를 하는 데서.

씬 25.　　해경모의 술집 앞. 밤

길바닥 한쪽 구석진 계단참에 홀로 앉은 해경, 무심한 얼굴로 봉봉다방 성냥갑에서 꺼낸 성냥개비들을 차례대로 툭— 툭— 분질러 바닥에 버리는 위로.

중년女1(E)　　아무리 그렇대두 애 아빠를 이렇게 곤죽으로 만들어놓음 어 떡해요?! 선생이라는 사람이!!

해경모(E)　　제가 죄송합니다.. 약값은 전부 해드릴 테니.. 우리 해경이 오기 전에 그만 가주시면 안 될까요?

중년女1(E)　　허이고, 딸 앞에 창피할 낯이 있나 보지?! 딸 담임이랑 놀아 나는 주제에?

교련(E)　　함부로 좀 말하지 마십시오! 그런 말 들을 사람 아닙니다!

여학생1(E)　　제발 그만 가자구, 엄마아..!

그러다 더 이상 못 버티곤 홱 뛰쳐나오는 여학생1(19세), 해경과 눈이 마주친다. 해경, 잠시 보다 시선 거두면, 분한 듯 홱 가버리는 여학생1.

씬 26.　　해경모의 술집. 밤

주머니에 손을 찔러넣은 해경, 천천히 걸어 들어가면, 난장판이 된 술집 안.. 테이블 앞에 앉아 교련의 상처에 밴드를 붙여주는 해경모 보인다.

교련	(! 해경을 보곤 흠칫 놀라 일어서면)
해경모	(역시 놀라 일어서곤, 얼른) 언제 왔어, 우리 딸? 밥은?
해경	(교련 테이블에 놓인 김칫국 보며) 또 메뉴판에 없는 김칫국이네. 담탱이가 좋아하는 거.
교련, 해경모	(! 침 꼴깍)
해경	(가만히 두 사람 보다가) 나 미역국 먹고 싶어.
해경모	어..? 어 그래. 내일 해줄게, 엄마가.
해경	미역국만 해.. 또 김칫국 하면.. 나 이제 진짜 집에 안 와. (가면)
해경모	(!! 그런 해경 뒷모습을 슬프게 보는 데서)

씬27. 해준의 집, 지하실. 밤

윤영	설마 내일.. 김칫국 때문에 가출을 한다는 건가요?!
해준	(끄덕이며) 뭐, 그런 셈이죠.
윤영	(이걸 어떻게 받아들여야.. 애써 침착) 그러니까.. 김해경은 미역국이고 교련은 김칫국인데.. 엄마가 최종적으로 김칫국을 택했다고,
해준	그랬다고.. 오해를 한 거였죠, 김해경. 사실은 딸을 위해서.. 교련한테 더 이상 찾아오지 말라고 마지막으로 끓여준 거였는데.
윤영	... 근데 우리한텐 어차피 가출 '이후'가 중요한 거 아닌가요? 가출 '이유'가 아니라?
해준	예전이라면 그랬겠죠. 범인을 마주치는 시간, 장소.. 그런 게

중요하다고 생각했었으니까. 근데.. (주영과 경애 떠올리는)

윤영   (! 짐작하곤 보는)

해준   (잠시 생각하다) 이젠 다른 어떤 가능성도 남겨두고 싶지가
          않아요. 어떤 변수가 생기더라도 가출 같은 건.. 두 번 다시
          안 하게.

윤영   그치만 이건.. 범인이랑 마주칠 수 있는 마지막 기회일 수
          도..

해준   다른 방법이 있을 겁니다. 그 전에.. 확실하게 살리는 것부
          터, 먼저.

윤영   (! 어쩔 수 없고..) 근데 오해 때문인 거면.. 가출 생각이야 금
          방 접을 수 있겠는데요? 엄마는 교련이 아니라 널 택한 거였
          다, 김칫국이 아니라 미역국이었다.. 이 사실만 확인시켜주
          면 되는 거니까?

해준   (흠.. 대답 대신 가만히 생각에 잠기는 데서)

씬28.   우정고등학교, 교문 앞. 낮

쨍쨍하게 날이 밝고, 평소처럼 시끌벅적 떠들며 등교하는 학생들.

씬29.   우정고등학교, 교무실. 낮

창가에 선 해준, 그 모습들을 가만히 지켜본다. 보면, 교문 앞 북적이는 학
생들 틈에 해맑게 투닥대고 장난치며 오는 유리와 은하. 그 뒤로 떨어진
채 나란히 걸어오는 미숙과 해경. 네 사람 모두 (씬20) 분홍색 머리띠 한.

교련[E]   아유, 사공주야, 뭐야아..?

해준	(? 보면)
교련	(해준 옆에 붙어선, 무스 바른 머리 빗으로 넘기며) 뭐 저렇게 똑같은 머리띠를.. 것도 분홍색으로다 촌스럽게.. (하면서도 해경 쪽 흘낏) 분홍색을 좋아했나..?
해준	(그런 교련을 훑어보면, 온통 흰색 상하의에 백구두다..) 그러는 본인은 가래떡입니까, 뭡니까..?
교련	(! 짜증) 비유를 해도 꼭.. 하여튼 잘생긴 것들이 뭘 알아? (가는)

책상 앞에 가 앉는 교련. 바로 옆 제 자리로 가 앉는 해준. 보면, 교련 책상 아래, 풍성하게 예쁜 장미꽃 담긴 쇼핑백 놓여있다.

해준	오늘... 프로포즈 합니까?
교련	(피식 웃음 새어 나와) 예. 대단히 좋은 날입니다. 오늘.
해준	너무 낙관적인 거 아닌가. 까일 수도 있단 생각은 안 해요?
교련	(! 좀 째리다, 잠시 묵묵하더니) 안 합니다. 절대 안 까이게 할 겁니다. 뭐 이미 들으셨겠지만.. 여자 혼자 술집 한다고 가뜩이나 사람들이 못된 말들 많이 하는데.. 하필 나랑 엮여서 소문이 두 배예요. 이미 생긴 마음을 무를 순 없고.. 이제 그냥 소문을 다 끝내버릴랍니다. 두 모녀, 이 말 저 말 더 안 듣게, 확실한 울타리가 함 되어줘볼라고요.
해준	(! 예상치 못한 진지함인데)
교련	(씨익 웃다, 이내 다시 거울 보며 콧노래로 부푼 꿈 꾸는)

씬30.   교무실 앞 복도. 낮

곳곳에 대걸레와 수건 등으로 물청소 중인 학생들. 그 사이로 지나가는 고련, 옷에 튈까 봐 이리저리 몸을 쏙쏙 피하면서 촐랑대고 간다. 해준, 그런 고련의 뒷모습을 착잡하게 보는데.. 옆에 다가와 서는 병구, 따라서 보며.

병구   저건 대체 언제 정신 차릴까..

해준   (! 가볍게 목례하면)

병구   어제 또 쌈박질했다데? 학부모 술집에서, 학부모랑 연애한다고, 다른 학부모랑 주먹질을.. (하다 혈압) 하루빨리 짜를까, 그냥?

해준   안 그럴 거면서 맨날 말씀만..

병구   (금방 사람 좋게 웃으며) 맞어. 가족을 어떻게 짤러. 그치?

해준   (가족이라.. 떨떠름히 보는)

씬31.   여자반 교실. 낮

떠들썩한 교실. 홀로 턱 괴고 앉은 윤영, 비어있는 순애 자리를 물끄러미 보다, 저만치에 분홍색 머리띠하고 앉아 공부 중인 미숙의 뒷모습도 쳐다보는데.. 교실 뒤쪽에서 모여 떠들고 있는 여학생 무리들. 그 중엔, (씬 25)의 여학생1도 끼어있다.

여학생2   (웃으며) 야, 어제 너네 아빠 개망신 당했다매?

윤영   (그 소리에 힐끗 무리를 쳐다보면)

여학생1   (! 표정 굳어있는)

여학생2   (쿡 찌르며 장난으로) 진짜 니네 아빠랑 김해경 엄마랑 바람

났냐?

여학생3   (얼른 주위 둘러보며) 야.. 해경이 들음 어쩔라구 그래.

여학생2   김이박 매점 갔잖어. (여학생1 향해) 조심해. 개네 엄마 엄청
                 예쁘잖아.

여학생1   (짜증스레) 죽고 싶냐?

윤영, 힐끗 고개 돌리면, 때마침 교실 앞문으로 분홍색 머리띠를 한 김이박
셋 들어온다. 그러나 등 돌리고 있는 여학생1, 그 모습 알아채지 못한 채.

여학생1   (발끈, 붉어져선) 김해경 개네 엄만 담임이랑 그렇고 그런
                 사이잖어.

무리들   (저만치 서있는 해경 발견하곤, 바짝 굳는데)

여학생1   창피하지도 않나 봐, 이 남자 저 남자 다 홀리고 다니더니
                 하다 하다 자기 딸 담임까지 건드리고.. 남자 없음 못 사나,
                 진짜.

해경   (그런 여학생1의 등판을 가만히 쳐다본다.)

윤영   (작게 중얼) ... 맙소사...

씬32.   남자반 교실. 낮

떠들썩하던 교실로 해준이 들어서면, 순식간에 조용해지는 남학생들.
특히 초췌한 얼굴로 앉았던 범룡, 그 등장에 바짝 움츠러드는데.

해준   (그런 범룡 날카롭게 주시하면서) 58페이지.. (하는 순간) !?

어떤 느낌으로 힐끗 고개 들던 해준, 복도 창밖으로 소리 없이 다급하게

손 흔드는 윤영 보인다. 당황한 해준, 보는 데서.

씬33.　　여자반 교실. 낮

구석진 교실 뒤편으로 여학생1을 홱 걷어차는 해경. 주변의 쓰레기통과
주전자 등이 와르르 쏟아지는 틈에 고꾸라진 여학생1을 들어 올려선.

해경　　　네가 봤어? 우리 엄마가 남자 홀리는 거? 어떻게 하는 건데,
　　　　　그게?

여학생1　(코피 터진 와중에도, 씩씩) 내가 어떻게 알어, 그래도 봤어!
　　　　　봤다고!

해경　　　(하― 웃곤 다시 손을 치켜드는데)

황급히 앞문을 열고 뛰어들어오는 이, 교련이다!

교련　　　(달려와선 해경을 떼어내며) 그만, 그만!

해경　　　(! 교련인 걸 알아채곤 더 거칠게 뿌리치며) 놔! 너 이리 안 와?

교련　　　그만 하라니까, 김해경!! 어머니 생각해서라도 정신 차려,
　　　　　인마!

해경　　　(그 말에 더 홱 돌아선) 신경 끄라고! 끼어들지 말라고! 선
　　　　　생씩이나 돼서 술집 하는 우리 엄마밖에 못 만나는 주제에
　　　　　쫌!! (하는 순간)

교련　　　(!! 저도 모르게 뺨을 탁 때리면)

모두가 순식간에 조용하게 가라앉은 가운데.. 달려오던 해준과 윤영, 그
제야 도착해 앞문으로 들어서다 굳는데.. 홀로 자리에 앉아있던 미숙, 그

런 두 사람 힐끗 보는.

교련   (이게 아닌데.. 망연자실한 채 반쯤 넋이 나가 있으면)

해경   (곧 제 가방 툭 챙겨 교실 뒷문으로 휙 나가버린다.)

해준   (잠시 교련의 뒷모습 보다, 윤영 향해 작게) 다녀올게요. (나
          가는)

씬34.   해경모의 술집 안 + 주방. 낮

분에 차선 마구 걸어 들어오던 해경, 엄마가 안 보이자 주방 쪽으로 가보
는데. 아무도 없자 다시 나가려던 해경, 익숙한 냄새에 돌아보면, 보글보
글 끓고 있는 김칫국.

해경   (기막힌 듯 허.. 바라본다.)

씬35.   해경모의 술집 앞. 낮

검은색 모자를 눌러쓰고 옷 갈아입은 해경, 커다란 짐가방을 챙겨 들고
씩씩 나오는데 곧장 그 앞으로 막아서듯 나타나는 해준, 자신도 역시 백
팩 하나 멘 채.

해준   (자연스럽게 밀고 들어가는) 어, 아니야.. 들어가.

해경   (?! 엉겁결에 뒷걸음질 치며) 뭐야..!

씬36. 해경모의 술집 안. 낮

밀고 들어오는 해준에 당황한 채 그대로 뒷걸음질해 다시 들어오는 해경.

해준   너 방금 엄마한테 편지 한 장 써놓고 나왔지.

해경   (!?) 그걸 어떻게..

해준   네 차림새 봐라. 가출하는 애들이 다 그렇게 해. 들어가서 다시 갖고 나와.

해경   (! 버티면)

해준   내가 갖고 나와?

해경   (씨.. 짜증스레 안쪽으로 들어가는 데서)

씬37. 차부집 앞. 낮

해경의 쪽지를 펼쳐 소리 내 읽으며 가는 해준. 그 옆으로 쪽팔린 듯 고개 푹 숙인 해경.

해준   (읽는) 엄마. 나는 엄마 딸로 태어난 게 정말 끔찍하게 싫어. 엄마도 그렇겠지.. 그러니 우리 죽을 때까지 서로 보지 말고,

해경   (짜증, 귀 틀어막는) 그만 좀 읽어요!

해준   고작 아홉 번밖에 안 읽었어. 네가 이거 놓고 갔음 네 어머니는 평생 수천 번을 읽고 또 읽다 가슴 찢어지셨을 텐데 왜.. 벌써 힘들어?

해경   (한숨 참으며) 어디 가는 건데요, 지금.

해준   ... 바로 들어가긴 싫을 거 아냐. 명색이 가출인데 바람은 쐬야지. 타. (하며 막 저만치 들어오는 버스 가리키면)

해경   (하아.. 미치겠다..)

씬38.   교무실. 낮

교련의 책상 앞에 선 윤영, 조심스레 "선생님.." 하고 부르면 두 손으로 제
머리칼을 움켜쥔 채 숙이고 있던 교련, 그제야 "어어.." 하고 고개 든다.

윤영   저.. 조퇴를 좀 해도 될까 해서. 사유는, (하는데)

교련   (두 눈 벌건 채, 멍한) 어어.. 그래.. 그래라.

윤영   (괜찮은가.. 좀 짠하게 보다 돌아서는)

씬39.   유원지 일각. 낮

아름답고 거대한, 300년된 나무 한 그루 앞에 서있는 해준과 해경. 해경,
이 뜬금없는 풍경조차 그저 짜증스러운데. 챙겨온 백팩에서 작은 돗자리
를 꺼내는 해준, 근처 바닥에 깔면서.

해준   그늘 좋다.. 앉아. 일일 체험학습하는 거야. 300년된 나무 구
        경하면서.

해경   (황당하게 돗자리 보는) 왜 그딴 걸 싸갖고 다녀요?

해준   (털썩 앉으며) 몰라. 오늘 여기 올 것 같았나 보지. 꼭 한 번
        오고 싶었거든.

해경   뭐 대단한 거라고, 이게.. (힐끗 올려보며 떨어진 한쪽에 털
        썩 앉으면)

해준   너 300년이 얼마나 긴 시간인 줄 알아? 그동안 홍수가 몇 번
        이고 가뭄이 몇 번이었을 거야? 근데 어디도 안 떠내려가고
        얘가, 여기 이 한 자리에 딱 버티고 서서 있었던 거라구, 그
        긴 시간을.

해경   나무가 다 그렇지, 뭐..

해준	뭐.. 그래.. 나무니까 그렇겠지. 근데 사람은 왜 그럴까.
해경	(? 뭐래 하듯 보면)
해준	내가 좀 알거든. 이 나무처럼 산 사람을. (떠올리는 데서)

씬40.   방송국 앞, 거리. 낮 (회상, 2013년 8월)

한여름의 햇빛 쨍한 거리. 벌써 성성한 백발이 된 채 한쪽에 서있는 해경 모(65세). **'우리 딸 김해경을 찾습니다.'** 적힌 아래 해경의 증명사진 붙은 작은 피켓을 목에 걸고는 똑같은 내용이 적힌 전단지를 나눠주고 있다. 한쪽 팔에는 작은 보온병 하나 걸려있는. 입사 초기의 해준, 서류 가방 든 채 바쁘게 걸어가다 얼결에 한 장 넘겨받는다.

해준	(이미 여러 장 받았던 거라, 다시 돌려주려고) 저..
해경모	(앞이 잘 보이지 않아, 그저 공손히 굽히며) 감사합니다, 받아주셔서.
해준	(그 말에 차마 못 건네고 전단지 속 해경 얼굴 내려다보는)

씬41.   방송국 앞 거리. 밤 (회상, 2015년 12월)

추운 한겨울. 똑같은 자리에 똑같이 서있는 해경모(67세), 나눠주고 있으면 겨울 코트에 목도리 두른 해준, 서류 가방 든 채 웅크리고 걷다가 또 넘겨받게 된다.

해준	(멈칫, 말하려다 그냥 만다..)
해경모	(굽히며) 감사합니다..

씬42. 방송국 앞 거리. 낮 (회상, 2020년 8월)

다시 한여름. 훨씬 늙고 굽었으나 똑같이 선 해경모(72세), 전단지 나눠
주면, 아이스 커피 든 채 후배들과 바쁘게 회의하며 걸어오던 해준, 이제
익숙한 듯 넘겨받는다. 역시 익숙한 듯 공손히 굽혀 인사하는 해경모.
그 위로, 갑자기 쏴아아— 소나기 쏟아지면 해준과 후배들 포함해 근처
를 지나던 젊은 회사원들 전부 이리저리 달려가는데. 해준, 문득 돌아보
면, 미동 없이 그 자리 그대로 선 해경모, 젖을까 봐 전단지만 꽁꽁 안는.

씬43. 방송국 앞, 거리. 밤 (회상, 2021년 1월)

눈 내리는 겨울.. 서류 가방을 든 채 다른 손으론 스마트폰 보며 바삐 걸
어오던 해준. 자신의 앞으로 다시금 슥 들이밀어지는 전단지를 익숙하게
받으려다가 순간 놓친다. 그러자 바람에 휘이— 멀게 날아가버리는데..
덜컥 "해경아.." 하며 더듬더듬 따라가던 해경모, 그만 눈길에 털썩 엎어
진다. 해준, 얼른 달려가 일으켜주는.

씬44. 공원 일각. 밤 (회상, 앞씬에 이어)

한쪽 벤치에 나란히 앉은 해준과 해경모. 그 사이에는, 역시 보온병 하나
놓여있다.

해준	정말 병원에 안 가보셔도 괜찮겠습니까?
해경모	(얼른 굽혀선) 괜찮아요, 감사합니다..
해준	(잠시 보다) 궂은 날씨엔 안 나오시는 편이..
해경모	(옅은 미소로 내저으며) 그 사이에 혹시.. 우리 딸 오면 어뜩
	해요.. 나 여기 있단 소문 듣고 어찌어찌 왔다가.. 못 찾구 실

망해서 가버리면 어뜩해..

해준   (! .. 보는)

해경모   남들은 다 죽었을 거라 그래요.. 근데 나는 안 믿어요. 나는.. 우리 애가 쓰고 간 편지.. 그거만 믿어요.. 그 애가 나 밉다구.. 끔찍하다구.. 그래서 꽁꽁 숨어 산다구만 믿어요.. 정말 그랬음 좋겠어.. 그렇게 잘 살다가.. 나 죽기 전에 딱 한 번만.. 딱 한 번만이라두 얼굴 보여줬음 좋겠어.. 못난 엄마여서 미안했다구.. 그치만 너무 너무.. 너무 보고 싶었다구..

해준   (곧 손바닥에 얼굴 묻고 흐느껴 우는 해경모의 옆얼굴을 보는 데서)

씬45.   유원지 일각. 낮 (현재)

나무를 물끄러미 올려다보고 있는 해경의 옆얼굴을 보는 해준.

해준   40년을 그렇게, 똑같은 자리에서, 눈이 오나 비가 오나. 그러다 돌아가셨지. 결국 딸 얼굴은 끝까지 못 보고..

해경   (...) 그렇게까지 오래 안 볼 건 아니었다고요, 난.

해준   알아.. 그런데.. 그러면서.. 가출을 왜 해, 인마.

해경   (! 좀 당황해 보면)

해준   쌈박질도 엄마 땜에 한 거 아냐? 헛소리하는 사람만 미워하든가 왜 헛소리 듣는 사람까지 미워할라 그래, 미워하지도 않으면서.

해경   (!! 씨이.. 하면서도 할 말이 없다. 그냥 좀.. 속상한)

씬 46.   순애의 방. 낮

바닥에 웅크리고 누운 순애, 매우 초췌한데. 조심스레 문을 열고 고개 내미는 윤영. "순애야.." 하면,

순애	어? 어떻게 이 시간에.. (힘없이 일어나 앉고는) 학교는?
윤영	(들어와 곁에 앉는) 조퇴했어. 너 이러고 있을 거 같아서.. 밥은?
순애	(내저으며) 괜찮아.. 우리 집에 아무도 없지?
윤영	응.. 두 분 어디 가셨어?
순애	경찰서 가셨을 거야. 언니 시신 때문에. 장례도 치러야 하는데 왜 이렇게 늦어지냐구..
윤영	(무겁게 끄덕, 잠시 보다) 백희섭.. 무사히 풀려나왔어.
순애	(!!) 지금 어딨어? 몸은? 다치진 않았어?
윤영	(망설이다) ... 보고.. 싶어?
순애	(차마 대답은 못 하고 그렁그렁해지면)
윤영	(...)

씬 47.   우정리 읍내 병원, 복도. 낮

홀로 복도에 선 윤영, 좀 궁금해서 병실 문에 달린 작은 창으로 슬쩍 안을 들여다보면, 베드에 기대앉은 희섭과 그 곁에 앉은 순애의 모습이 보인다.

씬 48.   우정리 읍내 병원, 병실. 낮

베드 옆에 앉은 순애, 톡 건드리면 울 것 같은 얼굴로.. 간신히 꾹 참은 채 깁스를 한 희섭의 다리와 상처 가득한 손 같은 걸 가만히 보고 있는데.

희섭	뭣허러 왔어.. 여길.
순애	(?! 서운한 듯 쏘아보면)
희섭	잘생겼을 때만 보여주고 싶은.. 그런.. 후라이버스도 있는 거여.
순애	(그대로 쏘아보며) 프라이버시 말하는 거야?
희섭	(! 급히) 머리를 좀 다쳤던 거 같어, (하는데)
순애	(희섭의 머리를 콩 쥐어박으며) 왜 말을 안 했어, 왜! 나랑 있었다고 그 한마디만 했어도 안 끌려갔을 거 아냐!!
희섭	(배시시 웃는) 그건 너의 후라이버스잖어.. 아니.. 프라이버스.
순애	(눈물 터져선) 멍청한 것 좀 봐, 방금 말해준 것도 못 외웠어..
희섭	(그런 순애의 손 끌어다 잡으며) 순애야. 그 어디에도, 네가 잘못헌 건 없어.. 알제?
순애	(!!)
희섭	사랑허는 사람 잃고 나면 그렇게 되드라.. 내가 이렇게 했으믄 달랐으까.. 저렇게 했으믄 또 달랐으까.. 다 내 탓 같어져서.
순애	(!!)
희섭	(단단한 눈빛으로 보며) 근디.. 아녀. 그날 밤에 순애 네가 잘못혔던 건 암것도 없어. 내가 봤잖애. 암것도 없드라.
순애	(!!! 그간 제 탓하며 속앓이하던 것까지 터져 희섭에게 엎어져 우는)

씬49. 우정리 읍내 병원, 복도. 낮

엎드린 채 아이처럼 들썩이는 순애의 등을 부드럽게 토닥토닥 해주는 희섭. 그런 두 사람의 모습을 물끄러미 바라보는 윤영. '데려다주길 잘한 것 같네..' 처음으로 그런 생각이 드는 중이다.

씬50.　　　해경모의 술집 앞. 밤

조금 쭈뼛거리는 해경을 툭 밀어주는 해준.

해준　　　빨리 들어가. 들어가서 엄마가 뭐 해놓고 기다리시는지 봐.

해경　　　(!?)

씬51.　　　해경모의 술집. 밤

빈 테이블을 열심히 닦고 있던 해경모, 해경이 들어서는 걸 보자, 환한 얼굴로.

해경모　　아이구, 내 새끼! 왔어? 밥 안 먹었지? 엄마가 미역국 해놨어.

해경　　　(? 보면, 교련이 앉던 자리에 차려진 제 밥상이다..)

해경모　　(얼른 가 앉으며) 이리와, 얼른 앉아 먹어. 간이 맞는지 모르
　　　　　겠네?

해경　　　(얼떨떨하게 앉으며) 김칫국.. 하지 않았어?

해경모　　(미소로) 응? 아.. 것두 했지. 근데.. 안 왔어.. 안 온대, 이제.

해경　　　(보면)

해경모　　(얼른 해명하듯) 엄마두 이제 오지 말라구 하려고 했었어,
　　　　　진짜야. 오늘 그 말 하려구 했었는데, 자기가 안 온대. (조금
　　　　　글썽이지만 얼른) 괜찮지, 뭐. 엄마는 해경이 너 하나만 있
　　　　　음 되는데!

해경　　　(막상 마음이 좋지가 않다. 수저 든 채 미역국 내려보며 떠
　　　　　올리는)

씬52.　　유원지 일각. 낮 (회상)

나란히 앉은 해준과 해경.

해준　　그까짓 가출, 지금 안 해도 어차피 금방 헤어지게 될 거야.

해경　　(보면)

해준　　스무 살 되면 독립해서 대학도 가고 연애도 하고 직장도 다
　　　　니고.. 그러다 정신 차리면, 엄마 혼자 늙어계실걸. 너 오기
　　　　만 기다리면서. 그거 너무.. 부담스럽지 않어?

해경　　(!!)

해준　　가까이서 보면 밉고 화나던 것들도 시간 지나고 멀리서 보
　　　　면 결국 다 슬퍼지게 돼. 그렇더라고. (병구를 생각 중이다..)

씬53.　　해경모의 술집. 밤 (현재)

생각에 잠긴 채 미역국을 뜨던 해경, 좀 망설이다 툭.

해경　　나 때문에 그런 거야.

해경모　(? 보면)

해경　　담임이 내 싸대기 때렸어, 낮에.

해경모　미친 자식!! (엉덩이 들썩 하는데)

해경　　엄마 욕했어, 내가. 그래서 못 오는 거야.

해경모　(!!...)

해경　　... 다시 오라 그래.. 나 사실 미역국 별로 좋아하지도 않으니까.

해경모　(! 보다 글썽, 문득 다 큰 것 같은 해경의 머리를 가만히 쓰
　　　　다듬는)

씬54.   해경모의 술집 앞. 밤

저만치 떨어진 곳에서 그 모습을 바라보는 해준.. 안도하듯 떠올린다.

씬55.   방송국 앞 거리. 밤 (회상, 2027년 3월)

(시간여행을 하던 때의) 해준, 멀찍이 떨어져서 지켜본다. 79세가 된 해경모, 거의 정신이 가물가물한 채로 멍하니 서있다가 걸어가는. 바닥에 내려놓았던 보온병은 그대로 두고 가는데.. 그때, 어디선가 숨어있다 급히 걸어나오는 교련(72세), 낡은 보온병을 집어선 먼지 묻었을까 조심스레 툭툭 털어주고는 난감한 듯 둘러보다 해준을 발견하고 다가오는.

교련   이봐요.. 미안하지만 이것 좀 가지고 있다가.. 내일 저 사람
         한테 좀 돌려줄 수 있을까?

해준   (말없이 보면)

교련   (멋쩍게 웃는) 내가 직접 줄 수가 없어서.. 내일 아침 8시에
         나올 겁니다. 딸 만나면 꼭 줘야 된다고.. 그래서 아주 귀한
         거거든요, 이게.

해준   (보온병 받아 열어보면, 그 안에 든 미역국이다) ...

씬56.   해경모의 술집 앞. 밤 (현재)

미역국 먹는 해경을 보며 행복하게 웃는 해경모. 그 모습을 보다 돌아서는 해준, 거리를 향해 걸어가는 데서.

씬57.   읍내 거리, 일각. 밤

비교적 한적한 읍내 골목 한쪽, 큼지막한 매직 글씨로 천막 위에 **'밤마차'** 굵게 써넣은 80년대 포장마차 하나 서있다. 은은한 카바이드 불빛이 새어 나오는 그 위로.

윤영(E)   어떤 진실은.. 끝내 도착하게 돼있는지도 모르겠어요.

씬58.   포장마차 안. 밤

둘러앉아 마시는 옛날식 포장마차. 정겨운 글씨로 '참새구이' '토끼구이' '메추리구이' 등등의 심상치 않은 메뉴판들(천 원~이천 원 사이)이 깔끔하게 붙어있는 천막 안쪽. 다른 손님은 없이, 주인(50대, 남) 혼자 저쪽에 떨어져 신나게 곰장어를 굽는 중이고. 그 구석진 한쪽에 나란히 앉은 해준과 윤영, 함께 소주를 마시는 중이다.

윤영   아주 멀~고 먼 시간을 돌아서라도 꼭.. 가 닿아야 할 그 사람한테. 울 엄마 진짜 이해 안 되는 게 하나 있었거든요?
해준   (보면)
윤영   밉다, 밉다 그러면서도 막상 아버지 생일 되면 이따만큼 상 차려놓고 내가 안 올까 봐 전전긍긍.. 대체 뭐 예쁘다고 저렇게 놓질 못할까.. 근데 오늘 보니까.. 좀 알 것 같더라구요. (보며) 가장 힘들었던 시간에 내 옆에서 위로가 되어줬던 사람이니까.
해준   (이해하듯 보는)
윤영   (잠시 보다, 문득 힐끔) 근데 곰장어 천오백 원인 거 봤어요?
해준   갚을 땐 물가 반영해서 갚아요.

윤영	(피— 웃으며) 더 좋은 데루 가지. 엄청 비싼 밥 사주고 싶었는데..
해준	나중에.. 미래 가서 사든지.
윤영	진짜! 내가 아는 맛집 하나 있거든요? 나중에 거기서 한번 만나요, 우리.
해준	(그 말이 듣기에 좋고..) 나 아무 데나 막 가는 그런 사람 아닌데.
윤영	그래 보여요.. 단짠단짠 싫어하는 정나미 없는 사람들이 좋아하는 거 딱 알지, 내가. 좋은 재료에 자극 없고 건강하고 비싸고 맛없는 거.
해준	(픽 웃는) 잘 아네.
윤영	딱 기다려요. 한.. 34년 정도만.
해준	(웃는다..)
주인	(완성된 곰장어 가져다 주며) 자~ 곰장어 나왔습니다. (놓고 가면)
해준	(젓가락 뜯어 윤영에게) 먹어봐요. 맵고 짜고 달고.. 완전 누가 좋아하는 거.
윤영	(!! 어쩜.. 신나는 얼굴로 받아들고 후 불어 먹는 데서)

Cut to.

두 사람이 떠난 자리. 다 비워진 곰장어 접시. 빈 소주병 다섯 개 놓여있다.

주인	(치우러 왔다가) 어이쿠.. 많이 드셨네.

씬59.   개울가. 밤

밖에 앉은 채 지켜보는 해준. 보면, 발목까지 오는 얕은 개울물에 맨발을 담그곤 찰박찰박 오가며 장난을 치고 서있는 윤영. 두 볼 빨갛게 달아오른 채 기분 좋게 취해 이리 비틀 저리 비틀 중이다.

해준	그만.. 하지? 그러다 넘어질라.
윤영	아, 진짜 시원해! 시골은 이런 게 좋네요! (하다 비틀!)
해준	어어!
윤영	(귀신같이 착 중심 잡으며) 오, 방금 봤어요? 내 균형 감각...?
해준	(하아..) 봤어, 봤으니까 나와요, 그만. 그러다 넘어지면 머리 깨지는 거야. 한 번 깨져본 걸로 충분하지 않아요?
윤영	(이미 찰박찰박 중인) 느낌 엄청 좋은데, 한 번만 들어와 보지. 응?
해준	절대 그러고 싶지 않아. 나와요.
윤영	아 왜요.. 한 번마안. (하다 비틀! 그러나 또 한 번 귀신같은!) 헉..
해준	(!? 포기하고 좀 풀어져선) ... 있기는 하네.. 균형 감각이..
윤영	(자기도 놀란) 그쵸? 나 아무래도 여기 와서 제 2의 적성을 찾은 듯..? 봐봐요...? (좀 더 과감하게 한 발씩 짚으며 이리 깡총, 저리 깡총)
해준	(잘하는데..? 좀 멍해져서 그냥 구경해 보는)
윤영	(신나 있다가 순간 미끌.. 어어? 이번엔 진짜 뒤로 휙 넘어지는데)
해준	(보고 있다 순간 상황 판단하곤) 허 씨, (빠르게 물로 들어가선 윤영의 어깨를 감싼 채 휙! 잡아준다.)
윤영	(그 시선으로 보이는 해준의 얼굴.. 뒤로 아름답게 펼쳐진

밤하늘 별들..)

해준	(! 역시 가까워진 윤영의 얼굴인데..)
윤영	(그대로 스르륵 천천히 눈을 감으면)
해준	(놀란 채 깜빡.. 바라본다.)
윤영	(그렇게 얌전히 그대로..)
해준	(무슨 의미일까.. 잠시 보다가, 멈칫) 설마.. 자는 거 아니죠..
윤영	(잔다.. 해준 품으로 고개 툭..)
해준	(!! 어이없고 분하다..) 무슨 이런..!

씬60.   시골길. 밤

잠든 윤영을 업은 채 멍하니 걷는 해준, 손에는 윤영의 양말 가지런히 꽂힌 신발까지.

해준	하여튼 무심해. 아주.. 일관되게 무심해.. 자기가 사라지면 나한테 위안이 되느니 어쩌니, 그런 말 할 때부터 알아봤다고, 내가.. (멈춰 서서 힐끗 돌아보면)
윤영	(잘 잔다.. 미소까지 예쁘게 머금은 채)
해준	... 되게 밉네.. (곧 다시 걸으며) ... 미워서... 큰일이네..

씬61.   해준의 집, 전경. 밤

까만 밤하늘에 가득 예쁘게 빛나는 별들. 해준의 집 거실에도, 해준의 차고에도 환하게 불빛이 들어와있다.

씬62.　　해준의 집. 차고. 밤

한참 집중해있는 연우, 공구를 든 채 열린 본네트 안에 고개를 처박고 있다. 그 옆으로는 밖으로 나와있는 부품들이 정신 없이 널브러져 있는데. 곧 문을 열어 들어오는 해준, 그릴 치즈 토스트 담긴 그릇 하나 들었다.

해준　　미안.. 좀 늦었네. 누가 물놀이를 좀 오래 해서..

연우　　(무섭게 집중해있다. 안 들리는)

해준　　(익숙하다. 다가가선 얼굴 앞에 손 흔들면)

연우　　(헉 놀라 고개 들며) 깜짝이야! 언제 들어온 거야?

해준　　노크도 했어.. 먹어.

연우　　(그릇 받으며) 땡큐. 몇 시야?

해준　　10시. 늦어서 미안. 다시 말하지만 누가 물놀이를 좀 오래,

연우　　(토스트 한 입 베어물다 말고, 놀라서) 잠깐만, 10시? 클났
　　　　다! 9시 반 영화였는데!!

해준　　영화...?

연우　　뭐랬지? 기쁜.. 우리 젊은 날? 하 씨, 늦지 말랬는데!! 가게!!
　　　　(그릇 넘겨주고 달려나가는데)

해준　　(!!)

씬63.　　해준의 별장*. 서재. 낮 (회상, 2020)

좁은 방. 어지러이 쌓인 책들로 가득찬 책상 앞에 앉은 해준, 낡은 틴케이스에서 꺼낸 87년도의 영화 티켓들을 넘겨 보면서, 의외라는 듯 미소로.

─────────────

* 연우가 한국에 들어올 때 머무르는 용도.

해준	이런 걸 다 모아두셨어요?
연우[58세]	(안경 쓴 채 두꺼운 책들을 한가득 들고 들어오다, 미소로) 아.. 그냥 옛날에 데이트할 때 봤던 영화 티켓들.. 버리기 뭐해서.
해준	(! 표정 좀 차가워져서) 어머니..랑요?
연우	(머쓱한) 그렇지 뭐.. (한쪽에 책 내려놓고는, 떠올리는) 처음 같이 본 영화가 뭐였더라.. 〈기쁜 우리 젊은 날〉? 근데 자느라고 못 봤어, 난. (웃으며) 난 영화만 보면 그렇게 졸려.
해준	(마침 '87. 05. 20. 21:30' 〈기쁜 우리 젊은 날〉 티켓.. 보는 데서)

씬64.　　영화관, 로비. 밤

〈기쁜 우리 젊은 날〉 영화 포스터 붙어있는 로비. 이미 시작한 지 한참이라 텅 빈 그 공간으로 들어서는 해준, 상영관으로 향한다.

해준[E]　　왜 왔을까, 내가... 여길.

씬65.　　영화관, 상영관. 밤

한창 영화가 상영 중인 어둑한 영화관.. 시야 가리지 않게 몸을 굽힌 채 들어오는 해준, 사람들 사이의 좌석 하나로 들어가 앉는다. 저마다 구운 오징어와 땅콩, 강냉이 같은 것들을 들고 즐겁게 영화 보는 사람들.

해준[E]　　보면.. 뭘 어쩌겠다고. 이제 와서 누군지 알면.. 뭐.

해준, 굳은 얼굴로 힐끗 둘러보면, 저만치 앞에 유독 눈에 띄도록 머리를 뱅뱅 돌리면서 자고 있는 연우의 뒷모습 보인다. 긴장한 해준, 그 옆자리로 천천히 시선을 옮기면.. 연우 옆에 앉은 그 여자의 뒷모습.
(씬20의) 분홍색 리본 머리띠만이 겨우 살짝 보이는!

해준(7세, E)   어떤 사람이었어요...?

씬66.   어느 다방. 낮 (회상, 1994)

테이블에 마주 앉은 병구(57세)와 해준(7세). 율무차 놓고 동화책 〈해님 달님〉을 막 덮은 해준, 망설이듯 조심스레 올려다보면, 신문을 읽으며 커피 마시던 병구, 시선조차 주지 않은 채 건조할 뿐인데.

해준   엄마요.. 우리 엄마는.. 어떤 사람이었어요, 할아버지?
병구   (냉랭히) 널 낳은 그날 밤, 곧장 마을을 떠났다. 네 엄마는.
해준   (?...)
병구   네 볼이 새빨개지도록 우는 걸 보고도 딱 한 번, 그 한 번을 안아주질 않고 떠났어.
해준   (!!)
병구   (그제야 신문 내리고, 보며) 널 자기 인생의 오점이라 여긴 사람이다. 그러니까 다시는 궁금해하지도, 생각하지도 마라.
해준   (!! 눈물이 날 것 같지만 꾹 참는)

씬67.   영화관, 상영관. 밤 (현재)

마침 영화가 끝나고 불이 켜지는 실내. 생각에 잠겨있던 해준, 사람들 일어나자 정신 차리고 보는데, 연우와 옆자리, 이미 비어있는.

해준   (!? 벌떡 일어나는)

씬68.   영화관 앞. 밤

긴장한 얼굴로 급히 나오는 해준, 둘러보면, 드나드는 사람들로 정신없이 북적이는데. 그때, 막 건물에서 또각또각 천천히 걸어나오는 분홍색 머리띠를 한 여자... 바로, 청아다!
'?!!' 놀란 얼굴로 굳어 보는 해준. 그 위로,

해준(N)   **어떤 진실은... 끝내 도착하게 되어있는지도 모른다.**
청아   (역시 가방을 고쳐 메다가 그런 해준과 마주치곤, 어? 하고 보면)
해준(N)   **멀고 먼 시간을 돌아서라도 꼭, 가 닿아야 할 그 사람한테.**
해준   (!! 굳은 듯 그런 청아를 마주 보고 있는데) ...??

그런 청아의 뒤로 나오는 또 한 사람... 바로 똑같은 분홍색 머리띠를 한 미숙이다! 완전히 굳은 채 그런 미숙을 보는 해준.

해준(N)   **그렇다면... 왜 지금인가. 어떻게, 당신인가.**
해준   (!!! 충격 속에 청아와 미숙을 천천히 번갈아보는 데서)

어쩌다 마주친, 그대 / 제 10회 엔딩

어쩌다 마주친, 그대

chapter 11

책을 읽는 여자는 위험하다

씬1. 영화관 앞. 밤 (10부 엔딩에 이어)

분홍색 머리띠를 한 청아와 미숙... 그런 두 사람을 혼란스럽게 마주 보는 해준. 차마 어떤 말도 꺼내지 못한 채 굳어있는데.. 그 순간, 딱 붙은 어느 커플 한 쌍이 강냉이와 콜라병 든 채 뒤에서 꽁냥꽁냥 정신없이 장난치며 오다 순식간에 해준과 툭— 부딪쳐버린다. 그 결에 바닥으로 와르르 쏟아지는 강냉이들..!

화들짝 놀라서 보는 청아와 미숙. 그러나 해준, 신경 쓸 정신 없는데.

그런 해준에게로 얼른 다가서는 미숙, 재빨리 제 손수건을 펼쳐 해준의 셔츠를 눌러 닦는다. 해준, '?!' 그제야 보면, 콜라로 흠뻑 젖어버린 제 셔츠다. 얼떨떨한 채 미숙을 보는데.

커플女   (울상) 아유, 아까운 내 강냉이! 어쩜 좋아!

커플男   (호들갑) 상숙이! 괜찮아? 지금 강냉이가 문제야, 이 가냘픈
            몸으루 세상에, 어디 다친 덴 없어?? (해준을 슥 째려보며)
            이런 씨..

청아   (기막힌 듯 그 꼴을 보다) 이봐.. 어딜 꼬나봐?

해준   (? 흠칫 보는)

커플男   뭐어?!

청아   사람을 쳤으면 사과부터 해야지, 가만 서있다 봉변당한 사
            람은 왜 꼬나보냐고. (미숙이 닦고 있는 셔츠 가리키며) 여
            기.. 젖은 거 안 보여?

커플男   그러게 누가 길 막구 서있으래? 것두 사내자식이 여자 하나
            피하지도 못하고 말이야.

청아   (해준 앞을 막아서며) 언제 봤다고 사내자식이래, 이 사내자
            식이? (똑바로 다가서며) 사과하구 가, 이 자식아!

커플男   이 기지배가 어디서 목청 자랑이야. 내가 널 꼬나봤어? 네가

왜 난리야? 네가 뭔데 나서냐고! (하는데)

"춘삼이 형!" 외치며 건물 안쪽에서 달려나오는 이, 연우다.

해준	(!! ...)
커플男	뭐야.. 너, 연우? 야, 인마! (반가워 끌어안으며) 너 미국에 있다더니 언제 들어온 거야? 얼른 인사해, 상숙이! 얘네 아부지가 우리 건물 주인이신데,
연우	(은은한 미소 띤 채) 그 전에.. 사과부터, 형.
커플男	응...?
연우	기지배라고 소리 질렀잖아, 내 애인한테. (하며 청아 손을 슥 끌어 잡으면)
커플男	(당황해) 어..? 아아.. 하하.. 그랬구나아..
해준	(!! 천천히 청아를 본다.. 당신이 내 어머니였다고..?)
연우	(해준 쪽 가리키며, 미소로) 이쪽도 나랑 친한 형인데, 옷이 많이 젖었네?
커플男	(곧 시무룩해져선) ... 미안합니다.. 미안해요.
해준	(안 들린다. 그저 청아에게만 향해 있는 시선이고)
청아	(멋쩍은 듯 고개 돌리다, 역시 자신을 보는 해준과 눈이 마주친다.) ...?!

연우, 그제야 커플 두 사람과 악수하며 예의 갖춰 인사를 나누고.. 슬쩍 구경하던 사람들은 곧 흩어져 간다. 잠시 보던 미숙 역시 "선생님, 저 먼저 가볼게요." 인사하고 가는데. 그 소란스런 주위가 다 멀어진 듯 굳은 채 서로를 마주 보는 해준과 청아, 두 사람. 해준, 얼떨떨한 채 청아를 보는 그 위로, 문득 들려오는.

병구(10부씬66, E) 널 낳은 그날 밤, 곧장 마을을 떠났다. 네 엄마는.

해준   (! 흔들리는 눈빛으로 떠올리는)

씬2.   어느 낡은 병원, 병실. 밤 (해준의 상상)

짐가방에 제 옷가지와 물건들을 툭툭 집어넣고 있는 여자.. 보면, 차가운 얼굴의 청아다. 그 뒤쪽에서 숨넘어가라 서럽게 울고 있는 갓난아이, 이불 위에 눕혀진 채 바둥댄다.

병구(E)   네 볼이 새빨개지도록 우는 걸 보고도 딱 한 번,
            그 한 번을 안아주질 않고 떠났어.

청아   (한 번 힐끗 쳐다보고는, 다 챙긴 짐가방 들고 미련 없이 나
            가는)

씬3.   어느 낡은 병원, 복도. 밤 (해준의 상상)

짐가방을 든 채 유유히 떠나는 청아의 뒷모습. 그 위로, 아이의 울음소리 들려오고.

병구(E)   널 자기 인생의 오점이라 여긴 사람이다.

씬4.   어느 낡은 병원, 병실. 밤 (해준의 상상)

홀로 버려진 채 두 볼이 새빨개지도록 울고 있는 갓난아이, 해준.

병구(E)   그러니까 다시는 궁금해하지도, 생각하지도 마라.

씬5.　　　영화관 앞. 밤 (씬1에 이어)

소란스러운 주변 속에서 시간이 멈춘 듯.. 오직 서로를 마주 보고 있는
해준과 청아. 병구의 그 말들을 되새기려는 듯.. 그러나 잘되지 않는 듯..
혼란스럽게 청아를 보는 해준. 청아, 어째선지 그런 해준의 눈빛이 슬프
게 느껴진다. 설명할 수 없는 혼란스러움에 시선을 못 뗀 채 그저 멍하니
해준을 마주 바라보는 데서.

씬6.　　 만두 가게. 밤

밤거리 한쪽에 펼쳐진 노상 분식집. 먹음직스러운 만두를 놓고 마주 앉은
연우와 청아. 청아, 여전히 이상한 느낌에 휩싸인 채 멍하니 떠올리는.

청아	진짜 이상했다니까..? 그냥 날 가만히 이렇게 보는데.. 처음엔 뭐지 싶다가, 갑자기 좀 슬픈 거 같기도 하고.. 괜히 가슴이 막 답답하면서 울렁울렁..
연우	(대수롭지 않단 듯, 장난스런 미소로) 반했다는 거야, 딴 남자한테?
청아	(툭 때리며) 진지하거든, 나?
연우	그 형이 좀 그런 데가 있나 보지, 뭐. 실은 나도 처음 봤을 때 기분이 좀 이상했거든. 아니, 보기 전부터 그랬다고 해야 되나.. 아부지가 누굴 소개시켜준다구 이름을 알려주는데 '해준'이라는 거야.
청아	(! 멈칫) 그 남자 이름이 해준이었어...?
연우	(웃으며) 기억나? 나 미국 있을 때 네가 써준 편지..
청아	(얼떨떨한 채) 나중에 우리 결혼해서 애기 낳으면..
연우	'해준'으로 이름 짓자고.. 그래서 그런가, 괜히 정이 가.

좀 이상해, 아무튼.

청아   (!! 뭐지.. 심란한 듯 생각에 잠기는)

씬7.   해준의 집 앞 골목길. 밤

텅 빈 골목길을 홀로 터벅터벅 걸어오는 해준.. 좀 멍해있는.

해준(E)   **어쩐지... 처음부터 마음에 안 들더라니.**

〔 인서트 - 씬. 봉봉다방. 낮 (회상 - 윤영 만나기 전) 〕

딸랑 — 소리와 함께 문을 열고 들어서는 해준,

맨 처음 다방에 방문했던 날이다.

카운터 앞에 서서 확인하듯 찬찬히 내부를 둘러보는데..

때마침 저만치서 빈 쟁반 들고 돌아서던 청아,

해준을 향해 슬렁슬렁 다가오면서 자연스럽게.

청아   밥은 먹었어?

해준   (?) 날.. 압니까?

청아   이제부터 알면 되지. 처음 왔으니까 쌍화차 줄
             게. 그걸 제일 잘해, 내가. (흥얼흥얼 콧노래 부
             르며 안쪽으로 들어가는)

해준   (뜨악한 듯 보는 데서)

〔 인서트 - 씬. 봉봉다방, 구석진 테이블. 낮 (회상) 〕

구석진 테이블에 앉은 해준, 탐탁지 않은 얼굴로

쌍화차를 내려다본다. 할 수 없이 스푼을 들고는..

별생각 없이 계란 노른자를 툭 터뜨려 섞는데.
순간 뒤에서 그런 해준의 등짝을 찰싹 — 때리는 손!
흠칫 놀라 돌아보면,

청아   미쳤나 봐, 계란을 왜 터뜨려?
         쌍화차 먹는 법 몰라?
해준   ... 아니.. 남이야 어떻게 먹든 말든,
청아   (그대로 해준의 쌍화차 들고 가는)
         기다려, 다시 해줄게.
해준   (!!) 됐습니다.. 됐.. 하..

해준, 몹시 못마땅한 얼굴로 본다.
새로운 쌍화차에 예쁘게 떠있는 계란 노른자.
그 옆에 선 청아, 스푼 들고 노른자를 살살..
조심조심 굴려 모양을 잡으면서 "맛없게 먹는 건 못 참지.."
하는 순간 탁—뜨는.

청아   (씩 웃으며) 이렇게 먹는 거라구, 자, 아— 해봐.
         (가져다 대는)
해준   제가 먹겠습니다.
청아   괜찮아. 든 김에 편하게 먹어, 그냥.
         (좀 더 밀어 보는)
해준   아니, 편하지가 않습,
         (실랑이하다 툭, 셔츠로 떨어지는 노른자)
청아   (!? 헉.. 놀라 보면)
해준   (가만히 올려다보는 데서)

〔 인서트 – 씬. 봉봉다방, 카운터. 낮 (회상) 〕

계산을 막 마친 해준. 카운터 안쪽에 서서 뻘쭘한 듯 지폐를
만지작대는 청아 향해.

해준   아무래도 제가 앞으로 이 다방엘 자주 오게 될
         거 같은데,
청아   (?! 기대치 못한 결과에, 씩 웃으며) 진짜...?!
해준   그래서 앞으론 쓸데없이 말 걸고 터치하고 참견
         하는 일 없었으면 합니다. 메뉴 추천도 필요 없
         어요. 최대한 무심하게, 남처럼.
         (하다 스스로도 이상해서) 원래도 남이지만..
청아   (치..) 알았어. 노력해볼게..
해준   (절레절레 내저으며 나가는 데서)

대문 앞에 이르러 우뚝 멈춰 서있던 해준.

해준   ... 그렇게 제멋대로니까... 자식도 버렸겠지..
         ... 어차피 남이야. 남인 거야, 그냥.. (곧 떨쳐내듯 들어가는)

씬8.   우정리 강가. 밤

아득하게 펼쳐진 까만 밤하늘. 그 아래로 강물이 고요히 흐른다.

해준(N)   **... 그날, 그 밤 이후로.. 시간은 무척 빠르게 흘러갔다.**

그 위로 서서히 날이 밝으며 비쳐드는 햇살에 반짝이는 강물. 수많은 낮

과 밤이 찾아오면서, 다시금 어두워졌다 밝아지고, 어두워졌다 밝아지기를 반복하는. 그러나 태연하리만치 똑같은 모습으로 잔잔하게 흐르는 강물의 풍경. 그 위로,

해준(N)   **그러나 마을은 놀랍도록 모든 게... 그대로였다.**

씬9.   경찰서, 강력반(형사2반). 낮

"야, 이 새끼들아!" 소리치며 분노한 경찰서장, 탁자 위로 신문을 거칠게 내던진다. 그 앞으로 고개 숙인 채 바짝 도열해있는 반장과 형사들, 그리고 동식.. 모두 초췌하다. 탁자 위에 흐트러진 채 놓인 수많은 신문들, 비난조의 헤드라인들* 적혀있는.

서장   대체 일들을 어떻게 하는 거야, 보름이 지나도록 범인은커녕 용의선상에 올라와 있는 놈 하나 없다는 게 말이 된다고 생각하냐? 엉?!

형사들   (그저 고개 숙인 채 묵묵한)

서장   (픽 웃곤, 다시 신문 집어 읽는) '무능, 무책임한 우정경찰서장, 경기도 경찰국장 승진 심사 앞두고 자격 미달 논란...' 하... 야, 영길아. 너 내 앞길에 똥물 뿌릴라구 작정했냐?

반장   죄송합니다!

---

* '무능·무책임한 우정경찰서장, 경기도 경찰국장으로 승진? 자격 미달 논란…'
  '우정리 살인사건, 보름째 수사에 진척 없어…' '치안 유지 실패한 우정경찰서…' 등등.
  (6월 1일 자 신문)

서장	(둘러보며) 내 앞길이 곧 니들 앞길인 거야.. 정신 똑바로 차리고 결과 가져와. 일주일 안에 무조건 내 앞에 한 놈 세워다 놔. (힐끗 동식을 보며) 등신 같은 짓들 더 하지 말고.
동식	(......)
서장	(찌푸리며, 고함으로) 뭣들 해, 나가!!

씬10.   해준의 집, 거실. 낮

탁자 위에 엎드려 잠들어있던 윤영, 순간 화들짝 놀라며 깨어난다! '또 그 악몽이구나..' 식은땀에 젖은 윤영, 황망한 듯 보면, 평소처럼 고요한 거실 풍경이고. 탁자 위에 놓인 작은 일력 하나. **'6월 1일'**을 가리키고 있다. 그 밖에도 신문 기사와 각종 경찰 자료들, 고미숙 소설과 성냥갑* 등 어지럽게 놓여있는데. 때마침 현관문 열리고 해준 들어서면.. 얼른 후딱 일어서 다가가는 윤영.

윤영	어디 다녀오는 거예요?? 깨우지.. 같이 가지..!!
해준	(그런 윤영이 익숙하고도 안타까운) ... 또 악몽 꿨구나.. (주방으로 향하는)
윤영	(불안한 듯 그 뒤를 졸졸 따라붙는)

씬11.   해준의 집, 주방. 낮

들어와 냉장고로 향하는 해준, 물병을 꺼내 컵에 따르는 동안, 내내 붙어

---

* 윤영이 강가에서 주운 것.

오는 윤영.

해준	무슨 꿈이길래 일주일 내내 똑같은 걸.. 정말 얘기 안 해줄 거예요?
윤영	(! 입 꾹 다문 채 빠르게 내젓는)
해준	(귀엽다.. 픽 웃고 물 마시는)
윤영	(긴장 좀 풀어져선) 어디 갔다 오는 건데요..
해준	백유섭.. 오늘 퇴원하는 날이라, 들을 얘기도 있고 해서 겸사 겸사.
윤영	(!) 이제 큰아버지도 다 알게 됐겠네요.. 이 마을에서 죽은 사람들이 누군지.

씬12.　　봉봉다방. 낮 (회상)

구석진 테이블. 어둡게 내려앉은 유섭과 마주 앉은 해준. 그 앞으로 막 커피 두 잔을 내려놓는 청아, 슬쩍 해준을 보면, 모른 척 시선 외면하는 해준.. 청아, '큼..' 하며 가고 나면, 그제야 유섭 앞에 침착하게 입을 연다.

해준	살인사건이랑 아무 관련 없단 건 알고 있어요. 그치만 피해자 두 사람이랑 가장 많은 접점이 있었던 건 백희섭이 아니라 당신이니까.. 뭐라도 알려줄 수 있겠습니까?
유섭	(슬픈 눈으로 보는 데서)

씬13.　　해준의 집, 거실. 낮 (현재)

주방에서 나오는 해준을 따라 나오는 윤영, 적당히 소파쯤에 나눠 앉으면서.

해준	이주영이 다시 마을로 돌아왔던 건.. 백유섭 때문이었어요. 같이 떠나고 싶어했다고.. 애초에 이 마을에 온 것도 백유섭 덕분이었는데 아마.. 단순한 선후배 사이가 아니었던 거 같아요.
윤영	(!) 근데.. 왜 안 떠났대요?
해준	그 며칠 뒤가 백유섭 부모님 기일이었거든요.
윤영	(! 보는)
해준	경찰들 피해 떠나면 언제 돌아올 수 있을지 모르니까. 그날 만큼은 동생 백희섭이랑 같이 있어주고 싶었고.. 그래서 딱 그 며칠만.. 이 마을에 숨어 지내기로 했대요. 근데 하필 두 사람이 숨어든 곳이 폐가였죠.
윤영	(?) 설마..
해준	맞아요.. 이경애가 발견됐던 그 폐가.
윤영	(! 보는 데서)

씬14.　　봉봉다방. 낮 (회상 - 씬12에 이어)

해준 앞에 얘기를 이어나가는 유섭.

유섭	아마.. 사건이 있었던 그 밤에도.. 저희를 찾아오려고 했던 걸 거예요.

〔 인서트 - (7부) 씬35. 차도. 낮 〕
봉고차 앞에 주저앉은 경애,

홀린 듯 멍하니 유섭을 바라보는 그 모습 위로.

해준(E)   그날 사라졌을 때.. 몰래 백유섭의 뒤를 밟았던 모양이에요.

[인서트 - 씬. 폐가 앞. 낮]
폐가 앞에 선 주영, 그런 주영의 손을 다정하게 붙잡은 유
섭.. 그러다 순간 어떤 기척을 느끼곤 놀라서 돌아본다.
보면, 나무 뒤에 숨어있다 슬쩍 고개를 내미는 경애,
곧 실망한 얼굴로 나와 선다.
그러나 이내 머쓱한 미소로 두 사람을 보는.

해준(E)   어쨌거나 세 사람은 친구가 됐고.. 이경애는 비밀을 지켰죠.

유섭   저희 사정을 듣고는.. 뭐라도 도와주고 싶다고.. 필요한 게 있
          냐고 물었었어요. 아마 그걸 가져다 주려고 했던 거 같아요.
해준   (!!)
유섭   제가 그때 서울에 가지만 않았어도.. 그렇게 엇갈리지만 않
          았어도.. 두 사람 다 지킬 수 있었을 텐데.. (울컥해 고개를
          떨구는)

씬15.   해준의 집, 거실. 낮 (현재)
무거운 얼굴로 앉은 해준과 윤영.

해준   그동안 나한테 가장 큰 의문이었던 건.. 바로 이 문장이었어요.
윤영   (보면)

해준   (탁자 위에 놓여있던 성냥갑을 열어, 쪽지를 꺼내본다. 흐릿한 글씨들..) '책을 읽는 여자는 위험하다'. 대체 이게 무슨 뜻일까.. 범인은 왜 하필 이런 문장을 써서 피해자들한테 남겼던 걸까.

윤영   (가만히 생각하는)

〔 인서트 – (8부) 씬6. 우정리 강가 일각. 밤 〕

싸늘하게 누워있던 이주영의 시신 옆으로 널브러진 소지품들..
아무렇게나 벌려진 천가방에서 흘러나와 있던 버지니아 울프의 책 한 권.

윤영   이주영한테 책이 한 권 있긴 했는데..

해준   (끄덕이며) 그런데, 이주영뿐이었죠.

〔 인서트 – (8부) 씬10. 폐가 안, 마당. 새벽 〕

마루 위 경애의 시신 옆으로..
역시 아무렇게나 널브러진 경애의 소지품들.
핸드백과 립스틱, 빗, 거울 등의 사이로, 책은 보이지 않는다.

해준   이경애한텐 없었어요. 그렇게 알고 있었는데..

윤영   (?!)

해준   그날 밤, 이경애가 폐가로 갔던 이유. 백유섭, 이주영 두 사람이 유일하게 필요하다고 했던 물건.. 그게, 뭐였을까요?

윤영   (!! 예감하는) ... 책이었구나.

〔 인서트 – 씬. 폐가. 밤 〕

(유섭과 주영을 기다리며) 홀로 앉은 경애,
가방에서 꺼내 드는 책 하나...!

해준	그렇게 되면 피해자들한테 진짜 공통점이 생기죠. 갖고 있던 책. (쪽지 보이며) 이건.. 일종의 경고인지도 모르고.
윤영	근데 그 책은 어디 갔을까요? 왜 현장에 없었지?
해준	이런 문장까지 쓸 정도로 신경 쓰고 있었다면.. 범인이 챙겼을지도 모르죠. 왜 그랬는진 알 수 없지만. (다시 쪽지를 접어 성냥갑에 넣으면)
윤영	(다시 생각에 잠기는데)

그 순간, 쿵쿵쿵― 현관문 두드리는 소리 들려오면, 놀라서 보는 윤영.
해준, 역시 의아한 채 보는 데서.

씬16.   해준의 집, 현관 앞. 낮

현관을 조금 열어 보는 해준, 그 앞으론, 식은땀을 삐질삐질 흘리고 있는
연우다.

해준	(? 보면)
연우	어.. 저기.. 우리가 서로 약속한 조건은.. 아는데.. 흐읍.. 차고만 드나들기로 했다는 걸.. 아는데.. 하아..
해준	왜 그렇게 숨을.. 더럽게 쉬는 건데.
연우	죽을 거 같아.. (엉덩이를 슥 붙잡으며) 큰 거.. 큰 거..
해준	(! 그제야 상황 파악하곤) 기다려.
연우	아니야.. 안 돼.. 못 기다려, 허억.. (하는데 벌써 문 쾅 닫힌)

씬17.　　해준의 집, 거실. 낮

현관문을 닫고 들어서는 해준, 보면, 이미 엿들은 윤영, 벌써 탁자 위의 널브러진 자료들을 챙겨 드는 중이다. 빠르게 다가온 해준, 역시 자료들을 챙겨 들고는 지하실로 향하는 문 쪽으로 앞서간다. 잽싸게 뒤따르는 윤영.

씬18.　　해준의 집, 지하실. 낮

철제 책상 위로 자료들을 우르르 내려놓는 해준과 윤영. 윤영, '난 여기 있을 테니 나가' 수신호를 빠르게 보내면, 끄덕이며 나가는 해준.

씬19.　　해준의 집, 거실. 낮

서둘러 나오는 해준, 다시 한번 체크하듯 탁자 위를 보면, 깨끗하다. 그제야 현관문을 열어주면.. 쏜살같이 달려들어오는 연우, 배와 엉덩이를 한쪽씩 힘겹게 붙잡은 채 다급하게 "어디야, 어디!!" 외친다. 해준이 가리키는 방향으로 곧장 빠르게 달려 화장실로 들어가 문을 쾅 닫는 연우. 해준, 그제야 픽 웃으며 보는 데서.

씬20.　　해준의 집, 마당. 낮

모든 것이 편해진 듯 홀가분한 얼굴의 연우, 다시 차고를 향해 여유 넘치게 걸어간다.

씬21.　　해준의 집, 거실. 낮

지하실로 향하는 문을 열쇠로 잠그는 해준, 그제야 돌아보면, 뒤에 서있던 윤영.

해준	가끔 저래요.. 장이 약한 타입인 걸 잊고 있었네.
윤영	이렇게 하면 되죠, 뭐. 거의 종일 머무는데 화장실도 못 쓰게 하는 건 좀.. 우리 히어로한테 너무 박한 대우잖아. (찡긋 웃으면)
해준	(풋 웃고 마는데)
윤영	(잠시 생각 이어선) 근데.. 왜 하필 책이었을까요?
해준	(보면)
윤영	'책을 읽는 여자는 위험하다'... 하필 그 '책'을 읽고 만들던 사람이 바로 나잖아요.. 이게 전부 그냥 우연인 걸까요?
해준	(!)
윤영	결국 우리 엄마도 책을 쓰려던 사람이었구.. 고미숙도 그랬고. 어쩌면 이 모든 게 단순한 우연이 아닐지도 모른단 생각이 자꾸만 들어요.
해준	(가만히 생각에 잠긴다)

서로를 마주한 채 각자의 생각에 빠진 두 사람.. 그런 둘의 저 너머로 거실 탁자를 비추면 깨끗하게 치워진 탁자 밑으로 떨어져있는 씬15의 성냥갑에서.

씬22.　순애의 방. 밤

책상 앞에 앉은 순애, (7부 씬54의) 꾸깃해진 누런 봉투를 물끄러미 내려다본다. 그때 문득 "뭐 해줄래, 넌?" 하는 소리 들려와 가만히 고개 돌려보면, 순애의 머리를 말려주다 말고 드라이기를 끄는 경애, 7부 씬55 이후의 시간으로 이어진다.

경애   내가 너 등록금도 해주는데, 넌 나한테 뭐 해줄 거냐고.

순애   (치..) 언니두 아부지 비상금 훔친 거면서..

경애   훔친 돈은 돈 아냐? 다시 내놔, 그럼. (뺏으려 하며) 아부지이!!

순애   (!! 얼른 경애 입 틀어막으며) 뭐 해주면 되는데?!

경애   (씩 웃으며 보다) ... 내 이름.

순애   (? 보면)

경애   나중에 너 소설가 되면, 거기 구석탱이에다 내 이름 석 자 좀 꼭 박아주라.

순애   뭐야, 그게..

경애   뭐긴! 그게 얼마나 대단한 건데! 사람은 기껏해야 100년도 못 살고 죽지만 책, 고거는 천년만년 남잖어. 그니까 거기다 가 적어두면, '이경애'라는 이름을 가진 여자애가 한때 이 세 상에 살았답니다.. 그게 남는 거지. 영원히!

순애   그게.. 좋아?

경애   왜 안 좋아? 천년 후에도 이 이경애 님을 알아준다는데?!

순애   (피 — 웃으면)

경애   나는 꼭 유명한 사람이 될 거야. 앞집 국어쌤이 그러는데, 나 감각 있대. 미스코리아 아녀두 TV 나갈 방법이 있대. 아주, 아주 유명해져서 내 흔적을 마구 남겨놓는 거야. (드라이기 를 마이크처럼 잡고, 부푼 채) 여기, 우정리에 이형만 씨와 박옥자 씨 첫째 딸 이경애가 아주 재미나게 살았답니다~ 이렇게! 너도 꼭 써줘야 돼, 알았지? 어? 안 그럼 다시 뺏는 다?! (달려들면)

순애	(안 뺏기려 꽁꽁 끌어안으며) 아, 알았어, 알았다구! (까르르 웃는 둘에서)

봉투 위로 눈물을 툭 떨구는 순애.. 잠시 생각하다, 곧 마음먹은 듯 서랍을 휙 열어본다. 그러나 노트가 있어야 할 자리, 비어있다. 갸웃하며 책가방을 뒤져보는 순애, 역시 없다. 곧 당황한 듯 일어서서 책장 사이를 이리저리 찾아보는 순애에서.

씬23.　　우정고등학교, 교문 앞. 낮
책가방을 멘 윤영과 순애, 나란히 등교 중이다. 순애, 전날 밤 노트가 사라진 일로 찜찜하고.. 윤영, 쪽지 내용에 대해 생각하느라 찜찜한.
그때, 저만치 앞으로 가는 범룡을 발견하곤 멈칫하는 윤영, 순애 역시 따라 멈춰 본다. 어쩐 일인지 교과서도 들지 않고 그저 고개 푹 숙인 채 힘없이 가는 범룡이다.

윤영(E)	**두 번째 용의자 유범룡...**
윤영	(순애 향해) 너.. 혹시 머리삔 하나 잃어버리지 않았어?
순애	응? 내가? (잠시 생각하다) 어.. 그러구 보니 것두 없었네. 언제 잃어버렸지?
윤영	(역시 기억 못 하는구나.. 다시 범룡을 보는 데서)

씬24.　　우정고등학교, 남자화장실 마지막 칸. 밤 (지난 밤)
칸 안으로 밀쳐지는 범룡, 보면, 익숙한 듯 뒤쪽 벽돌을 빼내고 누런 봉투를 꺼내는 해준이다.

범룡	(!? 보는데)
해준	(봉투 속을 털어내면, 나무반지와 머리핀 나오는)
범룡	(다급히 매달리듯) 어, 어디다 둬야 할지 모르겠어서 그냥 둔 것뿐이에요. 돌려주고 싶은데.. 이젠 돌려줄 수도 없구.. 그렇다고 버릴 수도 없구..
해준	(머리핀 들어 보이며) 이건 왜 못 돌려줬는데.
범룡	그건.. 그건..

〔 인서트 - (7부) 씬51. 우정여관 앞 골목. 밤 (에 이어) 〕
싸움이 막 끝난 듯 상처 가득한 채로 완전히 엎어져있던 범룡.
역시 상처 남은 희섭, 경멸로 내려보다 곧 터덜터덜 떠난다.
홀로 남은 범룡, 아픈 듯 신음하며 떨어진 제 안경을 주워
쓰는데.. 그제야 보면 구석진 한쪽에 떨어져있는 순애의 머
리핀이다. 가만히 쳐다보는 범룡.

해준	왜, 이것도 죽은 피해자 꺼라서?
범룡	(당황해선) 예...?! 그게 무슨..

〔 인서트 - 씬. 봉봉다방. 밤 (다른 날) 〕
여느 때처럼 친구들과 모여 왁자지껄 떠드는 경애,
머리에 꽂은 머리핀을 뽑았다가 다시 예쁘게 정리해 꽂는다.
웃으며 그 모습을 지켜보는 친구들.

범룡	경애 누나가.. 이걸 하고 다녔다구요? 아니에요!! 이건 분명히 그날 순애한테서.. 경애 누나가 아니라고요.
해준	자매 사이에 머리삔 하나쯤 번갈아 쓰는 건 흔한 일이지만

사람들 기억은 생각보다 불확실하거든. 어쩌면 잃어버린 주인조차도.. 중요한 건 뭘 믿고 싶냐는 건데, 경찰이라면 뭘 믿고 싶어 할까?

범룡   (!!) 겨, 경찰이요...?

해준   남의 물건을 이딴 데다 숨겨놓는 변태 같은 놈을 찾아냈다면 이 머리삔을 그날.. 누구한테서 훔친 거라고 믿고 싶을까?

범룡   (!!)

해준   (봉투 속에 다시 물건 넣어 챙기며) 경찰 앞에 직접 얘기해 봐. 네가 한 짓이 남들한테 어떻게 보일지.. 알게 될 테니까.

씬25.   우정고등학교, 화장실 앞 복도. 밤 (앞씬에 이어)

해준, 봉투 챙겨 빠르게 가면, 뒤늦게 따라 달려오는 범룡, 억울한 듯 울먹이고 서선.

범룡   나한테 도대체 왜 그래요?!

해준   (참으며 멈춰 서는)

범룡   내가 뭘 그렇게 잘못했냐구요! 그냥.. 그냥 재수가 좀 없었던 것뿐인데..

해준   (천천히 돌아보면)

범룡   그래요, 이순애 껀 돌려주기 싫어서 안 돌려줬어요. 그냥 갖고 싶어서! 근데 별 뜻 없었단 말예요.. 반지두, 머리삔두.. 그냥.. 좋아하는 여자.. 마음에 드는 여자가 하고 다니던 거 하나쯤 슬쩍 가져보려던 것뿐이라고요. 그게 뭐가 그렇게 나빠요? 그냥 물건이잖아. 좋아서 그러는 건데! 좋다고 그런 건데! 그게 뭐가 나쁘냐고요!

해준	네가 이런 놈이니까 화가 나는 거야.. 너 같은 놈도 구해야
	된다는 게..!
범룡	(!? 멍해져 보는)
해준	(애초에 경찰에 넘길 마음은 없었다. 그저 짜증스런 분노를
	참을 뿐)
윤영(E)	**그가 어떤 인간이었든.. 이미 아닌 걸 알면서도 경찰에 다시**
	붙잡히게 둘 순 없었으니까.

씬26.   우정고등학교, 교문 앞. 낮 (현재)

못마땅한 듯 그런 범룡의 뒷모습을 보던 윤영.

윤영(E)	**두 번째 용의자가 사라졌다는 건..**
	이제 정말 고민수만 남았다는 건데.
순애	들어가자, 얼른.
윤영	(그제야 깨어난 듯) 응.. 그래.

씬27.   우정고등학교, 교문 안. 낮

건물을 향해 들어가려던 윤영과 순애, 그때 뒤쪽에서 팔짱 낀 채 떠들며
오는 학생들.

여학생1	오는 길에 혹시 서점 봤어?
여학생2	봤지. 진짜 깜짝 놀랬다니까? 소설가라니, 고미숙이..
윤영	(!? 순간 뒤통수를 맞은 듯 바짝 얼어붙은 채 멈춰 서는)

〔 인서트 - (2부) 씬49. 차부집, 매표소 안. 낮 〕

- *책상 위에 놓인 순애의 노트를 신나서 들어 보던 윤영.*

- *펼쳐 읽다가.. 하얗게 얼어붙는 윤영까지.*

윤영	(멍한 위로, **E**) 놓쳤다... 설마 이런 타이밍이었을 줄은..
순애	(역시 이상한 예감에 멈춰 서서, 여학생들 보면)
교련(E)	(신난 목소리로) 경! 축! 천재 여고생 소설가 탄생이요!!!

씬28.　　우정고등학교, 교장실. 낮

교련에게서 소설책 한 권을 막 넘겨받은 병구, 보면, 표지에 적힌 제목 〈작은 문〉이다! 교련, 얼른 서점 홍보용 포스터를 쫙 펼쳐 그 안의 적힌 문구들 자랑스레 따라 읽는.

교련	'올해의 신작! 올해의 신인!' '출판계의 이변! 19세 여고생 소설가 탄생!' '문단에 혜성처럼 나타난 천재 소녀, 고.미.숙' 크으...!
병구	(얼떨떨한) 그 고미숙이 진짜 우리 학교 고미숙이란 말이야?
교련	(힘주어) '저희 반' 고미숙이요. 예! 진짭니다! 이따 신문사에서 인터뷰한다구 기자들이랑 출판사 사람이랑 좀 와도 되겠냐구 묻더라구요. 되죠? 그죠? (머리 매만지며) 무스라도 발라야 되나?
병구	그나저나.. 어떻게 책이 다 나올 때까지 학교엔 언질도 없이..
교련	아주 깜찍하게 숨겼다니까요? 대뜸 이것부터 들고 오는데 얼마나 놀랬게요!

씬29.   여자반 교실. 낮

급히 달려 들어오는 윤영과 순애, 이쪽저쪽에서 신기한 듯 떠들며 소설책을 나눠보고 있는 여학생들 보인다. 교탁 앞에 잔뜩 쌓인 그 소설책을 발견하는 순애, 곧장 집어 넘겨보는데. 곧 사색이 되는 순애, "말도 안 돼.. 어떻게.." 읊조리면 힐끗 쳐다보는 여학생들. 한편, 그대로 멍하니 교실 뒤편으로 향하고 있는 윤영. 벽면에 커다랗게 붙여놓은 대형 포스터 몇 장.. 거기엔 수줍은 미소로 찍힌 미숙의 사진과 함께,

'올해의 新作! 올해의 新人!' '출판계의 이변! 19세 여고생 소설가 탄생!' '평론가들의 극찬 이어져…' '文壇에 혜성처럼 나타난 천재 소녀, 고미숙…!!' 'Y에게 보내는 편지로 쓰여진 아름다운 소설…!' 문구들이 가득 적혀있다.

윤영   (! 악문 채 노려보는)
미숙(E)   엄마의 못다 한 꿈을.. 대신 이뤄드리고 싶었어요.

씬30.   우정고등학교, 교장실. 낮

〈작은 문〉을 무릎에 가지런히 올려놓고 앉아 화기애애한 인터뷰 중인 미숙. 그 옆의 미숙모. 수첩과 볼펜으로 받아 적으며 듣는 신문기자1. 그 모습을 카메라로 찍고 있는 신문기자2. 곁에는 흐뭇한 얼굴로 지켜보는 출판사 편집자(남, 40대)와 교련, 병구.

미숙   한때 소설 쓰는 게 꿈이셨다 들었거든요, 저희 엄마도요.
편집자   왕년에 대단한 문청이었죠. (미숙모 가리켜, 웃는) 제 대학 후배 놈이라.
신문기자1 어머나, 그럼 그 재능이 어머님한테서 온 거였군요?

미숙모	(손사래 치며) 아녜요, 저보다 딸이 낫죠. (다정한 미소로 미숙을 보면)
미숙	(다정하게 이어받으며) 처음 써본 거라 엄마 따라가려면 아직 멀었지만 그래두 특별한 선물이 됐으면 좋겠어요. 곧 저희 엄마 생일이시거든요.
신문기자1	어쩜, 모녀 사이가 이렇게 다정한가요. (미숙 향해) 제대로 선물 될걸? 서울에선 서점 깔린 첫날부터 반응이 얼마나 대단했던지.. 벌써 베스트셀러 얘기가 나오던데?
교련	(박수 짝 치며) 아이구, 잘됐네요!
병구	(인자한 미소로) 우리 우정고한테도 경삽니다. 개교 이래 이런 일은 처음이에요. 미리 알았음 플래카드라도 크게 달아놓는 건데, 응?
미숙	(수줍게 웃는 그 순간.. 탁— 문이 열리는 소리에)
일동	(!? 모두의 시선 향하면)
순애	(얼굴 벌건 채 잠시 둘러보다) 고미숙... 얘기 좀 해.
미숙	(태연하게 보는 데서)

씬31.   과학실. 낮

커튼 쳐진 채 어둑하고 서늘한 과학실 한쪽에 마주 선 미숙과 순애.

순애	(떨리는) 어떻게 이런 짓을 해? 대체 왜.. 언제 어떻게 훔쳐,
미숙	훔치다니, 무슨 소리야?
순애	내 소설 말야...!! 내 앞에서까지 뻔뻔하게 거짓말하지 마.
미숙	네 소설이라니.. 정말 무슨 소릴 하는지 모르겠는데, 난?
순애	(믿을 수가 없다. 울컥해선) 미숙아, 제발..

미숙	(안타깝단 듯) 요즘 많이 힘들지? 그렇다고 이런 걸 우기면 어떡해, 순애야. 그동안 작문숙제 좀 도와줬다구 이제 내가 쓴 게 네 꺼 같구 그런 거야?
순애	(질린 듯 내저으며, 뒷걸음질로) 이렇게까지 나쁜 앤 줄은 몰랐어..
미숙	(가소롭단 듯 픽 웃으면)
순애	더는 안 참아.. 다 얘기할 거야.. 그동안 네가 어떤 짓을 했는지 전부 다! (휙 돌아서 가는데, 순간 그 손목을 잡아 벽에다 탕―! 몰아치는 손길)
미숙	(벽에 순애를 몰아놓곤 가까이 다가가서선) 왜 이렇게 귀찮게 굴어, 순애야. 이러면 내가 뭘 더 해야 되잖아, 번거롭게..
순애	(!!!)
미숙	(맑은 눈으로) 너, 증거 있어?
순애	(?!!)
미숙	사라진 노트? (픽 웃고는) 네가 썼단 걸 아는 사람이 있기는 해? 어차피 넌 안 되니까 그냥 얌전히 있어. (순간 표정 싸늘해져선, 낮게) 괜히 나대다가 네 언니처럼 되지 말구.. 응? 순애야..
순애	(완전히 하얗게 질리는)

씬 32.   과학실 앞 복도. 낮

문을 열고 나오는 미숙, 그 앞으로 오던 윤영과 마주치면, 여유로운 미소로 문을 툭 닫고는.

미숙	책 좋아하는 여자애들은 다 왜 그 모양일까, 했었는데.

윤영	(! 멈칫) 뭐...?
미숙	꼭 자기들이 주인공인 척하잖아. 똑똑한 척, 세상 다 아는 척.. 그깟 종이에 적힌 글자들 좀 읽는다고 뭐 특별한 사람이라도 되는 것마냥 못 봐주게 재수없더니.. 근데 해보니까.. 재밌네? (씩 웃으며 간다)
윤영	(!! 유유히 가는 그 뒷모습 얼얼하게 보는 데서)

씬33. 지방, 기숙학원 복도. 낮

못마땅한 얼굴의 직원과 마주 서서 대화 중인 해준.

직원	글쎄요. 고민수 학생 얼굴 본 지는 꽤 됐어요. 맨날 규칙 어기고 몰래 나가 술 마시고 외박하고.. 저흰 진작에 포기했습니다.
해준	마지막으로 본 게 언젠지 기억하십니까?
직원	2주는 된 거 같은데.. (문득 이상해선) 집으로 가 있던 게 아닌가요?
해준	(!) 어딜 다쳤다거나 한 걸 본 기억은,
직원	(슬쩍 걱정으로) 민수한테 무슨 일이 있나요?

씬34. 순애의 방. 밤

얼얼한 채 웅크리고 앉아 눈물만 주룩 흘리는 순애. 그 곁에 붙어 앉은 윤영, 달래주려.

윤영	아직 안 늦었어, 순애야. 얼마든지 되돌릴 수 있다구.

순애	고미숙 말이 맞아. 결국 증거도 없이 말뿐인 걸 누가 믿어
	주겠어.. 노트는 이미 사라졌구.. 책은 다 나와버렸잖아. 내
	가 쓴 걸 지켜본 사람은 우리 언니밖에 없는데 우리 언니는..
	(경애 생각에 악문 채 글썽)
윤영	(! 쓰린 마음이지만, 부러 단단히) 왜 해보지도 않구 포기하
	려구 해? 고미숙이 아니라고 하면 그냥 아닌 거야?
순애	고미숙이 아니라고 하면 다들 아니라고 할 테니까..! (떠올
	리는)

〔 인서트 - 씬30. 우정고등학교, 교장실. 낮 〕

순애, 얼굴 벌건 채로 모든 용기를 끌어모아 문을 탕 — 열어
보는데 그 안의 화목한 분위기 속 우아한 미숙모와 편집장,
인자한 미소의 병구와 교련. 미숙의 주위를 든든하게 둘러
싸고 있는 어른들의 모습에 순간 턱 막히는.

순애	만약 이 일이 커지면.. 우리 엄마 아빠도 알게 될 텐데.. 우리
	엄마 아빠는 내가 소설 같은 거 썼다고 해도.. 자랑스러워하
	지 않아.
윤영	(! 보면)
순애	(그렁그렁) 오히려 더 힘들어지기만 하실 거야..

씬35. 순애의 집, 거실. 밤

불 꺼놓은 어둠 속 TV 앞에 덩그러니 앉은 옥자, 가만히 비디오 화면을
보고 있다. (경애가 좋아하던) 화려한 가요 프로그램을 소리 죽인 채 틀
어놓고 멍하니 보는.

순애(E)   나만 포기하면..

씬36.   순애의 집, 안방. 밤

역시 어둑한 방 한쪽에 앉은 형만, 소주잔에 소주를 따라 한 모금 쓸쓸히
마신다. 형만의 시선 끝에 놓인 액자 속 행복한 삼남매의 사진 한 장.

순애(E)   나만 그냥 넘어가면..

씬37.   순애의 방. 밤 (씬34에 이어)

속상한 듯 지켜보는 윤영.

순애   그럼 그냥.. 아무 일 없던 게 될지도 모르잖아. 그게 모두한
         테 나은 건지도 모르잖아. (애써 웃어 보이면)

윤영(E)   **그래서.. 그런 마음으로 포기했던 거구나, 엄마..**
         (천천히 내젓는) ... **그치만 안 돼.**

윤영   (문득 표정 굳히며) 정신 차려, 이순애.

순애   (?! 보면)

윤영   너한테 가족이 엄마, 아빠만 있는 줄 알아?

순애   오복이랑 언니도 있지..

윤영   (!) 아니, 오복이랑 언니만 있는 줄 알아?

순애   (?) 그럼 누가 더 있는데..?

윤영   ... 더 있다고 생각을 해봐.. 어? 그 사람은 네가 쓴 소설을 세
         상에서 제일 좋아하고, 세상에서 제일 좋아하는 그 소설..
         다름 아닌 네 진짜 이름이 새겨지기를 바라고, 네가 그 소설

로 멋진 소설가가 돼서, 좋아하는 책도 마음껏 읽구, 음악도 실컷 들구, 따뜻한 커피도 홀짝이면서 그렇게,

순애   (!!)

윤영   그렇게.. 더는 아무것도 포기하지 말고.. 자기가 원하는 걸 좀 하면서.. 그렇게 살아봤으면 좋겠다고.. 간절히 바랄 수도 있는 거라구.

순애   (!! 멍하니 보는 데서)

씬38.   우정리 읍내 병원, 병실. 낮

윤영에게 등 떠밀려 병실 안으로 들어오는 순애, 어리둥절한 눈으로 깜빡깜빡.. 보면 희섭, 다리에 반깁스를 하고 서선, 가늘게 뜬 눈으로 순애를 쳐다본다. 윤영, 희섭 향해 잘하라는 듯 눈짓 주고는 병실 문 닫고 나서면.

순애   (?)

희섭   (순애 손을 잡아 이끌어 침대 위에 앉히곤 가까이 보며, 포스 있게) 너... 문나잇트 클럽서 가끔 공연하는 한라산 밴드라구 알어?

순애   (!? 도리도리 내저으면)

희섭   비록 백두산 성아들 따라허는 짝퉁 밴드라 불리지만 나는 그 성님들을 아주 존경혀. 특히 드럼 치는 성님.

        [인서트 - 씬. 문 나잇트 디스코 클럽. 밤]
        무대 위에서 신나게 공연 중인 한라산 드러머,
        두구두구두— 화려하게 드럼 치는.

희섭   (똑바로 보며) 어느 날, 그 성님한테 아주 큰 위기가 찾아왔어.

순애   (집중한 채) 무슨 위기...?

희섭   (비장하게 보다) ... 급똥.

〔 인서트 - 씬. 문 나잇트 디스코 클럽. 밤 〕
한창 열정적으로 공연 중이던 드러머,
화들짝 놀란 얼굴로 배를 움켜잡는다.

희섭   고것은.. 모른 척 쉽게 무시할 수 있는 그런 종류의 것이 아
               니었어. 죽느냐.. 싸느냐.. 당장 결판을 내려야 되는 고런 것
               이었제.

순애   (! 떫어진 채 보는데)

희섭   (순애 옆으로 앉으며) 그때 그 성님은.. 주위를 싸악 둘러봤
               다는 거여.

〔 인서트 - 씬. 문 나잇트 디스코 클럽. 밤 〕
식은땀으로 가득한 드러머, 비장하게 주위를 슥 둘러보면..
자신들의 연주에 한껏 취한 채 열심히 환호하고 흔드는 자
그마치 세 명의 관객들..

희섭   그래봤자 읍내 클럽 공연... 것 좀 중단헌다고 뭔 일이 생기
               겄어? 근데도 그 성님은 관객을 위해.. 끝까지 자리를 지키
               고 만 거여..

순애   ... 쌌다구? 그 자리에서?

희섭   ... 어어..

순애   (살짝 화난 듯) 이 더러운 얘기의 교훈이 뭐야..?

희섭	한 번 시작해부렀음 끝까지 해부러야 된다는 거.
순애	(!? 보면)
희섭	(다시 휙 내려와 순애 앞에 가까이 서선) 그 소설 순애 니 꺼 잖어. 그라믄 목숨 걸고 끝까지 지켜야제. 니 앞에 나가.. 겁나게 팔 흔들믄서 응원허고 있는디.. 니가 포기하믄 어떡혀. 날 까묵어불믄 어떡혀.
순애	(! 슬슬 비장해지는)

씬39.   순애의 방. 낮

비장한 얼굴로 짐을 싸는 순애. 책가방 속에 온갖 짐들을 다 챙겨 넣는 중이다. 오래전부터 썼던 연습장, 낡은 노트들, 소설의 내용 메모해둔 낱 장의 종이들... 그 순간 벌컥 — 문을 여는 이. 보면, 화난 얼굴의 옥자다.

옥자	(다가와선 순애 등짝을 짝! 때리곤) 내가 왜 안 자랑스러워해.
순애	(!?) ... 엄마아...
옥자	너 내가 네 언니 미스코리아 한다구 할 때.. 가수 한다구 할 때.. 그거 한 번을 끄덕여주질 않은 거 그걸 얼마나 후회하는 지 알어?
순애	(!!)
옥자	(그제야 꼭 안아주며) 기죽지 말고 잘 다녀와, 내 새끼.

씬40.   차부집 앞. 낮

책가방 멘 채 나란히 선 윤영과 순애. 그 앞에 멈춰 서있던 버스, 문이 열 린다. 운전석에 썬글라스를 끼고 앉은 형만.. "타." 멋지게 한마디 한다.

순애	(좋으면서도, 윤영을 향해) 대체.. 어디까지 소문을 낸 거야..
윤영	원래 나쁜 일은 멀리멀리 소문내야 돼. 그래야 나쁜 년이 벌 받지.
순애	(!!)
윤영(E)	**그건... 제법 익숙한 길이었어요.**

씬41.   출판사. 낮

온갖 책들이 꽂히고 쌓인 예스러운 공간 사이를 비장하게 걸어 들어가는 윤영과 순애.

| 윤영(E) | **30년 후쯤 미래에 내가 다니게 될 출판사였거든요.** |
| | **엄마랑 같이 가보는 건... 이번이 처음이었지만.** |

윤영, 곧 사무실 문을 열어 보이면, 그 안에 딱딱하게 굳은 얼굴로 앉은 편집자. 마찬가지로 차가운 얼굴을 한 미숙모와 미숙, 소파에 앉아있는 모습 드러난다.

| 윤영(E) | **그리고 거기엔.. 아주 익숙하게 봐오던 얼굴이 앉아있었죠.** |
| 윤영 | (직장인의 얼굴로) 진짜 소설 주인 왔는데, 제대로 얘기 좀 해보실까요? |

씬42.   출판사 사무실. 낮

무겁게 얼어붙은 분위기 속에 편집자 앞으로 나눠 앉은 윤영과 순애, 미숙과 미숙모.

미숙	정말 아녜요. 얘네 둘이서 짜고 이러는 거예요, 지금.
윤영	(기막힌 듯 보면)
미숙	(순애를 향해) 너 어쩌려구 이래? 이거 보통 문제 아니야. 이미 출판도 다 끝난 책이고 전국 서점에서 내 이름, 내 사진 달고 팔려나가는 중인데 이거 일 커지면 책임질 수 있어? 증거는 있구?
순애	(!)
미숙	가뜩이나 너희 부모님 상심이 크신데.. 정말 이렇게 일 벌려도 되는 거야?
순애	(!!)
미숙모	(시계 힐끗 보곤) 변호사 오면 얘기하죠, 선배.
윤영	(미숙 향해) 꼭 범인들이 증거 찾더라. 네가 말하는 증거가 네가 훔친 노트를 얘기하는 거라면, 그런 건 없어. 근데 소설 한 권 쓰는데 노트 딱 한 권으로 끝날 거 같니?
미숙	(가만히 보면)
순애	(심호흡 한 번 하곤, 가방에서 주섬주섬 가져온 노트와 종이들을 꺼내기 시작하면서) 2년 전부터 쓰기 시작한 소설이에요.. 쓰다가 지운 문장들, 어떤 단어에 어떤 의미를 담을까 낙서해둔 내용들, 넣으려다가 뺀 챕터, 전부 들어있어요. 보시면 알 거예요. (편집자를 본다)
편집자	(그런 순애를 가만히 보는)
순애	(떨리지만 용기 내어 한 번 더) 보시면 알아요.. 정말이에요.
미숙	(!) 제 소설 노트 다 읽고선 자기가 지어서 만든 거예요.
순애	물어보시면 전부 대답할 수 있어요. 소설에 관한 얘기라면 뭐든.. 다 할 수 있어요, 전. (미숙을 보며) 넌 못 그러잖아, 고미숙.

미숙	(!! 보는데)
편집자	(한숨 푹 내쉬고는, 안경을 쓰곤, 그 노트들을 슥 제 앞으로 끌어당긴다)
미숙모	선배.. 뭐 하는 거야?
편집자	보면 안다잖어.. 그럼 봐야지.. 그리고 물어야지. 궁금한 게 많거든, 나도.
윤영, 순애	(! 서로를 보고 눈빛을 반짝이면)
미숙모	(순간 수치스러운 듯 홱 일어나 밖으로 나가버린다)
미숙	(그제야 당황해선) 엄마.. 엄마! (급히 따라나서는)

씬43.   출판사 다른 일각. 낮

고풍스런 테이블에 나란히 앉은 윤영과 순애. 그 맞은편에 안경 끼고 앉은 편집자. 어딘가로 부지런히 전화를 걸고 있다. 그 내용을 듣는 윤영과 순애, 서로 미소를 주고받는.

윤영(N)   **엄마의 이름으로 새로 나오게 될 소설 첫 페이지에,**
엄마는 이런 문구를 넣어달라고 부탁했어요.

편집자, 순애가 내미는 쪽지를 받아서 보면, 적힌 문구.
'우정리에 사는 이형만 씨와 박옥자 씨의 첫째 딸 이경애에게 이 소설을 바칩니다.'
찬찬히 읽던 편집자, 곧 따스한 미소로 순애를 향해 웃어주는.

씬44.   시골길. 밤

돌아오는 길.. 예쁜 꽃들 핀 사이로 나란히 이야기 나누며 키득대고 오는 윤영과 순애.

윤영(N)	**그리고... 아주 작은 비밀 하나도 알게 됐죠.**
윤영	궁금한 게 있는데 Y에게 보내는 편지에서.. Y는 누구야?
순애	(수줍은 듯) 나중에.. 내가 꼭 만나고 싶은 친구 이름.
윤영	(? 보면)
순애	(귓속말로 속닥속닥 알려주는)
윤영(N)	**먼 훗날, 자신의 딸을 낳게 되면 지어주고 싶은**
	이름의 첫 이니셜이었대요. 말하자면... 윤영의 Y 같은.
윤영	(!! 부푼 얼굴로 보는데)
순애	고마워, 윤영아.. 소설 찾은 거, 전부 네 덕분이야.
윤영	(! 그저 미소로) 나도, 네 덕분이야.

씬45.   해준의 집 앞 골목길. 밤

맞잡은 손을 가볍게 흔들며 나란히 걸어오는 윤영과 순애. 저만치 앞에
기다리듯 서있던 해준을 발견하고는.. 곧 환해지는 윤영.

윤영(N)	**정말.. 정말.. 행복한 하루였어요.**
	내 인생에 그렇게까지 완벽하게 행복한 날은..
	없었던 것 같아요.

씬46.   미숙의 방. 밤

그리고.. 완전히 겁먹은 얼굴로 바닥에 무릎을 꿇고 앉은 미숙. 그 앞의
미숙모, 책장에 꽂힌 책을 아무렇게나 꺼내선 박박 찢기 시작한다.

미숙모	이따위 무식한 짓 할 거면 책은 뭐 하러 읽니? 다 찢어버려야지.. 응?

"엄마.. 엄마.. 잘못했어요.." 다가가서 다리를 붙잡는 미숙, 그러나 팽개치는 미숙모에게 밀려나 넘어지고.. 분풀이하듯 연달아 우르르 책들을 바닥에 쏟아내는 미숙모, 다른 책마저 들어 찢으면서 기막힌 듯 웃는.

미숙모	나를 위한 선물? 내 못다 한 꿈을 대신 이뤄? 웃기지도 않아.. 너같이 모자란 걸 딸로 둔 건 내 수치야! 알어?!
미숙	(그저 바닥에 주저앉아 바들바들 떠는)

씬47.　　읍내 거리, 서점 앞. 밤

부스스한 머리를 한 채 반쯤 정신이 나간 듯 멍하니 걸어나가는 미숙. 그러다 문득 서점 앞에서 멈춰 선다. '우리 마을 소설가 데뷔!' 써 붙은 유리창 안 가득 진열되어 있던 고미숙의 소설 〈작은 문〉. 그 한쪽에 붙어있는 미숙 얼굴의 대형 포스터들.. 모두 하나씩 떼어지고 있는 중이다. 지나가던 여학생 몇 명, 그런 미숙을 알아보곤, 저들끼리 수군수군.. 미숙, 아무렇지 않은 듯 앞을 향해 계속해서 걸어가는.

씬48.　　해준의 집, 거실. 밤

소파에 기대 누운 채 잠시 잠이 들었던 윤영, 또다시 악몽을 꾸는 듯 식은땀을 연신 흘리고 있다. 그러다 순간 헉— 놀라며 깨어나는! 거친 숨을 몰아쉬는 윤영, '정말 왜 이러지..' 지끈대는 머리를 툭툭 눌러본다. 그런 윤영의 앞 탁자 아래.. 씬21에서 떨어져있던 성냥갑은 사라져있다.

씬49.   해준의 집, 차고. 밤

한쪽에 대충 걸터앉은 해준, 가만히 타임머신을 보며 생각에 잠겨있는데. 곧 조심스레 문이 열리고 고개 내미는 윤영, 부스스한 머리로 빼꼼 들여다본다.

윤영	뭐 해요, 여기서?
해준	... 곤히 잠든 거 같길래. (하다) 설마, 또?
윤영	(힘없이 *끄덕끄덕*) 무서운데.. 옆에 있어도 되나.
해준	(제 옆으로 자리를 내곤, 툭툭 두드려 보이면)
윤영	(냉큼 달려 들어와 앉으며) ... 아.. 이제 좀 낫네..
해준	(픽 웃으며, 잠시 일어서 자동차로 가는) 서울 다녀오느라 피곤해서 푹 잘 수 있을 줄 알았는데. 좋은 일도 있었구.
윤영	그러니까요.. 나두 그럴 줄 알았는데.. 사이다 백 잔쯤 마신 것처럼 고미숙 갑질 아래 내 6년 치 서러움이 싹— 씻겨져 내려갔는데 분명.
해준	(웃으며 뒤쪽 트렁크를 열고 뒤적이다 담요 하나 찾아들고 오는)
윤영	근데도 그 악몽이 끝나질 않네요..
해준	(다가와 윤영의 자리 아래 담요 깔아주고, 다시 옆으로 앉으며) 대체 무슨 꿈인데요, 진짜 끝까지 비밀?
윤영	(! 잠시 망설이다) ... 아마.. 가까운 어느 날의 일인 것 같았는데.. 타임머신을 다 고쳐서.. 미래로 돌아갔거든요.
해준	(보는)
윤영	엄마도, 아버지도 다 내가 상상했던 그대로 바뀌어있었구.. 좋아 보였어요.
해준	다 좋아 보였는데 왜요.

윤영	근데.. (좀 슬퍼진 눈으로 잠시 보다, 곧 말을 삼키는) ... 아녜요.
해준	와.. 여기서 이렇게 끊는다?
윤영	그냥.. 개꿈인 거 같아요. 재미도 없고 의미도 없는 엉망진창 이상한 영화.
해준	(싱겁단 듯 웃다가) ... 난 얼마 전에 진짜 영화 보고 왔었는데.
윤영	(? 보면)
해준	엄마라는 사람도 보고.. 거기서.
윤영	(!?)
해준	기분이 이상하더라구요. 날 버린 사람을 마주한다는 게. (쓸쓸히 떠올리는)

〔 **인서트 - 씬1. 영화관 앞. 밤** 〕
혼란스러운 듯 자신을 멍하게 바라보는
청아를 마주한 채 서있던 해준.

　　　해준(E)　　1988년... 지금으로부터 1년 뒤,
　　　　　　　　　나를 낳자마자 떠나버릴 사람.

윤영	잠깐만.. 지금 이건 진짜 있었던 일인 거죠? 꿈이 아니라..
해준	(가볍게 웃고) 꿈.. 인 걸로 할까요?
윤영	(! 진짜구나..)
해준	찾으려고 했다면 진작 찾았을 거예요. 뭐 얼마나 넓은 세상 이라고.. 타임머신 같은 거 없었어도 얼마든지.. 어디서 어떻게 사는지 정도는 알아낼 수 있었겠지. 근데 안 그랬어요. 안 찾았어요.. 단 한 번도.
윤영	...

해준	그건 그 사람 선택이었으니까. 서로한테 평생 없는 사람으로 살자고. 그걸 나한테 원했다는 뜻이니까.
윤영	(!!)
해준	그래서 지금껏 그렇게 잘 살아왔는데.. 저놈의 자동차가 날.. (하며 타임머신 보곤) 그냥, 평곈가.
윤영	(위로하듯) 그냥.. 한 번쯤 보고 싶었던 거잖아요.
해준	(천천히 끄덕이곤, 미소로) 봤으니까.. 진짜 끝. 그냥 잠깐 꿈꾼 거라고. 그렇게 지나갈까 해요. 어차피 내가 여기서 해야 될 일은.. 그런 거니까. 끼어들지 않아야 할 사람한테 끼어들지 않는 일.
윤영	(! 그런 해준이 안쓰러운 듯 보다.. 좀 망설이고는) 꿈이요..
해준	(? 보면)
윤영	내 꿈이요... 실은 거기서, (하는데)

벌컥 — 차고 문을 열고 들어서는 이, 연우다.

해준, 윤영	(? 보는데)
연우	(어쩐지 초조한 듯 보인다) 잠깐.. 얘기 좀 했으면 하는데, 형.
해준	(??)

씬50.　　우정리 강가, 다리 밑. 밤

컴컴한 어둠 속에 서있는 미숙... 술에 취한 듯 비틀대고 선 고민수를 마주하고 있다.

민수	얘기를 더 했으면 한다고, 나랑? 또 무슨 미친 얘기를 하게.. 어?!
미숙	(멍하니) 기억나? 열세 살 여름 방학 때, 그때 네 방에서 처음으로 네가 나 때리기 시작했잖아.
민수	(...)
미숙	나한텐 운이 좋게도.. 엄마가 봤지, 그날.. 얼마나 슬프셨겠어? 평생을 남편한테 두드려 맞으면서 살았는데.. 하나뿐인 딸이 너 같은 새끼한테 또 얻어맞는 걸 봐야 한다는 게..
민수	진짜 뭐라는 거야.. 미친년이.. (하면서도 비틀, 결국 툭 주저앉는)
미숙	근데 너무 슬퍼서 그러셨을까.. 모른 척 지나가더라. 그치?
민수	(거친 숨으로 올려다본다)
미숙	(조금 글썽해져선, 악문 채) 그 후로도 수많은 순간들이 있었지. 혹시 내가 투명인간인가? 아프다고.. 괴롭다고 소리치고 울어도 그 집에서 난 그냥 '없는 사람'이었잖아, 오빠.. 그래서 나도 보여주고 싶었어.. 엄마한테.. 보이게 하고 싶었는데.. (흐르는 눈물 슥 닦고는, 문득) 손은 다 나았어?
민수	뭐...?
미숙	(곁에 앉아 그 기다란 손을 붙잡고 이리저리 살펴보고는 기쁜 듯) 자꾸 술을 마시고 다니니까.. 이렇게 오래 걸리지.

씬51.   우정리 강가, 다리 밑. 밤 (회상, 7부 씬53 상황에 이어)

쏟아지는 비를 맞으며 쓰러져있던 민수, 그 앞으로 다가온 미숙을 올려다본다. 미숙, 이미 빗물에 흠뻑 젖은 채 흥분으로 정신이 반쯤 나간 듯 오들오들 떨고 서있는.

민수	(기막힌 듯) 미쳤냐? 부른 지가 언젠데 이제 와? 우산은? 비가 이렇게 오는데 뭐 쓰고 가라고.. 하.. 돈은 가져온 거야? 너 나한테 이딴 식으로 하면 엄마가 가만둘 거 같냐?
미숙	(답 없이 그저 좀 떨기만)
민수	(윽박지르듯) 야! 빨리 안 일으켜?
미숙	(시키는 대로 다가가 민수를 붙잡고 일으키는데)
민수	(엉거주춤 일어나는 걸 부축하다 미숙이 실수로 손가락 잡자) 아아악, 진짜! (간신히 일어서자마자 한쪽 발로 미숙을 퍽— 걷어차 넘어뜨리며) 내가 아프다 그랬지! 조심 안 해? 어?
미숙	(그대로 누운 채 발로 퍽퍽 얻어맞는데.. 곧 푸흐흐.. 웃음이 터져나온다)
민수	(?! 멈칫하고 보며) 뭐야..?
미숙	(배를 잡고 흐흐흐.. 계속 웃다 말고) 많이 아파.. 그 손? 얼마나 아파...?
민수	(?? 보는)

씬52.   우정리 강가, 다리 밑. 밤 [현재]

어리둥절한 민수, '내 손은 왜 자꾸..' 하며 제 손을 보는데 순간 핑글핑글 돌아가는 시야.. 그대로 툭 쓰러져 눕는.

씬53.   해준의 집, 차고. 밤

주먹을 꽉 말아쥔 채 타임머신 옆으로 불안하고 초조한 듯 연신 서성이는 연우.

해준	(? 의아하지만, 부러 가볍게) 왜, 하고 싶은 얘기가 뭔데.
연우	있지.. 가끔 이 차를 들여다보고 있으면.. 좀 이상한 기분이 들거든? 말이 안 된다는 거 아는데.. 꼭.. 여기 있으면 안 되는 그런 물건을 보고 있다는 느낌이 들 때가 있단 말야.
해준	(?!)
연우	(빠르게 내저으며) 아냐.. 아냐.. 뭐 그런 건 아무래도 상관없어..
해준	... 무슨 일인데 그래? (보는 데서)

씬54. 경찰서, 강력반(형사2반). 밤

고요한 실내.. 지친 형사들, 곳곳에 불편한 자세로 대강 잠들어있다. 책상 앞에 서류 든 채 코를 박고 엎드려 누워 잠든 형사3, 오래 신은 듯 꼬질꼬질한 양말을 한쪽만 걸치듯 신고 의자에 꺾어 누워 잠든 형사 1, 2.
그 틈에 홀로 정자세로 앉은 동식, 피로한 얼굴이나마 수사보고서를 들여다보고 있는데. 그 정적을 깨듯 거친 숨으로 급히 달려 들어오는 이, 미숙이다.

동식	(?! 보는데)
미숙	(몹시 불안한 듯 주위를 둘러보곤, 그렁그렁) 형사님.. 저.. 드리고 싶은 말씀이 있는데.. 혹시 지금부터 제가 하는 얘기.. 전부 비밀로 해주실 수 있나요?
동식	(! 어떤 예감에 천천히 일어서서 보면)
미숙	(눈물을 툭 터뜨리며) 알려지면.. 전 정말 죽을지도 몰라요.
동식	(애써 침착하게) 무슨 얘길 하든 네가 다치는 일은 없을 거다. 약속하마.
미숙	마을에 있었던 사건이요... 그 범인... 제가 봤어요.

형사3	(! 잠결에 그 소리를 듣곤 놀란 채 벌떡 깨어나서 보는)
형사, 2	(? 역시 천천히 눈을 뜨고 자세 잡는데)
미숙	제가 직접 봤다구요... 죽이는 걸.. 저희.. 오빠가요..!!
동식, 형사들	(전부 굳어 보는 데서)

씬55.   해준의 집, 차고. 밤

계속해서 초조한 듯 주변을 오가는 연우.

연우	마을에 살인사건이 있었다고 들었어. 그때 죽은 피해자들한
	테서.. 내 애인 다방 성냥갑.. 그리고 쪽지가 나왔다고.
해준	(!?) .....
연우	(그제야 우뚝 멈춰선, 본다) 혹시 그게.. 이거야? (꽉 쥐고 있
	던 손을 풀어보이면, 씬15의 성냥갑과 쪽지다)
해준	(!!)
연우	일부러 보려던 건 아니고.. 오늘 낮에.. 화장실만 좀 쓰고 나
	오려는데..

〔 **인서트 – 씬. 해준의 집, 거실. 낮 (회상)** 〕
아무도 없는 낮 시간.
화장실 물 내려가는 소리와 함께 거실로 나오는 연우.
별생각 없이 곧장 현관을 향해 나가다 말고 잠시 주위를 둘
러본다. '이렇게 생겼구나..' 하듯 가볍게 구경하곤 다시 나
가려는데 멈칫.. 보면, 깨끗하게 치워진 탁자 아래 떨어져있
던 그 성냥갑 보인다.

연우	... 그때 주운 건데.. 근데.. 왜.. 왜 이런 게 형한테 있어?
해준	(!!)
연우	(!? 그 반응에 더 혼란스러운) 뭐야.. 이거 진짜 형 꺼야?
해준	... 진정하고 내 말 좀 들어봐.
연우	(사색으로 얼른 한발 물러서며) 당신.. 뭐야? 누구야?
해준	들어보라니까.
연우	대체.. 누구냐고, 너..!!!
해준	(!! 떨리는 눈으로 본다.)

그렇게 바짝 굳은 채 서로를 마주 보는 父子, 해준과 연우, 그 두 사람에서.

어쩌다 마주친, 그대 / 제 11회 엔딩

어쩌다 마주친, 그대

chapter 12

없는 사람

씬1.　　　해준의 집, 차고. 밤 (11부 엔딩에 이어)

무거운 침묵... 타임머신을 곁에 둔 채 긴장으로 마주 선 해준과 연우.
떨리는 눈으로 연우와 그 손에 들린 성냥갑과 쪽지를 내려다보던 해준,
간신히 입을 연다.

해준　　　... 누구냐고, 내가..
연우　　　(!!)
해준　　　... 내가 누굴 거 같은데...
연우　　　(!? 당황해 보는)

씬2.　　　도로. 밤

도로 위를 빠르게 달려나가는 경찰차들. 곧 갈림길 나타나면, 앞선 두 대
와 나머지 한 대 각각 다른 방향으로 흩어져서 간다.

씬3.　　　해준의 집, 차고. 밤

당황하고도 혼란스러운 눈빛으로 해준을 보는 연우.

연우　　　무슨 소리야, 그게...?
해준　　　(역시 머릿속이 새하얗지만.. 애써 침착하게) 내가 어떤 사
　　　　　람이길 바라고.. 여길 찾아왔나 싶어서.
연우　　　(!!)
해준　　　진짜 내가 누군지 알고 싶었으면 경찰한테 갔었어야지. 저
　　　　　사람 집에서 이런 걸 발견했다, 저 사람 차고엔 훨씬 이상한
　　　　　물건도 있더라, 아주 수상한 사람이다.. 경찰한테 밝혀달라

고 했었어야지.

연우	(!! 조금 흔들리는 눈빛으로 보면)
해준	그럴 수도 있었는데.. 넌 결국 나한테 왔잖아. 아마 그럴 수가 없었을 테니까. 안 그래?
연우	(!!...)

씬4. 우정리 강가, 다리 밑. 밤

우르르 뛰어 내려가는 형사들.. 다리 밑 어둠 속에 홀로 누운 채 잠들어 있던 고민수를 발견하고 곧장 붙잡아 일으킨다. 비몽사몽 흐린 눈을 떠 둘러보는 민수. 형사2, 그런 민수의 손목 위로 거칠게 수갑을 채운다.

씬5. 고민수의 방. 밤

막아서는 미숙모를 홱 밀치고 들어서는 형사들, 거친 손길로 이곳저곳을 뒤지기 시작한다. 뒤이어 들어서는 동식, 빠르게 책상 서랍으로 가 곧장 세 번째 서랍을 열면 붉은색 털실 뭉치가 들어있다. 그와 동시에 뒤쪽에서 "여깄습니다!" 외치는 형사3. 동식, 홱 돌아보면, 다른 구석에서 '봉봉' 성냥갑들 여러 개를 찾아낸 형사3.
다가가는 동식, 함께 빠른 손길로 하나씩 성냥갑들을 열어보면, 그 안은 전부 성냥개비 하나 없이 깔끔하게 비워져있는 상태다. 뒤쪽의 형사들, 멈춰선 저마다 확신으로 서로를 보는데.

동식	(? 홀로 어떤 생각에 찌푸리는)
해준(E)	아니라고 생각하니까..
미숙모	(! 멍하니 다가와 그 물건들을 보다 털썩 주저앉는)

해준(E)	아니었으면 좋겠다고.. 그렇게 생각하니까.

씬6.   해준의 집, 차고. 밤

해준	그래야 네가 진짜 궁금해하는 걸 계속 알아낼 수 있을 테니까.
연우	(!! 천천히 돌아보면.. 타임머신이 눈에 들어온다)
해준	그래서 넌 나한테 온 거잖아. 경찰이 아니라.
연우	(!!)
해준	대답이 정말 필요하다면 내 답은, 아니야. 지금 여기서 전부 설명할 순 없지만 네가 의심하는 일 같은 건.. 절대 안 했어, 난.
연우	(쏘아보며) 난.. 너 안 믿어.
해준	(조금 흔들리지만) 그래.. 어쩔 수 없지. 그치만 네가 이걸 덮는다면 넌 지금처럼 계속 이 차를 고칠 수 있게 되는 거야.
연우	(복잡한 듯 내저으며) 그게 무슨 상관이냐고, 지금...!
해준	그러다 보면.. 네가 직접 알아낼 수 있을지도 모르지. 내가 누군지, (성냥갑 향해) 그게 다.. 뭔지.
연우	(!!? 미칠 노릇이다..)

씬7.   해준의 집, 거실. 밤

거실 창가에 선 윤영, 곧 차고 문이 열리고 빠르게 나오는 연우의 모습이 보인다. 그대로 대문을 쾅 닫으며 나가면 의아한 듯 지켜보는 윤영. 곧이어 터덜터덜 나오던 해준, 차고 문을 닫고 거기에 툭 기대서더니, 순간 힘이 풀린 듯 스르륵 미끄러져 앉는다. '?!' 놀라서 보는 윤영, 얼른 뛰어 나가는.

씬8.   해준의 집, 마당. 밤

기대앉은 해준, 한꺼번에 긴장이 풀린 듯 지친 얼굴로 앞을 바라보면 급히 다가온 윤영, 걱정스레 곁에 쪼그려 앉으며.

윤영   왜 그래요? 무슨 일 있었어요? 무슨 얘길 했길래,

해준   (한쪽 손을 겨우 펼치면, 쥐고 있던 성냥갑과 쪽지 드러나는) ... 내 잘못이에요. 집에 드나들게 하는 건 조심했어야 되는데.

윤영   (!!...)

해준   걱정 마요.. 돌려주고 갔다는 건.. 일단 덮어두겠단 뜻이니까. 나 때문이 아니라.. 저 차 때문이겠지만.

윤영   (잠시 본다. 지친 해준의 얼굴이 걱정스러운) 괜찮은 거예요?

해준   (보면)

윤영   좀 걷지 않을래요? 우리한테 시간이 많은 건 아니지만.. 그래두.. 잠깐 바람 쐴 시간도 없진 않을 거 같은데.

해준   (......)

씬9.   갈대밭. 밤

반짝이는 별들 아래.. 갈대밭 사이를 나란히 걷는 해준과 윤영.

윤영   가족을 만난다는 게.. 그것도 내가 잘 모르던 가족의 얼굴을 마주한다는 게 쉬운 일은 아닌 거 같아요.

해준   (? 보면)

윤영   (슬쩍 본다. 해준을 위로하고 싶어, 짐짓 가볍게) 시간여행

은 그쪽이 선배라지만 여기서 가족이랑 엮여본 걸론 내가 쫌 더 선배잖아요? 생각보다 더 두렵고.. 흔들리고.. 그렇다는 거 알아요.

해준   (!)

윤영   여기서 어머니 만나게 된 것도 그렇구.. 아버지랑도 자꾸 마주치다 보니까 별일이 다 생기고.. 머릿속이 뒤죽박죽이죠?

해준   (그저 쓸쓸히 웃는)

윤영   그래도 성냥갑.. 다른 사람이 아니라 아버지여서 다행이라고 생각해요. 단순히 자동차 때문에 넘어간 건 아닐 거라고 생각하거든요, 난. 뭔가 말로 설명할 순 없어도.. 당신을 믿어주고 싶은 그런 느낌이 분명 있었을 거라고요.

해준   (작게 웃으며) 글쎄..

윤영   교장선생님도 엄청 예뻐라 하시잖아요. 뭔가 끌리는 게 있으셨던 거지..! 아.. 이 낯선 남자에게서 어쩐지.. 내 손자의 향기가 느껴진다.. 뭐 그런?

해준   (웃으며 보는) 위로해주고 싶은 건 알겠는데, 계속 틀리는 거 같아..

윤영   (눈 동그래져) 응...?

해준   내 손자의 향기가 느껴진다.. 그랬으면.. 벌써 끔찍하게 미워했을걸요?

윤영   (?! 보면)

해준   같이 살았던 유일한 가족이었는데. 평생을 본 척 만 척.. 없는 사람처럼 날 대했던 사람이니까.

윤영   ... 어째서요..?

해준   (가볍게) 모르죠, 뭐.. 내가 뭐가 그렇게 마음에 안 들었는지.

윤영   (좀 당황스러워선) ... 근데 왜 유일한.. 아버지랑은 같이 안 살았어요?

해준 엄마란 사람이 떠나고선 충격을 받았는지, 다시 미국으로 돌아갔어요. 계속 공부해서 거기서 교수직도 얻었고.. 평생을 거기 살았죠, 아버진.

윤영 (!)

해준 방학 때만 날 보러 들어왔으니까, 1년에 한두 번쯤 봤나? 그마저도 무슨 연구해야 된다고.. 잠깐 머물다 금방 돌아가버리고. 다정한 사람이긴 했는데.. 괜히 믿어주고 싶은 그런 느낌 받을 만큼 날 애틋하게 생각진 않았을 거 같아.

윤영 (!! 슬쩍 멈춰 서서 보면)

해준 (홀로 걷다 천천히 돌아서선, 그제야 좀 머쓱해져) 너무 TMI였나..

윤영 ... 외로웠겠어요.

해준 (? 보면)

윤영 아무도 날 사랑해주지 않는다고, 그렇게 생각하면서 지냈던 시간들이요.

해준 (!)

윤영 (잠시 머뭇대다) 근데.. 그거 알아요? (긴장되는 듯 보며) 나는, 애틋하게 생각해요.

해준 (?!)

윤영 ... 나는 그렇게 생각하는 거 같아.. 당신을요.

해준 (??!)

순간 바람결에 쏴아아― 흔들리는 갈대 사이에 조금 떨어진 채 마주 선 해준과 윤영. 해준, 놀란 듯 굳어 보고 있으면, 점점 더 쑥스러운 기분이 되는 윤영, 그래도 용기를 내어.

윤영   ... 내가 꿨다는.. 그 꿈이요..

씬10.   순애의 집, 거실. 낮 (윤영의 꿈, 1부 씬31 장소)

천천히 들어서는 윤영, 홀린 듯 앞을 바라보면, 전과 똑같은 풍경의 거실
인데.. 문득 한쪽 방에서 절뚝이지 않는 걸음으로 걸어나오는 희섭(53세),
마치 윤영을 향해 어서 오라는 듯 반갑게 씩 — 웃어 보인다. 윤영, 천천
히 고개 돌려보면, 주방 식탁 앞에 노트북을 펼쳐놓고 앉은 순애(53세),
그 주위로 쌓여있는 책들. 열심히 타자 치다 말고 활짝 웃어 보이는.

윤영(E)   타임머신을 다 고쳐서 미래로 돌아갔었어요.
            모든 게 내가 상상했던 그대로였어요.. 다 좋아 보였어요.
            그런데.. 그런데.

씬11.   갈대밭. 밤

조금 떨리는 눈빛으로 해준을 바라보는 윤영.

윤영   거기에... 없었어요, 당신이.
해준   (보면)
윤영   아무리 찾아도 없었어요. 당신이라는 사람이 그 세상에.. 아
            예 없었다구요.
해준   (!)
윤영   흔적도 없이 사라져버려서.. 찾아헤매고 또 헤매다가 그렇게
            깨어나고.. 그게 내가 요즘 꾼 악몽이었어요.. 그냥 개꿈이라
            고 생각하면서도 입 밖으로 꺼내기도 싫을 만큼 끔찍하고..

무섭고.. 슬펐어. 당신이 없는 미래가요..

해준   (!!)

윤영   내가 원하는 건 당신이 있는 미래예요.. 거기서.. 내가 아는
               맛집도 데려가고.. 새로 생긴 길도 같이 걸어보고.. 더는 무
               서운 얘기 말고.. 시시껄렁한 얘기도 나누면서.. 그래보고 싶
               은 거 같아요, 나는.. 당신이랑.

해준   (!!!)

윤영   ... 이것도.. 틀린 위로일까요?

해준   ... 그냥.. 위로라고만 생각해야 되나?

윤영   (!! 가만히 보다, 내젓는) 아니요..

해준   ... 난.. 나만 바라게 된 줄 알았는데. 그런 미래를.

윤영   (!!!)

해준   ... 그래서 끝까지 모른 척하려고 했었는데..

윤영   (!!!)

해준, 천천히 다가가 그런 윤영을 꼭 끌어안는다.

해준   우리한테 시간이 많은 건 아니지만..
               잠깐.. 멈췄다고 생각하지 뭐.

윤영   (!!! 역시 떨리는 듯 해준을 꼭 안아보는 데서)

씬12.   경찰서 앞. 밤

소식을 듣고 모인 기자들로 시끌시끌 북적대는 경찰서 앞 풍경. 그때, 경
찰차 두 대 달려 들어오면, 얼른 카메라와 수첩 등 들고 몰려드는 기자
들. 의기양양한 얼굴로 내리는 형사1과 형사2, 수갑 채운 고민수를 포박

한 채 내린다.

기자1	진짜 범인이 맞습니까?
기자2	현장에서 발견됐던 털실과 성냥갑도 나왔다면서요?!
민수	(가물가물한 눈으로, 그저 정신 못 차리는)
형사2	(민수 뒤통수 찍어 누르며) 아유, 왜들 벌써 이래. 아직 용의 자라니까~
기자3	(수첩 들고 바짝 형사2에게 붙으며) 거의 맞다고 보면 되는 거라며. 그치, 장 형? 장 형이 직접 체포한 거고, 응?
형사2	(뿌듯한 미소 새어 나와선) 아이, 거야, 그러긴 했는데. 일단 기다려봐. 자꾸 우리 서장님 앞길에 똥물 뿌리는 기사 좀 그만 쓰고, 엉?
기자3	아유, 그럼..! 이제 원래대로 승진하셔야지. 위기를 기회로! 응?
형사1	(웃으며) 아이구, 비켜들 주십쇼~ (그대로 끌고 들어가는)

씬13. 경찰서, 강력반(형사2반). 밤

한쪽 책상 앞에 끌어다 앉혀지는 고민수, 그러나 도저히 정신을 못 차리는. 그 앞으로 다가오는 반장, 애잔한 미소로 보며.

반장	야, 민수야, 네가 범인이었다며?
민수	(몸을 제대로 가누지 못한 채) 예? 예..
반장	(주변 형사들과 픽 웃음 주고받으며) 어이구, 어이구.. 이 새끼 술을 얼마나 먹었길래 이렇게 정신을 못 차리구 술술 불어?
형사1	술을 먹었으니까 술술 불죠, 반장님~ (형사들 픕 웃는데)

민수	미숙이.. 내 동생 미숙이는 어딨어요?
반장	(!? 형사들과 눈짓, 굳은 표정으로) 일단 좀 재워라. 정신 차리면 바로 자백받아서 최대한 빨리 마무리 짓자고.
형사1, 2, 3	예~!
반장	(일어서 기지개 켜며) 드디어 집에 좀 들어가보게 생겼다.. (하는데)
동식	(마침 들어서며) 반장님. 드릴 말씀이 있습니다.
반장	(? 보는)

씬14. 경찰서, 복도 일각. 밤

반장, 기막힌 얼굴로 쏘아보면, 애써 침착하게 말을 잇는 동식.

동식	성냥갑은 나왔지만 쪽지는 없지 않았습니까.
반장	쪽지야 그 자리에서 적어가지고 찢어 넣었겠지, 인마.. 빈 성냥갑이 있었다는 사실 자체가 중요한 거 아냐. 미리 준비해 놓은 거, 그거!
동식	방에 있던 고민수 노트들 뒤져보니까.. 필체가 완전히 달랐어요.
반장	감정을 네가 하냐? 너 같으면 평소 그대로 썼겠어? 일부러 흘려썼겠지!
동식	확실히 조사를 더 해봐야 됩니다, 반장님..
반장	(하아..) 야, 백동식. 직접 본 애가 있다는데 더 따져볼 게 뭐 있어? 그리고.. 너 말고 어떤 등신이 지 가족을 불겠냐?
동식	(!!)
반장	신빙성 있는 목격자 증언에, 증거물들까지.. 이거 이제 다 끝

난 거야. 옛날엔 잘 나간다 싶드니.. 나한테 물먹고 나선 영.. 삽질만 하네.

동식   (!! 혀 차며 가는 반장의 뒷모습을 답답한 듯 보는 데서)

씬15.   해준의 집 앞 골목길. 밤

해준, 대문을 열어주면, 슬쩍 그런 해준을 보는 윤영, 쑥스러운 듯 좀 웃는다. 역시 미소로 들어가라는 듯 고개를 가볍게 까딱이는 해준. 윤영, 그제야 안으로 들어서는데, 생각난 듯 순간 윤영을 잡아 제 쪽으로 슥 당기는 해준.

윤영   (!? 보면)
해준   ... 안 사라질게요.
윤영   (!!)
해준   범인 잡고, 당신 어머니랑 미래의 나랑 잘 살려놓고 나서 같이 돌아가요. 그리고 오래도록.. 놉시다, 나랑.
윤영   (!! 곧 미소로 끄덕끄덕.. 보다, 순간 어딘가를 흘낏 보곤) ?! (놀라선 휙 떨어져 서며) 할아버지!!
해준   (놀라 돌아보면)

씬16.   순애의 집, 옥상. 밤

달밤에 홀로 나와 서있던 형만, 잘 안 보여 가늘게 뜬 눈으로 두 사람을 내려다보며.

형만   아유.. 어두워서 긴가민가했네. 거기서 뭐 하신대요, 윤 선생님? (하다 멈칫, 갸웃) 근데 쫌 전에 나한테 할아버지라고..

씬17.　　　해준의 집 앞 골목길. 밤

당황해서 얼른 해준을 향해 시선을 돌리는 윤영.

윤영　　　할아버지한테.. 전화가 왔었다구요?!

해준　　　어.. 들어가서 다시 전화 드려야지. (형만 향해) 그럼 들어가
　　　　　보겠습니다.

형만　　　잠깐...!!

해준, 윤영　(?! 긴장해서 올려다보면)

형만　　　(망설이다) 그... 선생님... 우리 순애가요... 소설가가 됐다네
　　　　　요.. (머쓱한 미소로) 대단한 거 맞죠, 그게?

해준　　　(!! 그제야 가만해져서 보다) 그럼요. 엄청 대단한 일이죠.

형만　　　예.. 좋은 일인데.. 어디다 자랑할 데가 없어서요.. 사람들이
　　　　　흉볼까 봐서.. 첫째 잃구 속없이 웃는다구요..

윤영　　　(좀 슬퍼진 눈으로 보는)

해준　　　그래도 축하할 일은 축하해야죠.. 축하드립니다. 아주 자랑
　　　　　스러우시겠어요.

형만　　　감사해요.. 아무래도 우리 둘째, 지 하고 싶단 공부를 더 시
　　　　　켜야 될까 봐요.

윤영　　　(!! 벅찬 마음에 대신 대답하는) 네...! 꼭이요!!

형만　　　(?! 하다, 곧 미소로 마주 내려다보는)

씬18.   해준의 집, 지하실. 밤

벽 앞에 홀로 선 해준, 손에 쥔 씬1의 성냥갑을 내려다보다, 다시 고개 들어 벽면을 보면 '우정리 연쇄 殺人 사건 유력 용의자 검거' 적힌 고민수 검거 기사가 눈에 들어온다. 곧 문 열고 윤영 들어서면, 그 성냥갑을 주머니에 집어넣는 해준.

윤영   (곁에 다가와 기사를 따라 보며) 고민수... (하다 그제야 깨
          달은 듯 보면)
해준   아마 지금쯤이면 잡혀갔을지도 몰라요.
윤영   (!!)
해준   이미 잡혔다면.. 당장 빼내긴 어렵겠죠.
윤영   (천천히 끄덕이며) 경찰이 쉽게 포기할 리 없긴 하죠. 직접
          목격했다고 신고한 사람이 하필 가족이었으니까.. 그걸 누가
          의심하겠어요. 결국 진짜 범인.. 것두 확실한 증거를 가져가
          야만 풀어줄 것 같은데.
해준   (착잡한 채 생각에 잠기는)

씬19.   우정리 강가 근처, 다리 위. 밤 (회상, 7부 씬52)

경애와의 몸싸움 끝에 난간에 다리를 부딪치고 중심을 잃는 고민수.
다리 밑으로 쿵— 떨어지던 모습 위로.

해준(E)   고민수는 사건이 일어나기 불과 몇 시간 전에 크게 다쳤는데

씬20.   우정리 강가, 다리 밑. 밤 (회상, 7부 씬53)

해준, 엎어져있던 고민수를 뒤집으면, 괴로움에 신음하는 민수. 이어서 고민수의 한쪽 손을 들어 툭툭 쳐보면, 죽을 듯이 아파하던 민수의 모습 위로.

해준(E)   정확히 그 시간 이후로 완벽하게 사라져있다, 다 나은 뒤에
          야 나타나 붙잡혔어요. 그 모든 걸.. 고민수 본인이 계획하진
          않았겠죠.

씬21.   고민수의 방. 밤

완전히 헤집어진 채 엉망이 된 민수의 방바닥에 주저앉아 멍해있는 미숙모. 열린 문 바깥에 선 미숙, 그 모습을 무표정하게 지켜보고 있다.

윤영(E)   그것까지도 고미숙의 계획인 거였다면..

씬22.   해준의 집, 지하실. 밤

나란히 선 윤영, 해준을 보며 생각 정리하듯.

윤영   그날 밤 살인사건이 있고 나서 곧장, 고민수가 그런 상태라
          는 걸 남들한테 들키지 않도록 숨기는 것까지.. 다 했다는 거
          네요?
해준   아주 바쁜 밤이었겠죠.. 고미숙한텐.
윤영   가짜 목격자 말고.. 진짜 목격자가 나서주면 좋을 텐데.
          (물끄러미 보며) 김해경이요.

해준   ... 많이 두려운가 봐요. 고미숙 소설이 사실이라면 어쨌든..
           뭔가를 직접 봤을 테니까. 그치만 이젠 또 어떻게 달라질지
           모르죠. 여태까지야 설마 했겠지만 고민수가 진짜 잡혀가는
           것까지 보게 됐으니까. (보며) 이건, 김해경한테도 겪어보지
           못했던 시간이라.
윤영   (! 골똘해지는 데서)

씬23.   여자반 교실. 낮

자리에 앉은 윤영, 여전히 골똘한 시선으로 저만치 교실 한쪽을 바라보
면 모여 앉아 한창 떠들썩한 여학생들 뒤쪽으로 앉은 해경이 보인다.

유리   그때 강가에서들 봤지? 이렇게 손목에다 묶어놓은 빨간 털
           실, 그게 미숙이네 오빠 방에서 나왔다잖어. (오싹하단 듯
           몸서리치면)
다른 여학생 신문 보니까 직접 본 사람도 있대. 죽이는 걸.. 으으.
해경   (어두운 채 있다 말고 미세하게 찌푸리는데)
은하   (빵 먹다, 울상) 미숙이두 불쌍해. 개도 막 끔찍하고 무섭다
           그랬었는데. 그게 다 자기 오빠가 한 짓이었다니..
유리   (툭 치며) 야.. 솔직히 불쌍한 건 이순애지, 고미숙이냐? 지
           는 이순애 소설도 뺏구.. 지네 오빠는 개네 언니를 죽이기까
           지 했다는데.
해경   (영 불편한 듯 획 일어서 뒷문으로 나가면)
윤영   (그 모습을 놓치지 않고 보는데)

때마침 앞문으로 가방 들고 들어서는 순애. 모여있던 여학생들, 큼..

서로를 찌르며 조용히 하라고 눈치를 주고받는다. 순애, 차분히 윤영의 옆자리로 와 앉으면.

윤영	(!!) 순애야..
순애	(힘없이 웃고는) 너도 들었지, 고미숙네 오빠 얘기..
윤영	(! 그저 보는데)
순애	왜 그랬을까.. 우리 언니한테.. 교생 선생님한테.. 왜 그런 짓을 했을까. 어떻게.. 어떻게 그렇게 끔찍한 인간이.. (하다 눈물 고이면)
윤영	(가만히 그런 순애를 안아주고)
순애	(그 품에 안겨 작게 흐느끼기 시작하는)
유리, 은하	(멀찍이서 그런 순애를 쳐다본다.. 가엾다는 생각이 드는)

씬24.　　우정고등학교, 옥상. 낮

옥상 난간에 선 해경, 미칠 것 같다.. 답답한 듯 저 먼 곳을 바라보고 있는데. 천천히 다가와 서는 해준, 좀 떨어진 곳에서 나란히 같은 곳을 바라본다.

해경	(휙 째려보면)
해준	나 아무 말도 안 했어.. 그냥 바람 쐬러 온 거야.
해경	맨날 울 엄마 식당 찾아와서 괜히 앉아있고!! 분명히 아무것도 모른다고 했잖아요, 난...! 대체 어디서 뭘 듣고 나한테 자꾸,
해준	알았어, 알았어. 아무것도 안 물을게. 너 괴롭히자는 거 아니야.
해경	(!! 허으.. 한숨을 삼키는데)

해준	그치만 혹시 경찰이 무서우면.. 선생님한테라도. 무슨 얘기라도, 언제든,
해경	(안 듣겠단 듯 휙 돌아서 성큼성큼 가버리면)
해준	(그 뒷모습 보다, 나직이 한숨 내쉬는)

씬25. 남자반 교실. 낮

쉬는 시간. 맨 뒷자리 창가에 삐딱하게 기대앉은 희섭. 그 옆의 범룡, 그런 희섭을 힐끔 쳐다본다. 망설이다 겨우 입을 열려고 하면,

희섭	(시선도 주지 않은 채) 말 걸지 말아라.. 친구 아니라고 했다.
범룡	(! ... 풀죽은 채 가만히 시선 떨구곤) 너.. 이순애랑 사귀지.
희섭	(!? 차갑게 휙 노려보면)
범룡	아니, 아니.. 불만이라는 게 아니라.. 그럼 이것 좀 전해줘..
희섭	(? 보면)
범룡	(책상 아래에서 꺼낸 순애 머리핀 내밀며) 이거 순애 껀데.. 제대로 돌려주고 싶어서 담임한테 받아왔거든.. 근데 나 보는 건 싫어할 거 같아서..
희섭	(가만히 보는데)
범룡	어디서부터 잘못됐는지 모르겠어.. 내가 너무 끔찍한 사람이 된 거 같애.
희섭	(! 잠시 보다) 지금부터라도 다르게 살어.. 더 끔찍한 놈 되기 싫으믄 마지막 기회라 생각하고.
범룡	... 기회... (가만히 곱씹어 보는)

씬26.   여자반 교실. 낮

수업 중인 교실 안. 모두들 열심히 필기하는 와중에 홀로 힘없이 책상에 엎드려 누운 순애. 그런 순애가 안쓰러운 윤영, 괜히 고미숙의 빈자리를 노려보는데. 그러다 문득 시선 돌리면 저만치에 앉은 해경, 엎드려 누운 순애를 심란한 듯 지켜보고 있다. 윤영이 자신을 보는 것도 모른 채 그저 복잡하기만 한 해경..

씬27.   우정고등학교, 교문 앞. 낮

책가방을 메고 나오는 순애, 울적하게 가라앉아 있다.
그 곁을 따르는 윤영.

윤영	(걱정스레) 진짜 괜찮겠어? 데려다준다니까..
순애	괜찮아. 그냥 집에 가서 쉬려구.. 막상 범인이 잡혔다니까 오히려 마음이.. 좀 이상한 거 같아서.. (옅게 웃으면)
윤영	(속상한 듯 보는데)
희섭(E)	내가 델따 주께.
윤영, 순애	(?! 돌아보면)
희섭	(손에는 순애 머리핀, 저벅저벅 잘 걸어오며, 씩 웃는) 교실 가봤드니 조퇴했다길래.. 나두 혔어, 땡땡이.
윤영	(!?)
희섭	(순애 손 잡으며) 동네 한 바꾸 싹 돌구 가자, 나 걷기 연습 혀야 되게. 이?
순애	(치— 웃음 나서는 손 잡고 간다. 힐끗 돌아선 윤영 향해 작게 손 흔들면)
윤영	(그나마 안심이다.. 미소로 손 흔들어주는)

씬28.   우정고등학교, 복도. 낮

다시 돌아오던 윤영, 마침 앞에서 걸어오던 김이박과 툭 마주친다.

유리   (슬쩍 윤영 향해) 이순애... 조퇴했냐?

윤영   ... 그래.

은하   (초콜릿 든 채, 걱정스레) 그렇게 많이 힘들대?

윤영   (어두운 얼굴의 해경을 가만히 보며) 가족을 잃었잖아. 남은
          가족한테는.. 제대로 범인 잡아서 제대로 죗값 치르게 하는
          게 그나마 최소한의 바람이었을 텐데.

은하   근데 그게 이뤄졌는데 왜..?

유리   야.. 그래도 또 마음이 심란하겠지. 눈치 좀 챙겨라, 진짜..

해경   (! 시선 내린 채 가만히 가고)

윤영   (그 뒷모습 보며 나직이 한숨 내쉬는)

씬29.   순애의 집, 마당. 낮

현관문 열리고, 대야 한가득 담긴 빨랫감을 들고 나오는 옥자. 마당 한쪽
에 앉아 수돗물을 틀려다 말고 그대로 멈춘다. 경애 생각에 순간 좀 멍해
지는데.

희섭[E]   한 바꾸만 더 돌까?

옥자   (? 들려오는 그 목소리에 대문 쪽을 쳐다보는)

씬30.   순애의 집 앞 골목길. 낮

대문 앞에 손을 잡고 마주 선 희섭과 순애.

희섭	(순애 표정을 살피며) 어차피 땡땡이친 거, 기양 신나게 놀아버리까..? 롤라장 가는 건 어뗘? (롤러스케이트 씽씽 타는 흉내 내면)
순애	(기운 없이 치 웃곤) 됐거든?
희섭	그라믄 오락실 갈까? 두더쥐 게임 알어? 하필 두더쥐가 겁나게 귀엽게 생겨부러가지고 쪼께 마음은 아픈디.. 뚜드리면 속이 시원해진댜.
순애	(내저으며) 아냐아..
희섭	(시무룩) 그라믄.. 기양 내가 안아주까..?

씬31. 순애의 집, 마당. 낮

화들짝 놀라는 옥자, '이런 씨..' 하며 벌떡 일어나 대문을 향해 가는데.

순애(E)	오늘은 그냥 들어갈래. 우리 엄마 혼자 있단 말야..
옥자	(! 멈칫 서는)

씬32. 순애의 집 앞 골목길. 낮

걱정으로 시무룩한 희섭의 손을 잡은 채 가만히 떠올리는 순애.

순애	아침에 고민수 잡혔단 소식 듣구.. 울 엄마 아무 말 없이 설거지만 했거든. 있는 그릇 다 꺼내서 나 나올 때까지도 계속 그것만.. 아마 지금쯤 빨래도 산더미처럼 이따만큼 쌓아놓고.. 내 방부터 오복이 방까지 박박 닦구 계실걸? 힘들 때 그러거든, 울 엄만.

희섭	(안타까운 듯 보고 있으면)
순애	엄마만 생각하면.. 자꾸 불안하고 겁나..
희섭	(! 제가 더 슬픈 얼굴인데)
순애	(그런 희섭 올려다보다) .. 한 번 안아주든가, 그럼.
희섭	(기다렸단 듯 얼른 따뜻하게 안아주며 토닥토닥..)

씬33. 　　순애의 집, 마당. 낮

대문을 열고 들어서는 순애, 자연스럽게 앞을 보면, 말끔하게 비워져있는 마당. 빨랫감도 대야도 흔적도 없이 치워져있다. 아무렇지 않게 책가방 내리며 현관 향해 가는 순애, "엄마아—" 밝게 불러보는.

씬34. 　　순애의 집, 거실. 낮

순애 들어서면, 어색하나마 늘어지게 하품을 하며 안방에서 나오는 옥자.

옥자	어, 왔니?
순애	(? 좀 의외여서 보는데)
옥자	오랜만에 낮잠을 자서 그런가 출출하네.. 너 좋아하는 떡볶이 해먹을까?
순애	(! 얼떨떨한 채 슬쩍 안도로 웃으면)
옥자	(힐끗 보고는 주방으로 향하며) 출판사에서 뭐 보냈더라. 가제본인가 뭔가.. 네 책이라길래 궁금해서 슬쩍 꺼내 들춰봤어. (돌아보며 눈짓)
순애	(탁자 위에 놓인 〈작은 문〉 가제본을 발견하곤 얼른 다가가 펼쳐보는데)

옥자	... 네 언니가 좋아하겠드라..
순애	(!! 뭉클한 채 옥자를 보는 데서)

씬35.　　해준의 집, 차고. 낮

차를 고치다 말고, 복잡한 듯 생각에 빠져있는 연우.

씬36.　　병구의 집, 주방. 밤 (회상)

나란히 앉아 커피를 마시는 병구와 연우.

연우	(골똘히 생각하다) 아부지, 그.. 윤 선생이요.
병구	응, 우리 윤 선생, 왜.
연우	우리 마을 사람이 아니라던데. 어떤 사람이에요, 그 사람?
병구	(잠시 생각하다, 조금 묘해져선) ... 이상한 놈이지.
연우	(조심스레) 뭐가.. 이상한데요?
병구	(허공 향해 찌푸린 채) ... 자꾸만... 구해... 사람을.
연우	... 예?
병구	처음 봤던 날에두 우리 학교 학생들 몇이 본드를 불다가 난리가 났었거든? 절벽에서 떨어질 뻔한 놈두 있었어. 아휴, 진짜 죽을 뻔했지. 근데 그 순간 번쩍! 몸을 날려가지구는.. 구했어. (홀린 듯) 멋있드라구..
연우	...
병구	그러구는 또 우리 마을에 불이 한 번 났었그든? 말도 마. 그때 내 심장이 아휴.. 너 동식이 아저씨 알지? 그 집 애들이 거기 있었거든. 근데.. 또.. 구했어..? 윤 선생이. (감탄하듯)

멋있었다데..

연우   ...

병구   근데 이게 다가 아니야. 아주 곳곳에 나타나서 사람을 슥— 구하고 슥— 사라진다는 거야. 생각해 보믄 살면서 누구를 구한다는 게 쉽냐? 애초에 그런 기회가 딱 내 눈앞에 나타나는 일 자체가.. 잘 없다구.

연우   그래서 이상하다는 거예요, 멋있다는 거예요?

병구   ... 이상하게 멋있다는 거지..

씬37.   해준의 집, 차고. 낮 (현재)

그 말이 기막힌 듯 곱씹는 연우, 가만히 타임머신을 돌아본다.

연우   ... 뭘까, 대체..

씬38.   우정고등학교, 교문 앞. 밤

하교하는 학생들이 쏟아져 나오는 틈에 나란히 나오는 해준과 윤영.

윤영   김해경 쪽은 아무래도 글른 거 같아요..

해준   억지로 털어놓게 할 순 없으니, 다른 방법을 찾아야죠..

두 사람, 나란히 작은 한숨으로 가는데, 순간 뒤쪽에서 "저기.." 하는 소리 들려온다. 돌아보면 책가방 멘 채 서있는 해경, 어두운 얼굴로 해준을 보는. 해준과 윤영, '!!' 어떤 예감에 보는 데서.

씬39.   봉봉다방. 밤

구석진 테이블에 마주 앉은 해준과 해경. 다가와 커피와 쥬스를 놓아주는 청아, 이번에도 흘낏 해준을 쳐다보지만, 역시 모른 척 시선 외면하는 해준.. 청아, '치..' 슬쩍 째려보며 가고 나면 그제야 입을 여는 해경, 혼란스러운 채.

해경   진짜.. 얘기 안 할라 그랬어요.

해준   알아..

해경   비밀 지켜달라고 했으니까.. 나는.. 걔를.. 지켜주고 싶으니까요.

해준   (어떤 뜻인지 알지만) 그래?

해경   하 씨.. 근데.. 모르겠어.. 뭐가 맞는 건지.

해준   (기다려주듯 가만히 보고 있으면)

해경   (그런 해준을 잠시 보다, 포기한 듯 나직이) 나예요.. 그날 밤.. 고민수한테 고미숙을 데려갔던 게.

해준   (! 보는 데서)

씬40.   우정리 강가, 다리. 밤 (회상, 7부 씬52 장소*)

인적 없는 밤길을 홀로 걷는 해경.. 그때 어디선가 "살려주세요.. 도와주세요." 소리 들려온다. 의아한 해경, 주변을 좀 둘러보다 다리 난간 쪽으로 가 내려다보면, 자갈밭에 누운 민수, 고통스러운지 거의 울먹이다 말고 해경을 알아본다.

---

* 10부 씬22 인서트와 이어지는 상황.

민수	어?! 어.. 너, 너.. 미숙이 친구 맞지? 전화 좀 해줘, 제발...! 오빠 다쳤다고.. 걷지도 못하겠다고.. 데리러 좀 오라고 미숙이한테, 응?
해경	(?! 보는 데서)

씬41. 거리, 공중전화부스 안. 밤 (회상)

수화기를 붙잡고 선 해경, 전화 너머 피로한 듯 서늘한 미숙의 목소리가
들려온다.

미숙(E)	미친 새끼.. 진짜 죽여버리든지 해야지.
해경	(!! 마음 안 좋고) 그냥 나오지 마.. 혹시나 해서 전화한 건데.. 내가 얘기 안 했다고 하면 되잖아. 몰랐다고 하면..
미숙(E)	됐어. 갈 테니까 기다려.

씬42. 우정리 강가, 근처 일각. 밤 (회상)

서늘한 얼굴로 나와 선 미숙, 해경과 나란히 어둑하고 외진 길을 걷는다.
해경, 걱정스러운 듯 힐끗 옆얼굴을 보면, 앞만 보고 멍하니 걷는 미숙.

미숙	나중에라도 알면.. 엄마한테 나만 미움받을 거야. 진짜 지겨워 죽겠어.. 그 새끼 뒤치다꺼리하는 거.
해경	(마음 굳게 먹곤, 멈춰 서며) 내가 그 새끼 때려줄까?
미숙	(그제야 보며) 뭐?
해경	완전히 걷지도 못하고 누워있어.. 내가 지금 가서 흠씬 두들겨 패줄까?

| 미숙 | (픽 웃으며 그런 해경을 보다가, 문득 표정이 굳는다) |
| 해경 | (그 시선 따라 돌아보려는데) |

그런 해경의 손을 홱 잡아끄는 미숙, 근처의 지물 뒤쪽으로 그대로 끌고 가 주저앉히는! 해경, '??' 겨우 고개 돌려 저 멀리 강가 쪽을 보다 헉— 숨을 들이키면 곧장 그런 해경의 입을 손으로 강하게 틀어막고는 제 쪽 으로 고개를 돌려놓는 미숙.

해경	(!! 입 막힌 채 거친 숨으로 미숙을 보고 있으면)
미숙	... 조용해. 숨도 쉬지 마. (하고는, 반짝이는 눈으로 저 먼 곳 을 응시한다)
해경	(!! 두려움에 후들후들 떨며 미숙만 보는 위로, 투둑투둑 빗 물 떨어지는)

씬43.　　우정리 뒷산 일각. 밤 (회상)

어둑하고 으슥한 산길. 쏴아아— 쏟아지는 빗줄기를 맞으며 나란히 걷 는 미숙과 해경. 각자 엄청난 광경을 본 뒤의 두려움과 흥분으로 정신이 반쯤 나간 듯 몸을 떠는.

해경	(멍하니) ... 안 돼.. 신고해야 돼.. 신고해야 돼, 미숙아.
미숙	... 안 된다고 했잖아.. 이건 엄청난 기회라고..
해경	(!! 울컥해선) 정신 차려...!! 이건 아냐.. 사람이 죽었잖아..!
미숙	어차피 죽었는데 뭐..? 신고하면.. 이제 와서 살릴 수 있어?
해경	그래도.. 그래도 잡아야 될 거 아냐..!!
미숙	(차가워져선) 누굴? 너, 범인 얼굴 봤어? ... 못 봤잖아, 넌.

해경	(!!!) 넌.. 봤어? 본 거야, 누군지?
미숙	(잠시 보다 해경의 손 잡아 끌고 가는)

씬44.   우정리, 굴다리 안. 밤 (회상)

어둑한 굴다리 안으로 해경을 끌고 들어온 미숙, 일각에 마주 서서는. 갑자기 입고 있던 제 셔츠의 단추를 하나씩 풀기 시작한다. '!!?' 당황한 해경, 보면, 점점 드러나는 미숙의 하얀 살결 위로 검푸른 멍과 상처들.

해경	(일그러지며) 미, 미숙아..
미숙	똑바로 봐.. 우리 오빠.. 고민수 그 쓰레기 같은 새끼가 만든 거야. 남들이 못 보게.. 못 알아보게.. 안 보이는 곳만 골라서 이래놨어.. 난... 난 누가 내 몸을 볼까 봐 너무 무서워, 해경아. 내 가족이 얼마나 한심한 인간들인지.. 내가 그 사람들한테 얼마나 하찮은 존재인지 남들한테 다 들켜버릴까 봐 너무 무서워..
해경	(!! 와중에 마음 아파 눈물이 쏟아지면)
미숙	(역시 그렁그렁해져선, 약해진 얼굴로 매달리듯) 해경아.. 제발 도와줘. 이걸로 고민수 끝낼 수 있어.. 끝낼 자신 있어, 나.
해경	(혼란스러운 채, 눈물로) 나중에라도.. 진짜 범인이 잡힐 수도 있어. 그러면 어떡하려구 그래..
미숙	(순간 눈빛 반짝이며, 웃는) ... 안 잡혀, 그 새긴... 안 잡혀, 해경아.
해경	(!? 보는데)

드러난 살결에 추운 듯 파르르 — 몸을 떠는 미숙, 그 눈빛이 정상은 아

닌 듯 보인다. 해경, 그저 혼란스럽고 안타까움에 그런 미숙을 꽉 껴안아 버리면, 미숙, 해경의 품에 안긴 채로 오들오들 떨며 웃는다. 밖에선 쏴아아 빗소리 들려오는.

씬45.   봉봉다방 앞. 밤 (현재)

혼란스러운 채 계단을 내려온 해준, 가만히 주머니 속에서 무언가를 꺼내 본다. 바로, 씬1의 성냥갑이다. 잡힐 듯 잡히지 않는 범인이고.. 답답함에 그 성냥갑을 꽉 쥐어보는 해준에서.

씬46.   해준의 집, 거실. 밤

해준, 천천히 들어서면, 한쪽에 서서 초조하게 기다리던 윤영, 달려오며.

윤영	김해경이 뭐라고, (하다 해준 얼굴 살피곤) 왜 그래요?
해준	아니었어요, 고미숙은.
윤영	(?!)
해준	고미숙은 범인이 아니라.. 목격자였어요. 진짜 목격자.
윤영	(역시 혼란스러운데)
해준	소설은 그냥 자기가 본 걸 썼던 것뿐이에요. 범인은 남자고, 그 얼굴을 유일하게 아는 사람이 바로.. 고미숙이에요.
윤영	(!!)

그 순간, 문득 전화벨이 울린다. 놀라서 보는 윤영, 어떤 불안한 예감으로 초조하게 보면. 해준, 급히 다가가 전화를 받는데.

범룡(F)	(덜덜 떨리는 목소리로) 선생님...!!
해준	(!!) ... 유범룡...? 네가 왜..
윤영	(그 이름에 순간 덜컥 내려앉는)

씬47.　거리, 공중전화부스 안. 밤

겁에 질린 채 덜덜 떨며 전화기를 붙잡은 범룡, 인적 없는 거리를 보며.

범룡	선생님.. 선생님, 너무 무서워요...!

씬48.　해준의 집, 거실. 밤

그 목소리만으로도 떠올려지는 기억들.. 잔뜩 예민하게 곤두서는 해준,
전화에 대고.

해준	무슨 말이야, 똑바로 얘기해.
범룡(F)	순애가.. 이순애가요..
해준	(!! 윤영을 보며 차갑게 굳는, 애써 침착하려) 말해.. 말해, 얼른.
범룡(F)	(울컥) 아무래도 이순애한테 무슨 일이 생긴 거 같아요, 선생님..!
해준	(!! 하.. 무너질 것 같은 걸 다잡으며) 뭘 본 거야.. 언제. 어디서 뭘 보고 그딴 소릴 하는 거야, 어?!!

씬49.　　거리, 공중전화부스 안. 밤

범룡, 눈물 흘려가며, 두 손으로 전화기를 붙잡고는.

범룡　　아까 저녁에요.. 학교 일찍 빠져나와서 마을 뒷산에 올라갔었거든요. 교생 선생님한테.. 반지.. 반지, 그거 돌려 드리려고요.

씬50.　　우정리 뒷산, 경애의 산소. 저녁 (회상)

범룡, 나무반지가 든 누런 봉투를 들고 홀로 산길을 오르는 중이다. 그러다 문득 한쪽 산소 앞에 홀로 앉아있는 순애를 발견하곤 놀라서 본다. "어...?"
'이순애'의 이름이 적힌 소설 〈작은 문〉 가제본을 무릎 위에 올려놓은 채 앉아있던 순애*, 그 소리에 힐끗 보다 범룡인 걸 알아채고는 '헉..' 두려운 얼굴이 되는데.

범룡　　(덩달아 놀라선, 뒷걸음하곤) 아냐, 아냐.. 나 쩌기 위에.. 교생 선생님 산소가 있대서.. 거기 가던 중이야.
순애　　(!!)
범룡　　갈게.. 미안. (얼른 지나쳐 가는)
범룡(F)　　진짜.. 진짜로 그냥 그렇게 지나갔어요. 그런데..

----

*　머리에는 돌려받은 머리핀 다시 꽂고 있는.

씬51.　　우정리 뒷산, 경애의 산소. 밤 (회상)

빈손으로 다시 산길을 내려오던 범룡, 부러 시선도 주지 않고 얌전히 지나쳐 가려는데 문득 어떤 느낌에 멈칫하고 선다. 보면.. 어둠 속에나마 몹시 흐트러져있는 풀들. 누군가의 발버둥 친 흔적들이다. 그리고 한쪽에 떨어져있는 순애의 머리핀.

범룡　　　(?! 어떤 불길한 예감에) 순애야..

씬52.　　우정리 뒷산 일각. 밤 (회상)

범룡, 걱정스러운 얼굴로 이리저리 뛰어다닌다. "순애야! 순애야!!" 크게 외쳐보지만, 빼곡한 나무들 사이로 메아리만 울려 퍼지는.

씬53.　　거리, 공중전화부스 안. 밤 (현재)

두려운 듯 울먹이는 범룡, 전화에 이어서.

범룡　　　아무리 찾아도 없는 거예요. 순애네 집에 전화해보니까 아직
　　　　　안 들어 왔대구.. 경찰 아저씨들한테도 전화했는데.. 흑흑..
　　　　　범인은 이미 잡았다구 아무 일 없을 거래요.. 그냥 외출한 거
　　　　　래요..!! 선생님.. 그치만, 저는요.. 저는요..

씬54.　　해준의 집, 거실. 밤

해준　　　쓸데없는 소리 말고 넌 거기 그대로 있어. 내가 갈 테니까.

(곧장 전화기를 내려놓고는, 윤영 붙잡고선, 눈 맞추며) …
어머님이 사라졌어요. 마지막 장소는 이경애 산소 근처고.

윤영   (?! 하얗게 굳는데)

해준   경찰한테 알려야 돼요. 백희섭 찾아서 백동식 형사한테 가
       는 게 빠를 거야. 할 수 있겠어요?

윤영   (! 울컥한 채 빠르게 끄덕이면)

해준   (! 그런 윤영을 꽉 안아주고는, 곧 서둘러 밖으로 뛰어나가는)

씬55.   거리, 공중전화부스 안. 밤

떨리는 손으로 천천히 전화기를 내려놓던 범룡, 곧 비장하게 마음을 먹
은 듯 표정을 굳히고는 부스 밖으로 빠르게 달려나가는.

씬56.   (우정리 뒷산 아래 폐가), 방 안. 밤

어둠 속 바닥에 엎드린 채 눕혀진 순애, 공포로 질린 채 덜덜 떨고 있다.
그런 순애의 얼굴 위로 씌워져있는 검은색 비닐봉지. 등 뒤로 꺾여진 두
손목 위로, 붉은색 털실을 천천히 묶고 있는 범인의 손… 목장갑을 끼고
있다. 그 옆으로는 바닥에 놓인 (씬50의) 책 〈작은 문〉 보이고. 범인, 손
목을 다 결박한 뒤 확인 삼아 털실을 바짝 당기면, 악문 채 신음 터져나
오는 순애.

씬57.   동식의 집, 뒷마당. 밤

창고 같은 희섭의 방문을 쾅쾅 두드리는 윤영, 눈물 머금은 채 "백희섭!
백희섭!" 외치면 얼른 안쪽에서 문을 여는 희섭, 순간 놀라 윤영의 어깨

를 붙잡으며.

희섭	너 왜 그려. 무슨 일 있어??
윤영	... 순애.. 순애가..
희섭	(!!?)

씬58. 도로. 밤

땀에 젖은 채 미친 듯이 달리는 해준.. 끔찍한 생각들을 떨치려는 듯 악문 채 달려나간다.

씬59. 우정리 강가 일각. 밤

달려와 도착하는 해준, 거친 숨으로 이리저리 주위를 둘러본다.
그곳엔 아무도 없다.. 곧바로 지나치듯 다시 달려나가는 해준.

씬60. 폐가, 방 안. 밤

꼼짝없이 엎드려 누운 순애. 무겁게 가라앉은 침묵 사이로 곧 뒤쪽에서 들려오는 소리. 주머니에서 수첩을 꺼내고 볼펜을 꺼내 딸깍— 딸깍— 몇 번인가 누르는 소리.. 종이를 몇 장 넘기는 소리.. 그 위에 무언가 글씨를 휘갈겨 쓴 후 착— 찢어내는 소리.. 그런 소리들이 이어진 뒤 곧 눕혀져있는 순애의 주머니로 '봉봉다방' 성냥갑을 집어넣는 범인의 손..
그 느낌에 움찔 놀라는 순애, 순간 모든 걸 예감한 듯 분하고도 고통스런 흐느낌이 작게 터져나오는데. 그 순간 어디선가 들려오는 "순애야!!"
범룡의 목소리다!

순애   (!!!)

범인   (!? 검은 봉지를 뒤집어 쓴 순애의 입을 얼른 꽉 틀어막는)

씬61.   폐가, 마당. 밤

어디선가 주워든 각목을 손에 꽉 틀어쥔 범룡, 조심스레 마당 안으로 들어
서며 "수, 순애야.. 너, 혹시 여기 있어?" 외쳐보지만 안은 고요한 침묵뿐인
데. 꽉 닫혀있는 창호문을 쏘아보는 범룡, 긴장한 듯 떨리는 숨을 참는.

씬62.   경찰서, 복도 일각. 밤

빠르게 뛰어오는 희섭과 윤영, 마침 나오던 동식과 마주친다.
놀라서 보는 동식.

동식   희섭아.. 너 여긴 왜..

희섭   (휙 붙잡고선) 도와줘요, 짝은아부지.. 예?!

동식   (?! 보는데)

윤영   순애한테 무슨 일이 생긴 거 같아요..!

씬63.   폐가, 방 안. 밤

바짝 긴장한 채 침묵이 흐르는 방 안. 그러나 어쩐지 밖에서는 아무런 소
리도 들리지 않는다. 순애, 꽉 틀어막힌 입 때문에 숨도 잘 쉬어지질 않
는다.. 겨우 몸을 비틀다 그 움직임이 멎어갈 무렵 갑자기 벌컥—! 열리
는 문과 함께 냅다 소리치며 뛰어드는 범룡.

범룡   도망쳐!!!

동시에 범인, 벌떡 일어서면, 그제야 거친 숨을 토해내는 순애. 범룡, 각목을 크게 휘둘러 범인을 넘어뜨리곤 빠르게 다가가 순애의 비닐봉지를 벗겨준다. 곧 다시 일어서는 범인, 범룡을 향해 달려들면 "빨리 가, 빨리!" 외치는 범룡, 각목을 내리치며 몸싸움을 벌인다. 정신없이 일어서는 순애, 한쪽으로 곧장 돌진해, 뒷문(창호문)을 뚫고 밖으로 퍽 튀어나가며 뒷마당에 쓰러지는.

씬64.   폐가, 뒷마당. 밤

"일어나, 이순애! 빨리!!" 다그치는 범룡의 목소리에 다시금 벌떡 일어서는 순애. 방 안쪽에서 들려오는 두 남자의 거친 몸싸움 소리를 뒤로 한 채 마구 달리기 시작한다. 그러나 털실로 묶인 두 손목에 균형을 잡기 어려운 순애, 비틀비틀 연신 어딘가에 부딪치고 넘어지는 위로 범룡의 외마디 비명 들려오면.. 공포에 질린 채 울먹이며 다시 일어서는 순애, 겨우 달려나가는데. 순애가 막 코너를 꺾어 앞마당으로 사라지는 동시에 떨어져 나간 뒷문 위로 여유 있게 툭 올려놓는 발. 바로, 피 묻은 범인의 운동화다.

씬65.   외진 시골길. 밤

인적 없는 길. 죽을힘을 다해 달리는 순애, 그러나 묶인 손목에 속도를 내기가 어려운데..

씬 66.   외진 시골길, 다른 일각. 밤

저만치 앞으로 보이는 순애를 따라 여유롭게 천천히 걸어가는 범인의 운동화. 그러다 점점 속도를 내기 시작한다. 점차 뛰듯이 빨라지는 두 발...! 그러나 거의 순애가 가까워졌을 때쯤 순간 빠르게 휙, 나무들 사이로 꺾어드는 그 걸음!

씬 67.   외진 시골길. 밤

보면, 맞은편에서 전속력으로 달려오던 해준, 곧장 순애를 휙 붙잡는다. 반쯤 정신이 나가버린 순애, 전혀 못 알아보고 그저 공포스러운 듯 소리를 지르는데.

해준	(!! 순애의 얼굴을 똑바로 마주 보며) 순애야.. 순애야, 선생님이야..! 괜찮아, 괜찮아, 순애야..
순애	(!! 그제야 해준 품에 얼굴 묻으며 울음 터지면)
해준	(그런 순애를 안고 다독여주는데)

순간, 저만치 나무들 사이에서 뭔가 바스락 움직이더니, 어둠 속으로 도망치듯 빠르게 달려나가는 사내의 뒷모습이 보인다. 분노로 곤두서는 해준, 그러나 순애 걱정에 어쩌지 못하고 둘러보면.. 곧 저만치서 달려오는 경찰차가 보이는!

해준	순애야, 여기서 잠깐 기다릴 수 있겠어?
순애	(겨우 끄덕이면)
해준	(!! 동시에 사내가 달려나간 곳 향해 빠르게 달려나가는)

씬68.　산길. 밤

가파른 산길을 빠르게 달려 올라가는 범인. 곧 그 너머로 사라지고 나면 그 뒤로 달려와 도착하는 해준, 둘러보다 범인이 사라진 방향으로 정확히 따라 달리는.

씬69.　외진 시골길. 밤

급히 도착해 서는 경찰차. 그 뒷좌석에서 뛰듯이 내리는 희섭과 윤영. "순애야!!" 외치며 다가서면 곧 그대로 정신을 잃고 쓰러지는 순애. 붙잡는 희섭. 운전석에서 뛰어내리는 형사3, 순애의 손목 뒤로 묶인 붉은 털실을 보고는 순간 멍해진다.

형사3	(당황한 듯) 범인은.. 고민수인데.. 어떻게..
동식	(! 멱살 탁 쥐어선) 정신 차려, 애들부터 빨리 병원으로 데려가, 빨리!
형사3	(그제야 희섭의 품에 안긴 순애를 함께 부축해 차로 싣는데)
동식	(날카롭게 서서 주변을 둘러보면)
윤영	(역시 해준 생각에 멈칫, 걱정스레 둘러보는)
동식	(어떤 직감으로 순간 달려나가고)
윤영	(!! 보는 데서)

씬70.　우정리 뒷산, 굴다리 앞. 밤

땀에 젖은 채 빠르게 달려오던 해준, 그대로 굴다리 앞에 도착해 선다. 거친 숨을 몰아쉬며 주위를 정신없이 둘러보는데, 그러나 어디에도 흔적이 보이지 않는다. 순간 미칠 듯한 기분에 휩싸이는 해준, 아아악...!!

거칠게 소리를 내질러보지만 어두컴컴한 산속으로 제 목소리만 울려 퍼진 채 돌아올 뿐이다. 그 소리마저 잦아들고 나면.. 순간 무섭도록 고요하게 찾아오는 정적. 해준, 바짝 충혈된 눈으로 고개를 휙 돌려 보면, 눈앞으로 보이는 굴다리.

해준   (!! 그 어둠 속을 오래도록 노려보는 데서)

씬71.   우정리 뒷산 아래, 폐가 앞. 밤

힘이 다 빠진 채 터덜터덜 산길을 내려오는 해준.. 문득 그 앞에 (8부 씬9의) 폐가가 보인다. 당시 순경들이 라인을 쳤던 낡은 밧줄 한쪽 끝부분이 떨어져있는데..

해준   (!?)

해준, 순간 어떤 불안한 느낌에.. 그 폐가를 향해 천천히 다가가본다. 어쩐지 떨려오는 숨으로 입구 앞에 도착하는 해준, 그러나 우뚝 멈춰 선다. 마당 안쪽으로 언뜻 보이는 누군가, 피를 쏟은 채 누워있다.

씬72.   폐가, 마당. 밤

해준, 천천히 들어서 보면, 싸움의 흔적으로 처참하게 어지럽혀진 마당 안. 그 한가운데에 쓰러져있는 범룡의 시신.. 머리 위로 엄청난 피가 흘러나와 있다. 그 옆으로 피가 흥건하게 묻은 채 놓인 벽돌. 벗겨진 채 떨어져 놓인 범룡의 신발 한 짝. 어쩐지 기시감이 느껴지는 그 풍경을 멍하니 바라보던 해준의 뇌리를 스치는 장면..

〔 인서트 – (2부) 씬1. 어느 강가. 낮 (해준의 꿈) 〕
하얗게 얼어붙은 강물 위로,
엄청난 피를 흘리며 쓰러져있는 해준의 시신.
옆에 놓인 피 묻은 벽돌 하나,
벗겨진 채 떨어져 놓인 해준의 신발 한 짝.

자신과 너무도 흡사한 형태로 쓰러져 누운 범룡의 시신 앞에.. 숨이 쉬어
지지 않는 해준. 범룡의 시신 앞으로 가까이 다가가다 그만 다리에 힘이
풀린 듯 툭 무릎을 꿇고 앉는다. 바닥을 짚은 해준의 손과 옷 위로 빠르
게 스며드는 피.. 그러나 아무렇지도 않은 듯 그저 멍하니 범룡을 바라보
는 해준. 그 위로,

범룡[E]   선생님, 그치만 저는요.. 저는요..

〔 인서트 – 씬53. 거리. 공중전화부스. 밤 (에 이어) 〕
울컥한 채 범룡, 전화에 대고..

범룡   저는.. 무슨 일이 있어도 찾고 싶어요..
         아까 산에서 마주쳤을 때요..
         순애가 절 쳐다보는 눈빛을 봤는데..
         너무 무서워하는 눈빛으로 나를요..
         정말. 정말로 제가 끔찍한 사람이 된 것 같았어요..
         선생님.. 어쩌면..
         이건 저한테 온 기회인지도 몰라요. 그렇죠..?

해준, 끔찍한 기분으로 힘겹게 신음하는데.. 그 순간, 뛰어들어오는 동식,

경악한 얼굴로 주위를 둘러본다...!! 동식의 시선으로 다시금 보이는 사건 현장.. 범룡의 시신.. 그리고 그 앞에 앉은 해준의 손과 옷, 모두 빨갛게 젖어있다. 그 모습을 보던 동식, 떠올리는 기억.

〔 인서트 – (8부) 씬10. 폐가 안, 마당. 새벽 〕
참혹한 경애의 시신 앞에 고개 돌리던 동식, 해준을 발견한다. '?!' 그 모습을 미심쩍게 보던 동식.

〔 인서트 – (8부) 씬14. 폐가 앞. 낮 〕
윤영의 손을 붙잡곤 획 돌아서 자리를 빠져나가던 해준. 그 뒷모습에서 시선을 떼지 않던 동식.

동식	(!! 순간 등줄기가 서늘해져선 뒤춤에서 권총을 꺼내 겨누며) 일어나.
해준	(천천히 고개 돌려 보는데)
동식	일어나라고, 이 새끼야!!
해준	(가만히 일어서면)
동식	(떨리는 눈으로 노려보다, 해준의 몸을 더듬어 수색하기 시작하는데)

순간 해준의 주머니에서 무언가를 찾아 꺼내는 동식. 보면.. 씬1의 그 성냥갑이다..! 당황한 동식, 권총을 그대로 든 채 나머지 한 손으로 성냥갑을 마저 열어보면 그 안에서 드러나는 쪽지, 흐릿하게나마 익숙한 글씨가 적혀있다.

동식	(!!!) 너.. 너..

해준   ....

완전히 표정을 굳히는 동식, 수갑을 꺼내 빠르게 해준의 한쪽 손목을 잡
아 채우는 순간, 폐가로 막 달려 들어오던 윤영, 그 모습을 보고 굳는다.
해준, 역시 그런 윤영을 보고서야, 잠시 정신이 돌아온 듯 하얗게 질려
보는데. 동식, 나머지 한쪽 손목에도 마저 수갑을 채워버린다.
마당에 버려진 시신.. 그리고 해준의 손목에 채워진 수갑을 빠르게 둘러
보는 윤영. 믿을 수 없는 이 상황에 굳어 보는데.. 동식, 곧 거칠게 해준을
끌고 나가면, 그대로 눈이 마주치는 해준과 윤영. 충격과 두려움, 슬픔으
로 뒤섞인 채 조금씩 멀어지며 서로를 스쳐 가는 두 사람에서.

어쩌다 마주친, 그대 / 제 12회 엔딩

어쩌다 마주친, 그대

chapter 13

Tempus fugit, amor manet

씬1. 읍내 거리, 금은방 앞. 밤

어둠이 내려앉은 읍내 거리 한쪽에 밝은 불빛 새어 나오는 금은방. 그 위로,

병구(E)   진짜 좋은 물건 맞지?

씬2. 금은방. 밤

만년필을 든 병구, 작은 종이 위에 정성껏 글씨를 적고 서있다. 'Tempus fugit, amor manet.' 적히는 그 옆으로 놓인 고급스러운 손목시계* 하나. 맞은편에 선 금은방 주인(40대, 남), 흐뭇하게 그 모습 지켜보며.

주인   예에, 그러믄요. 잘만 관리하시면 100년, 200년도 끄떡없을
            겁니다.

병구   (들뜬 미소로) 그래야 돼. 나중에 우리 손자놈이 쓸 거거든.

주인   (?) 손자라니.. 연우, 결혼할 여자 생겼어요? 설마 속도위반?

병구   옛끼, 이 사람아, 큰일 날 소릴! 그런 거 아냐..

주인   아니면요?

병구   아니 글쎄, 내가 얼마 전에 자다가 꿈을 꿨는데, 안개 낀 길
            을 마악 걷다 저기 마을 뒷산에 왜, 오래된 굴다리 하나 있
            는 거 알지? 근데 갑자기 그 굴다리에서.. (확 놀래키듯) 이
            만한 호랑이가 딱!! (놀란 주인 보고 웃으며) 튀어나와선 내
            품에 착— 안기는 거야.

주인   (집중해 듣는)

---

* 해준이 하고 다니는 시계와 같은 것. 반짝이는 새 물건.

병구	좋잖어, 꿈이.. 그래서 그냥 내가 미리 가져버릴라구, 내 손자 꿈으루!
주인	히야아.. 언제가 될진 몰라두 아주 똘똘한 손자가 나올 모양인가 보네요.
병구	(싱글벙글해져선) 무튼 고놈이랑 내가 처음 만난 기념으로 사두는 거야. 진짜 만나는 건 언제나 될라나? 궁금하네..! (시계를 어루만져 보는 데서)

씬 3. 폐가 앞. 밤 (12부 엔딩에 이어)

해준의 피 묻은 손목 위를 감싸고 있는 앞씬의 손목시계. 그러나 그 위로 은색 수갑이 덜그럭거리고.. 그런 해준을 거칠게 끌고 나오는 동식인데. 그 뒤로 급히 뛰어나오는 윤영, 동식의 앞을 막아서며,

윤영	잠깐, 잠깐만요!! 오해예요!! 형사님이 생각하는 그런 상황 아니라구요!
동식	비켜. 다친다. (가려 하면)
윤영	(다시 끼어들며 붙잡는) 아까 말씀드렸잖아요. 저한테 형사님을 찾아가라고 했던 사람인데 어떻게 누굴 죽일 수가 있어요, 말이 안 되잖아요!!
동식	(무섭게 부라리며) 비키란 말 안 들려!?
해준	(얼른 정신 붙잡고 윤영을 진정시키듯) 괜찮아, 윤영아, 괜찮아..
윤영	(!! 울컥해서 보면)
해준	(동식 향해) 잠깐 얘기 좀 하게 해주시죠.
동식	(가만히 노려보면)

해준	저 없는 동안 혼자 지내야 될 제.. 가족입니다.
동식	(! 그제야 떨고 있는 윤영을 잠시 보곤, 하아..) ... 3분 안에 끝내.

씬4.   폐가 앞 일각. 밤

저만치 떨어져 서있는 동식을 두고, 한쪽에 붙어 마주 선 해준과 윤영.

해준	... 나 믿죠?
윤영	(! 먹먹한 채) 당연한 걸 뭘 물어요.
해준	내가 도착했을 때.. 이미 상황은 끝나 있었어요. 아마 어머님을 구하려고.. 범인이랑 직접 부딪쳤던 거 같아.
윤영	내가 뭘 해야 돼요? 뭘 어떻게 해야,
해준	금방 돌아갈 테니까, 너무 걱정하지 말고 일단 어머님한테 가 있어요. 최대한 안전한 곳에 사람들이랑 같이 있어야 돼. (잠시 보다) 그리고 혹시.. 운전해요?
윤영	(!!?)
해준	운전.. 할 줄 알아요?
윤영	그런 걸 왜 물어요? 금방 돌아온다면서.. 그런 걸 지금 나한테 왜 묻냐구요!
해준	(침착하게) 만약에.. 만약에 내가,
윤영	그런 건 없어요. 만약에 같은 건.
해준	(!!)
윤영	얘기했잖아. 내가 원하는 게 어떤 미랜지. 어떻게 되든 난 우리 집에서 기다리고 있을 거예요, 혼자, 아주 무서워하면서.
해준	(!!)

윤영	그러니까 빨리 와요.. 아무 데도 다치지 말고.
해준	(! 잠시 보다, 천천히 끄덕) ... 그럴게요.. 그렇게 할게요.

때마침 저벅저벅 다가온 동식, 다시금 해준을 휙 떠밀며 가면, 울컥한 채
보는 윤영에서.

씬5.　　경찰서, 복도. 밤

수갑을 찬 고민수, 상처 난 얼굴로 축 늘어진 채 양옆의 형사 1, 2에게 끌
려 나온다. 그 앞에서 고민수의 조서를 짜증스레 넘겨보며 걷는 반장.

반장	어유, 이 뻔뻔한 자식.. (형사들 향해) 됐다. 증거도 확실한데 괜히 자백받겠다고 시간 더 끌 거 없어. 있는 거 잘 정리해서 내일 아침 날 밝는 대로 송치시키자고.
형사1, 2	예!
반장	이 지긋지긋한 거.. 진짜 끝이다, 이제. (후련한 듯 앞을 보다, 순간 멈칫)

보면, 막 코너를 꺾어 들어서던 동식과 해준을 정면으로 마주한 것인데..
반장과 형사들, 붙잡힌 해준의 손과 옷 여기저기 잔뜩 묻어있는 핏자국
과 수갑을 훑어보다 어떤 예감에 굳어 서로를 보는 데서.

씬6.　　폐가 앞. 밤

이미 라인을 치고, 커다란 손전등으로 주위를 비추며 바쁘게 다니는 순
경들. 그 뒤로 속속 도착하는 경찰차에서 뛰어내린 반장과 형사들, 폐가

안으로 달려들어간다.

씬7.   폐가, 마당. 밤

쓰러져 누운 범룡의 시신 앞에 우뚝 멈춰 서는 반장과 형사들.

반장   (머리끝까지 차오르는 분노로) ... 썅, 돌겠네, 진짜...!!

형사1, 2   (!!! 난처한 듯 서로를 보는 데서)

씬8.   우정리 읍내 병원, 병실. 밤

역시 난처한 얼굴의 형사3 가슴팍을 손바닥으로 밀듯 때리는 형만, 벌게
진 눈으로.

형만   잡았다며! 범인 그 자식 다 잡은 거나 마찬가지라며, 근데
         왜 이런 일이 생겨! 왜 하필 또 우리 애한테..!! 잘못됐음 대
         체 어쩔 뻔했어, 어엉!?

오복   (떼어놓으려, 울먹) 아부지, 그만 하세요..

옥자   (정신 잃은 채 베드에 누운 순애를 붙잡고 그저 흐느끼는)

씬9.   우정리 읍내 병원, 복도. 밤

멍하니 걸어오는 윤영, 보면, 병실 안에서 흘러나오는 소란을 들으며 복
도 한쪽에 홀로 웅크리고 앉은 희섭, 고개 떨군 채 조용히 눈물을 흘리는
중이다.

형만(E)   (울먹임으로) 우리 경애도 모자라서.. 그 망할 놈의 새끼..
          잡히기만 해봐, 내 가만 안 둘 테니까..!!

윤영, 천천히 고개 돌려 열린 병실 문 안쪽을 들여다보면 창백하게 누워
있는 순애. '...!!' 그 모습에 다시금 글썽해지는 윤영인데.

씬10.   우정리 읍내 병원, 병실. 밤

역시 순애 위에 엎어진 채 흐느끼던 옥자, 그러다 문득 어떤 느낌에 보면
옥자가 짚은 순애의 바지 주머니 위가 불룩하다. 얼른 꺼내보면, (12부
씬60의) 성냥갑인.

윤영   (!!)
형사3   (!? 서둘러 다가가 성냥갑을 뺏어 열어보면, 접힌 쪽지 드러
          난다)

씬11.   우정리 읍내 병원, 로비 일각. 밤

(앞씬의) 성냥갑과 펼친 쪽지를 심각하게 내려다보는 형사3, 공중전화
로 통화 중이다. 옆에는 순애의 손목에 묶여있던 붉은 털실도 놓여있고..

형사3   이순애 학생한테서 봉봉다방 성냥갑이 나왔습니다. 그 안에
          쪽지도 들어있었구요. '책을 읽는 여자는 위험하다'는 문장
          적힌 것부터 필체까지, 확실합니다.. 놈이 전에 썼던 것들이
          랑 완전히 똑같아요.
윤영   (멀찍이 떨어진 곳에 서서 그런 형사3의 모습을 긴장으로

보는) ...!!

씬12.   경찰서, 강력반(형사2반). 밤

전화를 받고 선 동식, 역시 손에 쥔 (12부 엔딩의) 성냥갑과 쪽지를 심각하게 내려다보다 힐끗 쏘아보면.. 책상 앞에 수갑을 차고 앉은 해준이다.

형사3(F)   아무래도 그 폐가에 있던 놈이.. 진짜 범인인 거 같습니다.

동식   그래. 알았다. 이순애 학생 깨어나는 대로 곧장 연락줘. 그
          래. (툭 끊곤, 잠시 생각하다) ... 윤해준 씨. 16일 밤부터 17
          일 새벽 사이.. 그러니까 이주영, 이경애가 죽었던 그 시간
          에.. (가까이 몸을 기울여선) 어디서 뭐 하고 있었냐, 너...?

해준   (보는 데서)

씬13.   고미숙의 집 앞. 밤

대문을 열고 나오는 미숙, 그 앞에 굳은 채 서있던 윤영을 본다.

미숙   ... 뭐야?

윤영   (곧장 추궁하듯) 누가 범인이야..? 누구야, 범인!

미숙   (기막히단 듯) 그걸 왜 나한테 물어.

윤영   사람이 또 죽었어.

미숙   (!? 보면)

윤영   이번엔 남학생이야. 너랑 같은 학교, 같은 학년, 멀쩡하던 남
          자애가 폐가에서 죽었어. 왜냐고? 안 그랬음 이순애가 죽었
          을 테니까!!

미숙	... 뭐라는 거야..
윤영	범인한테 순애가 죽을 뻔했다고! 그거 구하려다 죽었다고, 다 너 땜에!
미숙	(!! 그러나 아무렇지 않은 척, 태연히) 그게 왜 나 때문인데?
윤영	애초에 네가 제대로 신고만 했어도, 네 그 거짓말 따위로 진짜 범인 대신 엉뚱한 인간 집어넣는 허튼짓만 안 했어도 이런 일은 일어나지도 않았을 거라고!!
미숙	누구한테 무슨 얘길 듣고 와 이러는지 모르겠지만, 난.. 아무 것도 몰라.
윤영	헛소리 집어치우고.. 말해. 누가 범인이야!!
미숙	(순간 치미는 분노로 윤영을 홱 밀며) 네가 뭔데 감히 나한테 이래라저래라야. 대체 뭔데 자꾸 내 앞에 나타나서 방해질이냐구, 어?!
윤영	... 어차피 네 계획은 이제 틀렸어, 고미숙.
미숙	(? 보면)
윤영	(해준 생각에 울컥) 국어 선생님이 붙잡혔어.
미숙	... 뭐?
윤영	이제 그 사람이 전부 다 뒤집어쓰게 될지도 모른다구.
미숙	(!!) ... 그게 무슨 말이야..
윤영	다 꼬여버렸다구. 경찰에 잡혀있던 고민수가 누굴 죽일 수 있었겠어? 어차피 경찰한텐 새로운 범인이 필요해질 거고 하필이면 그게...!
미숙	(!! 혼란스러운데)
윤영	(애써 가라앉히곤, 간절함으로 붙잡는) 네가 왜 그랬는지 알아.. 그치만 이건 아냐.. 너무 많은 사람이 위험해지고 있잖아. 다른 방법이 필요하다면 내가 도와줄게. 그러니까 너도

	한 번만 도와줘.. 제발.. 범인이 누군지만 말해주면,
미숙	(흔들리지만 일단 뿌리치며) 난 너 따위 도움 필요한 일 없어.
	아무것도 모르니까.. 그만 가. (곧 대문을 쾅 닫고 들어가면)
윤영	(!! 절망스러운..)

씬14.   경찰서, 강력반(형사2반). 밤

긴장 속에 마주 보고 있는 해준과 동식.

동식	이경애 현장에 나타났던 건 이미 알고 있어. 그 이전을 묻는
	거야. 어디서 뭘 하고 있었냐고.
해준	... 유범룡이랑 같이 있었습니다, 그때도.
동식	(?!)
해준	유범룡한테서 전화가 왔었으니까요.. 그때도.

〔 인서트 - (7부) 씬58. 거리, 공중전화부스 안. 밤 〕

범룡   *죽었어요.. 선생님.*

〔 인서트 - (8부) 씬6. 우정리 강가 일각. 밤 〕

창백한 주영의 시신 앞에 마주 서있던 해준과 범룡,
두 사람의 모습에서.

동식	(기막힌 듯) 이주영 시신을 보고 있었다고?
해준	잔뜩 겁먹은 상태로 담임인 저를 찾았어요. 경찰에 알리는
	건 두려워했죠. 이주영 선생이랑 엮이게 되는 걸 그만큼이
	나 무서워했던 이유는.. 아마 더 잘 아실 겁니다, 조카분도

있으니.

동식   ... 설마 지금 유범룡한테 떠넘길 생각인 거면,

해준   알리바이를 묻길래 솔직히 답하는 것뿐이에요. 유범룡은 범
       인이 아닙니다. 필체만 봐도 알 수 있죠. 그건 제 경우도 마
       찬가지고.

동식   (! 가만히 쪽지를 내려다보는데)

해준   학교로 가보면 더 정확히 확인할 수 있을 겁니다. 그동안 시
       험지며, 숙제며.. 그 많은 걸 다 속여 쓸 순 없었을 테니까.

동식   (성냥갑 들곤) 그럼 이건 뭔데. 왜 당신 주머니에 들어있었
       는데.

해준   ... 주웠습니다, 그건.

동식   (책상 탕— 내려치며) 당신 지금 나랑 장난해...?!

해준   빌어먹게 꼬인 상황인 건 압니다. 그치만 확인할 방법 많잖
       아. 내 필체.. 그리고 이순애 학생. 깨어나면 들어봐요. 누구
       로부터 도망쳤는지, 유범룡이 왜 거기서 죽어야 했는지!! 나
       도 궁금해 미치겠으니까..!

동식   그동안 마주칠 때마다.. 수상했던 게 한두 번이 아니었어.

해준   ...

동식   그래서 이번 기회에 제대로 알아보려고. (성냥갑과 쪽지 챙
       겨 들곤, 지그시) 당신이 누군지. 왜 이렇게 모든 곳에 다 있
       었던 건지..

해준   (보면)

동식   기대해봐요. 이번엔 빠져나가기 어려울 테니까. (나가면)

해준   (착잡함에 고요히 악무는)

씬15.   경찰서, 복도. 밤

굳은 얼굴로 걸어오는 동식, 그러나 이내 멈춰 선다. 해준의 말들이 전혀 신경 쓰이지 않는 건 아니다.. 잠시 찜찜한 듯 생각에 잠겼던 동식, 이내 지워내듯 다시 성큼성큼 가는 데서.

씬16.   경찰서, 유치장. 새벽

어둑한 철창 안으로 푸른 새벽빛이 흘러들어오고.. 수갑 없이 홀로 기대앉은 해준.. 초췌한 얼굴 위로 순간 스쳐 가는 짧은 장면들.

〔 인서트 - (8부) 씬6. 우정리 강가 일각. 밤 〕

창백한 이주영의 시신을 믿을 수 없다는 듯 내려다보던 해준.

주영(E)   *말도 안 되는 소리라는 거 아는데..*

〔 인서트 - (6부) 씬30. 차부집 매표소 앞. 새벽 〕

/주영   *윤 선생님은 꼭..*
            절 살려주려구 일부러 찾아오신 분 같아요...
/주영   *감사해요..*

〔 인서트 - (7부) 씬54. 해준의 집 앞 골목길. 밤 〕

경애   *(울컥) 그 돈 그거..*
            순애 기지배 등록금 해줄라 그랬는데..

〔 인서트 - (8부) 씬10. 폐가 안, 마당. 새벽 〕

마루 위에 처참하게 누워있던 경애의 시신..

〔 인서트 - (12부) 씬67. 외진 시골길. 밤 〕

반쯤 정신이 나간 채 자신을 향해 달려오던 순애,

공포에 질려 소리치던 모습에서.

〔 인서트 - (12부) 씬72. 폐가, 마당. 밤 〕

엄청난 피를 흘린 채 처참하게 쓰러져있던 범룡의 시신..

〔 인서트 - 씬4. 폐가 앞 일각. 밤 〕

동식에게 끌려가는 자신을 보던 윤영의 글썽하던 얼굴 위로..

윤영(E)	어떻게 되든 난 우리 집에서
	기다리고 있을 거예요.
윤영(E)	그러니까 빨리 와요.. 아무 데도 다치지 말고.

한꺼번에 몰려오는 참담한 기억들.. 내려다보면, 해준의 옷과 손 위로 말라붙은 핏자국이 여전히 남아있다. 지워내기라도 하려는 듯 그 핏자국들을 문질러 보지만 될 리 없고. 괴로움 속에 홀로 가라앉는 해준에서..

씬17.   우정리 읍내 병원, 병실. 밤

어둑한 병실. 링거를 꽂은 채 잠든 순애의 손을 붙잡고 앉은 윤영,
눈물 그렁한 채 내려다보는.

순애	(! 미세하게나마 눈썹을 꿈틀..)
윤영	(그러나 마침 순애의 손에 제 얼굴을 묻은 채 울먹이느라 못 보고)

순애   (다시 미동 없는)

씬18.   우정리 읍내 병원, 복도. 밤

닫힌 병실 문 앞에 선 희섭, 울고 있는 윤영을 먹먹하게 바라보다 저도 눈물을 슥 닦는다. 복도 끝에서 나란히 서로를 부축한 채 힘겹게 오던 형만과 옥자, 멈칫.. 그런 희섭을 본다.

형만   근데 쟤는 누군데 어젯밤부터 내내 와 울고 있는 거야?

옥자   우리 집 옥상에 올라갔던 애..

형만   그럼, 그럼 저 자식이, (순간 발끈해 나서려 하면)

옥자   (붙잡아 등짝을 탁 때리며) 쫌 둬라.. 우리 땜에 고생했던 애 잖어. 죄도 없이 경찰에 붙잡혀선, 우리 순애 생각한다구 입 꾹 다물구.

형만   ...

옥자   종일 밥도 안 먹은 거 같애.

형만   (탐탁지 않은 듯) 지가 뭔데 밥을 굶어..?!

씬19.   포장마차. 밤

얼떨떨한 얼굴로 앉은 희섭, 내려다보면, 테이블 앞에 놓인 국수 세 그릇. 그 앞에 나란히 앉은 형만과 옥자.. 초췌한 세 사람이다.

형만   네가 뭔데 우리 순애 때문에 밥을 굶어?!

희섭   (! 살짝 움츠러들면)

옥자   충격이 커서 그렇지 이상 있는 건 아니라니까.. 금방 깨어날

	거야. 먹어.
희섭	(겨우 젓가락을 들다 말고.. 울컥)
형만, 옥자	(?)
희섭	안 넘어갈 거 같아요..
형만, 옥자	(!)
희섭	순애가 저라고 누워있는디.. 얼마나 무서웠으믄.. 얼마나 끔찍했으믄 깨지도 못허고..
형만, 옥자	(! 역시 울컥)
희섭	죽일 놈의 자슥.. 잡히기만 하믄.. 참말로 가만 안 둘 거예요..
형만	그럴라믄 더 먹어야지, 인마!! 사내자식이 삐쩍해가꾼.. (젓가락으로 국수 들어 내밀며) 얼른! 아! 아!
희섭	(울다 말고 눈치.. 아.. 벌리면)
옥자	(울다 말고 픽.. 웃음이 나고 마는 데서)

씬20.　　경찰서, 복도. 밤

거친 숨으로 빠르게 걸어 들어오는 동식, 형사2반 사무실을 향해 저벅 저벅 간다. 한 손에 꽉 쥔 각종 서류들* 비추면.. 해준의 증명사진 구겨진 채 보이는.

씬21.　　경찰서, 형사2반. 밤

유치장 안에 앉아있던 해준, 문득 고개를 들면, 막 사무실 안으로 들어서

---

* 1부 씬11 해준의 교원자격증, 해준의 신분증 사본, 해준의 이력서 등.

던 동식과 딱 눈이 마주치는데. 그대로 멈춰 선 동식, 꽉 쥔 서류를 든 채
해준을 가만히 노려본다.

해준　　　　(! 그 눈빛에 모든 걸 예감하는..)

동식, 곧 주변을 의식하고는 가까이 다가서 열쇠 꺼내 문 열며 낮게,
"나와." 한다.

씬22.　　경찰서 내 휴게공간. 밤

문을 꽉 닫아놓고 수갑을 찬 해준과 마주 앉은 동식.
그 옆으로 놓인 씬21 서류들.

동식　　　　(곤두선 얼굴로) 뭡니까, 이게...?

해준　　　　...

동식　　　　대체 어떻게 된 거냐고. 당신 신분증, 이력서, 교사 자격증..
　　　　　　전부 다 가짜잖아. 어떻게 된 거야. 어?!

해준　　　　(어떻게 해야 할까.. 복잡한데)

동식　　　　혹시나 해서 이전 근무지, 이전 주소 당신이 써놓은 모든 곳
　　　　　　을 다 뒤져봤어. 근데 윤 해준, 당신이란 사람이 있었단 흔적
　　　　　　은 어디에도 없었어. (스스로도 기막힌 듯) 아니, 심지어.. 태
　　　　　　어난 적도 없던데? 이게 어떤 의미로 받아들여질 수 있는지
　　　　　　는 알어? 살인보다 더 위험한 상황인 걸 아냐고!!

해준　　　　...

동식　　　　... 기회 줄 때 빨리 똑바로 얘기해. 너랑 백윤영, 둘 다 싸그
　　　　　　리 묶어서 간첩으로 확 넘겨버리고 싶은 걸, 꾹 참고 얘기

들어주겠단 거니까.. 그놈의 빚 때문에.

해준   (!?)

씬23.   동식의 집, 마당. 새벽 (회상)

이른 새벽. 툇마루에 앉아 분주히 신발을 신는 동식, 막 대문 향해 가려
는데 마침 뒷마당에서 책가방 메고 나오던 희섭과 툭 시선이 마주친다.

동식   (! 괜히 어물쩍 시선을 피해 내리는데)
희섭   (잠시 보다) 짝은아부지가.. 틀렸어요.
동식   (? 보면)
희섭   입원해 있는 동안 한 번두 안 찾아 오셨응게 잘 모르시겠지
              만.. 올 성아랑 저랑.. 그 선상님 아니었으믄 어떻게 됐을지
              몰러요. 서울서 기자들 불러가꼬.. 성아도 업고 나도 들쳐메
              고 병원까지 델따줬고요. 날마다 병실 찾아와 괜히 어깨 한
              번씩 툭 쳐주고요.. 꼭 보호자 같았어요. (상처받은 눈빛 드
              러내며) 더 이상 우덜 형제헌테 없는.. 보호자요.
동식   (!!)

씬24.   경찰서 내 휴게공간. 밤 (현재)

동식   멍청하고 못나 빠진 나 대신.. 내 조카들, 그 불쌍한 것들 지
              켜줬단 빚으로 이 말도 안 되는 짓들.. 더 물어볼 필요도 없
              는 수상한 짓거리들 해놓은 걸 당신 앞으로 가져온 거니까
              말해. 납득할 만한 설명을 해보라고, 어?!

해준	하면… 믿을 겁니까?
동식	(?! 보면)
해준	전부 솔직하게 얘기하면 믿어줄 수 있냐구.
동식	뭐?
해준	(결심을 내린 듯) 보여줄 게 있어요. 그리고.. 빚이라고 여기고 싶은 생각 추호도 없지만 만약 그렇게 생각한다면 딱 한 번만 더, 그 덕 좀 봅시다.
동식	(??)
해준	윤 병구 이사장을 불러줬음 해요. 우리 집으로, 지금.

씬25.　　해준의 집, 거실. 밤

거실 불이 켜지고 들어서는 해준. 앞장서서 익숙하게 지하실 입구 쪽으로 향하면 뒤따라 들어서는 병구와 동식, 좀 어리둥절한 채 집 안 풍경을 둘러본다.

병구	(슬쩍 동식을 붙잡곤) 무슨 상황인 건가, 이게?
동식	(무거운 얼굴로 가만히 내젓는데)
해준	(지하실 문을 열쇠로 열고선) … 들어가시죠.

씬26.　　해준의 집, 지하실. 밤

해준의 뒤를 따라 들어서던 병구와 동식, 순간 놀란 얼굴로 주위를 둘러본다. 벽면에 이리저리 붙어있는 마을 지도와 인물 사진들, 신문기사들, 경찰 자료들… 신문기사들을 빠르게 훑던 병구, **'연쇄 살인자 高모씨 무기징역…' '우정리 연쇄 殺人 사건 범인 무기징역 선고'** 등 고민수의 법원 선고 기사들과 그 발행년도 '1988년'을 보고 멈칫.

병구   아니, 이게.. 88년도 기사가 어떻게..

한편, 반대편에서 경찰 자료들을 따라 훑던 동식, 자신이 작성한 고미숙의 신문조서가 붙어있는 걸 보곤 흠칫 넘겨보면, 분명히 찍혀있는 자신의 이름과 직인, 그리고 커피 자국..!

〔 **인서트 – 씬. 경찰서, 강력반. 밤 (회상)** 〕
서류를 정리하던 동식, 실수로 커피잔을 툭 쳐서 넘어가면 고미숙의 조서 위로 쏟아진 커피 자국을 얼른 털어내는.

동식   (?!) 뭐야.. 내가 쓴 조서가 왜 여기에..
해준   (두 사람 보며) 보셔야 믿을 거 같아서.
병구, 동식   (!?)
해준   제가... 미래에서 왔다는 사실을요.
병구, 동식   (황당한 채 서로를 보면)
해준   꽤 멀리 떨어진 시간에서 오긴 했지만 그만큼 먼 관계는 아닐 겁니다. 제 아버지의 아버지 되시는 분이.. 바로 윤병구 이사장님이시고,
병구   (??!)
해준   (동식 향해) 조카 백희섭 군이 훗날 낳게 될 따님이 바로, 저랑 같이 살고 있는 백 윤영이거든요. 이미 여러 번 마주치셨겠지만.
동식   (??! 기막힌 듯 보는 데서)

씬27.   해준의 집, 거실. 밤

완전히 멍한 얼굴로 소파에 나란히 앉은 병구와 동식.

그 맞은편에 앉은 해준.

병구   (얼떨떨한 채) 그러니까.. '타임머신'이라는 걸 타고 왔다고..
          여기까지..

동식   (두통 오는지 관자놀이를 꾹 누르며) 여기서 일어난 사건들
          범인이 잘못 잡혀서.. 그래서 당신이 죽었다고? 그래서 직접
          범인 잡으러 온 거라고?

해준   ... 예.

동식   (잠시 생각하는 듯하더니, 곧 일어서는) 죄송합니다, 이사장
          님. 그만 일어나시죠, 제가 이런 미친놈 말을 듣고 이 밤중에
          괜히 모셔서 헛소리나 듣게 해드리고.. (점점 흥분, 해준 향
          해) 아니다. 네가 일어나. 너 같은 새끼는 안기부로 보내든
          정신병원으로 보내든, 아무튼.. 둘 중 한 군데는 꼭 보내야,
          (하는 동안)

병구   (가만히 가 있는 시선.. 해준의 손목시계다) 그거.. 그것 좀
          보여주겠나?

동식   (!? 보면)

해준, 잠시 보다, 제 시계를 풀어 내밀면, 떨리는 손으로 받아서 보는 병
구. 자세히 들여다보면.. 사용한 흔적이 쌓였을 뿐 틀림없는 씬2의 손목
시계고. 뒤집어 보면, 뒷면에 각인된 자신의 글씨. 씬2의 'Tempus fugit,
amor manet.' 문구다!

병구   (!! 해준을 보는) 정말.. 정말 자네가.. 내 손자란 말인가?

동식   (?! 그런 병구를 보는 데서)

씬28.   해준의 집, 마당. 밤

흥분한 채 빠르게 걸어나오는 동식, 바람에 열을 식히려는 듯 후— 마당
을 서성이면 "동식이, 동식이…!!" 외치며 얼른 따라 나오는 병구, 곁에
다가와 서는.

동식   왜 이러십니까, 이사장님! 지금 저 황당무계한 소릴 믿으시
             겠단 거예요? 예?
병구   아니.. 글쎄 그게.. 나도 황당하단 거 잘 아는데, 동식이.. 저
             시계 저거.. 어젯밤 내가 읍내 금은방에서 산 거란 말일세..!
동식   (? 보면)
병구   외국에서 딱 한 점 어렵게 들여온 거라구 했어. 나중에 내
             손자 태어나면 주려구 거금 들여 산 거야.. 저 글씨도 내가
             쓴 걸세, 뒷면에다 새긴 것두 아주 똑같다구.. 설마 내 글씨
             를 내가 못 알아보겠나? 응?
동식   어딨는데요, 그거.. 그거.. 저 자식이 훔친 거 아닙니까?!
병구   오늘 낮에 받았네. 자네가 저 친구 잡아넣은 건 어젯밤 아닌
             가?
동식   (!!)
병구   (역시 혼란스럽긴 하고) 나도 뭐가 뭔지 모르겠네만, 근데
             동식이. 왜 사람 느낌이란 게 있지 않은가..

씬29.   해준의 집, 거실. 밤

역시 착잡한 해준, 탁자 위에 놓인 제 손목시계를 물끄러미 내려다보는
위로.

병구(E)   내 손자라는데.. 그게.. 이상하게도.. 정말 애틋한 기분이 들어..

씬30.   해준의 집, 마당. 밤

혼란스럽게 보는 동식, 그러나 애써 떨치듯 내저으며.

동식   아녜요, 아녜요, 말도 안 돼요, 이건.. 저 자식은 다시 처넣어
       야 됩니다!
병구   (! 초조해지는데)

씬31.   우정리 읍내 병원, 병실. 밤

역시 초조한 윤영, 기도하듯 순애의 손을 꼭 모아 잡은 채 기다리고 있는
데 그때 다시금 꿈틀하는 순애의 얼굴.

윤영   (!! 이번엔 봤다..) 순애야.. 순애야, 나 알아보겠어? 윤영이!

때마침 들어서던 형만과 옥자, 희섭, 역시 "순애야!!" 외치며 달려와 서
면 곧 "엄마.." 하며 울먹이는 순애. 감격하는 네 사람에서.

씬32.   우정리 읍내 병원, 복도. 밤

빠른 걸음으로 걸어오는 반장과 형사 1, 2, 3.

씬33.   우정리 읍내 병원, 병실. 밤

형만과 옥자, 희섭, 윤영이 긴장한 채 지켜보는 가운데 베드에 기대앉은 순애. 그런 순애를 둘러싸고 선 반장과 형사 1, 2, 3.

반장	혹시 범인 얼굴을.. 봤어?
순애	(! 떠올려보지만 곧 괴롭게 내젓는)
반장	너희 앞집에 사는 윤 해준 선생, 그 사람 맞지?
순애	(?) 그게 무슨 말씀이세요..? 선생님이 범인이라니.. 말도 안 돼요..!!
형사들	(!! 낭패인 듯 서로를 보는 데서)

씬34.   해준의 집 앞 골목길. 밤

빠르게 달려오는 윤영, 저만치 불이 켜진 해준의 집을 보곤, 더욱 속도를 낸다.

씬35.   해준의 집, 마당. 밤

대문을 벌컥 열며 뛰어들어오는 윤영. 그때 마침 현관을 열고 나오던 해준, 윤영을 발견하고 보면, '!!!' 글썽해지는 윤영, 곧장 계단을 빠르게 성큼성큼 뛰어 올라가 해준을 끌어안는다.

해준	(! 역시 윤영을 꽉 끌어안으면)
윤영	(그제야 안도로) 고마워요.. 무사히 돌아와줘서.
해준	... 미안해요.. 미안해..

마당 한쪽에서 어정쩡하게 시선을 피하고 있던 병구와 동식, 마침내 "큼.." 헛기침하면 '!?' 뒤늦게 상황 파악이 된 윤영.. 품에 안긴 채 해준에게만 들리도록 조용히 속삭이는.

윤영	지금 우리.. 친척 관계처럼.. 보였을까요..
해준	딱히 그렇진 않을 수도 있는데.. 괜찮아요.. 어차피 다 밝혔으니까.
윤영	(?! 보는데)
해준	근데, 내가 집에 와 있는 건 어떻게 알았어요?
윤영	(아차, 휙 돌아서 동식 향해) 순애가 깨어났어요...!
동식	(!!)
윤영	형사들 앞에 전부 얘기해 줬구요. 어젯밤.. 무슨 일이 있었는지. (해준 보며) 누가.. 자길 구했는지.

씬36.　　우정리 읍내 병원, 병실. 밤 (회상, 씬33에 이어)

베드에 기대앉은 순애, 반장과 형사 1, 2, 3 앞에 힘겹지만 또박또박 설명하는..

순애	선생님은.. 절 구하러 오셨던 거예요.
희섭, 윤영	(!!)
반장	(하아.. 형사들 보며) 가자.

씬37.　　해준의 집, 거실. 밤

다시 소파에 나란히 앉은 병구와 동식. 맞은편에 나란히 앉은 해준과 윤영. 동식, 전화기를 들고 누군가(경찰서-반장)와 통화 중이다.

동식　　　예. 예, 알겠습니다.. (하다) 예? 아.. (해준과 병구를 슥 보곤) 아니요.. 특별히 수상한 건 못 찾았습니다. 예.. 예. (끊으면)

해준, 윤영　(일단 작게 안도하는)

병구　　　고맙네, 동식이.

동식　　　믿어서 그런 거 아닙니다. 하도 부탁을 하시니까, 일단은.. (곧 단호해져선) 그치만 이걸론 부족합니다. 더 확실한 게 필요합니다.

해준, 윤영　(? 보면)

동식　　　TV에서 이산가족찾기 하는 거 보셨죠? 그럴 때 간혹.. 해본다고 들었습니다만.

씬38.　　대학병원 일각. 낮

얼떨떨한 얼굴의 연우, 피 뽑은 팔을 알콜솜으로 지혈하며 나온다. 그 앞에 기다리고 서있던 병구, 얼른 빨대 꽂은 요구르트를 입에 물려 주는.

연우　　　갑자기 왜 서울까지 와서 피를 뽑아야 되는 건데요?

병구　　　(!) 그.. 건강 검진.. 같은 거야. 너도 이제 어른 됐으니 네 몸을 잘 살펴야지. 여기 장 선생이 내 친구잖어.. 특별히 잘 봐 달라고 부탁했다.

연우　　　(갸웃) 저 건강한데..

병구　　　그럼, 그럼. 그래야지. (연우를 다독이듯 끌고 나가며 힐끗

돌아보면)

동식 (저만치 복도 끝에서 슬쩍 나와 본다. 병구 향해 작게 꾸벅..)

씬39. 같은 대학병원, 다른 일각. 낮

역시 채혈한 한쪽 팔을 지혈한 채 나오는 해준,

그 앞에 기다리고 섰던 윤영.

윤영 (걱정스레) 아프진 않았어요?

해준 (작게 웃는) 그냥 피 뽑는 건데요, 뭐. 결과가 어떻게 나올지 모르겠지만..

동식 (옆 복도에서 걸어나오며) 모르면 안 되지, 잘못 나오면 그 땐 바로 안기부든 정신병원이든 보내버릴,

해준 알았어요, 알았어..

동식 (찌푸린 채) 이사장님 믿고 풀어준 거지, 당신 믿고 풀어준 거 아냐. 난 이딴 헛소리들 눈곱만치도 안 믿으니까 결과 나올 때까지 계속 주시할 거라고. 절대 허튼짓할 생각 말고 딱 집에만 있어. 학교도 안 돼. 내가 수시로 가서 확인할 거야. 알았어? (하곤 가려다.. 순간 멈칫)

해준 (? 보면)

동식 (슬쩍 고개 돌려 윤영의 얼굴을 빤히 쳐다본다..)

윤영 (?)

동식 (좀 곤란한 기분이다. 주변 흘낏 살피곤, 망설이다) ... 그..

윤영 (??)

동식 (참을 수 없는 궁금증) 그.. 누구랑.. 결혼을 했어, 우리 희섭이가?

윤영	(!) ... 저희 엄마는.. 이순애예요.
동식	순애?! 그럼 차부집 사장님이 내 사돈어른..! (하다 얼른 자 제하려 애쓰며 다시 가려다 또 멈칫) 그럼.. 나를.. 알고 있었 단 건가, 처음부터?
윤영	여기 와서 알았어요. 아버지한테 친척 어른이 계시단 건 전 혀 몰랐거든요.
동식	(!?) 왜.. 어떻게 몰라, 나를.
윤영	연락을 끊고.. 지내셨던 거 같아요.. 따로 말씀해주신 적도 없었구요.
동식	(!! 충격받은 듯 좀 멍해지는)

씬40. 해준의 집 앞 골목길. 밤

어둑한 길을 나란히 걸어오는 해준과 윤영.. 슬그머니 돌아보면, 저 멀리 감시하듯 서있는 동식, 그러나 어쩐지 심란한 듯 홀로 전봇대 앞을 왔다 갔다 하는.

윤영	눈곱만치도 안 믿는다면서.. 엄청 상처받은 얼굴이야, 그쵸?
해준	(작게 웃곤) 그러게요..
윤영	(살피곤) 근데 진짜 어디 다친 데 없는 건 맞죠? 안 보이는 데라고 나한테 숨기고 그러는 거 아니죠?
해준	(안심시키듯 보며) 그런 분 아니던데.
윤영	... 무슨 일 있을까 봐.. 잘못될까 봐.. 너무 무서웠어요.
해준	(잠시 보다, 천천히 그 손 끌어다 잡곤) 내가 더 무서웠을걸. 나 때문에 위험해질까 봐.. 다 망쳐버릴까 봐.. 이미 조금은 그런 거 같지만.

윤영	(! 보는데)
해준	(이내 굳게 보며) 반드시 잡을 거예요. 지금까지 지은 죗값.. 전부 제대로 치르게 할 거야. 이젠 정말 가까이 왔어요. 범인을 아는 사람도 알아냈고. 경찰도.. 이제 적어도 한 사람은 우리 편이 됐으니까.
윤영	(천천히 동식 쪽을 보곤) 우리 편은.. 아닌 거 같은데..
해준	(역시 동식을 보며) 말이 감지, 금방 '공조'가 될 거예요. 이미 반은 넘어왔고.. 나머지 반은 곧 넘어오게 될 거거든.
윤영	어떻게...?
해준	미래를 아는 사람은, 절대 못 이기는 법이니까.

씬41.   해준의 집 앞 골목길. 아침

무겁게 인상 쓴 채 걸어오는 동식, 그때 맞은편에서 자전거를 타고 오는 신문배달부 소년. 순애의 집 담 너머를 향해 신문 한 부를 획— 던지고 가는데.. 잘못 던져 담에 툭 맞고 떨어진 신문, 그 앞 땅바닥에 떨어지고 만다. 동식, '쯧쯔..' 혀를 차며 대신 주워선 탁탁 털며 다시 놓아주려다 얼핏 신문을 보면, **'大田~晋州, 淸州~尙州, 天安~論山 3개 高速도로 신설 추진'**[*] 기사 제목 보이는데..

씬42.   해준의 집, 마당. 아침

그 신문을 접어들고 들어서는 동식, 때마침 현관으로 나오던 해준과 마

• 1987년 6월 7일 자 기사.

주친다.

해준	(힐끗 보곤) 웬 신문입니까?
동식	(? 하다 손을 보곤, 아차— 그대로 들고 왔구나, 다시 돌아가려는데)
해준	(! 기회다. 슬쩍) 6월 7일이면.. 고속도로 새로 만든단 게 1면이었던가?
동식	(? 슬쩍 신문을 다시 펼쳐보는데)
해준	대전에서 진주, 청주에서 상주.. 천안에서 논산.. 그랬던 거 같기도 하고.
동식	(흠칫 놀라 보면)
해준	감시하러 오셨죠? 아침은 드셨습니까?

씬43.   해준의 집, 거실. 낮
소파에 앉은 해준, TV를 틀어놓고 보고 있다. 그 모습을 못마땅한 듯 지켜보는 동식인데. 해준, 역시 못마땅한 척 TV 앞으로 가 채널 돌리다, 중계 중인 프로야구 경기**에 멈춘다.

해준	참 답답하게 됐네요. 밖에 나가지도 못하고..
동식	(! 야구 경기를 쏘아보는데)
해준	결과를 다 아니까.. 이런 것도 통 재미가 없고, 원.
동식	(?! 어쩐지 괘씸한 듯 해준을 슥 쏘아보면)

** 1987년 6월 7일 '87 프로야구 경기 삼성 라이온즈 vs 청보 핀토스'

해준   핀토스 5, 라이온즈 4득점으로, 핀토스 승.

씬44.   해준의 집, 주방. 낮

컵에 물을 따라 마시는 해준, 슬쩍 밖을 내다보면, TV 속에서 막 끝난 야구 경기 결과가 흘러나오는 중이다. 5대 4로 우승한 핀토스가 기뻐하고 있는데.

동식   (!! 멍하니 그 장면을 보다, 순간 주방 쪽을 획 돌아보면)
해준   (얼른 고개를 슥— 피해 안 본 척하는)

씬45.   해준의 집, 거실. 낮

나오는 해준, 여전히 TV 앞을 지키고 앉은 동식을 힐끗 본다. 동식, 한창 씨름 경기* 진행 중인 화면을 향해 무서운 눈초리로 맞춰보라는 듯 획 가리키면.

해준   ('손상주' 선수 쪽을 슥 가리키며) 저쪽이 3대2로 역전승.
동식   (? 가늘게 뜬 눈으로 해준을 쏘아보면)
해준   (무심한 듯 지하실 향해 슥 지나쳐 가버리는)
동식   (! 결과를 지켜보려 다시금 TV를 골똘히 쏘아보는 데서)

----

* 1987년 6월 7일 'KBS2' 오후 4시 20분 방송. '장사씨름대회 한라장사급 결승' (손상주 vs 이승삼)

씬46.   해준의 집, 지하실. 낮

지하실 문을 벌컥 열어보는 동식, 결과를 다 확인한 듯 씩씩 해준을 쏘아본다. 철제 책상 앞에 앉아있던 해준, 그런 동식을 가만히 보다,

해준   미친 척 그냥 한번 믿어보는 건 어때요?

동식   (!!)

해준   우리한테 이럴 시간.. 없잖아요. 지금 이 시간에도 바깥에선 사람을 셋이나 죽인 범인이 버젓이 돌아다니고 있을 텐데.

동식   (흔들리는 눈빛으로 이 기막힌 실내를 다시금 둘러보면)

해준   (일어서 천천히 다가가며) 어차피 전 여기 없어야 되는 사람이고.. 범인을 잡는다고 해도 거기서 제가 더 할 수 있는 일은 없어요. 마지막 역할은 형사님이 해주셔야 되니까. (멈춰서 보는) 제가 아는 정보를 나눠드리고.. 지금부터는, 같이 해보면 어떻겠습니까?

씬47.   우정리 읍내 병원, 병실. 낮

베드 위에 웅크리고 앉은 순애, 한 모금 마신 컵을 넘기면,
받아서 옆에 내려놓는 윤영.

윤영   몇 시간이라도 좋으니까, 집에 가서 눈 좀 붙이시라고 했어. 어머니, 아버지.. 너 깨어날 때까지 한숨도 못 주무시고 여기 계셨거든.

순애   고마워, 윤영아..

윤영   (안쓰러운 듯 순애의 머리를 매만져 넘겨주는데)

순애   (잠시 가라앉아 생각하다) 바보 같아.. 내가 봤어야 됐는데..

윤영	(? 보면)
순애	그때.. 그 범인 얼굴 말야.
윤영	(!)
순애	고미숙네 오빠는 그때 경찰서에 붙잡혀있었잖아.. 그 미친 자식.. 끔찍하고 더러운 자식.. 우리 언니도, 유범룡도.. 그렇게 만든 인간인데.. 어떻게든 내가 그 얼굴을 봤어야 됐는데. 아무리 떠올려보려구 해도 도망친 기억뿐이야.. (괴로워 얼굴을 파묻으려 하면)
윤영	(!! 순애 얼굴을 붙잡아 마주 보며) 무리하려고 하지 마, 순애야. 지금은 일단 아무 생각 말고 쉬어야 돼, 응?
순애	(슬픈 눈으로 보면)
윤영	(마음 아픈 듯 끌어안은 채 심란해지는)

씬48. 해준의 집, 지하실. 밤

벽면에 붙었던 모든 자료를 떼어내 어지러이 늘어놓은 철제 책상 위. 그 앞에 앉은 동식, 심란한 얼굴로 고민수 법원 선고 기사를 툭 내려놓는다.

동식	고미숙이.. 거짓말을 했다고?
해준	진짜 범인을 신고하는 대신, 자기 오빠한테 뒤집어씌울 생각을 한 거죠.
동식	(허.. 웃곤) 고민수가 이상하단 생각은 했지만.. 어떻게 자기 가족을.. (하다 씁쓸히) 뭐.. 내가 할 소린 아니지.
해준	(가만 보다) 그건, 제대로 잡고 싶어서 그랬던 거 아닙니까. 진짜 범인이라면 그게 가족이어도 죗값을 받아야 한다고 생각했던 거니까.

동식	...
해준	백희섭, 백유섭이 입원해 있는 동안 병원에 찾아갔던 거 알아요.
동식	(! 보면)

〔 인서트 – 씬. 우정리 읍내 병원, 복도 일각. 밤 (회상) 〕
홀로 걸어오던 해준, 순간 앞을 보곤 멈칫..
다시 코너 뒤로 물러나 슬쩍 본다.
저만치 희섭과 유섭이 있던 병실 앞에 선 동식,
이리저리 초조한 듯 머뭇대다 결국 안 되겠는지
휙 돌아서 이쪽으로 오면.. 얼른 옆으로 사라지는 해준.

〔 인서트 – 씬. 우정리 읍내 병원, 로비. 낮 (회상, 다른 날) 〕
다른 날.. 계단에서 내려오던 해준, 문득 멈춰서 보면
로비 한쪽 의자에 우두커니 앉은 동식, 무거운 마음에
땅만 내려다보고 있는.

동식	(! 보면)
해준	원래대로라면 두 사람 상황은 훨씬 안 좋아졌을 겁니다. 백희섭은 자기 형이 잘못된 일로 세상도, 자기 자신까지도 미워하면서 살았고 형사님은 평생을 죄책감 속에 사셨죠.
동식	내 미래를.. 봤단 건가?
해준	좋지 않은 미래 전해드려 죄송하지만 이 사건 끝나고 형사님은 갑자기 모든 걸 다 관둬버리고 마을을 떠나 숨어지낸 사람이었고,
동식	(?!)

해준	그래서 가장 의심스러웠지만 동시에 가장.. 믿어볼 만한 사
	람이라고 생각했어요. 처음, 여기 오기로 했던 그 시작부터.
동식	(!!)
해준	어쩌면 이 사건을 잘 해결하는 게.. 형사님 미래를 바꿀 기회
	가 될 수도 있어요. 그건 저한테도 마찬가지고.
동식	...... 그러니까 뭐, 대충 잘해보자는 뜻인가?
해준	(가볍게 으쓱해 보이면)
동식	미친놈인지 아닌지는 결과를 받아봐야 알겠지만. 하도 말을
	많이 섞어서 그런가, 나도 이미 좀 미쳐버린 거 같으니까..
	그럼 뭐, 고미숙부터 만나보면 되나?
해준	(! 끄덕여주는)

씬49.   해준의 집, 마당. 밤

서둘러 걸어오는 동식, 대문 앞에 서서 열려다 말고, 문득 차고 쪽을
돌아보면 작게 열린 문틈으로 불빛 새어 나오는 게 보인다.

동식	... 그래도 아부지라고.. 도움이 되나 보네, 짜식.. (하다 정신 차
	리듯 내저으며) 아버지라니? 아직 모르는 거지.. (가려는데)
병구(E)	(대문 너머에서 작은 소리로) 동식이.. 자넨가?
동식	(? 보는)

씬50.   해준의 집 앞 골목길. 밤

대문을 연 동식, 의아한 채 꾸벅 인사하면, 그 앞에 선 병구, 겸연쩍게 웃
어 보인다. 곧 안쪽을 힐끗 들여다보는 병구, 부탁할 것이 있는 양 "동식

이..." 은근하게 부르면 흠칫 경계하듯 내저어 보는 동식. 그러나 그런 동식의 손을 툭 붙잡는 병구.

병구   (나직이) 나 윤 선생이랑 외출 한 번 하게 해주게. 부탁하네,
        동식이.
동식   (! 난감한 듯 보는 데서)

씬51.   포장마차. 밤

다른 손님도, 주인도 없이 천막 꽁꽁 내려져있는 실내. 간단한 안주와 소주 놓인 테이블. 그 앞에 조금 황당한 듯 앉은 해준, 그런 해준을 애틋한 미소로 들여다보는 병구.

해준   (중얼) 절대 나오면 안 된다더니..
병구   내가 옆에 붙어있겠다는 조건이야. 워낙 신뢰도가 높잖아,
        내가. (좀 쑥스러운 듯 보며) 아니.. 이 할아버지가.
해준   (흠칫..)
병구   뭘 그렇게 놀래? 어색한 건 나지, 자네야 익숙할 거 아냐. 내
        가 "해준아 ―" 하고 부르면 (공손히) "네, 할아버지 ―" 하
        면서. 크으.. 기분 진짜 이상하네. 말 나온 김에 우리 서로 한
        번 그렇게 불러볼,
해준   (말을 막듯 재빨리 소주병 열고 한 잔 따라주는)
병구   (일단 받으며 그저 흐뭇해서 보는)
해준   (제가 제 잔에 스스로 얼른 따라 짠 하기도 전에 꿀떡 마셔
        버리면)
병구   (그 모습마저 즐거운 듯) 손자랑.. 이렇게 소주 한잔 꼭 해보

고 싶었어.

해준 아직 결과도 안 나왔는데 벌써 받아들이셨네요.

병구 그깟 결과지는 남한테나 필요한 거지, 내 핏줄을 내가 왜 못 알아봐? (해준의 시계 가리켜) 저렇게 잘 어울리는데, 뭐.. (마시면)

해준 (! 그런 병구를 잠시 보는데)

병구 (손목시계 향해 다시 줘보라는 듯 손 까딱까딱 하면)

해준 (순순히 풀어 앞에다 툭 내려놓는)

병구 (신기한 듯 다시 집어 매만져보다, 뒷면을 가리켜) 여기 내가 손글씨로 자네한테 직접 적어준 거. 'Tempus fugit, amor manet.' 무슨 뜻인지 알아?

해준 ... '시간이 흘러도 사랑은 남는다.'

병구 잘 알고 있네, 역시..!

해준 (그냥 넘어가려다, 이내 못 참고) 근데 이런 건 왜 적은 겁니까, 징그럽게..

병구 (! 멋쩍은 듯) 그랬어? 아니, 뭐.. 살다가 힘들 때 이렇게 슥 까뒤집어 보면 좋을 거 같아서.. 그래, 우리 할아버지가 날 참 예뻐했지. 내가 태어나기도 전부터 날 기다리면서.. 이런 걸 사뒀더랬지..

해준 (!)

병구 (한 잔 따르며) 시간이 흐르고 흘러서.. 내가 이 세상을 영영 떠나게 되두.. (해준을 보며) 내 새끼 생각하는 마음은 100년이구 200년이구 남아서.. 든든하게 그 곁을 지켜줬으면.. 하는 그런 마음으루.

해준 (복잡한 마음이고..)

병구 (속 모른 채 깊은 미소로 들여다보다, 순간 호기심 가득한 얼굴로) 그나저나.. 우리 연우 짝은 대체 누구야?!

해준   (?! 귀찮은 듯 보는 데서)

씬52.   읍내 거리. 밤

기분 좋게 취해 발그레한 병구를 부축하고 걷는 해준, 귀찮아 죽겠는데.

병구   아니 정말 봉봉다방 청아가 네 엄마.. 그니까 내 며느리란 거
            야? 진짜?!

해준   (하아) 진짜고 가짜고.. 똑바로 좀 걸을 수 없어요?

병구   (마침 저만치 봉봉다방 보이자) 오오! 저기다! 네 엄마 있는
            곳이다, 응?!

해준   (! 누가 들을까 얼른 주위를 둘러보는데)

병구   (장난스레 눈빛 반짝이며) 가보자, 해준아.. 지금 한번 올라
            가보자!! 네 엄마 뭐 하구 있는지 이 할아버지랑 슬쩍 보구
            오자, 응?!

해준   (!!) 보긴 뭘 봐요, 진짜..! (비틀대는 병구를 붙들고 가는)

씬53.   병구의 집, 거실. 밤

소파 위에 툭 병구를 내려놓는 해준, 짜증스레 내려다보면, 미소 머금은
채 거의 잠든 병구. 해준, 절레절레 내저으며 가려다가, 다시 휙 돌아와
선, 악문 채 양말을 휙휙 벗겨준다.

해준   (중얼대듯) 할아버지 소리가 잘도 나오지, 망할 할배.. (옆에
            있던 담요 펼쳐 팍 덮어주며) 술 좀 작작 마시라고요.. 나중

에 혈압으로 고생한다고, 어? 하아.. (머리 아픈 듯 절레절레 나가면)

병구   (홀로 남아 적막하게 된 후에야, 나직이) ...... 망할 할배였구나, 나는..

그래도 좋은 듯 흐— 웃으며 눈 뜨고 해준이 간 곳을 보던 병구, 그러나 이내 쓸쓸해진다.

병구   ... 저리 귀한 내 새끼를... 감히.. (끓어오르는 기분으로 술이 깨는..)

씬54.   읍내 거리. 밤

터덜터덜 홀로 돌아오던 해준, 그러다 문득 시선을 올려보면 '봉봉다방' 간판이 다시 보인다. 그대로 천천히 스쳐 지나던 해준, 그러나 곧 걸음을 멈추는 데서.

씬55.   봉봉다방. 밤

딸랑— 종소리와 함께 문을 열고 들어서는 해준, 고개 들어 앞을 보다 멈칫한다. 음악도 손님도 없이 텅 빈 실내. 어쩐지 평소와 달리 조명도 반만 켜둔 듯 어둑한 가운데 테이블 하나를 차지하고 앉은 청아, 홀로 쓸쓸히 대추차를 홀짝이고 있다. 예상치 못한 그 광경에 들어가야 되나, 말아야 되나.. 좀 어색해지는 해준. 결국 그냥 슥 돌아서 나가려는데, 마침 시선 들던 청아, 해준 뒷모습 알아보곤 눈빛 바뀐다.

청아	당첨!!
해준	(? 돌아보면)
청아	오늘은 뭐든 공짜야. 방금 봉봉다방 2만 번째 손님으로 당첨 됐거든.
해준	(!) 말이 되는 소릴..
청아	진짜야.. 쓸데없이 말도 걸지 말고 메뉴 추천도 말라구 한 거 아는데 2만 번째 손님씩이나 되면 나도 양보할 수가 없어. 앉아. 쌍화차 해줄게. 응?
해준	(황당한 듯 보는 데서)

결국 테이블 앞에 앉은 해준, 그 앞으로 쌍화차 두 잔을 가져오는 청아. 하나는 해준 앞에, 하나는 제 앞에 놓고 자연스럽게 마주 앉으면, 황당하단 듯 보는 해준.

해준	왜 앉지...?
청아	(빤히 보며) 2만 번째 손님,
해준	(가만히 찌푸리면)
청아	인 척.. 핑계대고 말 좀 섞어볼라구, 윤 해준 씨 당신이랑.
해준	(! 보면)
청아	어떻게 그 많은 이름 중에 하필 해준인가 몰라..
해준	애인이 알려줬습니까, 내 이름..?
청아	전에 영화관에서 마주쳤을 때 왜 날 그렇게 봤어?
해준	(!) ... 내가.. 뭘 어떻게 봤다고..
청아	그러구 나선 왜 한동안 또 쌩하니 나 무시했어?
해준	지금 나 취조합니까?
청아	그런 건 아니구.. (그제야 스푼 들어 계란을 살살 굴리는)

해준	(역시 스푼으로 젓는데)
청아	좋은 것도 많이 먹으니까 니글니글하네.. 이게 오늘 내 열 번째 쌍화차거든. 이제 더 못 먹을 거 같아서.. 많이 먹어둘라구.
해준	왜 못 먹는데요.
청아	마지막이니까.. 마지막 손님이니까, 당신이.
해준	마지막이라니..?
청아	(쌍화차 저어보며) 나, 이제 이 다방 닫을 거거든.. 이 마을 뜰 거야.
해준	(?!) 떠난다고.. 이 마을을? ... 연우.. 아니, 당신 애인은 알고 있어요?
청아	당연히 모르지. 당신한테만 특별히 얘기해 주는 거야.
해준	... 왜 하필 나한테,
청아	몰라. 들을 운명이었나 보지, 당신이. 그러니까 딱 때맞춰 와 준 거 아니야? (가늘게 뜨곤) 내가 막 입이 가벼워지려고 하는 이때를 노려서.
해준	떠나는 이유가.. 뭔데요.
청아	(잠시 보다) 것까지 알고 싶었음 나랑 진작 좀 친해지지 그랬어. 이젠 늦었어.. (찻잔 들고 일어서며) 슬슬 정리해야겠다, 이제.
해준	(그런 청아를 얼떨떨하게 보는 데서)

씬56. 봉봉다방 앞. 밤

터덜터덜 계단을 내려오는 해준.. 옅은 빛이 새어 나오는 창문을 다시금 올려다본다.

해준   왜.. 벌써 떠난다는 거지?

씬57.   해준의 집, 마당. 밤

대문을 열고 들어서는 해준, 좀 착잡한 채 생각에 잠겨있는데. 문득 고개
들어보면, 차고에서 여전히 새어 나오는 불빛이다.

씬58.   해준의 집, 차고. 밤

해준, 가만히 문을 열고 들여다보면, 한창 집중한 채 본네트 안을 들여다
보는 연우 보인다. 청아가 떠날 거란 사실은 꿈에도 모른 채 있는 연우를
보며 착잡한데. 문득 그 시선을 느끼고 흘낏 고개 들어보는 연우, 멋쩍은
듯 씩 웃는.

연우   어? 언제 왔어?
해준   ... 어.. 방금.. (손목시계 힐끗 보곤) 꽤 늦었는데..
연우   그런가? 집중해서 또 시간 가는 걸 잊었네. (하다 슥 보며)
        또 하필 누가 토스트 같은 걸 깜빡하고 그러니까..
해준   (! 그제야 깨닫곤) 미안.. 저녁 못 먹었지?
연우   (픽 웃으며) 됐어. 더부룩하면 머리 안 돌아가. (괜히 공구를
        좀 만져보다, 슬쩍) 고생 많았지, 괜히 오해받아선? 사람 구
        했다며.. 진짜 좋은 사람이었네, 형. 것도 모르고 내가 괜히.
해준   (그저 복잡한 마음인데)
연우   (미소로 보다) 아.. 늦었다니까 뭐, 난 애인 얼굴이나 보러 가
        야겠다!
해준   (!!) 애인을 보러 간다고, 지금?

연우	응. 아무래도 요즘 여기 틀어박혀있느라 자주 못 보고 그래
	서 그런지 살짝 삐진 거 같애. 빨리 가 점수 따야지.. 오늘은
	이만 가도 되지? 내일 봐?! (들뜬 듯 나가면)
해준	(! 보는 데서)

씬59.　　우정리 읍내 병원, 장례식장. 밤 (다음날)

범룡의 영정사진이 걸린 빈소 앞에 나란히 선 병구와 해준, 연우, 절을
올린다. 곁에 선 범룡의 부모와 할머니, 슬픔 속에 비통하게 흐느끼는.
절을 마친 병구, 곧 범룡의 할머니에게 다가가 가만히 손을 잡아준다.
해준, 역시 무거운 마음으로 그들을 바라보다 범룡의 사진을 올려다보는
데서.

[원본]　　우정리 읍내 병원, 장례식장. 밤

범룡의 영정사진이 걸린 빈소 앞에 나란히 선 병구와 해준, 연우, 절을
올린다. 곁에 선 범룡의 부모와 할머니, 슬픔 속에 비통하게 흐느끼는.
절을 마친 병구, 곧 범룡의 할머니에게 다가가 가만히 손을 잡아준다.
해준, 역시 무거운 마음으로 그들을 바라보다 범룡의 사진을 올려다보는
위로.

병구(E)	늘그막에 어렵게 얻은 자식이라.. 어찌나 애지중지했는지.

[원본]　　우정리 읍내 병원, 장례식장 식당. 밤

육개장과 간단한 반찬들 놓인 테이블 앞에 앉은 병구, 맞은편에 나란히

앉은 해준과 연우.

병구   (소주잔에 소주 따르며) 손자가 내 학교 다닌다고.. 저 할머
            니. 날 볼 적마다 허리가 꺾어지게 인사하곤 하셨는데.. 내
            새끼 잘 부탁한다고.

해준   (무겁게 시선 내리는데)

병구   살면서 마주치는 그 어떤 죽음도 결코 쉬웠던 적 없지만.. 이
            집 손자 유범룡.. 차부집 딸 경애.. 우리 이주영 선생.. 그리
            고... 그리고. (조금 먹먹해진 채 가만히 해준을 보면)

해준   (!... 보는 위로)

병구[87세, E]   우리 손자..

[인서트 - (2부) 씬42. 어느 강가. 낮]

늙고 초췌한 병구(87세), 그렁그렁한 채 강물만을 바라보며.

병구   *우리 손자를 기다려요.. 여기서 사라졌어..*

병구   *하나뿐인 내 손자가 여기서 사라졌어요..*
            제발 좀 찾아주세요..

해준   *(! 울컥한 채 그런 병구를 내려다보던*
            모습에서)

병구   (차마 해준의 이름을 말하진 못하고..) 누군가의 소중한 자
            식이고 가족인 그 아까운 것들의 목숨을.. 더 이상 이렇게 빼
            앗기게 둘 순 없어.

해준   (!!)

연우   (역시 시선 내린 채 가만히 듣는데)

병구	앞으론 범인 잡는 데에 내 모든 시간과 돈을 들여서라도 도울 걸세. 더 이상은 그 어떤 죽음도, 안 돼. 절대로. (비장하게 술잔 들이키려 하면)
연우	(막으며) 그만 드세요. 몸 상해요, 아부지.
병구	괜찮어, 오늘 같은 날은.
연우	날 가려서 몸 상해요? 약도 드시면서. 그만 주세요, 그거.
해준	(작게 실랑이하는 병구와 연우를 잠시 본다. 새삼스러운 기분.. 그 위로)
해준(E)	'가족'... 나한테도 그런 게 있었지.

[원본]   우정리 읍내 병원, 장례식장 앞 일각. 밤

건물을 빠져나오던 해준, 저만치에 홀로 서있는 연우를 본다.

해준(E)	특별히 애틋하진 않았지만.. 내 부재를.. 누구보다 슬퍼했던 사람들.

〔 **인서트 - 어느 강가. 낮**
(회상, 앞씬 인서트와 같은 장소, 다른 날) 〕
강물만을 하염없이 보고 있는 병구(87세) 옆으로
다가서는 연우(50대).

연우	*아버지... 이런다고 우리 해준이가 돌아와요? (울컥해선) 있을 때나 좀 잘해주지, 이제 와서.. 이렇게 바보처럼 기다리기만 한다구 돌아오겠냐구요, 내 아들이!!*

병구	(그저 넋이 나간 듯 미동 없으면)
연우	(그 곁에 털썩 주저앉아, 강물 보다 결국 눈물을 뚝뚝) ... 해준아..
해준	(저만치 떨어진 수풀 사이에 서서 몰래 바라보던 한 때에서)

해준, 역시 젊은 연우를 가만히 바라보다 곧 천천히 다가가 선다.

해준	... 어제.. 애인이랑은 잘 만난 거야?
연우	(가볍게 으쓱) 응. 오랜만에 데이트 잘했지.
해준	그래...? 별일은 없었고?
연우	평소랑 똑같았는데? 왜.. 별일이 있었어야 돼?
해준	아니.. 뭐.. 그냥 물어본 거야.
연우	(가볍게 픽 웃으며) 뭐야, 싱겁기는.
해준	(연우는 끝까지 모르겠구나, 좀 착잡한 마음으로 보는 데서)

씬 60.　　우정리 읍내 병원, 장례식장 앞 일각. 밤
건물을 빠져나오던 해준, 저만치에 홀로 서있는 연우를 보곤,
곧 천천히 다가가 서는.

해준	... 어제.. 애인은 잘 만난 거야?
연우	(가볍게 으쓱) 응. 오랜만에 데이트 잘했지.
해준	그래...? 별일은 없었고?
연우	평소랑 똑같았는데? 왜.. 별일이 있었어야 돼?
해준	아니.. 뭐.. 그냥 물어본 거야.

연우	(가볍게 픽 웃으며) 뭐야, 싱겁기는.
해준	(연우는 끝까지 모르겠구나, 좀 착잡한 마음으로 보는 데서)

씬61.　　우정리 읍내 병원, 병실. 밤

과일을 깎는 윤영, 포크에 찍어 건네면, 받아먹는 순애.

윤영	(마저 깎으며, 힐끗 보곤) 저건 언제 다 정리하지...?

그제야 윤영의 시선 따라 둘러보면, 그 사이 병문안 온 사람들의 흔적으로 가득 찬 풍경. 풍성한 꽃다발들, 과일 바구니들, 음료수 박스들, 그 밖의 작은 선물 등등 어지러이 놓인.

순애	뭘 저렇게들 많이 가져왔나 몰라.. 안 그래도 되는데.
윤영	그렇게라도 위로해주고 싶은 마음이었겠지. 잘 털고.. 다시 일어나라구.
순애	(가만히 윤영을 보다, 끄덕이는데)

똑똑 노크 소리에 보면, 문을 열고 들어서는 해준, 과일 바구니를 든 채 들어오다 말고 멈칫.. 이미 꽉 찬 풍경을 본다. 겸연쩍은 얼굴로 새 과일 바구니를 보는 순애.

해준	(! 얼떨떨하게 보면)
윤영	(작은 미소로 해준을 보는)
해준	... 몸은 좀 괜찮구?
순애	(끄덕이며) 네.. 저 때문에 괜히 오해받아서 고생하셨다구..

해준	(내젓곤) 내가 더 빨리 찾아내지 못해서.. 미안하다, 순애야.
순애	(조금 그렁해져선, 내젓는) 선생님 아니었음 그대로 붙잡혔을 거예요, 전. 그 무섭고 어두운 길에서.. 선생님 얼굴을 덜컥 마주쳤을 때.. 순간 "살았다.." 하고 얼마나 마음이 놓였었는지 몰라요.
해준	(그저 무거운 마음인데)
윤영	(부러 조금 털어내듯, 슬쩍) 근데.. 어떻게 나온 거예요?
해준	(순애 의식해선) 이제.. 나올 수 있게 돼서.
윤영	(!? 결과가 나왔구나.. 눈 반짝여 보면)
해준	(슬쩍 끄덕여주곤 둘러보며) 찾아온 사람이 많았나 보네.
윤영	마을 사람들도 여럿 오셨고.. 우리 담임.. 교련 선생님 성격 알잖아요, 반마다 애들을 한 무더기씩 데리고 와서는 어찌나 떠드시는지,
순애	(픽 웃음 나선) 안정은커녕.. 정신이 하나도 없었다니까요?
해준	(작게 웃곤, 마저 둘러보는데)

이리저리 쌓인 선물들을 훑던 해준, 순간... 그 얼굴에 웃음기가 싹 사라진다. 그런 해준을 보는 윤영과 순애, 의아한 채 보는데. 천천히 다가가는 해준, 쌓여있는 꽃다발과 물건들 틈에서 무언가를 꺼내 드는데.. 보면, '봉봉' 성냥갑이다...!

| 해준 | (!!) ... 이거 언제부터 여기 있었던 거야? |

벌떡 일어나는 윤영, 곧장 해준 옆으로 가면, 역시 바짝 긴장한 해준, 성냥갑을 열어본다. 그 안에 들어있는 것은.. 익숙한 모양의 접힌 쪽지!! 해준, 서둘러 쪽지를 펼쳐보는데, 그 안에 적힌 익숙한 필체의 글씨. 그러

나 내용은 다르다.

깨어나서 다행이다. 또 보자.

해준, 윤영 (!!!)

해준 (빠르게 순애의 얼굴을 보는, N) **범인은...**
이곳에 온 적이 있다.

윤영 (!! 하얗게 질린 채 가만히 해준을 보면)

해준(N) **어쩌면.. 실패한 흔적을.. 다시 없애기 위해.**

해준 (!! 누구였을까.. 솟구치는 분노로 순간 악문 채 홱 뒤를 돌
아보는 데서...!!!)

어쩌다 마주친, 그대 / 제 13회 엔딩

어쩌다 마주친, 그대

chapter 14

만나면 기쁠 사람

씬1.   우정리 읍내 병원 앞. 밤

초췌한 순애를 양옆으로 부축한 윤영과 옥자, 병원 건물을 빠져나온다.
그 앞에 기다리고 섰던 형사3, 얼른 경찰차 뒷문을 열어주는데.. 그러다
말고 보면 뒤쪽으로 오다 만 형만, 차오르는 분을 어쩌지 못해 제 가슴을
툭툭 치는.

형만   이 뻔뻔하고 끔찍한 놈의 새끼...!! 여기가 어디라고 나타나..
          어디서 감히 그딴 쪽지 가지고 협박질을 하냐고...!! 내가 봤
          어야 됐는데.. 내가 그 썩을 놈을 직접 봤어야 됐는데..!

형사3   (다가가 달래듯 붙잡으며) 어서 타세요, 아버님..

옥자   (순애와 먼저 뒷좌석에 탄 채로, 바깥의 윤영 향해) 타, 윤영
          아. 일단 우리 집으로 가 있자.. 응?

윤영   ... 네.. (하면서도 걱정스레 해준이 남아있는 병원을 돌아보
          는데)

형만   (형사3의 부축으로 조수석에 마저 올라타고 나면)

윤영   (홀로 남은 채 병원을 좀 더 돌아보다, 겨우 뒷좌석에 올라
          타는)

씬2.   우정리 읍내 병원, 로비. 밤

인적 없는 로비 한쪽에 앉은 해준, 차갑게 가라앉은 채 생각에 잠겨있다.
그 곁에 선 동식, (13부 엔딩의) 새 성냥갑과 쪽지를 내려다보다 끓어올
라 주변을 서성이는.

동식   미친놈 같으니라구...! 아주 보통 대담한 놈이 아니야.. 여기
          까지 찾아와서 여유롭게 경고 날리는 걸 봐.. 잡히든 말든 겁

날 게 없단 얘긴데, 이건.

해준   ... 그렇게 보입니까?

동식   (? 멈칫해 보면)

해준   내 눈엔 정확히 그 반대로 보이는데요.

동식   (!)

해준   놈은 지금 바짝 쫄아있는 겁니다. 잡힐까 봐 겁나서.. 이렇게
        라도 협박해 입을 다물게 하려는 거라구요.

동식   (!!)

해준   처음이었던 거죠. 누군가를 죽이려다 실패한 게. 피해자가
        살아있단 사실 그 자체에 당황한 거라구요, 지금.

동식   (심각한 얼굴로 머리를 굴려보는데)

해준   (그런 동식을 가만히 보며) 근데 왜 형사가 둘입니까?

동식   (당황해선) 어...?

해준   지금 이 마을에 이것보다 중요한 사건이 있어요? 근데 왜 신
        고 듣고 달려온 형사가 둘뿐이었냐구요.

동식   ... 그건.. (저도 답답한 상황이라, 그저 이마를 벅벅 문지르는데)

해준   ... 일을 크게 만들고 싶지가 않은 거겠죠, 경찰은. 이번에도.

동식   (!!)

해준   (차갑게 휙 일어서서 밖으로 나가는)

씬3.   경찰서, 복도. 밤

무거운 얼굴로 생각에 잠긴 채 걸어오는 동식, 해준의 말을 곰곰이 곱씹
는데.. 그러다 문득 고개 돌려 저만치 구석진 일각을 보곤, 떠올리는.

〔 인서트 - 씬. 경찰서, 복도. 밤 (회상, 1시간 전) 〕

어둑한 일각에 형사3과 나란히 선 동식,

마주 선 반장 향해 항변하는.

동식	저희 둘만 가라는 게 말이 됩니까?! 범인이 다녀 갔다잖아요. 전부 출동해서 피해자 신변보호부 터 제대로 해야, (하는데)
반장	누가 범인이래?
동식	(황당한 듯 보며) 뭐라구요..?
반장	어떤 놈이 쪽지 한 장 갖고 장난 좀 친 거면 어쩌려고 벌써 범인이냐고..
동식	(!?)
반장	괜히 소란 떨지 말고 조용히.. 그 쪽지는 곧장 나 한테 가져와. 확인은 내가 할 테니까, 알았어?!
동식	(! 미심쩍은 듯 보다, 마침 저만치서 들려오는 발소리에 보면)

굳은 얼굴로 가는 경찰서장과 그 뒤를 보좌하듯 따르는 형
사들, 이쪽을 매섭게 힐끗 보곤 갈 길 가면, 초조한 듯 무겁
게 내려앉는 반장.. 그런 반장을 골똘히 보던 동식.

기억을 곱씹던 동식, 곧 어떤 생각에 서둘러 어딘가로 향하는.

씬4.   경찰서, 강력반(형사2반). 밤

빠르게 들어선 동식, 한쪽의 캐비넷을 열어 안쪽 살펴보면, '이주영'이

경애' '이순애' 등등 각각 이름표 붙은 증거물 박스들이 놓여있다. 차례대로 서둘러 뒤적여보면.. 그 안에 붉은 털실이나 성냥갑, 쪽지, 책 등등의 물건들이 들어있는데.. 이어서 그중 '이순애' 적힌 박스 꺼내 열어보는 동식, 그 안에는 성냥갑과 털실만 있을 뿐, 쪽지는 보이질 않는다. 급히 성냥갑을 꺼내 열어보는 동식, 그러나 그 안에도 역시 쪽지는 없는!

동식   (!? 굳은 채 보는데)

그 위로, 문득 안쪽 휴게 공간에서 들려오는 형사들의 낮은 목소리들.

형사2(E)   어떻게든 잡아오라고 난리를 치는데 어쩌냐..
동식   (? 보면)
형사2(E)   경찰국장은커녕 지금 있는 자리도 위태위태하니까 시간 못 준다 이거지. 그럼 반장이 어쩌겠어.. 다 잡은 고민수로 범인 땅땅 하는 수밖에.
형사1(E)   이주영, 이경애 죽인 건 고민수다, 그 이후는.. 그냥 딴 놈 짓이다?
형사2(E)   그르치. 그럼 적어도 우린 일단 한 건은 해결한 게 되는 거니까..
형사1(E)   근데 유범룡한테야 없었지만, 그 여학생.. 이순애한텐 증거가 있잖아요. 똑같은 글씨.. '책을 읽는 여자는 위험하다' 그거요..!
형사2(E)   그러니까 그 쪽지만 없음.. 말이 되는 거 아냐..!
형사1(E)   그럼 오늘 병실에서 나왔단 그 쪽지도..
형사2(E)   있으면 안 되는 물건인 거지..
동식   (!! 조용히 찌푸리는..)

씬5.   순애의 집 앞 골목길. 밤

경찰차에서 막 내린 순애를 부축한 채 서있는 형만과 옥자, 형사3 향해
굽혀 인사하며.

옥자   데려다주셔서 감사해요, 형사님.

형사3   뭘요.. (잠시 망설이다) 그나저나 오늘 밤 있었던 일은 당분
          간 절대 어디에도 함부로 얘기하시면 안 됩니다. 수사에 방
          해가 될 수 있으니까요. 제 말 어떤 뜻인지 아시죠?

형만   아유, 그럼요.. 모쪼록 제발 범인 그놈만 좀 꼭 잡아줘요, 형
          사님. 예?

형사3   (대답 대신 애매한 미소로 돌아서 차에 타려는데)

조금 떨어진 옆에 서서 그 모습을 지켜보고 있던 윤영, '?' 하고는...

윤영   왜 그냥 가세요?

일동   (?! 보면)

윤영   병실에 다녀간 사람 중 범인이 있을 수도 있는 거잖아요..
          근데 누가 다녀갔는지.. 안 물어보세요?

형만, 옥자 (순간 멈칫해 슬쩍 서로를 보고)

순애   (역시 힘없는 고개 들어 형사3을 보는데)

형사3   (! 조금 당황한 채) 그건.. 따로 다 절차가 있는 거다. 기다려
          보면,

윤영   언제까지 기다려야 되는데요? 앞으로 뭘 어떻게 해주실 계
          획인지.. 범인한테 협박 쪽지까지 받았는데 그냥 집에 돌려
          보내는 게 끝은 아닌 거죠?

형사3   (난감하고도 불편한 얼굴로 시선 돌려선) 그건.. 서에 가서..

확인해 보마.

형만, 옥자   (!? 혼란스러운 채 보는 데서)

씬6.   순애의 집, 거실. 밤

각자 초췌하고도 멍한 얼굴로 앉은 형만과 옥자, 복잡하고도 불안한 생
각에 빠져있는데. 틀어놓은 TV에서 흘러나오던 화면, 때마침 지역 광고
로 전환된다. 화려한 불꽃 터지는 아래 즐거운 미소로 웃는 사람들이 담
긴 '제 5회 우정리 불꽃 축제' 광고 화면이다. 두 사람, 그 소란스러운 화
면을 가만히 바라보면, 그 위로 차츰 날 밝는.

씬7.   순애의 집, 거실. 새벽

밤새 잠을 못 잔 윤영, 순애 방에서 막 나오다 말고 보면, 앞씬 그대로 앉
아 꼴딱 밤을 샌 형만과 옥자. 그런 두 사람의 모습에 속상한 윤영.. 다가
가 조심스레 TV를 꺼주는데. 그러다 문득 밖에서 대문 열리는 소리 들려
오면 고개 돌려보는 윤영, 막 마당으로 들어서는 이, 수척한 얼굴의 해준
이다..!

씬8.   순애의 집, 마당. 새벽

현관문을 열고 달려나오는 윤영, 해준 앞으로 얼른 다가서며 걱정스레.

윤영   어디 갔다 이제 오는 거예요.. 금방 온댔잖아.
해준   ... 뭐라도 방법을 찾아야.. 얼굴을 볼 수 있을 것 같아서..
윤영   (!! 안쓰러운데)

해준	안에 계시죠? 들어가서 얘기해요..

씬9.　　순애의 집, 거실. 새벽

모두가 수척한 얼굴들로, 나란히 앉은 형만과 옥자. 그 옆으로 조금 떨어져 앉은 윤영. 그 맞은편에 앉은 해준이다.

형만	뉴스.. 말입니까? (슬쩍 TV를 돌아보곤) 텔레비전에 나오는 그 뉴스?
해준	예. 어젯밤 있었던 일을.. 방송으로 내보내는 겁니다.
윤영	(!)
형만	(옥자와 슬쩍 혼란스러운 시선을 주고받는데)
해준	어젯밤 병원을 나선 후로.. 마을 곳곳을 걸었습니다. 그런데 마을 사람들도, 경찰도.. 언제 무슨 일이 있었냐는 듯이 지나치게 조용했어요. 그 침묵은.. 지금 순애한테 결코 안전한 상황이 아닐 겁니다.
형만, 옥자	(...)
해준	게다가 범인한테 협박 쪽지까지 받았는데, 집 앞을 지키는 경찰이 단 한 명도 없어요.
형만, 옥자	(무겁게 내려앉는)
해준	이제.. 대대적인 공개수사가 필요합니다. 경찰이 더 적극적으로 수사에 나서야 돼요. 만약 경찰한테 그럴 의지가 없다면 만들어 줘야죠. 그럴 수 있는 가장 확실한 방법이.. 뉴스라고 생각합니다.
형만, 옥자	(! 저마다 생각에 잠기면)
해준	우리가 먼저 사건을 공개하면, 경찰도 움직이지 않을 수 없

을 거예요. 사람들 이목이 집중될수록 범인은 더 움츠러들 수밖에 없을 거구요. 지금으로선 이게 순애를 가장 안전하게 지키면서 범인을 잡을 수 있는 방법이라고 생각합니다.

형만　　(곰곰 듣다, 조심스레) 그런데.. 그러려면 결국 우리 순애도 티비에 얼굴을 비춰야 하는 거 아니겠어요? 피해자 인터뷰 뭐 그런 거요..

해준　　... 어떤 걱정이신지 압니다. 얼굴도 목소리도, 절대 알아보지 못하도록 해야죠. 그렇게 해줄 만한 기자들을 제가 잘 알고 있구요.

형만　　... 윤 선생님이야 믿죠.. 그렇지만 만약 그렇대두.. 다른 사람은 몰라도 범인은 알아볼 거 아닙니까.. (무거운 한숨으로) 우리 애가 걸린 일이다 보니.. 괜히 더 위험해지기라도 할까 봐.. 솔직히 영 내키지가 않네요.

해준　　(! 그 마음은 이해하기에 무거워지고..)

윤영　　(역시 심란한데..)

옥자　　(가만히 보다, 문득) 제가 선생님한테.. 밥 해드린 적 없죠?

해준　　(뜻 모른 채 보는 데서)

씬10.　　순애의 집, 주방. 낮

잘 차려진 반찬들과 고슬고슬 지어낸 밥그릇이 놓인 식탁에 둘러앉은 형만, 옥자, 해준, 윤영.

옥자　　(해준 앞에 반찬 밀어주며) 언젠가 꼭 한 번은 해드리고 싶었는데.. 갑자기 준비하느라 찬이 부족하지만.. 드세요.. (윤영 향해) 얼른 먹어라, 아가.

윤영	네.. (슬쩍 제 옆의 해준을 보곤, 숟가락을 드는데)
해준	(차마 못 들고 가만히 내려다보기만)
옥자	(물끄러미 그 모습 보며) 무슨 일이 있어두.. 심지어는 내 새끼한테 이런 가슴 찢어지는 일이 있어두.. 남은 식구들 입엔 어떻게든 밥을 넣어줘야 하는 게, 엄마란 사람 마음이에요.
해준	(! 보면)
옥자	윤 선생님이 내 아들은 아니지만.. 그래두 우리 가족이라고 생각해요, 난.
해준	(!!...)
옥자	아님 그동안 어떻게 우릴 그렇게 생각해주고.. 걱정해주고.. 도와주고.. 그럴 수 있었겠어요.. 선생님 말씀대로 남의 일인데.. 다 남의 일인데..
형만	(무겁게 끄덕이는데)
옥자	그래서 그런 선생님이 정말 그 뉴스가 필요해 보인다면.. 믿어보고 싶어요.
해준	(?! 보면)
윤영, 형만	(! 역시 옥자를 보는데)
옥자	우리 순애 절대 위험해질 일 없게만.. 그렇게만 해줄 수 있어요?
형만	(좀 막아서려) 여보..
옥자	(형만 향해) 경찰이 지금껏 우리한테 제일 많이 얘기한 게 뭔 줄 알아? 진정해라.. 조용히 하고 있어라.. 그래서 지금껏 해결된 거 있어요?
형만	(!!...)
옥자	겁난다고 이대로 손 놓고 있으면 우리 순애는, 언제까지 숨어 지내야 되는데?

해준, 윤영	(무겁게 보는데)
순애(E)	하고 싶어요, 그 뉴스..
일동	(? 고개 돌려 보면)
순애	(어느 틈에 방에서 나온 채로 다가서선) 하고 싶어요, 저도. 잘못한 건 내가 아니니까.. 두려워해야 하는 건 내가 아니라, 범인이니까요.
형만	(! 그제야 할 수 없단 듯 보는 데서)

씬11.   순애의 집, 마당. 낮

긴장한 얼굴로 마당 한쪽에 자리를 잡고 선 형만과 옥자, 그 사이에 앉은 초췌한 순애. 그런 세 사람 앞에 마이크를 들고 선 (10부 씬3의) 김 기자, 'KBC' 로고 붙은 카메라를 들고 이들을 촬영하는 선배기자1과 오디오 맨이다. 뒤쪽에 윤영과 함께 서있는 해준.

해준	얼굴은 확실하게 모자이크 처리하고 음성도 완전히 변조해 주셔야 됩니다. 궁금한 건 피해자가 아니라, 가해자 얼굴이 어야 돼요.
선배기자1	물론입니다.. (잠시 카메라에서 눈을 떼곤) 근데 직접 보여 줄 수 있음 더 좋을 텐데 어젯밤 그 성냥갑이랑 쪽지는.. 당연히 경찰에서 가져갔겠죠?
형만, 옥자	(난감한 듯 끄덕이고)
해준	(! 골똘히 방법을 생각해 보려다, 문득 담벼락 너머를 보는)

씬12. 순애의 집 앞 골목길. 낮

대문을 열고 나와 선 해준, 저만치 옆 담벼락에 서있던 동식을 본다.

해준   뭐 합니까, 거기서?

동식   (힐끗 안쪽 가리켜) 그러는 당신은 무슨 짓을 벌이는 거야,
       거기서?

해준   (참나.. 하듯 보는 데서)

씬13. 해준의 집, 마당. 낮

들어서는 해준, 그 뒤로 따라 들어서던 동식, 품에서 꺼낸 씬2의 성냥갑
을 내미는.

해준   ?!

동식   경찰이 조사 중인 사건을 그렇게 함부로 언론에 까버리면
       어떡해? 증거도 없이 말야..

해준   (받아들고는) 증거물을 이렇게 함부로 빼와도 되는 거예요?

동식   (쓸쓸한 채) 그 안에 있다간.. 언제 어떻게 사라질지 모르겠
       어서..

해준   (알아냈구나.. 하듯 보면)

동식   당신 말이 맞더라고.. 뭐, 미래에서 온 사람이 거짓말을 했겠
       냐만은 그래도 그렇게까지 최악이 될 줄은 몰랐지, 우리가..
       (슥 둘러보곤, 낮춰) ... 진짜 사라진 게 하나 더 있었거든.

       [인서트 – 씬4. 경찰서, 강력반(형사2반). 밤]
       '이순애' 적힌 박스에서 꺼낸 성냥갑을 열어보던 동식,

그러나 쪽지는 없는 위로.

동식[E]	이순애 학생이 폐가에서 도망쳐 나올 때 주머니에 들어있던 그 쪽지.. 그게 사라졌어.
해준	그게.. 뭘 의미하는지도 아시죠?
동식	(씁쓸한 한숨으로 끄덕) 그래서 부른 거 아냐? 저 방송국 사람들?
해준	(수긍하듯 가만히 순애 집 쪽을 보며) 절대 그냥 덮게 두진 않을 겁니다.
동식	... 한바탕 난리가 나겠네...

씬14.　경찰서, 강력반(형사2반). 낮

굳은 얼굴로 앉아 생각에 잠겨있던 반장.. 그때, 급히 달려 들어오는 형사1.

형사1	반장님! 지금 서울 방송국에서 사건 취재한다고 이리저리 돌아다니는 모양인데.. 마을이 아주 시끌시끌합니다.
반장	(사색으로) 뭐?
형사들	(!? 역시 놀란 얼굴들로 보는 데서)

씬15.　몽타주 - 취재로 들썩이는 마을. 낮

1. 우정리 강가. 낮

(살인사건이) 일어났던 강가에 선 김 기자, 마이크 들고 리

포트 중이다. 집중해 촬영하는 선배기자1과 마이크맨.
그 모습을 멀찍이서 구경하는 마을 사람들.

김 기자   5년 연속 '범죄 없는 마을'로 선정되었던 우정
                군 우정읍 우정리 마을에선 지난 한 달간 총
                세 건의 살인사건이 발생하였습니다.
해준(E)   **마을은 점점 더 시끄러워질 겁니다.**

2. 봉봉다방 앞. 낮

이번엔 훨씬 더 많은 마을 사람들(젊은 층), 웅성웅성 모여
서 구경한다. 보면, '봉봉' 성냥갑을 든 채 다방 앞에 선 김
기자, 간판 가리켜 가며 리포트하는.

김 기자   지난 5월, 두 명의 여성을 잔인하게 살해한 바
                있던 범인은 피해 여성의 시신마다 본인만의
                독특한 표식을 남겨두었는데요. 그 중 하나는,
                바로 자신의 메시지를 쪽지에 적어 넣은 이 성
                냥갑으로.. 마을 젊은이들이 가장 많이 드나드
                는 다방에서 만들어진 것입니다.

지나가던 김이박, 기웃기웃 끼어들고, 다른 쪽에서 지나던
미숙, 역시 어두운 얼굴로 상황을 지켜본다. 그 인파 속엔 희
섭과 유섭, 역시 나란히 서있고.. 봉봉다방 열린 창문 틈으로
고개를 내민 청아, 그 모습들을 가만히 내려다본다.

김 기자   경찰은 이러한 사실로 미루어, 범인이 봉봉다

방을 자주 드나드는 같은 마을의 젊은 남성일
것으로 추정하고 다방 손님 중 용의선상에 오
를 만한 인물들을 조사 중에 있습니다.

해준(E)   **모든 사람들이 매일같이 범인에 대해 떠들게
될 거예요. 분명 어딘가에선.. 범인도 그 모습
을 보고 있겠죠.**

3. 우정리 뒷산 아래, 폐가. 낮

이번에도 시끌시끌 모여 앉은 주민들 사이에, 폐가 앞에 선
뉴스팀.

김 기자(E)   범인이 잡히지 않아 마을이 불안에 떠는 가운
데, 지난 4일 추가로 발생한 살인사건에서 살
아남은 생존 피해자가 범인으로부터 또다시
위협을 받았다는 소식이 알려져 마을 일대는
충격에 빠졌습니다.

4. 순애의 집, 마당. 낮 (씬11에 이어)

(씬2의) 성냥갑에서 쪽지를 꺼내 카메라 앞에 내보이는 순애.
범인의 필체로 적힌 **'깨어나서 다행이다. 또 보자.'** 종이가
자세히 비춰지는.

순애   이 글씨를 보는 순간.. 꼭 범인이 제 옆에서 절
지켜보고 있는 것처럼 느껴졌어요.

목자   (그런 순애 감싸주며) 그런데도 경찰은 아무
런 조치도 취해주질 않았구요.. (하는데)

5. 경찰서, 로비. 낮

당황한 얼굴로 선 반장, 김 기자가 내민 마이크 앞에서 당황한 채, 카메라를 향해.

반장　　　　그럴 리가 있겠습니까.. 저희 경찰은 피해자
　　　　　　보호를 위해 최선을 다할 계획이며..

해준(E)　　**상황은 조금씩 변하기 시작할 거고,**

6. 순애의 집 앞 골목길. 낮

그제야 부랴부랴 달려온 건장한 형사들, 순애의 집 앞을 지키듯 선다. 밖으로 슬쩍 나와 보는 형만과 옥자와 눈이 마주치자 겸연쩍은 듯 인사하는 형사3.

형사3　　　앞으론 저희가 24시간 이 앞에서 지킬 테니까,
　　　　　　안심하셔도 됩니다.

7. 경찰서, 로비. 낮 (몽타주5에 이어)

이어서, 다시금 마이크를 들이미는 김 기자 앞에 진땀 흘리는 반장..

김 기자　　수사가 진행된 진 한 달이 지났는데, 아무런
　　　　　　성과도 없는 겁니까?!

반장　　　　물론 아니죠.. 이미.. 매우 유력한 용의자를 확
　　　　　　보해둔 상탭니다. 곧 저희가 검찰로 송치할 예
　　　　　　정이고..

해준(E)　　**변하지 않는 상황은.. 바꿔야죠, 우리가.**

씬16.　　해준의 집, 마당. 낮 (씬13에 이어)

마주 서있는 해준과 동식.

동식　　(쓸쓸히 끄덕이며) 사건을 덮어서라도 기어코 고민수를 범
　　　　인으로 만들겠단 모양인데.. 아무래도 지금처럼 계속 붙잡혀
　　　　있는 한, 제대로 된 수사는 어려울 것 같아.

해준　　(좀 무거워져선) 고미숙 쪽은.. 아직입니까?

동식　　(... 떠올리면)

〔 **인서트 - 씬. 고미숙의 집 앞. 밤**
(회상, 13부 씬56 같은 날) 〕

억울하단 듯 눈물까지 그렁그렁한 미숙, 동식과 마주 서있다.

　　미숙　　*대체 무슨 말씀이세요? 전 정말 거짓말한 적*
　　　　　　없어요, 형사님.

　　동식　　*... 너, 경찰을 속이는 게 얼마나 위험한 일인진*
　　　　　　알고 있는 거야? 지금이라도 솔직하게 말하면
　　　　　　네 잘못은 묻지 않겠지만 이건 내가 줄 수 있
　　　　　　는 마지막 기회야.. 나중에 진짜 범인 밝혀지
　　　　　　고 나면.. 그땐 너한테 어떤 죄를 얼마나 묻게
　　　　　　될지 모른다고.

　　미숙　　*하나뿐인 오빠가 살인범이라고 털어놓는 게*
　　　　　　쉬운 일인 줄 아세요?

　　동식　　*(? 찌푸린 채 보면)*

　　미숙　　*가족을 신고한단 죄책감 속에 수백 수천 번을*
　　　　　　망설이고 고민하다 겨우 말씀드린 건데..

> *도리어 절 의심하시면.. (울컥한 채로)*
>
> *전 분명히 봤다구요.. 그날 밤 강가에서..*
>
> *오빠를요..!!*

동식   아마 고민수가 아니라는 증거를 들이대도 안 보인다고 할 거야.. 그 애한텐 그게 마지막 출구일 테니까.

해준   (곰곰 생각에 빠져선) 그 대답만 기다리고 있을 순 없어요. 기자들이 압박할수록 경찰도 빠른 답을 내려고 할 테니까.

동식   ... 뭐.. 우리 식대로 조지면.. 며칠 안에 자백하게 만들지도 모르지.

해준   ... 아무리 쓰레기 같은 놈이라도 없는 죄를 덮어쓰게 할 순 없죠. 그건 범인한테만 좋은 일이기도 하구요.

동식   (깊은 한숨으로) 고미숙은 저렇게 꿈짝도 안 하는데.. 무슨 수로 빼내나..

해준   혹시 제가 좀 만나볼 수 있겠습니까?

동식   (! 난감한 듯 보는 데서)

씬17.   경찰서, 창고. 밤

완전히 지친 채 수갑을 찬 고민수를, 좁고 구석진 창고 한쪽으로 끌고 들어오는 동식. 보면, 한쪽 어두운 구석에 기대 서있던 해준이다.

민수   (?!)

동식   누구 오나 보고 있을 테니까.. 무조건 5분 안에 끝내. (다시 나가면)

해준   (차분히) ... 16일 밤에 나랑 마주쳤던 거, 기억나?

민수	(멍한 채 가물가물 보면)

〔 인서트 - (7부) 씬53. 우정리 강가, 다리 밑. 밤 〕
고통스레 나뒹굴던 고민수의 한쪽 손을 들어 툭툭 쳐보던
해준에서.

민수	(!? 기운 없는 와중에도 경계의 눈빛으로 보는데)
해준	난 지금 널 여기서 빼내려는 거니까, 쓸데없이 머리 굴리지 말고 떠올려봐. 그때 그 이후로, 어디서 뭘 했는지.
민수	(여전히 의심으로) ... 이경애 얘기.. 경찰한테 할 거야?
해준	(한숨으로) 그날밤 손 다쳤잖아. 어떻게 치료했어. 고미숙이 도와준 거야?
민수	... 미숙이..? (그제야 흐릿하게 떠올리는)

〔 인서트 - 씬. 차부집 일각. 밤 (회상, 11부 씬51에 이어) 〕
비를 피할 수 있는 일각에 부축한 민수를 툭 앉히는 미숙,
두 사람 다 기진맥진인데.

민수	(찌푸리곤) 야, 목말라 죽겠다.. 마실 것부터 좀 사와. 어?
미숙	(잠시 보다, 군말 없이 일어서 저벅저벅 비를 맞고 가는)

〔 인서트 - 씬. 택시 안. 밤 (회상, 앞 인서트에 이어) 〕
쏟아지는 빗속을 달리는 택시 안. 뒷좌석에 앉은 민수,
완전히 뻗은 채 미숙의 어깨에 기대고 있다.

그런 미숙의 손에 들린 빈 음료수병이 보이는데..

민수, 정신을 차려보려 해도 자꾸만 잠이 쏟아진다.

점점 흐릿해지는 시야에서.

민수　　택시 같은 걸 타고.. 병원에 간 거 같긴 한데.. 자꾸만 잠이 쏟
　　　　아져서.. (괴로운 듯) 어디였는진 미숙이한테 물어보면 알
　　　　텐데..

해준　　(그럴 리가 있나.. 보다, 곱씹듯) 택시?

씬18.　　경찰서, 강력반(형사2반). 밤

주위 살피며 빠르게 들어서는 동식, 제 책상 위에 툭 올려놓는 서류들.
보면, '우정군 택시기사 명단' 프린트 되어있다. 곧 자리에 앉아 바삐 전
화기를 드는 데서.

씬19.　　차부집 근처. 밤

빠르게 달려오는 동식, 일각에 택시를 세워두고 나와 선 기사 앞에 멈춰
선다. *"통화 나눈 백동식 형삽니다, 16일 밤에 여기서 젊은 남녀를 태우
셨다구요?"* 하며 민수와 미숙의 증명사진을 나란히 함께 기사 앞으로 내
미는 데서.

씬20.　　포장마차. 밤

둘러앉아 국수를 먹고 있던 김 기자와 선배기자1, 마이크맨. 그 테이블
위로 '김진태'라는 이름의 진료 기록이 적힌 서류와 고민수의 증명사진

을 툭 내려놓으며 옆에 앉는 이, 해준이다.

해준	경찰이 유력한 용의자라고 주장하고 있는 고민수.. 알리바입니다.
선배기자1	(받아 넘겨보는 동안)
김 기자	(신기하단 듯 해준을 보며) 히야.. 아무리 제보자라지만 이런 걸 어디서 그렇게 탁탁 찾아오는 겁니까? 진짜 국어교사 맞아요?
마이크맨	가늘게 뜬 눈으로) 아닌 거 같다니까, 딱 봐도 좀.. 우리 과 같어..
해준	(작게 웃곤) 방송엔 몇 분이나 나갈 것 같아요?
김 기자	솔직히.. 처음엔 1분 30초 생각하고 왔어요. 근데 와 보니까 3분, 5분, 자꾸 욕심이 나더라구. 다룰 얘기가 많아 보여서요..
해준	(슬쩍 보곤) 그럼 20분은.. 어떻습니까?
뉴스팀 일동	(?! 동시에 멈칫해 보더니)
김 기자	(곧 피식 웃으며) 아이, 우리 윤 선생님이 뉴스를 잘 몰라 그러실 텐데 기본적인 포맷이란 게 있어요.. 한 사건을 20분이나 다루면 사람들이,
해준	지겨워할까요? 잘은 모르지만.. 자세한 심층보도를 보고 싶은 마음은 일반 시청자들한테도 있을 것 같은데. 기자님들도 그런 보도해 보고 싶은 욕심, 다들 갖고 계신 거 아닙니까?
뉴스팀 일동	(!)
선배기자1	(김 기자를 힐끗 보며) 전부터 네가 해보고 싶다던 기획 아니야..? 20분씩 딱 두 꼭지만 해서.
김 기자	(!!) 그렇기야 하죠.. 근데 제가 어떻게 그런 걸..

해준   (슬쩍) 밀어붙여보면 돼죠..

김 기자   ... 될까요.. 그게?!

해준   ... 될 거 같은데.. (갸웃하는 척 떠올리는)

〔 인서트 - 씬. 방송국, 뉴스룸 스튜디오. 밤 (회상, 2021) 〕
휜칠한 모습으로 중앙 데스크에 앉은 해준(34세),
집중한 채 서류를 넘겨보고 있다.
그 앞으로 분주히 오가는 스태프들.. 뉴스 준비 중인데.
곁에 선 보도국장(김 기자/50대), 듣지도 않는 해준 곁에서
주절주절 떠드는 중이다.

김 기자(50대)   *바야흐로 1989년이었다.. 주말 뉴스를 20분씩*
                두 꼭지만 딱 해서 심층보도를 하자고.. 그 새파
                랗게 어린 내가 밀어붙여가지고.. 응?

해준   *지겹지도 않은가, 그놈의 '나 때는'.*

김 기자(50대)   *야 인마, 그게 우리 방송국에 얼마나 획기적인*
                역사였는지 알어?!

해준   *(주변 스태프 향해) 여기 획기적인 역사 쓰신 분*
                좀 치워줘, 제발..

김 기자(50대)   *(씨이.. 보는 데서)*

김 기자   (! 바짝 상기된 얼굴로) ... 내가 할 수 있나..?

해준   하기만 하면.. 아주 획기적인 역사를 쓰실 것 같은데요?

김 기자   그.. 그럴까요..!

선배기자1   국장한테 함 얘기해 봐.. (하다 다시 서류 가리켜) 이름은 가
            명을 쓴 거 같고.. 16일 밤부터 18일까지 입원했단 내용이니

까 이대로라면 고민수는 꽝이네요?

해준   확실한 꽝이 될 수 있게.. 기자님들이 마무리 해주셔야죠.

뉴스팀 일동   (! 해준 향해 믿음직하게 끄덕여주는 데서)

씬21.   경찰서 일각. 낮

마이크를 든 김 기자, 카메라 앞에 서있다.

김 기자   그러나 취재진은, 경찰이 유력한 용의자로 단정하고 구속수
          사해오던 고모씨에게 사건 당일 알리바이가 존재했다는 증
          거를 입수했습니다.

곧 안쪽에서 반장 나오면, 달려드는 기자들. 마이크 들이대며,

김 기자   유력한 용의자라던 고 씨한테서 알리바이가 나왔다는 게 사
          실입니까?!

반장   (!!) 그걸.. 어떻게 벌써..

김 기자   그럼 이제 앞으로 수사 방향은 어떻게 되는 겁니까,
          다른 용의자도 확보된 상황입니까?

반장   (순간 말이 나오질 않아 입을 달싹이는 데서)

김 기자   (카메라 향해, 마무리 멘트) 일대 주민들이 동네 치안 강화
          에 대한 대책을 호소하고 있는 지금, 경찰이 책임감 있는 수
          사를 통해 우정리 주민들에게 신뢰와 믿음을 주어야만 주민
          들의 불신을 해소할 수 있을 것으로 보입니다.

씬22. 경찰서, 강력반(형사2반). 낮

멍하니 앞을 바라보는 반장.. 보면, 저 앞으로 지친 채 서있는 고민수의 손목에서 수갑을 풀어주는 동식이다. 제 손에서 수갑이 사라지자 감격한 듯 내려다보는 고민수.

씬23. 읍내 거리. 낮

식재료 가득 담긴 장바구니를 나눠 들고 나란히 걷고 있는 옥자와 윤영. 그러다 윤영, 별 뜻 없이 고개를 돌리다 말고 멈칫 보면, 저만치에서 어슬렁어슬렁 걸어나가는 고민수, 그리고 그 뒤를 가만히 따르는 미숙이다.

옥자   (굳어있는 윤영 보곤) 왜 그래?
윤영   ... 아뇨.. 아녜요. (하곤 다시 가려는데)

다시금 돌아보면, 자못 차분한 얼굴로 따르고 있는 미숙, 그러나 곧 떨리는 손을 올려 자신의 목걸이를 매만진다. 그 모습을 찌푸리고 보는 윤영.. 아무래도 안 되겠는 듯.

윤영   저 잠시 어디 좀 다녀올게요. 먼저 집에 가 계세요! (장바구니 넘기고 가는)

씬24. 고미숙의 집 앞. 낮

대문 앞에 멈춰 서는 고민수, 힐끗 돌아보며 "야.. 열쇠." 하면, 여전히 제 목걸이를 매만지고 있던 미숙, 떨리는 손을 얼른 내려 주머니에서 열쇠를 꺼내든다. 고민수가 바짝 서서 지켜보는 가운데 열쇠를 꽂고 대문을 여는 미숙.. 곧 문이 열리자 먼저 들어가란 듯 고개를 까딱해 보이는 민수인데, 그 순간 뒤쪽에서.

윤영(E)   야, 고미숙!

두 사람, 돌아보면, 천천히 그 앞으로 다가와 서는 윤영이다..! 그런 윤영을 알아본 고민수, 반갑다는 듯 씩 웃으면, 그 미소에 저도 모르게 떨려오는 윤영.

〔 인서트 - (3부) 씬41. 고민수의 차 안. 밤 〕
운전 중인 민수의 옆얼굴을 보던 윤영,
그대로 차체에 쾅— 박히던 그 순간.

윤영   (!...)
미숙   (그런 윤영을 보는데)
민수   (가까이 다가서선) 야.. 이게 누구야? 반갑다, 진짜 오랜만이네?
윤영   (애써 무시하곤, 미숙 향해) 뭐 해. 오늘 나랑 만나기로 했던 거 잊었어?
미숙   (! 긴장한 채 고민수를 쳐다보면)
민수   뭐야, 둘이 친해졌어, 이제? 잘됐네.. 같이 들어가자, 그럼. (잡으려 하면)
윤영   (악문 채 노려보며) 풀려나자마자 다시 들어가고 싶어?! (미숙 향해) 안 갈 거야?
미숙   ...... 잠깐 다녀올게..
민수   (! 거슬리지만, 윤영의 말이 신경 쓰여, 미소로) 그래.. 오늘

　　　　　　　기분도 좋은데 다녀와, 이따 집에서 보자. (지켜보고 있으면)

미숙　　　(먼저 휙 돌아서서 가는 윤영의 뒤를 곧 따라가는 데서)

씬25.　　우정리 강가. 낮

바짝 얼어붙은 채 윤영의 뒤를 멍하니 따라오던 미숙..
윤영이 멈춰 서자 곧 따라 멈추는.

미숙　　　... 왜 도와준 거야, 날...?
윤영　　　(미숙의 목걸이 보며) 그놈의 목걸이.. 불안하고 짜증 나고
　　　　　거슬릴 때마다 만져대는 네 습관. 그걸 제일 먼저 알아채던
　　　　　내 습관.. 그래서인 것뿐이야.
미숙　　　(!?)
윤영　　　어때, 고민수가 풀려나니까?
미숙　　　(그 이름에 순간.. 꾹 눌러왔던 두려움으로 눈물이 탁 터져
　　　　　흐르면)
윤영　　　(기막힌 듯 보며) ... 이제야 눈물이 나는구나, 넌..
미숙　　　(그렁한 채 보면)
윤영　　　다른 사람들이 괴로워할 땐 아무렇지도 않았잖아.. 영문도
　　　　　모르고 이 차가운 강가에서 억울하게 돌아가신 선생님을 지
　　　　　켜보면서도,
미숙　　　(!!)
윤영　　　같은 반 친구가 언니를 잃고 괴로워하는 걸 다 지켜보면서
　　　　　도 넌 그걸 네 자신을 위해 이용할 생각만 했잖아.. 그래놓고
　　　　　이젠 눈물이 나니?
미숙　　　(그저 서러운 눈물로 툭 주저앉아 크게 흐느끼면)

윤영   (역시 괴로운..)

씬26.   읍내 거리 + 봉봉다방 앞. 낮

생각에 잠긴 채 거리를 홀로 걸어오던 해준, 문득 어떤 소리에 시선을 들어 보면, 저만치 앞 리어카를 놓고 선 고물상 아저씨, 다방 안에서 빼낸 가구 하나를 싣고 있다. 그 옆으로 놓인 자질구레한 소품이나 박스들 몇 개.. 곁으로 선 청아.

해준   (그 모습을 보는데)

고물상   (박스들 내려다보며) 이것두 다 버리는 거 맞지?

청아   (찜찜한 듯한 얼굴로 박스 하나를 보며) ... 네. 다 버릴 거예요..

그 박스부터 먼저 들어 올리는 고물상, 그대로 실으려 하면, 초조한 듯 입술 깨무는 청아. 결국 "잠깐만요! 그것만 빼구요." 하며 고물상으로부터 박스를 뺏어 든다.

고물상   뭐 중요한 거야? (하다 힐끗 들여다보곤) 엥? 처녀가 웬 애기 옷?

해준   (보는)

고물상   어이구, 애기 신발에, 양말에.. 뭐가 이리 많아. 누가 애 가졌어? (파란색 배냇저고리 하나 꺼내 보며) 아들인가?

청아   (얼른 뺏어 박스에 넣으며) 이건.. 안 버릴래요. 나머지만 버려주세요. (하다 무심코 시선 돌리면, 이쪽을 보고 있는 해준이다) ...!!

박스를 품에 끌어안은 채 얼른 다방 계단으로 올라가는 청아를 보는 해준에서.

씬27.   병구의 집, 거실. 낮

상석에 앉은 병구. 그 앞으로 나눠 앉은 해준과 동식.

병구   어떻게 되가는 건지 궁금하기도 하고.. 걱정도 돼서 불렀네.
         마을이 시끌시끌하던데.. 괜찮은 거야?

동식   (힐끗 가리켜) 손자분께서 만든 상황입니다..

병구   (슬쩍 해준을 보면)

해준   (홀로 뭔가 생각에 빠져있기만..)

병구   (그저 동식 향해) 위험할 것 같으면 말렸어야지.. 여기 사람
         도 아닌데 이렇게 떠들썩한 일을 벌였다 괜히 주목받기라도
         하면 어떡해?

동식   (큼..) 그래도 덕분에 많은 게 해결됐어요. 순애 학생도 보호
         할 수 있게 됐고 애먼 사람 범인으로 몰아갈 뻔한 것도 멈췄
         구요..

병구   (그제야 해준 향해) 그쯤 했으면 됐어.. 이제 나머진 경찰이
         할 일이니까, (하다) 내 말 듣고 있는 거야, 지금?

해준   (가만히 떠올리고 있는..)

[인서트 - 씬26. 읍내 거리, 봉봉다방 앞. 낮]

고물상   *애기 신발에, 양말에.. 뭐가 이리 많어.*
          누가 애 가졌어?

| 청아 | (뺏어 박스에 넣으며) 이건.. 안 버릴래요. |
| | 나머지만 버려주세요. |

병구	(해준 얼굴 앞으로 손을 휘휘 젓고는) 이봐, 내 손자.
해준	(그제야 퍼뜩 정신 차리고는) ... 예.. 알겠습니다.
병구	(다 들은 건가, 미심쩍게 보며) 진짜야.. 이젠 위험하게 더 끼
	어들지 말구 가만히 있는 거다, 응?
해준	(작게 끄덕이고는) 근데 부탁드릴 게 좀 있는데..
병구	(얼른 끄덕) 그래, 말해. 뭐든 말해.
해준	순애.. 갑자기 퇴원하느라 제대로 치료받지도 못했을 거예요.
	안전한 곳에서 가족들이랑 있었으면 하는데.. 이 마을 말구요.
병구	그래. 나도 그게 마음에 걸리던 참이었는데. 서울에 있는 좋
	은 병원으로 당장 구해보지 뭐. (바로 전화기 들면)
동식	저희 경찰들도 그대로 보내겠습니다, 그리로.
해준	(끄덕이곤) ... 그리고,
병구	(숫자 누르다 말고, 얼른 보며) 어, 그리고 또 뭐.
해준	차 좀.. 빌려주시죠.
병구	(? 보는 데서)

씬28.   해준의 집 앞 골목길. 밤

가라앉은 채 천천히 걸어오던 윤영, 그러다 문득 고개 들면, 저만치 앞에
세워놓은 (병구의) 차에 기대선 채 기다리고 있는 해준의 옆모습 보인다.
'어...?!' 놀라고도 반가운 미소 새어 나오는 윤영, 얼른 뛰듯이 다가가는.

| 윤영 | 나 기다린 거예요? 무슨 차예요, 이건? |

해준	(차 문 열어주며) 질문은 가면서 받을게요. 어차피 좀 걸릴 테니까.
윤영	어디.. 가요, 우리?
해준	예쁜 데.
윤영	(!? 보는 데서)

씬29.   바닷가. 낮

반짝이는 햇살이 아름답게 떨어지는, 탁 트인 바닷가 앞에 나란히 선 해준과 윤영. 윤영, 역시 반짝반짝 빛나는 눈으로 그 풍경을 바라보며.

윤영	... 와...
해준	... 어때요, 1987년 바다는?
윤영	쫌 더 파란 것 같기도 하구.. 기분 탓인가?
해준	(픽 웃곤) 나중에 돌아가면 확인해봐요, 어떤지.
윤영	확인해볼 거 엄청 많네.. 근데 갑자기 여기까지 올 생각은 어떻게 했어요?
해준	생각해보니까 이 먼 데까지 데려와놓고.. 좋은 풍경이라곤 한 번도 보여준 적이 없는 거 같아서.
윤영	(? 미소 머금은 채 보면)
해준	타임머신 생긴 후로 오히려.. 시간에 쫓기듯이 살았던 거 같아요. 미리 알고 있는 시간에 맞춰서 뭘 바꿔 보겠다고 이리 뛰고 저리 뛰느라.. 정작 내가 지금 이 순간에 뭘 하고 싶은지, 누구랑 어디에 있고 싶은지.. 그런 건 생각을 못 해봤던 것 같아.
윤영	(잠시 보다) 그래서 생각해보니까, 나랑 예쁜 걸 보고 싶었어요?

해준	뭐.. 그랬던 거 같기도 하고?
윤영	(웃곤) 또?
해준	또... 누가 좋아하는 단짠단짠 앞에 놓고 맛있게 먹는 걸.. 아무 생각 없이 오랫동안 들여다보고 싶기도 하고..
윤영	또?
해준	뭘 좋아하고 뭘 싫어하는지.. 그런 시시콜콜한 얘기 늘어놓는 걸 지겹도록 들어보고 싶기도 하고..
윤영	다 맘에 드는데.. 쪼금만 맛보기로 해볼까요, 우리? (생글 웃으며 보는)

씬30.   작은 분식집. 낮

아기자기한 바닷마을의 작은 분식집. 먹음직스러운 떡볶이를 놓고 마주 앉은 해준과 윤영.

윤영	(한 입 먹으며) 음...! 단짠단짠의 최고봉은 역시.. 떡볶이지.
해준	(픽 웃곤) 다음 차례.
윤영	... '헌책방'이요.. 오래된 책 냄새도 좋고.. 노랗게 빛바랜 책장 넘기는 느낌도 좋고.. 구하기 어려운 옛날 책들로 보물찾기하는 기분도 좋고.
해준	또?
윤영	'금요일 오후 3시'. 퇴근하기 세 시간 전부터 세상 다 가진 그 기분, 알죠?
해준	(조금 찌푸린 채) 난 주말 뉴스 하던 사람이라.
윤영	아... 주말에 일하는 사람이었구나..
해준	그럼 싫어하는 건 '월요일'?

윤영	(단호히) 일요일 밤 9시죠. 정확히 그때부터 기분이 안 좋아져.
해준	정확히 내가 TV에 나오기 시작하는 시간이네.
윤영	아... 그럼.. 좋아해야겠네, 이제.
해준	(! 픽 웃으면)
윤영	(역시 마주 웃는 데서)

씬31.　바닷가 일각. 낮

모래사장 위를 앞서거니 뒤서거니 걸어나가는 해준과 윤영.

윤영	'540번 버스'. 난 우울할 때 정류장에 앉아있다가 그냥 아무 버스에나 올라타서 아무 생각 없이 앉아있거든요. 창밖 구경이나 하면서 한 바퀴 돌고나면 그럭저럭 괜찮아져.. 그중 엔 540번 코스가 풍경이 좋아요.
해준	기억해 둬야겠네.. 또?
윤영	또.. (하다, 문득 멈춰선 보며) 이건 맛보기니까.. 여기까지만 할래. 이제.. 진짜 당신이 하려던 얘기 들을래요.
해준	(! 보면)
윤영	그래서 여기까지 온 거잖아요.. 아직 우리 다 끝나지도 않았 는데.. 그냥 왔을 리가 없잖아. 얼마나 어려운 얘기길래 이 멀리까지 온 거예요?
해준	(잠시 보다) 내가 무슨 일을 하든.. 나 믿어줄 수 있죠?
윤영	(?) 무슨 일인데요..
해준	내가 뭘 하려는지 지금은 얘기해 줄 수 없지만, 별일 없을 거 라고 약속할게요. 그러니까 걱정하지 말고.. 기다려줘요.
윤영	(!! 보는 데서)

씬32. 서울 병원 앞 일각 + 차 안. 밤

병원 앞 일각에 차를 세우는 해준, 시동을 끄면, 여전히 걱정스런 얼굴로 창밖을 보는 윤영.

해준	올라가면 어머님이랑 가족분들.. 다 같이 계실 거예요. 제일 좋은 병실로 구했다니까, 거기 같이 있어요.
윤영	(그저 창밖을 보기만..)
해준	(그런 윤영의 옆얼굴을 물끄러미 보다, 곧 윤영의 한쪽 손을 끌어다 잡으면)
윤영	(! 약해진 얼굴을 감추려는데)
해준	(따뜻하게 보며) ... 나... 진짜 돌아가고 싶어요.
윤영	(그제야 천천히 보면)
해준	잠깐 맛보기만 해봤는데도.. 너무 좋아.
윤영	(!)
해준	좋아하는 건 뭐가 그렇게 많고.. 싫어하는 건 또 뭐가 그렇게 많은지.. 당신이란 사람이 지금까지 어떤 생각을 하면서 살아왔는지 그 시간을 엿보는 게.. 내가 지금까지 했던 어떤 시간여행보다도 좋아.
윤영	(!!...)
해준	어떤 시간여행보다도.. 궁금해. 그래서 꼭 돌아가고 싶어요, 당신이랑. 얼른 범인 잡고.. 우리가 있던 시간으로. 맘껏 있어도 되는 시간으로.
윤영	진짜.. 책임지고 돌아올 수 있어요, 나한테?
해준	(곧 미소로) 응. 약속할게요.
윤영	(가만히 시선 내리고는, 손을 꼼지락..)
해준	(? 보면)

윤영	(잡았던 손을 움직여 해준의 새끼손가락에 제 손가락을 걸어 보이곤) 약속했어요.. 무슨 일이 있어도 나한테 오기로. 나랑 가기로.
해준	(끄덕끄덕..)

씬33.　　읍내 거리, 봉봉다방 앞. 밤

홀로 걸어오는 해준, 손목을 들어 힐끗 시계 내려다보면, 막 저녁 8시에 닿는 중이다. 그러다 문득 앞을 보면.. 봉봉다방 계단 안쪽 벽에 **'봉봉 폐업'** 써 붙은 종이가 보인다.

해준	(!!...)

때마침 계단 안쪽에서 내려오는 누군가를 보면.. 바로, 청아다. 커다란 짐 가방을 든 채 (씬26의) 박스를 소중히 품에 껴안고 내려오던 청아, 해준을 보는.

해준	(가만히 그 박스를 보다) ... 이제 떠나는 겁니까?
청아	(그 시선 느끼곤 어물쩍) ... 어어..
해준	...... 그래요, 그럼. (지나가려는데)
청아	(잠시 망설이다) 저기!
해준	(돌아보면)
청아	혹시.. 버스 타는 데까지만 데려다줄 수 있어? 캄캄한 게 좀 무섭기도 하구..
해준	(! 심란한 듯 보는 데서)

씬 34.　　우정리 강가 근처, 길. 밤

저만치 옆으로 강물이 보이는 시골길을 조금 떨어진 채 나란히 걷는 해준과 청아. 해준, 굳은 얼굴로 그저 앞만 보고 걸어나가면.. 슬쩍 쳐다보는 청아.

청아　　　 뉴스 한다고 여기저기 찍어들 가던데.. 그거 당신이 제보한 거라며?

해준　　　 (묵묵히 가기만)

청아　　　 기자들 만나서 무슨 정보도 주고 그런다고 소문이 자자해.. 자기 일도 아니면서.. 무섭지도 않아?

해준　　　 ... 내 일이 아닌 게 아니니까.

청아　　　 (? 보면)

해준　　　 그런 인간이 버젓이 돌아다니는 마을에 산다는 건, 결국 내 곁의 누군가가 끊임없이 위험해질 수 있다는 건데.. 난 지키고 싶은 사람이 좀 많아서.

청아　　　 좋은 사람이네.. 그치만 당신 엄마라면 그렇게 생각 안 할 거야.

해준　　　 (! 거슬리는 듯 멈춰 서면)

청아　　　 (따라 멈춰 서선, 조금 놀라) 나 또 오지랖 부렸어? 미안.. 그냥.. 내 아들이 누굴 지키겠다고 위험한 일 하면.. 너무 걱정될 거 같아서.

해준　　　 당신 생각이 어떤지 물어본 적 없는 거 같은데.

청아　　　 (민망한 미소로) 알았어, 미안해.. 그냥 내가 요즘 그런 생각이 많이 드나봐.

해준　　　 (! 앞서가는 청아를 보는 데서)

씬35.   차부집 일각. 밤

나란히 도착해 서는 해준과 청아.. 버스를 기다리듯 괜히 앞을 휘휘 둘러보는 청아. 그런 청아가 끌어안은 박스 안으로 보이는 알록달록 아기용품들이 자꾸 눈에 들어오는 해준.

해준   (가만히 보다, 저도 모르게 툭) ... 뭡니까, 그건?

청아   (해준 시선을 따라 제 박스를 보는)

해준   (그저 담담한 척 시선을 옆으로 돌려 보는데)

청아   (잠시 물끄러미 상자 안을 내려다보다) ... 뱃속에 든 내 아이. 그 애 주려고 하나씩 모은 거야. 내가 직접 만든 것도 있고, 예뻐서 산 것도 있구..

해준   (!!... 그런 청아의 옆얼굴을 흘깃 보면)

청아   (미소를 머금은 채) 이 신발 진짜 귀엽지? 어떻게 이렇게 조그말까? 내 손바닥보다도 작은데.. 이걸 신고 걷는다고 생각하면 진짜 이상해..

해준   (좀 혼란스러운 듯 보다가) 그런 걸 모아두는 건.. 아이를 간절히 기다리는 사람들이나 하는 일 아닌가.

청아   (잠시 멍하니 있다) ... 기다렸지. 이름도 미리 지어놨는걸.

해준   (!?...)

청아   ... 만날 해, 기쁠 준... 만나면 기쁠 사람.. '해준'. (힐끗 보곤, 미소로) 똑같아서 놀랐지? 나도 그랬어.. 뜻이야 다르겠지만.

해준   (그저 얼얼한 채 보는데)

청아   정말 만나고 싶었거든.. 사랑하는 사람이랑 만든 내 소중한 아이.. 그런 아이가 내 앞에서 반짝반짝 눈을 마주친다면.. 얼마나 기쁠까.. 얼마나 예쁠까..

해준   ... 그런 생각을 하면서 대체 왜 떠나는 건데?

청아   (가만히 해준을 보곤, 문득 슬픈 미소로) ... 이젠 잘 모르겠
            어서..
해준   (?! 굳어 보는데)

때마침 저만치서 좌석버스가 들어와 서면, 곧 제 짐가방과 박스를 챙겨
일어서는 청아.

청아   갈게.. 데려다줘서 고마워. 그럼 잘 지내. (돌아서 가는)

버스 위로 올라타는 청아를 혼란스러운 마음으로 바라보는 해준. 잠시
후, 청아를 태운 버스, 떠나기 시작하고.. 떠나는 버스의 차창으로 보이는
청아의 옆얼굴을 허탈하고도 씁쓸하게 지켜보는 해준에서.

씬36.   제광전자 앞. 밤
지나던 사람들, '제광전자' 앞으로 모여 서있는 사람들을 보곤 힐끗, 하
나둘 따라 멈춰 선다. 그 시선 끝을 보면, 유리창 너머로 흘러나오는 TV.
시그널과 함께 시작되는 앵커 멘트*.

마을주민1   저게 요 며칠 우리 마을 찍어간 그 뉴스 맞지?
마을주민2   그래, 그 성냥갑에 쪽지 넣어놓는 놈.

---

* "KBC 9시 뉴스를 시작하겠습니다. 저희 뉴스는 오늘 특별히 기존의 형식과 다르게, 두 사건에 대해
  서만 집중보도하고자 합니다. 총 2부로 구성해 사건 하나씩을 심도 있고 면밀하게 취재해보았습니
  다. 첫 번째는 지난 5년 연속 '범죄 없는 마을'로 선정되었던 한 마을에서 일어난 연속 살인에 대한
  보도입니다."

씬37.　　차부집 일각. 밤

힘없이 앉아있던 해준, 버스가 떠난 곳을 잠시 멍하니 바라보다, 문득 손목시계를 힐끗 확인하면, 9시를 가리키고 있다.

해준　　　　(!!... 곧 몸을 일으키는)

씬38.　　서울 병원, 병실. 밤

병실 한쪽에 놓인 TV를 트는 윤영, 역시 뉴스가 흘러나오는 중이다. (씬 15 인서트1, 2)에 해당하는 뉴스가 흘러나오는 동안, 뒤쪽 침대에 기대 앉은 순애와 그 주위로 둘러서듯 앉거나 선 형만과 옥자, 오복이 함께 긴장으로 지켜보는데.

씬39.　　제광전자 앞. 밤 (씬36에 이어)

훨씬 늘어난 마을 사람들, 저마다 한껏 집중한 채 유리창 너머 TV에서 흘러나오는 뉴스를 보는 중이다. 그 인파 속에는 김이박, 희섭과 유섭도 섞여있고.. 뉴스 화면 속에선 (씬15 인서트4 - 모자이크된 채) 화면이 흘러나오는..

마을주민3　　(심각한 얼굴로) 야.. 정말 뭐 저렇게 섬뜩한 놈이 다 있냐?

마을주민4　　진짜 우리 마을 사람인 거 맞어? 지금 이 안에 있는 거 아냐..?
　　　　　　　(둘러보면)

마을사람들　　(!! 그 말에 소름 돋은 듯 웅성웅성 서로를 둘러보고)

유섭　　　　(그저 미동도 없이 집중해 화면을 쳐다보는데, 순간)

은하　　　　(바뀌는 화면을 가리키며) 어...?! 저기 우리 선생님 아냐?

씬40.　　　병구의 집, 거실. 밤

소파에 앉은 병구와 연우, 역시 집중해 뉴스를 보고 있는데.

곧 화면이 바뀌며 그 안에 등장하는 이, 뒷산 아래 폐가를 배경으로 선

해준의 얼굴이다..!

연우　　　(놀란 눈으로) 어...?

병구　　　(!! 퍼뜩 놀라선 입이 벌어지는)

해준(TV)　(화면 속에서) 저는 우정고등학교에서 국어를 담당하고 있

　　　　　는 윤해준이라고 합니다.

씬41.　　　서울 병원, 병실. 밤.

역시 놀란 얼굴들로 TV 화면을 보고 있는 순애와 형만, 옥자, 오복.

해준　　　저는 지난 4일 밤, 이 폐가에서 있었던 세 번째 사건 현장의

　　　　　목격자이기도 합니다. 당시 범인의 뒤를 쫓아, (뒷산 방향

　　　　　가리키며) 저 뒷산 방향으로 달려갔었죠.

오복　　　선생님도 인터뷰를 했었어?

순애　　　... 내 얼굴은 다 가려주라구 하더니.. 왜 선생님은 그대로 나

　　　　　와요...?

형만, 옥자　(! 역시 걱정스런 얼굴로 서로를 보고)

윤영　　　(!! 달려나가는)

씬42.　　　제광전자 앞. 밤

얼떨떨한 채 보고 있는 사람들, TV 화면 속을 가득 메우고 선, 뒷산 일각

의 해준.

해준(TV)	당시 범인의 행색을 기억해 보면 검은색 모자와 검은 자켓을 입고 있었고, 등 쪽이 세로 방향으로 길게 찢어져있었습니다.
유리	(아이스크림 하나 든 채, 울상으로) 저렇게 선생님 얼굴 다 나와도 되나?
해경	(! 어두운 채 지켜보고 있는데)
희섭	... 성아.. 무슨 생각을 그라고 골똘히 혀?
유섭	(그저 화면 속 해준에 시선 붙박인 채) 그냥.. 좀 화가 나서..
기자(TV)	그럼 마지막으로 혹시 더 제보해주실 내용이 있을까요?
해준(TV)	범인을 추격하는 과정에서 제가 직접 범인의 얼굴을 봤습니다.
희섭	(?!!)

씬43. 경찰서, 강력반(형사2반). 밤

뉴스를 틀어놓은 채 수사 자료를 넘겨보던 반장과 형사들, 역시 해준을 보곤 "뭐야...?" "뭘 봤다고?" 술렁이는데.. 제 책상 앞에 앉아있던 동식, 그 화면을 보곤, 슬쩍 권총을 뒤춤에 챙겨놓고 자리에서 일어나 나가는.

해준(TV)	아마 다시 범인을 마주친다면.. 분명히 알아볼 수 있을 것 같습니다.

씬44. 서울 병원 근처 거리. 밤

급히 달려나오는 윤영, 지나는 택시 앞에서 급히 손을 휘젓고는 멈춰 선

차 위로 올라타는.

윤영   우정리로 가주세요, 최대한 빨리요!!

씬45.   해준의 집 앞 골목길. 밤
천천히 걸어오는 해준, 조심스레 흘낏 뒤쪽을 의식하고는, 다시금 확인
하듯 앞을 본다. 순애의 집도, 제집도 모두 불빛 하나 없이 어둠에 잠긴
채 캄캄하고 고요하다. 대문 앞에 멈춰 선 해준, 가만히 돌아보면,

씬46.   순애의 집, 마당. 밤
담벼락 너머가 잘 보이는 어둠 속 일각에 쪼그리고 앉은 동식, 그런 해준
의 모습을 지켜본다. 그런 두 사람에서,

         〔 인서트 - 씬. 해준의 집 앞 골목길. 낮 (씬 27에 이은 상황) 〕
         마주 선 해준과 동식, 양쪽 집을 번갈아 보며.

         해준   *이제 두 집 다 비워졌으니까,*
                 내일 밤까지 기다리기만 하면 되겠네요.
         동식   *진짜로 나타날까, 그놈이?*
         해준   *뉴스를 본다면 분명히 나타날 거예요.*
                 자기 얼굴을 봤다는데.. 참기 어려울 겁니다.
         동식   *(! 보는 데서)*

씬 47.   해준의 집 앞 골목길. 밤

곧 해준이 대문 안으로 들어서고 나면.. 다시금 고요한 어둠에 잠기는 두 집 사이의 골목길.

씬 48.   해준의 집, 마당. 밤

마당 안쪽으로 들어오는 해준, 곧 건물 옆 한쪽에 숨듯이 선다. 누군가가 들어오기를 기다리듯 대문 쪽을 바라보는 해준, 조금씩 긴장이 되는데... 이윽고 바깥 멀리서 들려오는 누군가의 발소리..! 어쩐지 조금씩 가까워지는 듯하다.

해준   (!! 잔뜩 긴장한 채 보는데)

곧 대문 앞에서 멈춰 선 누군가, 끼익— 소리를 내며 대문을 열면, 드러나는 이... 청아다!

해준   (!? 보면)

씬 49.   순애의 집, 마당. 밤

역시 일각에서 지켜보고 있는 동식, 대문 앞에 선 청아의 뒷모습을 보곤, 갸웃한다.

동식   ... 뭐지...?!
청아   (곧 대문을 닫고 안쪽으로 들어서면, 더 이상 보이지 않는데)

씬50.   해준의 집, 마당. 밤

해준   (!! 급히 다가서며) 당신이 여긴 왜 온 거야.

청아   (잔뜩 상기된 얼굴로 마주 보다) ... 뉴스에서 한 얘기.. 범인
       얼굴 봤다는 거.. 거짓말이지?

해준   (!?)

청아   그러다 진짜 범인이 찾아오면 어쩌려구 그래? 대체 왜 이렇
       게 위험한 짓을 하면서까지.. (하다 초조한 듯 둘러보곤) 일
       단 여기서 나가자, 응? (하는데)

해준   (가만히 버티고 선 채) 어떻게 아는 거야, 거짓말이라는 건?

청아   (!)

해준   내가 보지 못했다는 걸.. 어떻게 아는데. 어떻게 확신하는 거
       냐고.

청아   (!! 조금씩 그렇해지며) ... 봤으면.. 모를 리가 없으니까.

해준   (?!)

청아   ... 절대.. 그런 말을 할 수 있을 리가 없으니까.

해준   ... 당신 알고 있는 거야? 범인이 누군지.

그 말에 곧장 주르륵 흐르는 눈물을 손등으로 슥 닦아내는 청아, 곧 가방
에서 뭔가를 꺼내는.

청아   ... 아까 그 상자 안에 들어있던 물건 중엔.. 이런 것도 있었
       어. 그 애가 태어날 때가 추운 계절일 거라.. 따뜻하게 신겨
       주고 싶어서.. 내가 직접 만든 거야. (쥐고 있던 손을 천천히
       펴면)

해준   (!?)

청아	(그 안에 든 물건, 빨간 털실로 짠 아이용 양말이다..!)
해준	(!!)
청아	혹시.. 이게 뭔지 알아보겠어?

[인서트 - (8부) 씬6. 우정리 강가 일각. 밤]

창백하게 식은 이주영의 시신. 그 위로 칭칭 감긴 빨간 털실...

[인서트 - (8부) 씬10. 폐가 안, 마당. 새벽]

마루 위에 목이 꺾인 채 처참하게 누워있던 경애에게도
묶여있던 빨간 털실...

해준	(!! 멍하니 그 양말을 보고 있으면)
청아	(눈물 뚝뚝 흘리며) 전부 내 물건이야.. 그 사람들한테 묶어 놓은 털실.. 다방 성냥갑.. 전부 나한테서 나온 것들이라구.
해준	(!! 어떤 예감에 창백해져서 보는데)
청아	(떨리는 손을 가만히 배 위로 올려놓으며) 우리 해준이.. 내가 이 애를 얼마나 보고 싶었는데..
해준	(!! 저도 모르게 눈물이 차올라 보고 있으면)
청아	그런데.. 어떻게 해야 할지 모르겠어.. 그 사람이.. 그 나쁜 자식이..
해준	(!!) ... 그 사람.. 아이 아버지가.. 범인이라는 거야?
청아	(대답 대신 쏟아져오는 울음을 꾹꾹 눌러 참으면)
해준	... 그래서.. 그래서 떠난 거라고..?
청아	... 무서워서.. 너무 끔찍해서.. 그런 인간 옆에 도저히 있을 수가 없어서.. 그렇게 기다려왔던 이 아이도.. 이젠 모르겠어.. 더 이상 기다려지지가 않아.. 만나고 싶지가 않아..

해준   (!! 밀려오는 충격과 괴로움으로 보면)

청아   (눈물로) 그 사람 애라는 게.. 너무 끔찍하고 무서워.

해준   (......)

그러다 해준, 순간 덜컥 내려앉는 마음으로, 빠르게 차고를 돌아보고는, 성큼성큼 다가간다.

씬51.   해준의 집, 차고. 밤

서둘러 문을 열고 들어서던 해준, 순간 멈칫.. 굳어서 앞을 본다. 순식간에 등줄기가 서늘해지는 해준, 점점 가빠지는 숨소리로 바라보는 그 앞을 비추면.. 차고 안은 타임머신 없이 완전히 텅 — 비어있다!!

해준   ....!!

씬52.   순애의 집, 마당 + 골목길. 밤

일각에 잠복하고 있던 동식, 문득 저만치 골목길 끝에서 나타나는 누군가에 멈칫 본다. 보면... 천천히 걸어오고 있는 이, 연우다.

동식   (?!) 뭐야.. 왜 저 자식이 여길.. (하며 저도 모르게 움직이는데)

그 결에 살짝 건드려지는 장독대 소리..! 놀라서 얼른 몸을 낮추는 동식인데. 그 소리에 멈칫하고 선 연우, 정확히 동식이 숨은 쪽을 가만히 바라보더니, 순간 휙 돌아선다. 동식, 어떤 예감으로 휙 일어서선 대문 향해 달려나가면, 연우, 동시에 달려나가기 시작하는.

씬53.　해준의 집, 마당. 밤

"윤연우!!" 외치는 동식의 소리가 밖에서 들려오자, 화들짝 놀라는 청아.

씬54.　해준의 집 앞 골목길. 밤

'!!' 역시 빠르게 달려나가는 해준, (동식이 달려나간 곳과) 반대 방향으로 뛰기 시작하는.

씬55.　우정리 뒷산, 굴다리 근처. 밤

울퉁불퉁한 산길을 빠르게 달려오는 타임머신, 막 저만치 앞 굴다리를 향해 돌진하는데.. 순간 시커먼 어둠 속에서 튀어나오는 해준, 곧장 굴다리 앞을 막아선다! 해준, 자신을 향해 달려오는 타임머신의 강렬한 헤드라이트를 쏘아보며 마주 서는데.

그러나 속도를 줄이기는커녕 더욱더 빠르게 달려오던 타임머신, 결국 해준을 픽— 치고서야 멈춰 선다. '!!!' 그 충격에 쿵 부딪쳐 나가떨어지는 해준. 곧 멈춰 선 타임머신에서 누군가 내려서는데.. 보면.. 분노로 차갑게 가라앉은 연우다.

해준　　(!!!)

마침내 연우의 서늘한 얼굴을 마주하고야 만 해준, 그 창백한 얼굴에서...!!

어쩌다 마주친, 그대 / 제 14회 엔딩

어쩌다 마주친, 그대

chapter 15

떠날 수 없는 이유

씬1.　　봉봉다방, 카운터. 밤 (과거)

불을 반쯤만 켜둔 실내. 카운터에서 뒷정리하느라 바쁜 청아, 열심히 걸레로 닦는 중인데. 그때 '딸랑—' 소리와 함께 입구 문 열리면.

청아　　　영업 끝났어요, 내일 와. (하며 계속 걸레질하는데)

연우(E)　　어쩌지.. 너무 멀리서 와서 그냥 가긴 좀 아쉬운데.

청아　　　(? 그 목소리에 천천히 고개 돌리다) !!

보면, 푹 눌러 쓰고 있던 검은색 모자를 벗어 보이는 연우, 미소 짓는다. 기쁨에 저도 모르게 소리치는 청아, 그대로 뛰어나가 안기는 데서.

씬2.　　봉봉다방, 안쪽 방˚. 밤 (과거, 씬1에 이어)

작은 화장대와 서랍장, 비키니 옷장 등 간단한 살림살이 놓인 공간으로 들어서며,

청아　　　다음 주 일요일 도착이라며?

연우　　　그렇게 알아야 하는 건 우리 아버지뿐이고.

청아　　　(? 보면)

연우　　　(웃으며, 장난스레) 너는 달라야지.

청아　　　(치 웃곤) 너희 아버지 어떤 분인지 몰라? 여기 우정리 마을 사람 딱 하나만 알아도, 바로 다음 날이면 곧장 아버지 귀에 들어갈걸?

•　다방에서 일하다 틈틈이 쉬기도 하고, 가끔 잘 수도 있는 작은 방 같은 공간.

연우   그런가? (방 안을 슥 둘러보곤) 그럼 나.. 여기 좀 숨어 지내
            야겠다. 아무한테도 안 들키고 연애나 실컷 하게. (웃으며
            입 맞추면)

청아   아, 간지러워..! (하면서도 그저 행복한 듯 안는 데서)

씬 3.   봉봉다방. 밤 (과거 – 바뀌기 전)

그 숨겨진 카운터 안쪽 공간에 홀로 서있는 연우, 바깥쪽 테이블에 앉아
책을 읽고 있는 주영을 가만히 바라보는 차가운 얼굴. 그 손에 들고 있는
'봉봉' 성냥갑.

씬 4.   폐가. 밤 (과거 – 바뀐 후)

붉은 털실로 결박된 순애 옆에 서서 수첩에 글씨를 적고 있던 이...
역시 연우다!

/ Cut to.

몸싸움 끝에 쓰러진 범룡에게 연신 벽돌을 내려치는 연우.
곧 범룡의 움직임이 멎으면, 순애가 간 곳을 향해 가만히 돌아보는
연우에서.

씬 5.   폐가. 밤 (과거 – 바뀌기 전과 후 동일)

쓰러진 경애의 시신 옆에서 핏자국이 이리저리 묻은 책을 챙겨 들던 연
우의 얼굴까지.

씬6.　　　우정리 뒷산, 굴다리 앞. 밤 (14부 엔딩에 이어)

빠른 속도로 마구 달려오는 타임머신에 앉은 현재의 연우, 놀랍도록 차
가운 얼굴이다. 결국 해준을 픽— 치고서는 천천히 차에서 내리는데.. 쓰
러져 누운 채 그런 연우를 마주하는 해준, 보고도 믿을 수 없는 가운데
들려오는,

연우(E)　　해준아!

〔 인서트 – 씬. 병구의 저택, 마당. 낮 (1994) 〕
어린 해준(7세), "아빠!" 외치며 두 팔을 벌린 채 달려가면,
연우(32세), 환한 미소로 안아주던 그 다정한 모습에서.

〔 인서트 – (13부) 씬. 어느 강가.
낮 (2부 씬42 장소, 2024 에 이어) 〕
강물만을 하염없이 보고 있는 병구(87세) 옆으로 다가서는
연우(60대).

연우　　　아버지... 이런다고 우리 해준이가 돌아와요?
　　　　　있을 때나 좀 잘해주지, 이제 와서.. 이렇게 바보
　　　　　처럼 기다리기만 한다구 돌아오겠냐구요,
　　　　　내 아들이!!
병구　　　(그저 넋이 나간 듯 미동 없는)

'그랬던 아버지가 어떻게?' 혼란스럽기만 한 해준인데.. 곧 그런 해준에
게로 다가오는 연우.

연우	하.. 이 새끼, 진짜 짜증 나게 하네.
해준	(!?)
연우	(다가서서 멱살을 확 잡으며) 너 대체 뭐야? 어디서 왔어? 정체가 뭐길래 여기까지 찾아와 날 잡겠다고 나댔던 거냐고, 어?!
해준	(아직 완전히 믿기지 않고..) ... 진짜.. 너야..?
연우	(날카로워져선) 뭐?
해준	(기막힌 듯 얼얼하게 보며) 진짜 범인이 너였냐고.. 날 죽인 게.. 네가 맞는 거냐고..!!!
연우	(?! 보는 데서)

씬7.　　　해준의 집 앞 골목길. 밤 (14부 씬45에 이어)

컴컴한 어둠 속으로 정신없이 달려오던 윤영, 그러다 순간 멈칫해 앞을 보면, 순애의 집과 해준의 집 대문이 모두 아무렇게나 열려 있는 게 보인다. 덜컥 내려앉는 윤영, 서둘러 해준의 집으로 뛰어들어 가는.

씬8.　　　해준의 집, 마당. 밤

뛰어들어온 윤영, 휑하게 비어있는 마당을 둘러보는데, 곧이어 마당 안으로 조용히 발을 내딛는 누군가.. 보면, 미숙이다.

미숙	... 뉴스에 선생님 나오시던데. 범인 얼굴 봤다는 거, 진짜야?
윤영	(!? 보면)
미숙	낮에도 너네 집에 찾아왔었어. 어차피 내 계획은 이미 망했고. 그렇게 듣고 싶다는데.. 그냥 한번 알려줘볼까 하면서.

윤영	(!!)
미숙	근데 너는 없고 다른 사람이 있더라? (피식) 것도.. 범인이?
윤영	뭐...?
미숙	원래 가까운 곳을 더 놓치기 쉬운 법이라지만.. 자기 집 안에 들여놓고도 나한테 찾아와 헤매다니 대체 뭘 하자는 건지.
윤영	지금 무슨 말을 하는 거야, 너..?
미숙	(그 표정 보곤) 너 진짜 몰랐구나? 연우 오빠.. 교장 선생님 아들 말야. 그 사람이 범인이잖아.
윤영	(!! 충격으로 보다, 문득 빈 차고를 돌아보는 데서)

씬9. 우정리 뒷산, 굴다리 앞. 밤

황당하단 듯 해준을 내려다보던 연우, 곧 가만히 떠올리는.

　　　　[인서트 - 씬. 해준의 집, 차고. 저녁 (회상, 4시간 전)]
　　　　틀어놓은 작은 라디오에서 산울림 노래가 흘러나오고..
　　　　아무 일 없었단 듯 콧노래 부르며 본네트 안쪽을 마지막으
　　　　로 점검하던 연우, 굽히고 있던 허리가 아픈지 문득 몸을 들
　　　　어 허리 툭툭 두드린다. 곧 이리저리 스트레칭하듯 움직여
　　　　보며 자연스레 옆으로 좀 걸어가는데. 그러다 문득 어딘가
　　　　에 시선이 멈추는 연우, 그간 차에만 몰두하느라 알아채지
　　　　못했던 공간이다. 천천히 다가가 안쪽으로 고개 내밀면 어
　　　　둠 속에 펼쳐진 계단. 그리고 그 끝에 보이는 문.

　　　　연우　　　(? 보는)

〔 **인서트 - 씬. 해준의 집, 차고 연결 공간. 저녁 (회상)** 〕
호기심 어린 얼굴로 계단을 오르는 연우, 문 앞에 도착하는데.
손잡이 잡고 돌려보면 잠겨있다. 그러나 그 사실이 더 흥미
로운 듯 씩 미소 짓는.

연우   *... 재밌네.. (골똘히 보는 데서)*

/ Cut to.
커다란 공구를 든 연우, 잠긴 손잡이를 쾅— 쾅— 그대로 내려친다.
손잡이가 떨어져나갈 때까지 거친 힘으로 내려치는 연우의 얼굴,
무표정하다.

〔 **인서트 - 씬. 해준의 집, 지하실. 저녁 (회상)** 〕
마침내 열린 문으로 들어서는 연우, 곧 기막힌 듯 실내를 둘
러본다. 곳곳에 널린 신문기사들, 경찰자료들, 마을 지도와
인물 사진들... 놀란 채 그 광경을 둘러보다 곧 '타임머신 사
용설명서'를 발견하는 데서!

연우   (그제야 뭔가 깨달은 듯 픽 웃곤) 아.. 그거였어? 너도 내 손
        에 죽었다고, 그거 복수라도 하러 왔던 거야? 뉴스까지 쳐
        나가선 날 봤네 어쩌네.. 함부로 떠들어댄 거냐고, 어?!
해준   (!! 그제야 점점 확신으로, 허탈한 듯 보는데)

연우, 그대로 분풀이를 하듯 그런 해준을 발로 세게 걷어차 버린다. 되는
대로 거침없이 아무 곳이나 퍽— 퍽— 걷어차면, 충격 속에 그대로 얻어
맞던 해준, 뒤늦게 겨우 그런 연우의 한쪽 다리를 붙잡아보는데, 더욱 눈

이 벌게지는 연우.

연우   아이 씨.. (하며 둘러보자 순간 저만치에 보이는 돌덩이 하
                나)
해준   (!? 그 시선을 따라 보는데)

씬10.   우정리 일각. 밤

눈물이 쏟아질 것 같은 걸 꾹 참은 채로 미친 듯이 빠르게 달려오는 윤
영. 그러다 마침 이쪽을 향해 달려오던 동식과 우뚝 마주친다.

동식   윤영아..!!
윤영   제가 알아요, 어디로 가야할지...! (하곤 다시 내달리면)
동식   (망설임 없이 곧장 그 뒤를 따라 달리는 데서)

씬11.   우정리 뒷산, 굴다리 앞. 밤

돌덩이 위로 가 닿은 해준의 시선보다 한 발 더 빠르게 그 커다란 돌을 집
어 드는 연우. 해준에게로 달려들어선 곧장 머리를 향해 쾅— 내려친다.
'!!!' 해준, 충격으로 가물가물해지는 시야 속에 떠올리는, 언젠가의 상상들.

> [인서트 – 씬. 어느 강가. 낮 (2부 씬1 장소, 해준의 상상)]
> 안개가 자욱한 길을 홀로 걸어가는 해준의 뒷모습.
> 그때, 뒤에서 갑자기 누군가 벽돌로 머리를 픽— 내려치면,
> 그대로 쓰러지는 해준.
> 그런 해준을 향해 다시 벽돌을 들어 올리는 사내. 그 얼굴,

마침내 선명하게 보이면 젊은 연우(25세)의 얼굴이었다가, 아버지 연우(58세)의 얼굴이었다가.. 번갈아 바뀌는 동안에도 계속 내려쳐지는 벽돌. 무섭도록 차분한 두 연우의 그 얼굴들...!

연우, 아랑곳없이 그런 해준을 한 번 더 가격하려 하는데 그 순간.. 탕—울려 퍼지는 총성. 동식의 총에 맞은 한쪽 팔을 붙잡은 채 쓰러지는 연우. 동시에 해준 역시 정신을 잃고. 눈물 속에 그런 해준에게로 달려가는 윤영에서...!!

씬12.　　병구의 집 앞. 낮

충격으로 완전히 얼얼한 채 서있는 병구, 가만히 앞을 보면, 동식과 그 뒤로 몰려 선 건장한 형사들. 그리고 그 주변으로 몰려든 몇몇 마을 사람들, 술렁이며 그 모습을 지켜보고들 있다.

동식	이주영, 이경애, 유범룡에 대한 살해 혐의와 이순애, 윤해준에 대한 살인 미수 혐의 등으로..
병구	(!!...)
동식	윤 연우 씨가 입건되었습니다. (영장 내밀며) 증거물 확보를 위해 지금부터 압수 수색 시작하겠습니다.
형사1	(잠시 곤란한 듯 병구를 보다, 이내 형사들 향해) 가자.
형사들	(그대로 지나쳐 안쪽으로 뛰어들어 가면)
병구	(그저 멍하게 있다, 순간 비틀하는)
동식	(얼른 붙들며) ... 괜찮으십니까, 이사장님..
병구	이게 어떻게 된 일인가.. 대체 이게 무슨 상황이야, 동식이?

	응?
동식	윤해준 선생은 현재 병원으로 이송된 상탠데.. 아직까지 의식이 없습니다.
병구	(!!!)

씬13.   우정리 읍내 병원, 병실. 낮

천천히 들어서는 병구. 보면, 정신을 잃고 깨어나지 못한 채 누워있는 해준이다.

병구	(!!...) 해준아.. 해준아... 대체 이게 어떻게.. 이게 무슨..!

씬14.   우정리 읍내 병원, 병실 앞 복도. 낮

곧 안쪽에서 새어 나오는 병구의 작은 흐느낌을 들으며 무겁게 가라앉아 있는 윤영과 동식.

윤영	... 이제 범인은 어떻게 되는 건가요?
동식	... 조사 잘 끝마쳐서.. 제대로 죗값 받게 해야지. 그게 윤해준 선생도 바라는 바일 테니까.
윤영	잡히기만 하면 다 끝날 줄 알았어요.. 아무 죄도 없이 끔찍하게 죽어간 사람들.. 그 죗값을 다 받는다는 게 가능한 일인지 모르겠지만.. 그래도..
동식	(무거운 마음으로 듣고 있는)
윤영	근데 저 사람한테는 이제.. 어쩌면 영원히 끝나지 않는 일이 되어버린 것 같아서... 너무 무서워요.

동식	(!!...)
윤영	어떻게 저 사람한테 이런 답을 줄 수 있는지.. 그게 너무 가여워요..

씬15.   우정리 읍내 병원 앞. 낮

초췌한 병구와 함께 걸어나오는 동식, 그러다 문득 멈춰 서는 병구를 보면.

병구	정말로 그 애가.. 해준이를 저렇게 만들었다는 건가?
동식	(...)
병구	(참담한 채로) ... 연우 그놈이 들어올 때.. 내가 공항까지 직접 마중을 갔었네. 내 차로 왕복 네 시간을 넘게 달려 그 애를 옆에 태우고 돌아왔었어. 그때 이미 마을엔 죽은 사람들이 있었네.. 난리가 벌어진 걸 내 돌아오는 길에 그놈이랑 같이 봤었다구. 근데 어떻게,
동식	여권 확인은.. 안 해보셨습니까?
병구	(!?)

〔 인서트 – 씬. 병구의 집, 방. 낮 〕
연우의 짐이 놓인 방 안을 마구 뒤지고 있는 형사들.
그 틈에 선 동식, 연우의 여권을 찾아 열어보다 말고,
표정이 굳는다.

동식	연우가 이 마을에 도착했던 건.. 이사장님이 아시는 것보다 훨씬 전이었어요.
병구	(!!)

동식	애초에 의심받지 않을 수 있었던 이유가 그겁니다. 연우는 처음부터 모두를 속였어요.. 이 마을에 돌아왔던 날짜까지도.
병구	(!!...)

씬16. 경찰서, 취조실. 낮

좁고 어둑한 취조실. 수갑을 찬 연우와 마주 앉은 동식, 타자기를 앞에 둔 채 무표정한. 연우, 총상 입은 팔에는 붕대를 감은 채 창백한 얼굴로 바라본다.

동식	언제, 어디서, 어떻게 범행을 저질렀는지.. 이제 네 입으로 직접 얘기해 봐.
연우	(멀거니 보다가, 문득) ... 아파요.
동식	(!) 헛수작 부리지 말고 똑바로 대답해!!
연우	아프다구요.. 아저씨가 쏜 이 팔이 너무 아프다니까요..? 아무래도 치료를 더 받아야 될 거 같은데.. 저희 아버지 좀 불러주시면 안 돼요?
동식	지금 여기가 어딘지 몰라? 네가 여기 왜 들어와 있는지 모르냐고!!
연우	... 잘 모르겠는데.. 혹시 설명해주실 수 있어요?
동식	(기막힌 채) 뭐?!
연우	증거 같은 거.. 그런 거라도 보여주시면.. (빤히 보다) 왜요. 없어요, 그런 거?
동식	(!!)
연우	지금쯤 우리 집, 내 방.. 벌써 다 뒤져봤을 거잖아요. 근데 뭐가 없죠? (툭 기대앉으며) 당연히 없지.. 내가 안 그랬으니

까, 그쵸?

동식   (! 굳은 얼굴로 보는 데서)

씬17.   우정리 읍내 병원, 병실. 밤

누워있는 해준 곁에 앉아 그 창백한 얼굴을 멍하니 내려다보고 있던 윤
영. 그때, 작게 찌푸리던 해준, 곧 천천히 눈을 뜨면 얼른 그런 해준 곁에
붙어선.

윤영   괜찮아요? 정신이 좀 들어요?!
해준   (그런 윤영과 눈이 마주치자, 곧 먹먹해지는 눈빛이고)
윤영   (!! 그 눈빛에 역시 울컥한 채 보는데)
해준   (그 마주침을 오래 견디지 못하고 이내 시선을 피해 돌리는)
윤영   (!?...)

/ Cut to.

침대 위에 깨어나 앉은 해준, 그 곁에 앉은 윤영.
잠시 무거운 정적 이어지다,

해준   범인은 어떻게 됐어요?
윤영   (안심시키듯) 다 끝났어요, 이제. 백동식 형사가 데려가서
           조사하고 있어요.
해준   (다시 말을 잃고 시선을 돌려 보는데)
윤영   ... 내 눈 계속 피할 거예요?
해준   (잠시 있다) ... 미안해요.. 당신 가족을 잃게 하고 다치게 했
           던 게.. 내 아버지였잖아. 그런 끔찍한 사람한테서 시작된

윤영	게.. 나잖아요.
윤영	그 끔찍한 사람이 당신도 다치게 했잖아요. 근데 왜 당신이 미안해해요?
해준	......
윤영	당신이랑 나, 그리고 내 가족이 겪어야 했던 이 모든 일에 당신 잘못은 하나도 없어요.
해준	(!!...)
윤영	그러니까 다시는 그런 말도.. 그런 생각도 하지 말아요. 당신이 어디서 시작됐든, 나한텐 달라지는 거 없으니까.
해준	(! 조금 울컥한 채 보면)
윤영	(그런 해준을 보다, 곧 따뜻하게 손 잡아주며) 깨어나줘서.. 고마워요.

씬18.   병구의 집 앞. 밤

창백해진 얼굴로 겨우 걸어오던 병구, 대문을 열고 들어가려는데.

청아(E)	... 이사장님..
병구	(? 힘없이 고개 돌려보면) ...!!

구석진 일각에서 몸을 움츠리고 있다, 조심스레 밖으로 나와 서는 이,
짐가방 껴안은 청아다!

씬19.   우정리 읍내 병원, 병실. 밤

병실 침대에 기대앉은 해준, 그 곁에 앉은 윤영. 함께 앞에 선 동식을 마

주 보는.

동식	심정적으로야 100프로지. 우리가 만든 함정에 걸려들었고.. 내가 있단 걸 알자마자 도망쳤고.. 심지어는 당신 차까지 훔쳐 도망치다 (안타까운 듯 무겁게 보며) 그렇게 만들었잖아.
윤영	(!...)
동식	입국 날짜까지 속인 걸 봐선 의심스러운 게 한두 가지가 아닌데. 근데 딱 확실한 증거 하나가 없는 거야.
해준, 윤영	(!!...)
동식	연우 그놈도 그걸 아니 여유만만이고.. 아마 들키지 않을 만큼 제대로 치워놓기도 한 모양이야. 나한테까지 증거 운운하는 걸 보면.
윤영	(무거워지는데)
해준	필체는 어떻습니까? 범인 쪽지에 적힌 거랑 같은지 확인해 보셨어요?
동식	그게 진짜 이상한 점이야. 다르거든, 그 글씨가. 완전히.

씬20.   병구의 집, 거실. 밤

소파에 앉은 병구, 초췌한 얼굴로 짐가방에서 굵직한 종이 묶음을 꺼내 내려놓는 청아를 본다. 바로 범인의 필체로 적힌 편지들(연우가 청아에게 쓴)인데...!

병구	(알아보지 못하고, 의아한) 이게 뭔가?
청아	그동안 연우가 미국에서 저한테 매주 꼬박꼬박 보내줬던 편지들이에요. ... 저한테만 있는 물건이에요.

병구	(?! 다시 들여다보며) 이건.. 내가 아는 연우 글씨가 아닌데?
청아	저만 아는 글씨니까요. 이 세상에.. 저 혼자만 특별히 아는 그런 글씨였으니까요. 아마 이제는.. 다른 사람들도 알아보겠죠.
병구	(!?)
청아	범인이 피해자들한테 남긴 그 쪽지.. 거기 적힌 글씨랑.. 같으니까요.
병구	(!!)

씬21. 우정리 읍내 병원, 병실. 밤

찌푸린 채 보는 해준. 곰곰 생각하던 윤영, 조심스레 동식을 향해.

윤영	필체는.. 숨긴다고 쉽게 숨겨지는 게 아니잖아요.
동식	그러니 답답한 거야. 고민수 때처럼 평소 글씨 적힌 물건이라도 나오면 대조해 볼 수 있을 텐데.. 다 뒤져도 안 나오니 뭐.
해준	(생각에 잠겨있는데)
동식	(슬쩍 해준 향해) 그때.. 뉴스 끝나고 당신 찾아왔던 여자, 봉봉다방 사장.
윤영	(? 슬쩍 해준의 얼굴을 보면)
동식	그 여자가 당신한테 말해준 거지? 연우가 범인이란 거.
해준	...
동식	그쪽에서라도 뭐가 나오진 않을까 해서 열심히 찾는 중인데.. 다방까지 접곤 어디로 사라졌는지 행방이 영 묘연해.
해준	아마 이미 마을을 떠났을 겁니다. 그러고 싶어 했던 사람이니까..

윤영	(! 그런 해준을 본다. 청아의 정체를 그제야 직감하는..)

씬22.　　**병구의 집, 거실. 밤**

당황하고도 혼란스러운 얼굴로 청아와 편지 묶음을 번갈아 보는 병구.

병구	그게 무슨..
청아	다른 사람한테랑은 다르게, 특별하게 써주겠다고.. 저한테 편지 쓸 때만 다른 손으로 쓰겠다고 했었어요.. 낭만적인 일이라고 생각했어요. 그런 생각을 할 줄 아는 사람이라서.. 더 좋았구요.
병구	(!!...)
청아	그런데 하루는, 형사들이 찾아와 성냥갑에 들어있던 쪽지를 보여줬어요. 제 다방 성냥갑이니까. 혹시 단골손님이면 알아볼지도 모른다면서.
병구	(그제야 어떤 얘긴지 알겠고..)
청아	당연히 한눈에 알아봤죠.. 나만 아는 글씨였으니까.
병구	그럼 왜 그때 바로 얘기하질 않았나.
청아	(그저 괴로운 듯 제 배를 가만히 감싸 안으면)
병구	(!? 놓치지 않고 보다) ... 자네, 혹시..
청아	... 도망치고 싶었어요. 그냥 도망치고만 싶었어요. 정말 그러려고 했었는데.. 윤해준 그 사람한테 다 털어놔버리는 바람에..
병구	(!!...)
청아	(문득 떨려오는 눈빛으로) 그치만 증거는 없을 거예요. 연우.. 똑똑한 사람이잖아요. 아마 실수 같은 건 하지 않았을

거예요. (편지들 내려다보며) 이것만 빼구요. 그러니까.. 그
러니까,

병구   ... 자네, 날 찾아온 진짜 이유가 뭔가.

씬23.   우정리 읍내 병원, 복도. 밤

빠르게 걸어나가는 동식을 서둘러 쫓아 나오는 윤영, 조심스레 붙잡아
세우는.

윤영   저.. 그 봉봉다방 사장님이요. 혹시 찾는 데 제가 도움 될 만
            한 일은 없을까요?
동식   (? 보면)
윤영   아무래도 중요한 사람.. 같아서요. 지금 우리한테도 그렇지
            만 (슬쩍 병실 쪽을 돌아보고는) 저 사람한테는 더..
동식   (! 그제야 저도 어떤 깨달음으로) 설마..
윤영   만약 마을을 떠난 거라면.. 차부집을 거쳐 갔을지도 몰라요. 저
            희 외할아버지 통해 알아낼 만한 건 없는지, 제가 가볼게요.
동식   (곧 끄덕이며) 고맙다, 윤영아.

씬24.   순애의 집, 마당. 밤

계단 한쪽에 멍하니 앉아있는 형만 앞에 마주 선 윤영.

형만   봉봉다방 사장이라면.. 봤지.
윤영   (!!)
형만   우리 차부집 앞에 혼자 한참을 앉아있었는데.. 여자 혼자 늦

은 밤에 그러고 있는 게 맘에 걸려서 나도 좀 더 있었거든. 버스 타는 것까진 보고 오려고.

윤영	그럼 어디로 갔는지, 무슨 버스 탔는지도 보셨어요?
형만	글쎄다.. 그건 딱히 기억이..
윤영	(! 초조함에 일단) 감사합니다, 그럼.. (하며 돌아서려다, 멈칫)
형만	(다시금 멍하니 밤하늘을 올려다보는 모습이고..)
윤영	... 괜찮으세요?
형만	(다시 윤영을 물끄러미 보다) 뭐.. 이사장 아들 때문에?
윤영	(! ... 보면)
형만	솔직히 아직도 다 믿겨지질 않긴 해.. 이사장님.. 참 좋은 분이거든. 그렇게 좋은 사람한테서 난 자식이 어떻게.. 그치만 한편으론 그놈이 정말 범인이었으면 하기도 하지..
윤영	어째서요..?
형만	그런 거라면.. 이미 잡힌 거잖아. 다 끝난 거잖아. 적어도 더 이상 우리 애들처럼 고통받는 사람이 또 나오진 않을 테니까.. 세상에 그 어떤 사람도, 어떤 가족도.. (제 가슴에 손 얹으며) 이런 마음은 평생 모르고 살았으면 좋겠으니까.
윤영	(!!...)
형만	윤 선생님께 감사하다고.. 다시 한번 전해드려. 잡아줘서 고맙다고.. 끝을 내줘서.. 정말 고맙다고.

씬25.   우정리 읍내 병원, 병실. 밤

홀로 기대앉은 해준, 어둡게 가라앉은 채 생각에 잠겨있다.

| 해준(E) | 필체가 다르다고? 어째서... 내가 기억하는 아버지 글씨는.. |

(하다 순간) ... 없어.. 아버지 글씨를 본 기억이. (떠올리는)

〔 **인서트 – 씬. 병구의 서울 저택, 거실. 밤 (1994)** 〕
잔뜩 흥분한 채 상기된 얼굴로 편지봉투를 뜯는 해준(7세).
봉투 위에는 연우의 미국 주소가 영어로 적혀있다.
그 안에서 막 편지지를 꺼내보던 그때,
안쪽에서 걸어나오던 병구(57세), 그런 해준과 편지를 보고
멈칫한다.

병구 *... 뭐냐, 그게?*

해준 *(올려다보며 자랑스레) 이제 글씨 읽을 줄 안다*
    구 했더니 아버지가 나한테 편지 보내줬어요,
    할아버지!

병구 *(!! 굳는다)*

해준 *(그 기색 모른 채 그저 편지지를 펼쳐서 보려는데)*

병구 *(순간 탁 뺏어서 제가 대신 들여다본다)*

해준 *(놀란 눈으로 보면)*

병구 *(한껏 노려보다, 분에 차선) 끔찍한 놈의 자식..!*
    (편지지를 들고 방으로 휙 들어가버린다. 쾅 닫
    히는 문에)

해준 *(홀로 남은 채 충격과 슬픔으로 그렁그렁해지는*
    데서)

해준 (!! 그제야 어떤 깨달음에) ... 알고 있었어.. 그때도 다 알고
    있었던 거야.

그대로 몸을 일으키는 해준, 빠르게 링거를 뽑으며 자리에서 일어나는.

씬26.   병구의 집, 뒷마당. 밤

평상복으로 갈아입은 해준, 둘러보며 안쪽으로 들어서다 저만치 앞 광경에 멈칫... 보면, 수많은 종이 묶음을 쥐고 선 병구, 피어오르는 작은 불에 정신없이 그것들을 쑤셔 넣곤 태우는 중이다. 해준이 다가가는 것도 모른 채 허겁지겁 불쏘시개로 종이들을 더 찔러보려는데..

순간, 뒤에서 타다 만 종이 몇 장을 홱 빼내는 해준, 힘껏 털어내고 몸을 돌려 내용을 들여다보면 화들짝 놀라 돌아보는 병구, 해준이라는 걸 알고는 철렁 내려앉아 그대로 굳어버린다. 찌푸린 채 들여다보던 해준, 역시 바짝 굳는...! 범인의 글씨로 가득한 (씬20의) 편지들이다. '만날 해, 기쁠 준.. 만나면 기쁠 사람. 네가 지은 그 이름이 나도 참 마음에 들어.' 등등 편지지 가득 적혀있는 그 다정한 말들을 잠시 내려다보던 해준.

해준	(병구를 멍하니) 이게 지금 뭐 하는 겁니까?
병구	(곧장 울컥해선) 해, 해준아.. 그게, 그게..
해준	이거 범인 글씨잖아요.. 증거잖아요. 왜요, 다 태워서 없애버리게요?!
병구	(!!) 안다.. 미친 짓인 거 알고.. 천벌 받을 짓인 것도 다 아는데.. 그런데..
해준	그런데 뭐요!!
병구	(일그러져선) 이건 남은 네 삶이 걸린 일이니까.. 네 미래가 달린 일이니까! 어쩔 수가 없었다. 나한텐 이게 널 위한 최선의 선택이었어.
해준	(!??)

병구	지금 네 엄마 뱃속에 든 그 아이.. 네가.. 사람을 셋이나 죽인 살인자의 자식으로 태어나 살도록.. 어떻게 그냥 둘 수가 있겠냐, 내가..!!
해준	(질린 듯 멍하니 보고 있으면)
병구	(괴로움 속에 매달리듯) 해준아, 모든 벌은 내가 다 받으마. 지옥에 떨어져서라도 내가 다 받을 테니.. 넌 그냥.. 그냥 아무것도 모르는 것처럼 남들처럼 평범하게 살면 안 되겠냐.. 내 다시는, 다시는 너한테 그런 끔찍한 짓 못 하게 그놈도 막아줄 테니,
해준	... 그때도 이랬던 거야.. 그때도.
병구	(!? 보면)
해준	당신까지도 다 덮어버려서.. 모든 게 그대로 묻힌 거였다고.
병구	(?!)
해준	이렇게 하면.. 이렇게 덮어버리고 나면.. 당신 뜻대로 내가 잘 살 수 있을 것 같아요?
병구	(!!...)
해준	(손목에 찬 시계 마구 풀며) 이 시계.. 이걸 내가 당신한테 받은 줄 압니까?
병구	(?!) 무슨 소리야, 그게..?
해준	이딴 게 있는지도 몰랐어, 난.. 내가 죽을 때까지 평생을 보는 듯 마는 듯 차갑게 군 당신 덕분에.. 죽을 만큼 사람을 외롭게 만들어준 당신 덕분에..!! 이딴 게 내 몫이 될 수 있을 거라곤 기대조차 해본 적 없었다고.. 근데 내가 죽으니까 그제서야 이딴 걸 내밀었잖아, 내가 난 줄도 모르면서!!
병구	(멍하니 보는 데서)

〔 인서트 - 씬. 어느 강가. 낮 (2부 씬42 장소, 다른 날) 〕

바닥에 웅크리고 앉은 병구(80대), 멍하니 강물을 바라보며,
"해준아.." 읊조린다. 그 곁에 아예 나란히 앉은 해준,
갑갑한 듯 강물만 쏘아보다 힐끗 보면,
병구, 후들후들 떨려오는 손으로, 손목시계 하나를 꾹 쥐고
있다.

해준   ... 그건 뭔데 또.
병구   우리 손자 줘야 되는데.. 그 애가 사라졌어요..
           사람들이 자꾸만 죽었다고 그러는데.. (울컥해
           선) 아니야.. 내가 여기서 기다리면.. 기다리면
           돌아올 거예요. 꼭 돌아올 거야..
해준   (! 괴롭게 그 모습을 보는 데서)

해준   매일마다 그 차가운 바닥에 앉아서.. 평생 제대로 불러준 적
       도 없던 내 이름을 사람 돌아버리게 부르고 또 부르면서..!!
병구   (! 억장이 무너진다.. 눈물로 주저앉으면)
해준   내 미래를 위해서 그랬단 핑계 대지 마요. 다 덮어놓고 차마
       맘 편하게 살지도 못해서.. 그 아들의 아들까지도 외면하고
       살았던 게 당신 인생이니까! 평생을.. 당신의 그 차가운 등만
       보면서 살았던 게 내 인생이니까..!!
병구   (괴로운 듯 신음하며) 아냐.. 아니야..
해준   그런 미래를 알고도.. 이런 선택을 할 겁니까?
병구   (무너지듯 털썩 무릎을 꿇고는 괴로운 듯 꾹꾹 흐느끼기 시
       작하면)
해준   (!! 미치겠다.. 곧 타다 남은 편지를 확 챙겨 들고 나가는)

씬27.   병구의 집 앞. 밤

빠른 걸음으로 곧장 나오던 해준, 순간 밀려오는 두통에 멈춰 선다. 비참하고도 괴로운 마음.. 잠시 숨을 고르는 데서.

씬28.   우정리 읍내 병원, 로비. 밤

로비 한쪽에 선 윤영, 목소리 낮춘 채 조심스레 주변 살피며 통화 중이다.

윤영	차부집에서 직행버스 타는 것까진 보셨다는데.. 그게 어딘지까진,
동식(E)	괜찮어. 더 안 찾아도 돼.
윤영	(?) ... 왜요?
동식(E)	방금 윤해준 선생이 다녀갔거든.
윤영	(!?) 무슨 말이에요? 지금 병원에 있어야 할 사람이 왜..
동식(E)	연우.. 범인 필체가 적힌 증거물을 주고 갔어.
윤영	증거를 찾았다구요, 그 사람이?
동식(E)	응. 이거면 충분히 마무리할 수 있을 것 같아. 덕분에 이번엔 제대로.. 잡아넣을 수 있을 거 같아.
윤영	(!!... 전화기 내려놓는데, 저만치서 막 입구로 들어서는 해준 보인다)
해준	(역시 들어서다 윤영을 발견하곤 천천히 멈춰 서는) 어디 갔다 왔는지 안 물어요?
윤영	... 다 들었어요.
해준	... 나 이제 괜찮은데 퇴원하면 안 되나?
윤영	당연히 안 되죠, 아직은...!
해준	집에 돌아가고 싶어요, 이제.

윤영   (! 그런 해준이 어쩐지 슬퍼 보여 누그러진 채 보는 데서)

씬29.   읍내 거리. 밤

인적 없는 거리를 나란히 걷는 해준과 윤영. 그러다 윤영, 저만치 앞을 물끄러미 보면 불 꺼진 '봉봉다방' 간판이 눈에 들어온다.

윤영   고맙다고 꼭 전해달래요, 할아버지가.

해준   (... 그저 작은 미소만)

윤영   아까 차부집 앞에서.. 봉봉다방 사장님을 마주치셨었다는데. 무슨 버스를 탈 생각인 건지, 차가 들어와도 도통 고개 한 번을 안 들고 계속 뭔가를 내려다보고만 계셨대요.

[인서트 – 씬. 차부집 앞 일각. 밤]

안쪽에서 슬쩍 나와 서는 형만, 벤치에 홀로 앉은 청아를 흘 끗 본다. 짐가방과 박스(아기용 소품 담긴) 놓은 채 고개 숙 이고 앉은 청아, 버스가 새로 들어와도 한 번을 고개 들어 쳐다보지도 않고..

손에 쥔 무언가를 만지작대며 내려다보는 중이다.

보면, 빨간 털실로 짠 아기용 양말.

형만   *... 어디 멀리 다녀오게요?*

청아   *(? 흠칫 놀라 고개 들어 보면)*

형만   *기왕이면 밝을 때 가지. 밤이 워낙 늦어서.*

          문 열어놓을 테니까 안에 들어와 기다려요.

청아   *괜찮아요.*

형만	나도 괜찮어요.. 딸 잃고 나니.. 괜히 겁나는 것 투성이라. *(작은 한숨으로)* 그래두 범인이 잡혀 다행이에요.. 그쵸?
청아	*(!... 죄스러운 마음으로 울컥.. 애써 삼키곤 겨우)* ... 네.
형만	*(빨간 양말을 물끄러미)* ... 참 예쁘네..

윤영	한참을 그렇게 아기 양말만 만지작.. 만지작.. 그러다가 겨우 떠나셨대요. *(잠시 보다)* 당신.. 어머니요.
해준	*(! 멈춰 서선, 이내 끄덕이며)* ... 알고 있었구나..
윤영	*(곁에 멈춰선 조심스레)* 어디로 떠나셨는지 좀 더 알아볼 까요?
해준	*(내저으며 작은 미소로)* 아니에요. 괜찮아요, 난.
윤영	*(!!.. 안쓰러운 마음으로 보는 데서)*

씬 30. 우정리 읍내 풍경. 밤 → 낮

아직 어둠에 잠긴 고요한 거리. 그 위로 점차 날이 밝아오는 데서.

씬 31. 경찰서, 로비. 낮

활기차게 몰려든 기자들 사이에 선 동식, 기자가 내민 마이크 앞에 바짝 굳어 긴장한 채 자신을 찍는 카메라를 응시한다.

동식	예. 저희 경찰은, 지난 5월부터 우정리 마을에서 일어난 세 건의 살인과 두 건의 살인미수 사건의 용의자를 검거하는

데 성공하였습니다.

용의자 윤 씨는 오랜 외국 생활을 해온 20대 중반의 유학생으로, 혐의에 대한 구속영장이 발부됨에 따라 윤 씨를 구속하고 범행동기와 행적을 철저히 수사한 뒤 검찰에 송치할 예정입니다.

씬32.   차부집 앞. 낮

버스를 기다리고 선 마을 사람들, 삼삼오오 모여서 떠드는 중이다.

마을사람1   세상에.. 이사장님이 아주 금지옥엽 귀하게 키운 그 외아들 고놈이 진짜 범인이었단 말야?

마을사람2   아니.. 머리 똑똑해, 집에 돈두 많어, 가진 것두 많은 애가 대체 뭐가 부족하고 모자라서 그딴 끔찍한 짓을 해? (하는데)

형만   (그 뒤로 나오며) 부족하고 모자라면 그렇게 해도 됩니까?

마을사람1, 2   (형만을 알아보곤 뜨끔 놀라는) 아유, 순애 아부지.. 그게 아니라..

형만   귀하게 키운 건 우리 딸도 마찬가지예요.. 하여튼, 그놈의 말들..

미안한 얼굴로 보는 마을사람 1, 2를 지나쳐 매표소 안으로 다시금 들어가는 형만. 그러고 나면, 떨어진 일각에 나란히 서서 버스 기다리는 이들. 희섭과 유섭이다.

유섭   (가만히 앞을 보다, 떨어지는 눈물) 주영 선배도, 경애도 다 보고 있을까.. 범인이 잡힌 거?

희섭   (가만히 손 뻗어 유섭의 등을 작게 두드려주며) 이.. 다 보고
        있제.. 틀림없이 보고 있을 거여..
유섭   (안도와 슬픔으로 소리 없는 울음을 울면)
희섭   (곧 그런 유섭을 안고 토닥여주는 그 얼굴에서)

씬33.   제광전자 앞. 저녁

웅성웅성 모여든 사람들, 유리창 너머 TV에서 흘러나오는 뉴스를 집중
해 보고 있다.

앵커   한 달여에 걸친 우정리 연쇄살인사건의 용의자가 마침내 검
        거되었습니다...

전환되는 화면 속에서 경찰에 붙잡혀 들어가던 당시의 연우 모습 보여
진다. 팔에는 붕대를 감은 채 수갑을 차고 동식과 형사1에게 거칠게 끌
려 들어가는 연우. 그들의 뒤쪽으로 조금 떨어진 채 서있던 해준과 윤영,
역시 그 뉴스를 함께 본 참이다.

해준, 윤영   ... (씁쓸하면서도 안도되는 마음으로 보는 데서)

씬34.   해준의 집 앞 골목길. 밤

나란히 걸어오는 해준과 윤영.

해준   이제 진짜 다 끝난 거 같아요..
윤영   (물끄러미 보면)

해준	범인도 잡았고.. 내가 여기서 할 수 있는 일은 다 한 것 같아. 자동차도 고쳤고, 이제 슬슬 돌아가야죠, 우리.
윤영	(!) 떠나자구요..?
해준	계속 없는 사람으로 살 순 없잖아요. 바뀐 미래도 확인해야죠.
윤영	(저도 모르게 어떤 아쉬움으로 슬쩍 순애의 집 쪽을 보면)
해준	어머니랑 아버지.. 가족분들이랑 마지막으로 인사 나눌 시간은 필요할 테니까.. 내일 밤 떠나면 어때요?
윤영	(조금 갑작스러운 기분이지만 곧 끄덕이며, 미소로) 그래요.. 그렇게 해요.

씬35.　　해와 달 레코드 앞. 낮

울적하게 가라앉은 얼굴로 걸어가던 희섭, 문득 '해와 달 레코드' 앞에서 멈춰 선다. 안쪽에 걸려있는 멋진 기타 하나를 잠시 바라보다, 그냥 지나쳐 가려는데.

윤영(E)	... 갖고 싶냐?
희섭	(!? 보면)
윤영	(자못 새침한 얼굴로 떨어져 선 채 괜히 딴 곳을 멀뚱멀뚱 본다)
희섭	(갸웃한 채 보는 데서)

씬36.　　경찰서, 면회실. 낮

수갑을 찬 연우, 동식에게 끌려들어오면서, 짜증스럽게 반항하는.

연우	아무도 보기 싫다니까.. 우리 아버지한텐 아직도 연락 없어
	요? 제발 우리 아버지한테 전화 좀, (하다 멈칫 앞을 보면) !!
해준	(테이블 앞에 차분히 앉은 채 기다리고 있는)
동식	(해준 향해) 믿고 자리 비워줄 테니까.. 얘기하고 나와.
해준	... 예. (하고는, 가만히 연우를 보는 데서)

씬37.　　해와 달 레코드 안. 낮

계산대 앞에 하얗게 질린 얼굴로 선 희섭, 그 옆에 새침하게 서있는 윤영. 그 앞에 놓인 (씬35의) 멋진 기타를 놓고 계산 중인 사장, 만 원짜리 지폐들을 세는 중.

사장	이 행운의 주인공이 누가 되나 했더니 결국 희섭이 네가 되
	는구나, 응? 맨날 돈 없다고 침만 바르고 다니더니, 애인이
	선물을 다 해주구.
윤영, 희섭	(! 기분 나쁜 듯 팩 쏘아보며, 동시에) 애인이라뇨!!
희섭	(서둘러 돈 뺏으려 하며) 아유, 이거 진짜 아녀요.. 안 산당께
	요?! (하다 사장 안 뺏기자, 윤영 향해) 미쳤냐, 너? 20만 원
	이 장난이여? 네가 이걸 나헌티 왜.. 네 돈도 아닐 거 아녀..
	두 번째 대가리헌티 뽀렸제? 이? 걸리믄 나만,
윤영	(시끄럽단 듯) 아, 나중에 다 갚기로 했으니까 잔말 말고 갖
	고 나와.. 시끄러 죽겠네, 진짜.. (하고 나가면)
희섭	(미치겠네.. 초조한 채 어쩔 줄 모르는데)
사장	(계산 마치고는 기타를 탁— 건넨다) 자, 이제 진짜 네 꺼다!!
희섭	(!? 보는데.. 어쩐지 빛이 나는 듯.. 저도 모르게 침이 꿀꺽 넘
	어가는)

씬38.   읍내 거리 일각. 낮

반쯤 넋이 나간 듯 기타를 품에 고이 끌어안은 채 걷는 희섭. 그 곁의 윤영.

희섭   ... 너.. 혹시.. 그동안 나를 좋아허고 있었,

윤영   (! 멈춰서 보며, 자르는) 망측한 소리 좀 하지 마, 그거 뇌물
         이니까.

희섭   (!?)

윤영   ... 앞으로도 내 베프 순애한테 평생 잘해주라구. 순애 눈에
         단 한 번이라도 눈물 맺히게 하는 일 있으면.. 내가 아주 가
         만 안 둘 거야.

희섭   (중얼) 뇌물이여, 협박이여.. 아니, 고거슨 내가 알아서 잘할
         건디 네가 왜,

윤영   어떤 힘든 일이 생기더라도.. 절대 헤어지지 말고 서로 곁에
         있어주라구. 그래야.. 내가 다시 만날 수 있을 테니까.. 너희
         두 사람을.

희섭   (!?) ... 너, 어디 가냐?

윤영   아마 금방 다시 보게 될 거야.. 너한텐 좀 오래 걸릴 수도 있
         겠지만.

희섭   뭔 소리를.. (하다 슬쩍 걱정스레) 너 설마 또 대가리 아픈
         거여? (윤영의 이마 위로 손바닥을 올려보며) 열은 없는 거
         같은디..

윤영   (!) 아 됐다, 가.. (하며 저도 돌아서 휘적휘적 가면)

희섭   (떠나는 그 뒷모습을 가만히 바라본다..) .. 왜 맴이 이상허냐..

희섭, 제 가슴을 슥 문질러보며 윤영을 바라보다, 뭔가 허전한 듯 천천히
돌아서 간다. 그러고 나면 윤영, 슬쩍 멈춰 서선 이번엔 제가 돌아본다.

멀어지는 희섭의 뒷모습을 오래도록.

윤영   (작게 읊조리듯) ... 이번엔 진짜 잘 살아요, 아버지.. 아프지
           말고.. 상처 따위 없이.. 하고 싶은 거 마음껏 하면서..

씬39.   경찰서, 면회실. 낮

정적 속에 가만히 마주 앉은 해준과 연우.

해준   대체 날 왜 죽였을까.. 그것만은 꼭 묻고 싶었는데. 이젠 영원
           히 알 수 없게 됐네. 날 죽일 수 있는 미래가 사라졌으니까.
연우   (! 픽 쓰게 웃고는) 그렇게 궁금했으면 그냥 두지 그랬어..
           이번에도 안 잡히게. 그래서 한 번 더.. 죽여보게.
해준   ... 아무리 떨어져 살았다지만.. 이렇게까지 다른 얼굴이 있을
           줄은 몰랐는데.
연우   (?!) 뭐...?
해준   네 결정적인 증거.. 그 연애편지를 찾고 보니까.. 궁금한 게
           생겼어.

          〔 인서트 – 씬27. 병구의 집 앞. 밤 (에 이어) 〕
          *괴로움에 잠시 숨을 고르던 해준.. 곧 손에 쥐고 있던 편지를
          다시 본다. 타다 남은 부분이나마, 청아를 향해 써내려간 다
          정한 말들 가득한.*

          해준   ......

해준   (가만히 보다) 똑똑한 놈이잖아, 너.

연우   (!?)

해준   사건 현장에는 그 어떤 실수도 남겨놓지 않았던 네가, 왜 그
         걸 놓쳤을까. 분명히 증거가 될 수 있단 걸 알았을 텐데.. 그
         여자가.. 그걸로 네 모든 걸 끝내버릴 수도 있단 걸 알았을
         텐데.

연우   (! 청아 얘기에 조금 흔들리는)

해준   왜 그냥 둔 거야.. 그 여자를? 사랑하기라도 한 거야..?

연우   (허.. 멍하게 웃고는) 진짜 예상치도 못한 질문을 하네. 왜 죽
         였냐, 어떻게 죽였냐 그딴 거나 물을 줄 알았더니, 사랑...?
         (잠시 떠올리듯 생각하다) 했어.. 했지, 사랑. 내 꿈을 이뤄줄
         여자라고 생각했거든. 그 여자는 다를 줄 알았으니까.. 내가
         아는.. 어떤 지독한 여자랑.

해준   (!? 보는 데서)

[인서트 – 씬. 병구의 집, 주방. 밤 (과거, 1968)]
어린 시절의 연우(6세), 장난감 큐브를 들고 서선, 멍하니 올
려다본다. 식탁 앞에 앉은 연우의 엄마(30대),
흐트러진 모습으로 안경을 쓴 채 한껏 집중해 두꺼운 문학
서적을 읽고 있다. 그 위로,

연우[E]   내가 기억하는 그 여자의 모습은..
         대부분 책을 읽는 모습이었어.

조심스레 그런 엄마의 치맛자락을 조금 당겨보는 연우.
그러나 미동도 없이 그저 책장을 넘기며 읽는 연우모,

거의 절박한 수준의 집중이다.

연우(E)   한 번도.. 단 한 번도 따뜻한 눈빛으로 날..
바라봐줬던 기억이 없거든.

〔 인서트 – 씬. 병구의 집 앞. 밤 (과거, 1968) 〕
짐가방을 챙겨든 채 떠나는 연우모.
울며 달려가려는 연우를 붙잡아 안는 병구(30대).

해준   (?! 무슨 얘긴가 싶어 찌푸린 채 보는데)
연우   ... 그러다 결국.. 내가 일곱 살 때 집을 나가버렸어.. 더 이상
누군가의 엄마로 살고 싶지가 않아졌다나?

〔 인서트 – 씬. 봉봉다방, 안쪽 방. 밤
(회상, 1987년 5월 10일) 〕
바닥에 앉은 청아, 빨간 털실로 뜨개질 중이다.
그런 청아의 무릎을 베고 누운 연우, 가만히 손을 뻗어
허공에 뜬 털실을 툭툭 치다,

연우   나... 엄마 한번 만나볼까?
청아   (?! 놀라서 보며) 엄마 소식.. 알아?
연우   (일어나 앉아, 좀 머쓱한 듯) 미국 있는 동안
사귄 친구 하나가 저번 학기부터 서울에 있는
대학원에서 공부하게 됐는데..
거기 교수 중 한 사람이 아무래도 꼭..
우리 엄마 같대.

청아	*(??)*
연우	*... 사진 보여준 적 있거든,*
	엄마 젊었을 때 찍은 거..
청아	*(흥분해선) 진짜 잘됐다! 찾아가 봐,*
	좋아하실 거야.
연우	*(!) 진짜.. 그럴까?*
청아	*당연하지! 아들이 이렇게 똑똑하게 잘 큰 거*
	아시면 얼마나 기쁘시겠어.
연우	*(!!)*

〔 인서트 – 씬. 봉봉다방, 안쪽 방. 밤
(회상, 1987년 5월 12일) 〕
방 안의 청아, 문을 툭 열고 보면, 그 앞에 서있는 연우.
상처 받은 듯 떨구고 있던 고개를 들어 잔뜩 붉어진
눈시울로 청아를 본다. 청아, 잠시 놀란 듯 보다,
얼른 감싸 안아주면, 품에 안겨 눈물을 터뜨리는 연우.

연우	세상 누구보다도 날.. 무조건 사랑해줘야 하는 사람한테서
	버림받은 그 처참한 기분을.. 알아?
해준	(...)
연우	날 버린 사람을 속도 없이 그리워하면서 매일 밤을 울고 또
	울고..!! 그 끝없는 고통 속에 다짐했었지. 나중에.. 언젠가 내
	아들이 생기면..
해준	(!?)
연우	내 아들.. 내 새끼만은 절대로 나처럼 살게 하지 말아야지..
	누구보다 내 애를 사랑해줄 그런 여자를 만나서.. 행복하게

　　　　　　살아야지.

해준　　　(기막힌 기분으로 보고 있으면)

연우　　　(제 감정에서 천천히 빠져나와선, 문득 미소로) 고아였거든,
　　　　　그 여자. 가족을 무척이나 만들고 싶어 했던 여자애였어.

해준　　　... 거의 그럴 수 있었다는 건.. 알아?

연우　　　... 뭐?

해준　　　네가 그렇게나 만들고 싶어 했던 그 완벽한 행복, 완벽한 가
　　　　　족. 그걸 네 스스로 걷어차버렸다는 걸 아냐고.

연우　　　그게 무슨..

해준　　　그래서 다행이야. 네가 꿈꾸던 그 가족에서 한 사람이라도
　　　　　벗어났다는 게.

연우　　　(!?)

해준　　　너 같은 놈한테서.. 내 어머니가 벗어날 수 있었다는 게.

연우　　　(!!) ... 너.. 너.. 설마, (하다 당황한 채) 마.. 말도 안 돼, 네가..
　　　　　네가 내 아들이라면.. 어떻게.. 어떻게 네가 날 이렇게 만들
　　　　　수가.. 아니, 내가 널 어떻게 죽일 수가.

해준　　　너같이 끔찍한 아버지를 둔 덕에 태어날 때부터 버림받은
　　　　　내가 얘기해 줄게. 지금까지 네가 떠든 얘기들은.. 그 어떤
　　　　　핑계도 될 수 없다고.

연우　　　(!!)

해준　　　넌 네가 세상에서 제일 불쌍한가본데 난 너 때문에 소중한
　　　　　사람을 잃고 고통받는 사람들을, 그 가족들을 너무 많이 지
　　　　　켜봤거든. 그러니까 앞으로 남은 평생.. 네 모든 시간을 갇혀
　　　　　썩으면서 괴롭게 살아줘. ... 그게 네가 그토록 바라던 네 아
　　　　　들로서 하는.. 내 마지막 부탁이야.

연우　　　(!!! 일그러지면)

해준   (품에서 무언가를 꺼내 내려놓고는, 차갑게 일어서 나가는)

보면, (10부 씬16의) 지갑 속 사진이다.
충격으로 얼얼한 채 보는 연우에서.

씬40.   해준의 집 앞 골목길. 밤

생각에 잠긴 채 골목길 끝에서 걸어들어오던 해준, 문득 앞을 보면, 제집
앞으로 나와 선 채 이리저리 서성이며 기다리고 있는 형만과 옥자, 오복
이다. 마침 고개 돌리다 해준을 알아보는 형만, "아이구, 윤 선생님!!" 외
치며 다가오는.

해준   (?) 왜 나와계십니까..? 무슨 일 있으세요?
형만   (문득 울컥해) 아, 그럼 없겠습니까?! 이사 가신다면서요!
             것도 오늘 밤에! 어떻게 미리 말씀 한마디 없이 갑자기! 정
             말 서운합니다, 예?!
옥자   정말 서운해요, 선생님.. 가족이라구 생각했는데 어쩜..
해준   (! 아.. 난감한 듯 보는 데서)

씬41.   순애의 집, 마당. 밤

훌쩍훌쩍 우는 순애와 마주 서있는 윤영.

윤영   정말 또 보게 될 거라니까, 우린?
순애   언제.. 어디서..!
윤영   한 34년쯤 뒤에.. 너네 집에서?

순애	(!!) 차라리 그냥 영영 못 보는 거라고 해, 다시는 못 보는 거라고 해, 더 기다리지도 않게..!
윤영	(그런 순애의 얼굴을 부드럽게 쓸어주며 눈에 담는) 그때쯤이면.. 지금이랑은 좀 다른 모습이겠지만.. 나는 그 얼굴도 정말 좋아해. 그 얼굴도.. 많이 그리워.
순애	(그렁한 채 보면)
윤영	여기 올 수 있게 돼서.. 정말 다행이었다고 생각해. 지금의 널 만날 수 있어서.. 되찾을 수 있게 돼서.. 정말 다행이야.
순애	(겨우) 나도.. 나도 널 만날 수 있어서.. 정말 좋았어.
윤영	(! 글썽한 채 그런 순애를 끌어안아 주는 데서)

씬42.　　해준의 집 앞 골목길. 밤

역시 눈물로 해준을 덥썩 끌어안는 형만에 조금 당황하는 해준.

형만	정말 고마웠어요.. 우리 이웃이 돼줘서.. 정말로 고마웠어요, 윤 선생님.
해준	(!!...) 감사합니다.. 그렇게 말씀해주셔서.
오복	(따라서 끌어안으며, 울먹) 우리 누나들.. 도와줘서 정말 고마워요, 선생님.
해준	(!! 작게 미소 지어주는데)
옥자	어디루 가시는지만 얘기해 주심 안 돼요? 지금쯤 어디 계시겠구나, 그렇게라도 알고 있게.. 대충 어디라구만이라도.
해준	... 많이.. 멀어서요. 건강하게 오래오래 계세요. 제가 꼭 찾아 뵙겠습니다.
형만, 옥자	(섭섭하고도 슬픈 마음으로 보는 데서)

/ Cut to.

차고 문이 열리면, 곧 밖으로 나오는 타임머신. 그 차에 탄 해준과 윤영. 그런 두 사람을 배웅하듯 나와 선 형만과 옥자, 순애, 오복.. 어떻게든 조금이라도 더 따라가려 종종걸음으로 차를 쫓으면서 연신 손을 흔든다. 그런 가족들을 향해 창문 밖으로 열심히 손을 마주 흔드는 윤영. 운전 중인 해준, 역시 백미러로 그 가족들의 모습을 오래 눈에 담는다.

씬43. 우정리 읍내 거리 + 해준의 차 안. 밤

천천히 달리는 차 안에 나란히 앉은 해준과 윤영. 윤영, 차창 밖으로 스쳐 지나가는 익숙한 풍경들을 이상하고도 애틋한 기분으로 바라본다.

윤영	정말로 떠나네요, 우리?
해준	(작은 미소로) 그러게요. 오랜만에 시간여행 하려니까, 좀 긴장되네.
윤영	(그런 해준의 옆얼굴을 슬며시 보는) 아쉽진 않아요?
해준	뭐가요?
윤영	작별인사 없이 그냥 가는 거요.. 당신 할아버지랑 어머니한테. 특히 어머니는.. 여기서가 정말 마지막일지도 모르잖아.
해준	... 그 사람들 보려고 온 것도 아닌데.. 이만하면 많이 봤죠. 충분해요.
윤영	(! 그런 해준이 안쓰럽지만, 곧 분위기 바뀌) 돌아가면 뭐부터 할 거예요?
해준	뭐부터 하고 싶은데요?
윤영	(웃곤) 아이스 카라멜 마끼아또. 엄청 달달한 걸로 한 잔 마십시다. 거기다가 소금빵 하나를 같이 먹어주면..!

| 해준 | (웃는) 역시 그놈의 단짠단짠.. |

씬44.　　우정리 뒷산, 굴다리 앞 + 해준의 차 안. 밤

굴다리 앞에 선 해준의 차. 저만치 앞으로 굴다리가 보이면, 반짝이는 계기판을 보는 윤영.

윤영	... 어어.. 진짜 긴장이 좀 되기는 한다..
해준	(픽 웃으며, 계기판으로 손 올려 천천히 숫자 맞추는) 처음도 아니면서 뭘.
윤영	올 때는 치여서 오는 바람에 제대로 의식을 못 했잖아요.. 앉아서 가려니까 되게 낯서네, 이거.
해준	걱정하지 마요. 눈 깜짝할 사이면 끝나니까. 저 굴다리만 통과하면, 거짓말처럼 우리 홈그라운드.. 2021년에 도착하게 될 거예요.
윤영	(!!) 좋아요, 갑시다..!

해준이 맞춘 숫자 '2, 0, 2, 1' 네 자리가 어둠 속에 빛을 내고.. 바짝 긴장하는 윤영.. 곧 굴다리 안으로 진입하는 해준의 차.

씬45.　　우정리 뒷산, 굴다리 안 + 해준의 차 안. 밤

빠르게 들어서는 해준의 차. 그 안의 윤영, 질끈 눈을 감은 채 손잡이를 붙들고 있다. 그에 반해 평온한 해준, 익숙한 듯 전면을 응시하는데 그러나 문득.. 뭔가 이상하다.

해준	(? 살짝 갸웃하면)
윤영	(여전히 눈 감은 채) 도착했어요?! 도착했어?! (하는 순간)

씬46.   우정리 뒷산 너머 + 해준의 차 안. 밤

굴다리 밖으로 빠르게 샥— 빠져나오는 해준의 차, 곧 천천히 멈춰 선다.
조심스레 슬쩍 눈을 뜨고 보는 윤영, 밖은 그저 적막한 어둠이라 분간이
어려운.

윤영	도착인가...? 2021년도예요?! 생각보다 스무스하네?!
해준	(밖을 내다보며) 오랜만에 오니까.. 헷갈리네.. 맞나, 2021년이?
윤영	(?!) 아니면 안 되는 거 아니에요..? (불안함에 둘러보는데)
이장(E)	(문득 반가운 목소리로, 커다랗게) 윤 선생!!!
해준, 윤영	(!!? 순간 바짝 굳는)
이장(E)	윤 선생님~!!
윤영	... 앵커라고 하지 않았어요, 21년에서는..?
해준	(!! 식은땀으로 가만히 백미러를 쳐다보면)

저만치서 탈탈탈—
경운기를 타고 가까워져오는 마을 이장, 익숙한 새마을 모자를 쓴 채 크
게 팔을 흔들며 반가운 듯 이쪽을 향해 다시 한번 "어이, 윤 선생~~" 외
친다. 해준과 윤영, 얼얼한 표정으로 계기판을 보면, '2, 0, 2, 1'로 맞춰
져있던 그 숫자들.. 툭— 소리와 함께 순식간에 '1, 9, 8, 7'로 바뀌어버
린다.

해준, 윤영	(헉.. 서로를 보면)
해준(N)	**1987년 6월 14일 오후 10시 40분...**
	우리는 이곳에서 모든 일을 마치고 떠나려 했으나...
	여전히 이곳에 남은 채였다.
윤영(N)	**어쩌면 우리는 영원히, 이곳에 갇힐지도 모르는 운명이었다.**
해준, 윤영	(!! 콰광.. 하얗게 질리는 두 얼굴들에서)

어쩌다 마주친, 그대 / 제 15회 엔딩

어쩌다 마주친, 그대

chapter 16

어쩌다 마주친, 그대

씬1. 우정리 뒷산 너머 + 해준의 차 안. 밤 (15부 엔딩에 이어)

하얗게 질린 얼굴들로 앉은 해준과 윤영. 탈탈탈— 곁에 멈춰 세운 경운기에 앉은 이장, 새마을 모자를 고쳐 쓰며 열린 창문에다 대고.

이장   (반가운) 어어, 이거 그때 고장 난 그 차 맞지? 이제 다 고쳤네~?!

해준   ... 예에..

이장   잘됐네, 잘됐어. 그럼 어디 가던 모양인데 조심히들 다녀오고, 응?

해준, 윤영   (멍하니 고개 까딱.. 인사하면)

다시금 웃는 낯으로 경운기를 출발시켜 떠나는 이장. 점차 찾아오는 고요에 나란히 앉은 둘. 계기판에서 깜빡깜빡 빛을 내는 숫자 '1, 9, 8, 7'을 가만히 바라본다.

윤영   ... 우리 지금.. 얼마나 망한 상황일까요?

해준   ... 글쎄.. 이건 좀.. 새로운 상황이라..

윤영   혹시 이대로 영영 갇히는 건가.. 집에 못 가는 거예요, 우리?

해준   (! 그제야 윤영을 보며) 아냐.. 걱정 마요, 내가 다 고칠 테니까. 이거 뭐.. 이까짓 거.. 왜 못 고치겠어, 내가. 맘만 먹으면 금방 고치지..

윤영   (? 오히려 그 말에 더 불안해지는 듯 보면)

해준   일단.. 집으로 갈까..?

씬2.   우정리 뒷산, 굴다리 안 + 해준의 차 안. 밤

고요 속에 그대로 쭉쭉 후진해 가는 해준의 타임머신, 어둠 속으로 들어선다. 현실감 없이 멍한 얼굴로 눈앞의 풍경을 바라보던 윤영, 슬쩍 손톱을 깨물어보는.

씬3.   우정리 읍내 거리 + 해준의 차 안. 밤

애서 태연한 얼굴로 운전 중인 해준, 그 곁에 앉아 잘근잘근 손톱을 깨무는 윤영. 두 사람, 아까 온 길을 다시 그대로 되돌아가는 중이다.

윤영   (조심스레) 그.. 여태까지는.. 굳이 물어볼 필요가 없다고 생
           각했었거든요..? 이 타임머신이라는 게.. 어차피 존재 자체가
           너무 말이 안 되니까.. 누가 어떻게 만들었든 뭐.. 하다못해
           그냥 요술램프에서 튀어나온 거라구 해도 그런가 보다.. 그
           럴라구 했었거든요.

해준   (! 슬쩍 입술을 깨문다)

윤영   (슬쩍 눈치를 살피며) 당신이 만든 건 아니죠?

해준   (괜히 옆 차창이나 슥 보면서 가볍게 끄덕..)

윤영   (!) 그럼 어디서 났는데...?

해준   (흘리듯, 작게) ... 주웠어..

윤영   (!!!) ... 아... 그렇구나... 주웠구나, 타임머신을.. 주웠어... 타
           임머신을..

씬4.   읍내 거리, 공중전화부스 앞. 밤

지나는 사람들 사이로 울적한 채 서서 기다리는 순애.. 곧 그런 순애 앞

으로 달려오는 희섭.

희섭	(급히 멈춰 서며, 걱정스레 주위 둘러보곤) 뭣 허러 혼자 나와 서있어, 델러 오라구 허면 내가 집 앞으루 갈 것인디.
순애	(괜찮단 듯 옅은 미소로) 이제 범인두 다 잡혔잖아.
희섭	(!) ... 거야 그렇지만.. 몸은 좀 괜찮은 거여?
순애	(끄덕끄덕하다 글썽해져선) 근데 윤영이가.. 마을을 떠났어.
희섭	(?!) 뭐..?
순애	이사를 가게 됐대. 이렇게 갑자기 헤어지게 될 줄은 몰랐는데.. 이렇게 될 줄 알았음 뭐라도 좀 해줄걸.. 내내 받기만 하고..
희섭	(!! 얼른 안고 다독여주며, 좀 멍한 채로) ... 마지막 선물이었는갑네.. 기지배.. 말을 제대로 허지.. 인사도 못 허게..

씬5.   해준의 집 앞 골목길. 밤

무거운 발걸음으로 천천히 걸어오는 누군가. 보면, 해쓱한 얼굴의 병구다. 불 꺼진 해준의 집을 잠시 바라보던 병구, 곧 그대로 발길을 이어 순애의 집 대문 앞에 선다.

병구	......

씬6.   순애의 집, 거실. 밤

벌겋게 달아오른 얼굴로 선 형만과 옥자. 그 앞에 고개를 푹 숙이고 선 병구를 마주 본다.

병구	... 형만이..
옥자	(!!) 함부로 이 사람 이름 부르지 말아요.. 이사장님 얼굴 다신 보고 싶지 않으니까.. 내 집에서 나가.. 나가라구요!! (몸을 홱 떠밀면)
형만	(! 그런 옥자를 일단 잡아 말리는데)
병구	(곧장 무릎을 꿇으며) 미안하네.. 미안해, 내가 정말 잘못했어.
형만, 옥자	(울컥해 보면)
병구	내가 자식을 잘못 키워서.. 자네들 귀한 자식.. 그 아까운 아이를 잃게 만들었어.. 그 어떤 걸로도 자네들 맘을 달랠 수 없단 걸.. 되돌릴 수 없단 걸 아네만.. 내 정말이지 남은 평생을 속죄하는 마음으로 살겠네.. 단 한 순간도 편치 않게.. 괴롭게 살겠네... 미안하네.
형만, 옥자	(!!... 보는 데서)

씬7.   순애의 집 앞. 밤

대문을 나오는 병구, 겨우 서선, 터질 것 같은 울음을 억지로 삼키고 있는데. 잠시 후, 뒤쪽에서 힘없이 걸어나오는 형만.

형만	... 정말 그럴 수 있으시겠어요?
병구	(! 붉어진 눈으로 보면)
형만	정말 남은 평생을 편치 않게, 괴롭게 살아줄 수 있으시겠냐구요.
병구	(끄덕이며) 그러겠네, 내 정말로 그렇게 살겠어.. 미안하네, 형만이.
형만	(잠시 괴롭게 보다) 정말이지 그랬으면 좋겠어.. 그 썩을 놈

의 자식.. 그 가족이란 사람들까지 전부 다.. 평생 괴롭게만
살았으면 좋겠어요.

병구   (그저 죄스러움에 고개를 떨구는데)

형만   근데.. 연우 그 자식이 범인이란 증거를 내어줬던 게.. 이사
           장님이었다면서요.

병구   (!?)

형만   그게 없었으면 범인으로 인정되지 않을 수도 있었다고.. 그
           렇게 들었어요. 아무리 쓰레기 같은 자식이라지만.. 자기 자
           식 허물을 밝히는 게 얼마나 큰 선택인지.. 그건 나도 압니
           다. 그것만은.. 고맙게 생각해요.

병구   (!!) ...... 그렇게 말하던가, 윤 선생이?

형만   (쓸쓸한 채 가만히 있으면)

병구   (멍하니 해준의 집을 올려다보다, 저도 모르게 몇 발짝 향하
           는데)

형만   (보다) 빈집이잖아요, 이제.

병구   (? 돌아보면)

형만   윤 선생님, 마을을 떠났잖아요.. 모르셨습니까?

병구   (철렁 내려앉은 얼굴로 보는 데서)

씬8.   읍내 거리 일각 + 해준의 차 안. 밤

훌쩍대는 순애를 가만히 도닥여주며 걸어가는 희섭.

순애   주소라도 물어봤어야 됐는데.. 그럼 편지라도 보낼 수 있었
           잖아. 왜 그 생각을 못 했을까.. 진짜 바보 같애, 이순애.

희섭   (역시 시무룩한 채 고개 돌리다 슬쩍 어딘가에 시선 멈춰선)

	... 그럼 지금이라도 물어보믄 될 거 같은디..?
순애	벌써 떠나버렸다니까?
희섭	그게.. 아닌 거 같아서 그려..
순애	(? 하다, 희섭의 시선을 따라서 보면) !?

저만치서 천천히 다가오는 해준의 차. 역시 두 사람을 발견하고는, 천천히 멈춰 선다. 헉— 놀라서 그 앞으로 다가가는 순애. 곧 그런 순애를 보고 차에서 내리는 윤영과 마주 선다.

순애	윤영아, 어떻게 된 거야?! 아까 떠났는데 왜 아직 여기..
윤영	(민망한..) 어.. 당분간은 쫌 더 머물러야 될 거 같아.. 그렇게 됐어..
순애	진짜야...?! (순간 글썽한 미소로 윤영을 덥썩 끌어안으며) 잘됐다...!!
윤영	(!?... 쫌 묘한 기분이다.. 그래도 작은 미소를 지어보는데)

그 모습을 보며 괜히 샐쭉 따라 웃던 희섭.. 역시 해준 쪽의 열린 창문 앞에 슬쩍 서서는.

희섭	(눈치 살피며) 선상님, 혹시.. 저헌티 하실 말씀 없당가요..?
해준	(착잡한 채) 뭘..
희섭	뭣을 돌려달라든가.. 내놓으라든가.. 혹시 아직 거기꺼정 못 알아채셨다믄.. 윤영이 저 기지배가 지갑 같은 걸 훔쳐 간 것 같다든지 뭐 그런..
해준	(무슨 뜻인지 알겠고, 잠시 보다가) 다 알고 준 거니까.. 가져.
희섭	(!!?)

해준	졸업하면 서울 올라가 밴드 할 거라며.. 근데 맨날 그 배에다 대고 가짜 줄만 튕기고 있어서 되겠어?
희섭	지, 진짜 그 기타 가져도 되는 거 맞아요, 그럼?!
해준	그렇다잖아, 윤영이가.. (하며 힐끗 윤영 쪽을 보려는 순간)
희섭	(역시 벅찬 미소로 창문 안쪽의 해준을 덥석 끌어안으면)
해준	(!?... 피로한 미소로 천천히 끄덕여보는 데서)

씬9.   해준의 집 앞 골목길. 밤

어둑한 골목길.. 천천히 차고를 향해 다시 들어가는 해준의 타임머신.

씬10.   해준의 집, 마당. 밤

차고에서 털레털레 걸어나오는 해준과 윤영, 생경한 듯 가만히 둘러본다.

윤영	그래도.. 돌아올 집이 있어서 다행이에요.
해준	(착잡..)
윤영	오늘 밤은 어차피 글렀으니까.. 그냥 좀 취해버릴까요, 우리?
해준	(!? 보는 데서)

씬11.   포장마차. 밤

손님 없는 포차 안.. 곰장어와 소주를 놓고 앉은 해준과 윤영, 멍하니 술잔을 털어넣는다.

해준	(쓸쓸히) 다 고쳐놓은 줄 알았는데.. 그것도 아니었네.

윤영	(잠시 보다, 이내 기운 차려선) 나쁘기만 한 건 아니에요.
해준	(? 보면)
윤영	당장 돌아가봤자 뭐.. 금방 다시 출근이나 해야 될 텐데. 적어도 여기 있는 동안은 아침 여섯 시 삼십 분, 삼십오 분, 사십 분.. 그놈의 5분 단위 알람 쫘르륵 맞춰놓고 끄는 일.. 안 해도 되잖아.
해준	(허.. 작게 웃음 나면)
윤영	(밝게) 나쁘지 않아! 엄마 어린 시절도 좀 더 볼 수 있고 깨끗한 공기도 더 마시구, 곰장어도 천오백 원밖에 안 하니까.
해준	... 천오백 원도 없으면서..
윤영	(!...) 갑자기 선 긋는 거예요, 지금? 당신은 있잖아..
해준	(곤란한 듯) 실은 나도.. 준비해온 돈이 거의 다 떨어졌거든요.
윤영	(!!..)
해준	애초에 이렇게까지 오래 머무를 계획은 아니었으니까. 갇힐 계획도 없었고.
윤영	... 보, 복권 번호 같은 거 외워 온 건 없고요?
해준	(가만히 슬픈 눈으로) 어땠을 거 같아요?
윤영	(제기랄..) 쓸데없이 양심적이어가지군..! (후우..) 괜찮아요..! 뭐 우리 둘 다 사지 멀쩡하겠다, 이래 봬도 미래를 아는 사람들인데 큰돈을 벌면 벌었지 설마하니 밥을 굶겠어요..? (하면서도 속 타는 듯 소주잔 들어 마시곤 탕 내려놓으면)
해준	(괜히 뜨끔하는데..)
윤영	(어쩐지 기가 막혀선) 아니, 근데... 어떻게 타임머신을 '주울' 수가 있어요? 길 가다 오백 원짜리 동전 하나 줍기도 어려운 세상에?
해준	... 그건 나도 의문이에요..

윤영	(가까이 보며) 어떻게 주운 건데요?
해준	(잠시 보다) ... 비가 아주 많이 오던 날이었어요.

〔 인서트 – (1부) 씬1. 우정리 강가. 밤 (2021) 〕

우르르— 쾅! 내려치는 천둥과 함께 거칠게 쏟아지는 굵은 빗줄기. 쏟아지는 빗물을 맞으며 힘겹게 나아가던 해준의 차 위로.

해준(E)	그날따라 내비는 고장 났지, 빗물에 앞은 뿌옇지.. 어딘지도 잘 모르는 길을 한참 돌며 헤매던 중이었죠.

〔 인서트 – (1부) 씬2. 우정리 시골길, 차 안. 밤 〕

갑자기 흐릿하던 창 앞으로 쨍한 색감의 크고 길쭉한 무언가가 훅— 모습을 드러내면 순간 커퍼 놓친 채 빠르게 핸들 꺾어 충돌을 피하던 해준 위로.

해준(E)	그러다 마주친 겁니다, 그 굴다리 앞에서.

〔 인서트 – (1부) 씬3. 우정리 굴다리 앞. 밤 〕

자욱한 안개 사이로 버려지기라도 한 듯 앞문이 열린 채 놓여있던 빈티지 자동차.
그 모습을 멍하니 바라보던 해준의 모습에서.

윤영	버려진 것처럼 놓여있었다고요..?
해준	(끄덕이며) 문도 활짝 열려 있었고.. 그 안엔 심지어 '당신 앞에 놓인 굴다리를 통과하라'는 둥.. 사용법까지 적어놓은

설명서가 놓여있었어요.

윤영 　'당신 앞에 놓인'...? 꼭 누군가한테 발견되길 기다리고 쓴 거 같잖아.

해준 　지금 생각해 보면.. 이상한 건 그게 다가 아네요.

윤영 　(? 보면)

해준 　우리가 부딪쳤던 그날, 당신이 물었던 말 기억해요? 전화 통화..

〔 인서트 - (2부) 씬15. 굴다리 너머 산길, 다른 일각. 밤 〕

고장 난 차 앞에 마주 선 채로 실랑이하던 중의 해준과 윤영.

/윤영 　(빤히 보며) 혹시 통화 같은 건 하지 않았어요?

/윤영 　(씩 웃는) 했네, 했어.. 보통 운전 중에 그딴 짓 들을 하면 사고 날 확률이 높다고 보는 거 아닌 가요?

윤영 　그게 뭐가 이상한데요?

해준 　실은 그때.. 진짜로 나한테 전화 한 통이 걸려왔었거든요. (떠올리는)

〔 인서트 - (2부) 씬15 인서트2.
굴다리 안, 해준의 차 안. 밤 (에 이어) 〕

산울림의 음악이 흘러나오는 차 안에서 운전 중이던 해준, 그때 휴대폰 울린다. 보면, 저장되지 않은 번호다.
잠시 의아하게 보다 이어폰을 꽂는 해준, 받는.

해준	여보세요.
남자(F)	(무어라 말을 하는데, 지지직— 소리와 함께 잘 들리지 않고)
해준	(볼륨 줄이려 손 뻗는데 잘 안 되는) 예? 뭐라구요? (하다, 고개 들면 저 앞에 윤영이 보이고) !!

놀란 가운데.. 해준의 귓가로 문득 선명하게 들려오는 어떤 남자의 목소리.

남자(F)	이건 처음부터 끝까지.. 당신만이 해결할 수 있는 일이에요.
해준	(?!)

그러나 곧 하얗게 흐려지는 시야.
쾅— 쾅— 부딪치던 소리 들려오는 데서.

윤영	(!?)
해준	그땐 이래저래 정신이 없기도 했고.. 이상한 전화다 싶어서 그냥 넘겼는데 아무리 생각해도 뭘 모르는 사람의 말 같지만은 않아서.
윤영	누구였을까요, 그게..?
해준	... 글쎄요...

골똘한 채 서로를 보던 두 사람, 곧 갸웃하고는 제 앞에 놓인 술잔을 들고 마시는 데서.

씬12.   시골길. 밤

반짝이는 예쁜 별들이 가득 박힌 밤하늘 아래 나란히 걷는 해준과 윤영.
살짝 취한 윤영, 조금씩 흔들거리는 걸음으로 걸으면.

해준	괜찮아요...? 아까부터 걸음이 좀 이상한데..
윤영	(얼른 바로 하며) 괜찮아야죠. 여기선 보험처리도 안 되는데..
해준	(! 알아듣고 슬쩍) 처음 듣는 말이 아닌 거 같네.
윤영	(역시 장난으로 따라 하듯) '괜찮아야죠. 여기서 죽었다간.. 아주 애매해지는 건데.'
해준	(그저 픽 웃으며 걷는)
윤영	그때는 진짜 막막했었는데.. (조금 앞장서 걷다, 슥 돌아서, 해준의 얼굴을 마주 본 채 뒤로 걸으며) 솔직히.. 지금은 그렇게까지 막막하진 않아요.
해준	(? 보면)
윤영	... 같이 있고 싶은 사람이랑 있으니까.
해준	(! 잠시 보다 윤영에게 가만히 손 뻗어 잡아주면)
윤영	(그런 해준의 손을 따뜻하게 내려다보다, 곧 예쁜 미소로) 만약에.. 아주 만약에, 돌아가는 법을 영영 못 찾아서 평생 여기 갇혀버리게 된다고 해도.. 괜찮을 것 같아요, 난. 당신이랑 같이 있는 거면.
해준	(!!...) 정말..?
윤영	(발그레한 얼굴로 웃으며) 당신은요?
해준	(벅차는 마음으로 그런 윤영을 깊게 바라보며) ... 말해 뭐해.. 당연한 걸.

멈춰 선 채 수줍게 웃는 윤영을 애틋하게 바라보는 해준.. 그 위로 예쁘

기만 한 밤하늘인데.

씬13.   해준의 집, 차고. 낮

본네트 열어놓은 차 앞에 공구를 들고 선 해준, 사뭇 창백하고도 초조한 얼굴이다. 아무리 들여다봐도 전혀 모르겠는 와중에.. 아까부터 뒤에서 계속 느껴지는 부담스러운 시선. 보면, 열어놓은 차고 문밖으로 마당에 서서 그 모습을 골똘히 지켜보고 있는 윤영, 보인다.

씬14.   해준의 집, 마당. 낮

해준, 못 참겠단 듯 차고에서 휘적휘적 나오면, 흠칫 놀라 시선을 돌려 딴청 피우는 윤영.

해준	어젯밤 나한테 했던 얘기랑 좀 다른 거 같지 않아요..?
윤영	(! 뜨끔해) 뭐가요..?
해준	괜찮다면서요. 나랑 같이 있으면 평생 여기여도 괜찮다며. 근데 나 지금.. 뒤통수에 구멍 뚫리는 줄 알았어, 대체 몇 시간째 지켜보고 있는 거야..?
윤영	(!) 아니이.. 잘 되고 있는지 그냥 궁금해서 그런 거죠, 궁금해서..
해준	궁금하기만 한 사람이 내가 고개 한 번 갸웃할 때마다 그렇게 깊은 한숨을 내쉬나..? (슬쩍 분한) ... 나만 진심이었지.. 나만.
윤영	아이.. 완전 진심이죠, 나도...! 그치만 기왕이면 2021년에서 같이 있는 게 더 좋잖아요.. 현대문명의 이기를 누리면서..?

	(민망하게 웃으면)
해준	(!! 예민한 채 돌아서 다시 차고로 들어가 문을 닫는)
윤영	미안해요.. 이제 안 들여다볼게.. 근데 그냥 문만 좀 열어놓으면 안 되나..?
해준	(다시 문을 열고 지그시 보면)
윤영	알았어요, 알았어.. 들어가 있을게요.. (슥 돌아서는 데서)

씬15.　　　읍내 거리, 서점 앞. 낮

조금 긴장된 얼굴로 걸어오는 순애, 서점 앞에 멈춰서 보면, 창 안쪽에 막 진열되고 있는 〈작은 문〉 소설책들이 보인다. '이순애'라는 작가명이 제대로 적혀있는 책들. 서점 안쪽에는 여러 명의 손님들이 구경 중이고.. 그 모든 광경이 그저 신기한 듯 물끄러미 바라보는 순애.. 그 순간, 서점 안쪽에서 막 나오던 이들과 툭 마주치는데.. 김이박이다..! 당황한 순애, 시선을 천천히 내려보다 보면, 유리와 은하 손에 각각 들린 책 〈작은 문〉.

순애	(?!!...)
유리	(!! 살짝 쑥스러운 듯) 읽어봤는데.. 좋더라구..
은하	... 글 되게 잘 쓰더라, 너.. 나중에.. 표지에다 싸인 하나만..
순애	(!!... 좀 어색한데)
해경	(그런 순애를 잠시 보다) 몸은 좀 괜찮나?
순애	... 으응.. 괜찮아, 이제..
해경	그 미친놈.. 진작 잡혔어야 됐는데.. (좀 어두워진 채 고개 떨구면)
순애	(? 그런 반응도 의외인데)
유리	근데 너 퇴원도 했으면서 왜 학교 안 나와? 혹시 우리 때문

에..?

순애	그런 거 아냐. 다시 가야지, 이제.
은하	(좀 미안한..) 얼른 와.. 선생님이랑 애들도 다 너 많이 기다리고 있어.
순애	(작게 웃곤) 고마워.. 그럼 곧 학교에서 보자.
해경	(전과 달리 진심으로) 응.. 학교에서 보자, 이순애.

씬16.   순애의 집, 옥상. 밤

작은 미소를 머금은 채 얘기하는 순애의 얼굴을 가만히 들여다보는 윤영, 나란히 앉아있는.

순애	옛날엔 학교에서 보자는 그 말이 그렇게도 무서웠는데.. 이젠 아냐. 이제는 진짜로 괜찮을 거 같아.
윤영	(미소로) 다행이다..
순애	(역시 미소로 보다) 아 참! (옆에 뒀던 쇼핑백에서 리본으로 예쁘게 묶인 〈작은 문〉 한 권을 꺼내 건네며) 선물이야.
윤영	(! 반짝이는 눈빛으로) 와아.. 초판본이네..? 이순애, 이름도 제대로 박혀있구. (얼른 리본을 풀며) 나.. 싸인도 해주라.
순애	벌써 다 해놨지이.. 표지 한번 들춰 봐.
윤영	(? 들춰 보면, 그 안의 속지에 적혀있는 순애의 글씨)

'나의 가장 가까운 친구... 나만의 Y, 윤영에게. - 1987.06. - From. 순애'
뭉클한 얼굴로 그 속지를 내려다보던 윤영, 가만히 순애를 끌어안는다.

| 윤영 | ... 고마워.. 정말 고마워.. 내 인생 최고의 선물이야. |

순애   (애틋한 미소를 짓는 데서)

씬17.   해준의 집, 마당. 밤

좀 안쓰러운 얼굴로 보는 동식. 보면, 차고 앞에 공구를 든 채 마주 선 해준, 기운 다 빠진.

동식   뭘 알긴 알고 들여다보는 거야..?

해준   그랬으면 진작 고쳤겠죠.. 어떻게 돼가고 있어요?

동식   남은 과정도 별 무리 없이 진행될 것 같아. 이사장님도.. 모든 걸 인정하고 죗값을 받으라고.. 그렇게만 말씀하시는 모양이야, 당신 아버지한테.

해준   (...)

동식   근데 정말 인사도 없이 떠나려고 했던 거야? 난 그렇다 쳐도, 이사장님은.

해준   (시선 내린 채) 어차피 돌아가면 다시 볼 텐데요, 뭐.

동식   (잠시 보다) 그래도.. 한 번은 보구 가.

해준   (? 보면)

동식   많이 힘들어하고 계셔... (작은 한숨으로) 이럴 때 필요한 게 뭐겠어? 가족이잖아. 근데 이젠.. 아무도 없게 됐으니.

해준   (!...)

씬18.   병구의 집 앞. 밤

천천히 걸어오는 해준, 엉망진창이 된 병구의 집 앞 풍경을 바라본다. 여기저기 떨어진 돌들.. 깨진 계란들.. 그 밖에 투척된 오물들.. 담벼락 가득 적힌 글씨들. *'끔찍한 살인자 가족!'* *'위선자!!'* *'죽어라!!'* 등등 과격한 말들을 보며 걷던 해준. 곧 대문 앞에 멈춰 서면, 아무렇게나 열려있는 문이다.

해준   (...)

씬19.　병구의 집, 마당. 밤

들어오는 해준, 보면, 초췌한 채 테이블에 홀로 멍하니 앉은 병구, 소주를 따라 마시고 있다. 그 초라한 모습에 저도 모르게 발끈하는 해준.

해준   ... 대문을 열어놓으면 어떡합니까?

병구   (!? 그제야 해준을 알아보곤, 놀란 눈으로) 해준아...

해준   사람들이 밖에 해놓은 거 못 보셨어요? 누가 들어와서 해코지라도 하면 어떡하려고, 위험하게.

병구   내 아들보다 위험한 사람이 있겠냐, 이 마을에..

해준   (!...)

병구   떠난 줄 알았는데.. 가족이라고는 다 끔찍한 인간들뿐이라고.. 아주 질려버려서.. 인사도 없이 가버린 줄 알았는데.

해준   (착잡함에 한쪽 의자에 툭 앉으며) 그러려고 했어요, 그럴 수만 있었으면.

병구   ... 그러지 않아 줘서 고맙다.. 마지막으로 꼭 한 번만 더 보고 싶었거든.

해준   ... 제가 밉지도 않으세요?

병구   (? 보면)

해준   (괴로운) 저 때문에 겪지 않았어도 될 일을 겪고 계시잖아

병구	요. 앞으로 얼마나 더 겪어야 될지도 모르고.
병구	(잠시 보다, 빙긋 미소로) 네가 혹여나 그런 생각을 하게 될까 봐.. 그래서 보고 싶었다.. 난 괜찮다고.. 오히려 고마울 뿐이라고, 꼭 얘기해 주고 싶어서.
해준	(! 보면)
병구	네 덕분에 이제라도 모든 걸 바로잡을 수 있게 돼서 난 고마울 뿐이다. 그리고.. 정말 미안하구나. 너한테 부끄러운 모습을 보여서.
해준	(!!...)
병구	이 얘길 전하려면 앞으로 얼마나 많은 세월을 기다려야 하나.. 그랬는데. 30년을 앞당겨 할 수 있으니, 다행이다. 정말 다행이야..
해준	......

씬20. 해준의 집, 마당. 밤

대문을 열고 들어서는 해준, 보면, 계단에 앉은 채 기다리고 있던 윤영이다.

윤영	(따뜻한 미소로) 어디 다녀와요?
해준	... 누굴 좀 만나고 왔어요. (다가가선 옆으로 나란히 앉는)
윤영	(그런 해준을 가만히 보다) 왜 이렇게 기운이 없어 보여요..
해준	... 우리는 눈 깜짝할 사이에 30년을 홀쩍 뛰어넘을 수 있잖아요.. 근데 그 30년을 꼬박꼬박 매일 견뎌내야 하는 사람도 있다는 생각이 들어서.
윤영	(!... 잠시 생각하다) 할아버지.. 보고 온 거예요?
해준	(오해할까 싶어) 우리가 한 일을 후회한다는 건 아네요.

윤영	알아요.. 이해도 하구요.
해준	...
윤영	(잠시 있다가, 퍼뜩 보며) 어쩌면 이건 기회인지도 몰라요.
해준	(? 보면)
윤영	당장 돌아가진 못하게 됐지만, 그만큼 여기서 보낼 수 있는 시간이 남아있다는 뜻이니까.. 같이 나눠보지 못했던 시간을 좀 나눠보는 건 어때요, 여기서?
해준	나눠보지 못했던 시간..?
윤영	나눠보고 싶었는데 그러지 못했던 시간.. 이제 30년을 또 훌쩍 지나야 만날 수 있는데.. 그동안 추억하실 수 있는 일 하나 정도는 만들어드릴 수 있잖아요. (생긋 미소로 보면)
해준	(잠시 보다, 생각에 잠기는 데서)

씬21.   해준의 집 앞 골목길. 밤

골목길 초입에서 나란히 걸어오는 희섭과 순애.

순애	(곱씹듯) 추억할 수 있는 시간...?
희섭	이이.. 뭐라도 해주지 못헌 게 후회된담서. 또 언제 다시 떠날지 모른다는디, 마지막으로 추억할 만한 일 하나 정도는 만들어줄 수 있잖여.
순애	(끄덕끄덕) 좋아.. 근데 어떻게 만들어주지?
희섭	나만 믿어.. 내일 나가 학교 땡땡이치고 아침 일쩍 이리로 올라니께!

씬22.　　해준의 집 앞. 아침

대문을 열어보던 윤영, 의아한 얼굴로 보면, 소풍 가듯 작은 가방을 메고 나란히 선 희섭 순애. 희섭의 한쪽 손에는 (15부 씬35의) 통기타도 의기양양하게 들려있다.

희섭　　　 (해맑게 보며) 야아, 우리 놀러 가자, 오늘!

윤영　　　 (?! 보는 데서)

씬23.　　병구의 집 앞. 아침

역시 좀 놀란 얼굴로 선 병구, 보면, 좀 어색한 듯 서있는 해준.

해준　　　 혹시 낚시 좋아하세요?

병구　　　 (?!)

해준　　　 제가 괜찮은 델 한 군데 아는데.. 혼자 가기는 좀 그래서.

병구　　　 (!!...)

씬24.　　어느 강가. 낮

낚싯대 두 개를 늘어놓고 나란히 앉은 해준과 병구.

해준　　　 원래 제 꿈이 뭐였는 줄 아세요?

병구　　　 (? 보면)

해준　　　 평범하게 일하고, 평범하게 살다가, 나중에 은퇴하면 이렇게 낚시나 하면서 빈둥빈둥 사는 거였어요. 혼자서.

병구　　　 혼자서.. 가족도 없이, 자식도 없이?

해준	(끄덕이며) 아마도..?
병구	(무거워져선) 그래.. 그렇기도 하겠지. 너한테 가족이란 게.. 뭐 좋은 거라고.
해준	근데 지금은 좀 달라진 거 같기도 해요.
병구	(!?)
해준	이제 그 옆에 누가 좀 있었으면 좋겠기도 하고.. 시시껄렁한 얘기들 나누면서.. 서로 위해주면서.. 그렇게 살아보고 싶기도 하고..
병구	(!) 그럼.. 그렇게 살아야지. 그렇게 살 수 있어, 얼마든지..!
해준	정말 그럴 수 있을까요, 제가..?
병구	물론이지.. 내 네가 그렇게 살도록 도울 수 있는 게 있다면 뭐든지 할 거다.
해준	(잠시 보다) 그럼 부탁 좀 드려요.
병구	(? 보면)
해준	술 좀 미리미리 줄이시고.. 그놈의 지겨운 약 달고 살기 싫으시면.. 식사 거르지 말고 제때제때 좀 챙겨드시고.. 8년 뒤부터는 건강검진도 꼬박꼬박 받으세요.
병구	(!!...)
해준	걱정이 없어야 시시껄렁한 얘기를 하고 살 거 아녜요, 내가.
병구	그런 거 말구.. 나 좋은 거 말구.. 내가 너한테 해줄 수 있는 건 없냐..?
해준	... 낚시나 가끔 데리고 와주든지.
병구	(?)
병구	입사하고서 선배가 데려와 처음 해봤는데 적성에 맞더라구요. 이 좋은 걸 진작 좀 알았으면.. 싶더라구요. 오늘 해보시고 재밌으면 일쩍 좀.. 데리고 와주든가요.

병구   (!!... 강물에 드리워진 낚싯대를 내려다보면)

해준   (슬쩍 보곤) 진짜 재밌는 건 밤낚신데.. 라면도 끓여먹고..

병구   (가만히 미소 머금은 채 옆을 바라보면)

나란히 붙어 앉은 병구(57세)와 해준(7세), 낚싯대를 늘어놓고선 컵라면을 후루룩 먹는다. 어린 해준, 맛있는 듯 발을 동동하며 올려다보면, 그 모습이 기특하고 귀여운 듯 바라보다 해준의 입가를 다정하게 닦아주는 병구.

병구   (흐뭇하게 그 모습을 바라보다) 좋지.. 근데 겨우 그거 하나로 될까?

해준   ... 그거 하나면... 충분해요, 난.

병구   (!... 어쩐지 새로운 희망이 생기는 기분.. 그러다 움찔, 낚싯대가 움직이자 벌떡 일어나 붙잡아 본다) 어어.. 어! 해준아, 어쩌냐, 이거!

해준   어! (얼른 달려들어 도와주며) 지금이에요, 지금!

병구   (곧 딸려 올라오는 물고기 한 마리에 환해지며) 이야, 저거 봐라, 응?!

해준   (그런 병구에 마음이 좀 편해져선, 픽 웃음 나는)

씬25.   어느 유원지 혹은 공원. 낮

울창한 나무들이 펼쳐진 아름다운 풍경. 그 일각에서 각자 자전거 한 대씩을 잡고 선 윤영과 순애, 희섭. 들뜬 얼굴의 순애, 먼저 올라타 자세를 잡는다.

희섭	(역시 올라타선) 자, 쩌 멀리 저 끝까지 찍고 돌아서 오는 거여, 꼴등으로 들어오는 사람이 떡볶이 사는 거다, 이?
순애	(신나선) 웅! 그럼 시― (하다, 순간 저 홀로 먼저 출발해버리며) 작~~!!
희섭	(그 모습마저 귀엽단 듯) 아따, 저 귀여운 반칙쟁이 같으니..! (하며 따르려다 멈칫 보면, 어색하게 자전거를 붙잡고 서있는 윤영..) 뭣 허냐?
윤영	..... 못 타..
희섭	(너무 작아서 못 들었고) 뭐어? 크게 말혀!
윤영	..... 못 탄다고!!
희섭	(!! 기막힌 듯 입이 벌어져 보는 데서)

/ **Cut to.**

불안한 듯 안장에 올라앉은 윤영에게 어디선가 구해온 헬멧을 씌워주는 희섭.

윤영	(좀 겁나서, 퉁명스레) 그냥 나 두고 둘이서 타고 오면 되잖아..
희섭	야, 인간적으루다 이 나이 묵도록 자전거도 탈 줄 모르는 게 말이 되냐? 너그 아부지는 진즉에 이런 것도 안 갈쳐주고 뭣했대?
윤영	... 아버지도 못 타.. 다리가 좀 불편하셨거든.
희섭	(!... 이내 아무렇지 않은 듯, 무릎 보호대 채워주며) 아, 그냐?
윤영	... 만약에 안 그랬으면.. 이런 거 가르쳐주고 싶었을까.. 우리 아버지도?
희섭	(다른 쪽에도 채워주면서) 안 그런 아부지가 세상에 어딨겄어. 아마 넘들이 자기 자슥헌티 이런 거 갈쳐주고 그라는 것

만 처다봐도 맴이 다 아렸을 거여.. 나도 해주고픈디.. 나도 알려주고픈디.. 그라믄서.

윤영   (!!...)

희섭   (다 마치곤, 윤영의 헬멧을 툭툭 쳐주며) 걱정 말어.. 나가 대신 갈쳐줄게. 자, 페달에다 발 올리고, 고거슬 기양 인정사정 없이 콱 밟는 거여. 흔들흔들 넘어질 거 같어도 절대 멈추믄 안 되고 앞만 보고 가야되는 거여.

윤영   (좀 무서워선) ... 그러다 진짜 넘어지면?

희섭   나가 네 뒤에 있는디 뭣이 걱정이여. (뒤를 붙잡아주곤) 자, 간다.

윤영   (다급히) 갑자기 놓기만 해? 어? 그럼 진짜 가만 안 둬? (에라 모르겠다, 질끈 페달을 밟고 나아가면)

희섭   (붙잡은 채 함께 조금 내달리다, 순간 씨익 웃으며 놓아준다)

윤영   (된다.. 된다.. 점점 환한 미소가 새어 나오는데.. 그 순간 옆으로 콰당) 아악!

희섭   (!!) ... 오메.. 저 형편없는 운동 신경을 어쩌쓰까나..

씬26.   공원 일각. 낮

세워놓은 자전거 세 대.. 돗자리를 깔고 앉은 세 사람. 포장해온 떡볶이를 펼쳐놓는 중인 희섭. 그 옆으론 순애, 면봉으로 윤영의 까진 손바닥에 연고를 살살 발라주면서.

순애   (잔소리 중인) 아니, 처음 타보는 애를 끝까지 잡아줬어야지, 그렇게 금방 놓아버리면 어떡해?

희섭   (시무룩..) 아이.. 원래 첨부터 강하게 키워야 제대로 배우는,

순애	(희섭 팔뚝을 찰싹 때리며) 뭘 강하게 키워, 이거 흉 지면 어떡할라 그래?
희섭	... 미안혀.. 잘못했어..
윤영	(그런 두 사람의 모습을 물끄러미 보는 위로..)
윤영(N)	**뭐가 이렇게 낯선가.. 했더니,** **전에는 한 번도 가져본 적 없던 시간이었어요.**
윤영	(속상한 듯 다시 한번 희섭을 찰싹 때리는 순애를 보며)
윤영(N)	**이제 바뀐 내 미래에는.. 이런 기억이 조금쯤 더..** **새겨질 수도 있는 걸까요?**
윤영	(하며 옆으로 고개를 돌리면)

옆에 다른 돗자리를 놓고 앉은 희섭과 순애(20대), (1부 씬42의 TV 속 윤영처럼) 어린 윤영(6세)이 둠칫둠칫 — 춤을 추며 노래하는 모습을 함께 보고 있는 중이다. 희섭, (씬22의) 기타로 반주 쳐주면서 윤영이 예뻐 죽겠다는 듯 반짝이는 눈으로 봐주는 중이고.. 노래가 끝나자 두 팔을 뻗어 윤영을 와락 안아주는 순애, "아이구, 잘했어요~~" 뽀뽀해주는.

윤영	(그 모습을 낯설게 보다 미소 짓는 위로, **N**)
	그랬으면.. 좋겠다. 정말.. 그럴 수 있었으면 좋겠어요.

희섭, 생각에 빠진 채 허공을 보는 윤영을 향해, 떡볶이를 하나 툭 찍어 입 앞에 가져다 주며.

희섭	자아, 손두 아프니께 나가 먹여줄란다..
윤영	(!..) 아, 됐어.. 내가 먹으면 돼..
순애	(픽 웃음 나선, 윤영 향해) 왜에, 사과하는 건데 한번 받아줘.

윤영	괜찮다니까, 정말.. (하다 어쩔 수 없이 한 입 베어 물면)
희섭	(미소로) 어뗘? 나가 주니께 더 맛있제? 그럼 사과 받아준 거다, 이? (다시 신난 얼굴로 하나 찍어 먹곤) 어유, 떡이 쫄깃쫄깃헌 게 꿀맛이네, 아주!
윤영, 순애	(눈이 마주치자 풋 웃어버리고는, 이어 맛있게 한 입씩 먹는 데서)

씬27.   해준의 집 앞 골목길. 밤

걸어오던 형만, 문득 멈춰 서서 의아하게 본다. 보면, 저만치 해준의 집 대문 앞에 바짝 서있는, 가죽자켓을 입은 어떤 남자의 뒷모습이다. 얼굴은 보이지 않은 채 해준의 집 너머를 좀 갸웃대다, 저만치로 꺾어 사라지는 남자의 뒷모습을 미심쩍게 보는 형만.

형만	... 누군데 우리 윤 선생님 집을 기웃대는 거야..?

씬28.   병구의 집 앞 + 거리. 밤

천천히 멈춰 서는 병구의 차. 곧 운전석에서 내리는 해준, 그 옆으로 내리는 병구. 어느새 말끔해진 집 앞을 좀 놀란 눈으로 둘러보는 병구..
곧 대문 안쪽에서 달려나오는 운전기사, "오셨습니까, 이사장님." 하며 굽히면.

병구	(!) ... 자네.. 당분간 나오지 말라니까 어째서..
기사	빤히 힘드실 거 아는데 제가 어떻게 안 옵니까. 그동안 이사장님께 도움받은 게 얼만데요. 들어가시죠.

병구	(!!... 하다, 곧 해준 쪽을 돌아보곤) 떠나기 전에 알려줄 수 있을까.
해준	예.. 그럴게요.
병구	(미소로) 그럼 내가 기다리고 있으마.
해준	(끄덕이고는) 들어가세요.
병구	(곧 천천히 돌아서 대문 향해 가면)
해준	(잠시 그 뒷모습을 눈에 담는 데서)

씬 29.   해준의 집, 마당. 밤

대문을 열고 들어서는 해준, 좀 후련한 듯 마당 안을 슥 둘러보다 그 시선 끝에 차고가 들어오자 다시금 막막해진다.

해준	하... 저걸 어떡하냐, 진짜.. (하는데)

뒤에서 끼익— 대문을 열고 들어서는 누군가. 해준, 별생각 없이 돌아서 보다 말고 '?!' 보면.. (씬27의) 가죽자켓을 입은 말간 얼굴의 남자(25세), 해준을 잠시 보고 서있다가,

남자	(못 말린다는 듯, 작게 웃고는) 결국.. 여기서 이렇게 만나네요.
해준	(?) 누구..
남자	서운하네. 바로 알아줄 줄 알았더니.. 내 목소리 기억 안 나요? (슬쩍 보며) '이건 처음부터 끝까지 당신만이 해결할 수 있는 일이에요.'
해준	(? 하다... 곧 떠올리는) !!! 굴다리.. 전화..

〔 인서트 – 씬11 인서트5. 굴다리 안, 해준의 차 안. 밤 〕

놀란 가운데... 해준의 귓가로 문득 선명하게 들려오던 어떤
남자의 목소리.

남자(F)　　*이건 처음부터 끝까지..*
　　　　　당신만이 해결할 수 있는 일이에요.

해준　　　*(?!)*

남자　　　(빙긋 웃으며) 역시 기억할 줄 알았어. 똑똑한 사람이니까.
　　　　　큐브도 5초 만에 맞추고 그러잖아.

해준　　　(?!) ... 내가 누군지 알고 있는 거야?

남자　　　왜 모르겠어요. (잠시 보다) ... 내 아버지를.

해준　　　(!? 순간 귀를 의심한 채) ... 뭐라고?

남자　　　(다가와 해준을 폭 끌어안으며) 보고 싶었어요, 아버지.
　　　　　(슬쩍 흘기곤) 근데 내가 준 타임머신.. 고장냈죠?

해준　　　(!? 멍한 채 보는 데서)

씬30.　　　해준의 집 앞 골목길. 밤

나란히 걸어오던 윤영과 순애, 각자 제집 앞에서 멈춰 선다.

순애　　　(밝게 손 흔들며) 잘자, 윤영아. 우리 내일도 보자!

윤영　　　(미소로) 그래. 그러자. 얼른 들어가. (순애 들어가는 걸 보
　　　　　곤, 돌아서는)

씬31.   해준의 집, 마당. 밤

대문을 열고 들어오는 윤영, 막 차고에서 나오던 해준을 향해 얼른 다가
서선.

윤영   할아버지랑 낚시는 잘 하고 왔어요?

해준   (작은 미소로 *끄덕끄덕*..)

윤영   다음엔 나랑도 가요. 나 이제 자전거도 탈 줄 알게 됐거든
       요? 오늘 다녀온 곳, 풍경도 되게 좋구.. 당신이랑도 꼭 같이
       가보고 싶은데.

해준   2021년엔 없는 곳이에요?

윤영   (?) 있을.. 걸요? (하다, 그 의미를 곱씹곤) 설마 다 고쳤어요?

해준   ... 아마도.

윤영   (! 잠시 보다, 순애 집 쪽을 흘낏 돌아보곤) 이럴 줄 알았으
       면.. 내일 또 보자고는 하지 말걸.

해준   꼭 지금이 아니어도 괜찮아요.

윤영   (생각하다, 곧 미소로 내저으며) 아녜요.. 어차피 없어야 되
       는 사람이니까, 어떻게든 지워져야죠. 돌아가면 금방 볼 텐
       데, 뭐. (보다) 당신은 어때요? 진짜 이대로 그냥 돌아가도
       괜찮겠어요?

해준   (... 의미를 알기에 조금 무거워진 얼굴로 보는)

씬32.   해안가 도로, 해준의 차 안. 밤

어둑한 도로를 달리는 차 안. 윤영, 슬쩍 해준을 보면, 어쩐지 조금 긴장
하는 듯 보인다. 그런 해준의 한쪽 손을 가만히 잡아주는 윤영.

해준	(보면)
윤영	(안심시키듯 따뜻한 눈빛으로 바라본다)
해준	(그제야 작은 미소로 그 손을 꼭 잡은 채 앞을 향해 달려가는 데서)

씬33. 바닷마을, 민박집. 밤

홀로 앞에 나와 앉은 청아, 피폐한 얼굴이다. 옆에는 빨간 털실의 아기 양말 놓여있고, 조금 멍한 채로 손에 털실을 들고 뜨개질하는 중인데.. 그 앞으로 천천히 다가오는 해준, 가만히 멈춰서 그 모습을 내려다보면, 어쩐지 하면 할수록 엉망으로 꼬이기만 하는 털실이다.. 그런 청아의 바쁜 손 위로 살짝 손을 올려 멈추게 하는 해준. 청아, 그제야 고개를 올려 본다. 잠시 멍하다, 곧 정신이 돌아온 듯 당혹한 기색이 서리는.

청아	(!!) 여길... 어떻게 알고 왔어?
해준	미안해요. 갑자기 찾아와서. 당신 여기 있는 거, 다른 사람한텐 절대 얘기 안 할 거야. 나도 잊어버릴 거예요, 오늘 이후론.
청아	(!?...)
해준	(옆자리를 힐끗 가리켜) 좀 앉아도 돼요?
청아	(......)
해준	(조금 떨어진 곳에 앉아선, 뜨개질 중인 털실을 가만히 보다) 아이 낳으면.. 정말로 떠나보낼 겁니까, 윤병구 이사장님한테?
청아	(!! 보다) ... 어.. 그런다고 했잖아.
해준	끔찍하고 무서워서.. 그 아이가?

청아	그래...!!
해준	(잠시 그 얼굴을 보다가) 그래요. 그럼.. 그러면, 잘 좀 살아요.
청아	(!!?)
해준	괜히 죄책감 같은 거 갖지 말고, 다 잊어버리고 살아.
청아	(!!!)
해준	당신 사정 알잖아, 내가. 끔찍하고.. 무섭고.. 그럴 수 있다고 생각해. 너무 힘들면.. 보지 않고 살아도 된다고 생각해. 이해해요, 나는.
청아	(!!!)
해준	윤병구 이사장.. 돈도 많고 좋은 사람이잖아. 아이한테도 좋을 거예요. 좋은 집에서 부족한 거 하나 없이.. 잘 살 수 있을 거야.
청아	(!! 자꾸만 그렇해지는)
해준	엄마한테 미움 같은 거, 원망 같은 거 없이 그렇게 살 수 있을 겁니다.
청아	(!! 그 말에 울컥.. 순간 진심으로) 거짓말.. 어떻게 원망을 안해.. 어떻게 안 미워해, 나를..! 자길 버렸는데.. 결국 아이를 버린 엄만데..
해준	(애써 미소로) ... 내 말 믿어봐요. 나랑 이름도 같다며. 아마 나랑 비슷하게 생각할걸, 그 아이도.
청아	... 정말.. 그럴까?
해준	... 이 세상에 태어나게 해준 것만으로도.. 충분히 고마워요.
청아	(!!?)
해준	... 그렇게 생각할 거야..
청아	(눈물 속에 어떤 이상한 느낌으로 해준을 보면..)
해준	(그저 작게 웃어 보이는 데서)

씬34.　　 바닷가. 밤

세워놓은 타임머신 옆에 홀로 서있던 윤영, 자신을 향해 걸어오는 해준을 보곤 편안하게 웃어준다.

윤영　　　후련해요?

해준　　　(끄덕이며) 응.. 날 버렸던 사람을 내가 떠나보냈는데.. 이상하게 마음이 편해.

윤영　　　(미소로) 그럼 이제 진짜 돌아가도 되겠다, 그죠? (하다 슬며시 타임머신 보곤) 근데.. 이번엔 정말 제대로 고친 거 맞아요? 우리 또 괜히 굴다리만 지나고.. 이장님이랑 인사해야 되는 거 아니죠?

해준　　　아닐걸.. 이번엔 진짜 적임자가 나타났었으니까.

윤영　　　누가 왔었어요?

해준　　　그때 굴다리에서 나한테 전화한 사람. 이 타임머신을 만든 사람이요.

윤영　　　(?! 놀란 눈으로 보는 데서)

〔 인서트 - 씬. 해준의 집, 마당. 밤 (회상, 씬29에 이어) 〕
떨어져 선 채 믿기지 않는 듯 남자의 얼굴을 마주 보는 해준 위로.

해준[E]　　처음엔 나도 믿기 어려웠어요..
　　　　　 아예 불가능한 존재라 생각했으니까.

　　　해준　　... 말도 안 돼.. 어떻게..
　　　남자　　어떻게 아들이 있을 수 있냐구요?

2022년에 이미 죽은 사람한테?

해준   *(!!?)*

남자   사실은 죽지 않았으니까요.
        그럴 뻔하긴 했지만.. 결국 살아남았죠.

〔 인서트 – 씬. 어느 강가. 낮 (2022 – 2부 씬1 장소) 〕

하얗게 얼어붙은 강물 위...
피 묻은 채 놓인 벽돌 하나, 벗겨진 채 놓인 신발 한 짝,
그리고 '봉봉다방' 성냥갑이 놓인 살인의 현장...
그러나 시신은 없다..
곧 저만치 앞 비추면, 깨져있는 얼음 한 부분..
그 안에 흐르는 검푸른 강물 비추는.

남자(E)   거기엔.. 아버지가 놓친 커다란 구멍이 하나
         있었어요.

〔 인서트 – 씬. 해준의 집, 마당. 밤 〕

당혹스런 얼굴로 남자를 마주 보는 해준.

남자   그 숨겨진 미래에서 생겨난 게..
        (자신을 가리키며) 바로 저구요.

해준   *(!!?)*

남자   *(슬슬 차고 쪽으로 걸어가며)* 아버지한테 한 번
        더 기회를 드리고 싶었어요. 두 번째 선택을 할
        수 있는 기회를. *(돌아보곤, 찡긋)* 근데.. 결국 해
        내셨네요, 아버지.

윤영	(! 믿겨지지 않는 듯 보고 있으면)
해준	나한테 숨겨진 미래가 있었고.. 그 미래 덕분에 이 모든 게 시작된 거였어요.
윤영	(!? 멍하니) 그래서 그게 누구였다구요?
해준	... 그건 비밀이라니까요?
윤영	이러기예요, 진짜?
해준	(의미 있는 눈빛으로 윤영을 잠시 보다, 작게 웃어버리는 데서)

씬35.　　읍내 거리, 공중전화부스. 낮

날이 밝고 인적 없는 이른 아침. 홀로 공중전화부스 안에 선 해준, 전화기를 들고 상대방(병구)이 받기를 기다리면서 저만치를 보면, 잠시 세워 놓은 타임머신 안에 윤영이 보인다.

해준	(곧 받자) 저예요.. 예. 지금 떠나요. 2021년이고, 날짜는 오늘이랑 같아요. 그럼 34년 뒤 오늘, 뵈어요. 그때까지 건강하시구요.

씬36.　　우정리 뒷산, 굴다리 앞 + 해준의 차 안. 낮

고요한 산속. 다시금 천천히 달려오는 해준의 타임머신.
저만치 앞 굴다리 보인다.

해준	... 이제 다 왔다..
윤영	(살짝 꽁한 채) 그러네요. 누군지도 잘 모르는 사람 덕분에

돌아가겠네.

해준   (픽 웃고는) 그래도 좋은 순간도 많았죠?

윤영   (누그러진 채 끄덕) 고마운 순간이 많았죠.. 그건 당신 덕분
         이기도 하고. 근데 돌아가면.. 정말 다 바뀌어있을까요? 하나
         도 안 바뀌어있으면 어쩌지?

해준   얼른 가서 확인해봅시다. (가만히 보며) 준비됐어요?

윤영   (해준을 보며, 비장하게) ... 네. 미래에서 봐요, 이제.

해준   (웃으며 끄덕) 그래요. 34년 뒤에 봅시다.

곧 해준이 맞추는 숫자 '2, 0, 2, 1' 네 자리가 빛을 내고.. 곧 굴다리가
가까워지면 조금 긴장한 채로 앞을 응시하는 윤영. 해준, 액셀을 지그시
밟는다. 점차 높아지는 속도.. 빠르게 달려나가는 차체, 조금씩 투명해지
기 시작하고...! 어떤 통로처럼 생겨나는 하얀 빛들을 놀랍고도 신기한
듯 바라보는 윤영. 그러다 순간 빛들 사이로 파묻히듯 쏙— 사라지면!
순식간에 다시 고요하고 평화로운 산속이다.

씬37.   우정리 뒷산 너머 + 해준의 차 안. 낮 (2021)

굴다리 안에서 퍼져나오는 빛들과 함께, 그 사이로 빠르게 샥— 빠져나
오는 해준의 차. 곧 브레이크를 밟으면 끼이익 멈춰 선다! 잠시 멍하고도
얼떨떨한 두 사람인데. 곧 두통 같은, 그러나 두통이라기엔 애매한.. 이상
한 감각이 느껴지기 시작하는 두 사람. 각자 이마를 부여잡은 채 잠시 있
다 말고, 서로를 슬쩍 본다. 없던 기억이 생겨나는 중인데!
그와 동시에 마구 울리는 두 사람의 휴대폰. 밀려있던 메시지가 한꺼번
에 들어오는 소리들이다. 그 요란한 소리에 얼른 정신없이 각자의 휴대
폰을 꺼내 보는 해준과 윤영. 미처 다 확인하기도 어려운 그때, 해준의

전화벨이 울린다. 보면, '**할아버지**' 떠있다.

해준	(! 가만히 받아보면)
병구(F)	...... 잘 도착했냐, 해준아?
해준	예. 오래 기다리셨죠? 잘 도착했어요, 할아버지. (하며 보면)
윤영	(와아.. 하듯 미소로 보는데)

이번엔 윤영의 전화벨이 울린다. 내려보던 윤영, '**엄마**'라고 글씨를 보며, '!!!' 글썽해지는.

해준	(알아채고는, 미소 번져선) 얼른 받아봐요.
윤영	(떨리는 손으로 받아선, 집중한 채) ... 여보세요... 엄마...? 진짜 엄마야..?!
해준	(안도하는 마음으로 그런 윤영을 보는 위로)
해준(N)	**우리는 그렇게... 무사히 미래에 도착했습니다.**

씬38.   순애의 (새로운) 집 앞. 낮

놀란 듯 올려다보는 윤영, 깔끔하고 단아한 단독주택이다.

윤영(N)	**우리의 현재는... 정말로 많은 게 바뀌어있었어요.**
윤영	집이.. 바뀌었어..! (신기한 듯 보는 데서)

씬39.   순애의 (새로운) 집, 거실. 낮

얼떨떨한 채 둘러보는 윤영. 집 안 곳곳에 꽂혀있는 수많은 책들과 귀여운 소품들. 그때, 방에서 급히 달려나오는 순애(53세)와 희섭(53세), 울컥한 채 윤영을 콱 끌어안는다.

윤영   (!! 글썽한 채 보는 위로)
윤영(N)   **한 달 동안 감쪽같이 사라져있던 나를 기다려준 나의 엄마,
            아빠는... 언젠가 내가 꿈에서 봤던 것과 꼭 같은 모습이었
            어요.**
순애   (윤영의 얼굴을 붙잡아 보며) 대체 어딜 갔던 거야, 어어?
윤영   (그저 벅찬 채 그렁한 미소로) ... 엄마 보러 갔었지이..
순애, 희섭   (?! 뭐라는 거야.. 하듯 서로를 보다 다시 안아주는 데서)

씬40. 병구의 서울 저택, 거실. 낮

생경한 느낌으로 둘러보는 해준. 한쪽 벽에 붙어있는 사진 여러 장. 젊은 날의 병구(50대-60대), 어린 해준을 데리고 강가에서 낚시했던 추억들이 잔뜩 담겨있다. 7세의 해준과 낚시터에서 나란히 컵라면을 들고 활짝 웃으며 찍은 사진, 10세의 해준과 방금 낚은 커다란 물고기를 들고 찍힌 사진, 12세의 해준과 낚싯대를 우스꽝스럽게 들고 찍힌 사진. 해준, 그 사진들을 흐뭇한 미소로 보며 따라 걷다 문득 한 곳에서 멈춘다. 병구가 2021년 6월 달력에 큼직하게 표시해 둔 글자. **'6월 *일 해준이 돌아오는 날'** ... 그리고 그 전의 모든 날짜들에 'X' 표시가 커다랗게 되어있는.. 그 무수한 X들을 가만히 보는 해준.

해준   (!...)
해준(N)   **30년이 넘는 세월 동안 한결같이 나를 기다려준
            누군가는.. 내게 했던 약속을 잊지 않았고,**

병구(80대, E) 해준아...!

해준 (!! 그 목소리에 고개 돌려 보는 데서)

씬41. 순애의 (새로운) 집, 주방. 낮

각자의 노트북을 펼쳐놓고 마주 앉은 윤영과 순애, 곁에는 마구 흐트러진 채 놓인 원고들. 두 사람, 일하는 중이다.

윤영(N) **나는, 드디어 내가 꿈에 그리던 소설가를 만나,
그녀의 편집자가 되었죠.**

윤영 (골똘한 채) 그 문장은 아무래도 빼는 게 좋을 거 같아.

순애 (치.. 흘기곤) 싫거든? 그렇게 참견할 거면 네 소설을 써.

희섭 (그런 두 사람 앞에 커피잔 각각 놓아주며, 편들어주듯) 그려,
네 소설을 써.

윤영 (! 발끈해 그런 두 사람을 보다, 잠시 갸웃한다. '내 소설...?')

씬42. 희섭의 LP 바. 밤

오래된 밴드들의 낡은 포스터들이 잔뜩 붙은 멋스러운 공간. 바 안쪽에 앉은 사장 희섭, (윤영이 선물했던) 낡은 통기타를 퉁기는 중이다. 그러거나 말거나 테이블 한쪽에 앉은 윤영, 노트북을 펼쳐놓은 채 빈 커서를 골똘히 노려보다, 타자를 치기 시작하는.. 큼지막한 제목으로 **〈어쩌다 마주친, 그대〉** 적고는 그 아래 엔터를 치고 '1987년에 갇혀버린 두 남녀의 이상하고 아름다운 시간 여행기' 적은 뒤 미소를 짓는다.

윤영(N) **그리고.. 일요일 밤 9시도 좋아하는 사람이 되었습니다.**

윤영	(문득 노트북 시계를 확인하곤, 황급히 희섭 향해) 아빠! 조용!! 조용!!
희섭	(! 상처받은 얼굴로 보며) 저 이씨..
윤영	(서둘러 찾은 리모컨으로 TV를 튼다. 막 시작하는 뉴스 화면과 함께 해준의얼굴 나오면, 반짝이는 눈빛으로 보는) ...!!!
희섭	(역시 해준의 얼굴을 올려다보며, 갸웃) ... 하.. 진짜 닮았는디..

화면 가득 앵커 멘트 중인 해준의 얼굴이 비춰지고 있는 와중에, 누군가 들어서는 소리.

희섭	(반가운 얼굴로 보며) 성...!
윤영	(?! 천천히 돌아보면)
유섭[50대]	멀끔하게 차려입은 모습으로, 미소 지으며 보는) 희섭아.
윤영	(그런 유섭의 모습을 잠시 보며 안도하는.. 곧 다시 시선 해준에게로)

씬43.   거리. 밤

도심의 예쁜 거리를 나란히 걷는 해준과 윤영.

윤영	여기서 이렇게 걸으니까.. 되게 낯선 기분이다, 그쵸?
해준	더 좋지 뭐. (윤영의 손을 끌어다 잡으며) 아무 데서나 손 잡아도 되고.
윤영	(!!.. 설레는 듯 보며) 아무 얘기나 해도 되고?
해준	(미소로 보다, 문득) 근데 부모님이 내 얼굴 보고 무슨 말씀

안 하세요?

윤영　왜 안 하겠어요. 뉴스 볼 때마다, 옛날에 다니던 학교 선생님
　　　이랑 얼굴에 목소리까지 똑닮았다고.. 너무 신기하다구.

해준　따님에 대한 의심도 하실만 한데.

윤영　물론이죠.. (피곤하단 듯 눈을 가늘게 뜨곤, 떠올리는)

씬44.　분식집. 낮 (회상)

테이블 하나에 마주 앉은 희섭과 순애, 윤영, 떡볶이를 먹고 있는 중이다.

순애　음.. 진짜 옛날에 먹던 거랑 똑같네. (희섭 툭 치며) 왜 우리
　　　옛날에.. 윤영이랑 같이 공원 가서 자전거 타던 날, 그때도..
　　　(하다 조금 울적해지는)

윤영　(!? 쿨럭.. 기침하면)

희섭　(얼른 물컵 건네주며) 30년이 지났어도 못 잊는 친구가 있
　　　어, 네 엄마헌티.

순애　그래서 이름까지 똑같이 지었잖아. (냅킨 꺼내 눈가 찍으며)
　　　근데.. 커갈수록 얼굴까지 똑 닮아가는 거야. 어떻게 이런 일
　　　이 있을 수가 있니?

윤영　(!!...) 나 가졌을 때 그 친구를 너무 많이 생각했나 보지.. 그
　　　럼 닮을 수 있어..

씬45.　거리. 밤 (씬43에 이어)

해준　(웃음을 참는) 그 얘길 믿어주신다구요?

윤영	안 믿으면 어쩌겠어요. 34년 전에 봤던 친구랑 선생님이 똑
	같은 얼굴을 하고 있다고.. 뭐.. 시간여행이라도 한 줄 알겠
	어요?
해준	(쿡.. 웃음 나는)

그렇게 서로의 손을 잡고는 평범한 연인들처럼 사람들 사이로 걸어나가는 두 사람 위로.

윤영(N)   **아... 얼마 전에는 그 사람을 우연히 마주치기도 했어요.**

씬46.   대형 서점. 낮

베스트셀러 매대에 진열된 순애의 새 소설*들을 뿌듯하게 바라보는 윤영, 휴대폰으로 그 모습을 찰칵찰칵 찍어보는데.. 그렇게 카메라를 돌리다 문득 그 안에 잡히는 익숙한 얼굴에 멈칫하는 윤영, 휴대폰을 내리고 보면, 저만치에 서있는 미숙(53세)이다. 다른 쪽에 진열되어있는 순애의 소설을 가만히 넘겨보던 미숙, 마침 고개를 들다 멈칫..
'!!' 윤영, 자신을 향한 그 시선을 피하기엔 이미 늦었다. 멀찍이 떨어진 채 가만히 마주 보는.

윤영   (... 떠올리는 데서)

---

* 띠지에 순애(53세)의 얼굴이 큼지막하게 박힌.

[인서트 - 씬. 우정리 읍내 서점 앞. 낮 (회상)]

순애의 〈작은 문〉이 깔린 매대 앞에 슬쩍 구경을 나온 윤영,
뿌듯한 듯 그 책들을 들춰보는데.. 문득 고개 들다 멈칫..
보면, 어느새 옆에 와 선 미숙, 물끄러미 진열대 보는.

윤영   (!!...)

미숙   (가만히 책들을 내려다보며) 그냥 책 구경하러
         온 거야..

윤영   (그 시선 끝의 순애 책을 따라서 잠시 보다가) ...
         후회하진 않아? 네가 한 일들.

미숙   ... 해.

윤영   (!? 좀 의외인데)

미숙   (순애의 책 넘겨보며) 좋은 건 그냥 좋다고..
         아픈 건 그냥 아프다고..
         부러운 건 그냥 부럽다고..
         솔직할 수 있었다면 좋았을 텐데, 나도.

윤영   (!!...)

미숙   (문득 보며) 그러지 못했으니까..
         이미 너무 늦었으니까.
         난 계속 남들 주위나 서성이면서..
         그렇게 살게 될지도 몰라.

윤영   ... 이미 늦은 건 없어. 지금 이 현재도,
         미래의 너한텐 과거니까.

미숙   ... 그런가? (설핏 웃는 데서)

이상하다는 생각으로 잠시 윤영을 바라보던 미숙(53세), 그러나 이내 시

선을 거두고는 순애의 신작 소설 한 권을 챙겨 들고 계산대로 향한다.
그런 미숙의 뒷모습을 바라보는 윤영.

윤영(N)   **그 사람의 현재가 어떤지는 모르지만, 어쩌면 조금은..**
            솔직해졌는지도 모르겠다고 생각했어요.

씬47.   꽃집 앞. 낮 (2022, 5월)

생각에 잠긴 채 걷던 해준, 예쁜 꽃들이 가득한 꽃집이 보이자 잠시 멈춰
선다.

해준(N)   **그리고 나는.. 여전히 미래와 과거를..**
            생각하며 지내는 중입니다.
해준   (곧 그 안으로 들어서는)

씬48.   바닷가. 낮

수수한 꽃 한 송이를 손에 든 해준, 저만치서 서있는 윤영을 바라본다.
그 모습을 미소로 보는 해준.. 가만히 떠올리는.

          〔 인서트 – 씬. 해준의 집 앞 골목길. 밤 〕
          (수리를 마치고 나가는) 제 아들을 마주하고 서있는 해준.
          곧 저만치 골목길 끝에서 (씬30의) 윤영과 순애가 이야기꽃
          피우며 걸어오는 게 보인다. 순애와 무어라 이야기하다,
          재미있다는 듯 까르르— 예쁘게 웃는 윤영.
          그런 윤영의 얼굴을 발견하자 곧장 뭉클해지는 아들.

남자	한 번만 가까이서 보고 가면 안 되나..
	우리 엄마 얼굴?
해준	안 돼. 지금 마주치면 곤란하니까..
남자	왜요?
해준	... 결말을 미리 알면 재미없잖아.. 앞으로의 우리
	연애가.
남자	(! 하다, 알았단 듯 픽 웃으며 끄덕이고는) 마주
	칠 사람은 어떻게든 마주치게 되는가 봐요.
	엄마 아빠, 여기서 이렇게 또 만난 걸 보면.
	결국 또.. 사랑에 빠지게 된 걸 보면.
해준	(!!... 잠시 보다) 네가 아는 저 사람은..
	뭘 제일 좋아해?
남자	(? 보면)
해준	기왕 알게 된 거.. 힌트 하나 주고 가면 좋잖아.
	나중에 선물 같은 거 할 때 미리 알아두게.
남자	(잠시 보다, 당연하다는 듯) 아버지요..
해준	(!!...)
남자	엄마는 아버지를 세상에서 제일 좋아했어요..
	(웃고는) 그리고 아버지가 가끔 사오는 꽃 한 송이..
	그걸 정말 좋아했어요.

윤영, 해준이 내미는 꽃 한 송이를 환한 미소로 바라본다.

윤영	뭐예요, 이게...?!
해준	선물.
윤영	(향기 맡아보며) 와아.. 좋아요. 너무 좋아요.

해준	너무 소박한 거 아닌가.. 겨우 이 정도로 그렇게 좋아하고.
윤영	선물한테 선물 더 받아서 뭐 하게요?
해준	(! 픽 웃어 보이는 데서)

/ Cut to.

해준에게 받은 꽃을 든 채 나란히 걸어가는 두 사람.

윤영	근데.. 그 타임머신은.. 이제 끝난 거예요?
해준	딱 한 번 다녀올 수 있는 기회만 남아있어요. 그게 어디든.
윤영	(아아.. 하듯 끄덕이다 슬쩍 보면)
해준	(역시 슬쩍 보다 눈이 마주친다..)
윤영	(! 같은 생각인가..) 혹시.. 내일이 5월 16일인 거.. 알아요?
해준	(!!...) 나랑 같은 생각인가..
윤영	만약에.. 만약에.. 딱 한 번만 더 다녀오면.. 어떻게 될까요?
해준	이번엔 더 잘해볼 수 있을 거 같은데.
윤영	(!! 멈춰서 보면)
해준	(역시 멈춰서 마주 보며) 한 번만 더 다녀올까요?
	이번엔 확실하게.

따뜻한 눈빛으로 마주 웃는 두 사람, 손을 잡은 채 나란히 걸어가는 데서.

씬49.   에필로그 – 우정리 굴다리 앞. 낮
빠르게 달려나가는 해준의 타임머신에 나란히 앉은 해준과 윤영.

윤영	(긴장한 채) 혹시.. 변수가 생기면 어떡하죠?
해준	아마.. 미래가 우릴 찾아낼 거예요. 어떻게든, 우리는 같이 있을 테니까.
윤영	(! 따뜻해진 눈빛으로 보면)
해준	준비됐어요?
윤영	(!! 끄덕이며 보는)

계기판 위로 손을 올리는 해준, 떠있던 숫자 '**2, 0, 2, 2**' 네 자리에서 '**1, 9, 8, 7**'로 바꾼 뒤 곧 액셀을 밟는다. 점차 높아지는 속도..
빠르게 달려나가는 차체, 조금씩 투명해지기 시작하면 손을 꼭 잡는 두 사람, 떨리는 채로 서로의 눈을 마주친 채 보는 데서...!

1. 〈어쩌다 마주친, 그대〉를 어떤 계기를 통해 기획하게 되셨는지 궁금합니다. 작품을 통해 꼭 전하고 싶은 메시지가 있었을까요?

약간의 TMI가 될 수 있겠는데요, (웃음). 이전 작품을 준비하던 2019년에 제 부모님은 다소 어두운 시기를 보내고 있었던 것 같습니다. 모든 관계에는 종종 먹구름 끼는 시간이 존재하는 법이니까요. 모처럼 쉬려고 집에 가면 부모님 사이의 천둥 번개를 그대로 맞고 있는 기분이 들어서 차라리 작업실에 박혀 글을 쓰는 게 마음이 편하다고도 생각했습니다. 그렇게 작품을 끝마친 11월에 엄마와 단둘이 짧은 여행을 갔어요. 여행 내내 아버지에 대한 얘기는 한마디도 꺼내지 않던 엄마는, 여행지 중 마침내 당신에게 가장 좋다고 여겨지는 장소에 도착했을 때 불쑥 한마디를 꺼냈습니다. "왜 너네 아빠는 평생 고생만 하는 걸까?" 좋은 곳에 함께 오지 못한 게 사실은 내내 속상했던, 가장 미워하는 순간마저도 아빠를 연민하던 엄마의 그 옆얼굴을 잠시 들여다보았습니다. 그러자 이따금 듣곤 했던 젊은 시절의 두 사람 이야기들이 머릿속을 스쳐 갔고, 곧 의미를 넓혀 새로운 상상들이 덧붙었어요. 그렇게 집에 돌아와서 곧장 A4 10장의 페이퍼를 정리해 썼고 그게 〈어쩌다 마주친, 그대〉의 시작이었습니다. 그 시작에서 제가 바랐던 것은, 우리 곁에 가까이 있는 사람들을 한 번쯤 들여다보고 싶게끔 만드는 이야기가 되는 것이었어요.

2. 많은 드라마 팬들이 작가님의 작품을 보고 탄탄한 서사가 강점이라고 꼽습니다. 이번 작품 역시, 등장인물이 많은 데다 추리 요소까지 있어 캐릭터 구축과 서사 설계에 공이 많이 들었을 것 같습니다. 처음 인물과 사건을 설정하면서 가장 중점에 둔 부분은 무엇이며, 처음의 기획과 가장 많이 달라진 내용이 있다면 무엇일까요?

살인사건이 들어가는 이야기에서 범인이 궁금해지는 것은 당연하고도 자연스러운 일이지만, 이 이야기에서는 범인 그 자체를 묘사하는 것보다 그로 인해 삶이 뒤틀리고 꺾였던 사람들에 대해 조명하는 것이 더 중요하다고 생각했습니다. 저마다 다른 가능성을 품은 채 반짝이던 사람들이 마을에서 일어난 비극적인 사건으로 인해 오래전 많은 것들을 잃게 된 일이 있었고, 타임머신이라는 매개체를 통해 먼 시간에서부터 그것들을 되찾아 주려는 용기 있는 사람들이 있었다는 이야기를 해보고 싶었기 때문이에요. 그래서 오히려 범인을 찾아가는 과정을 역으로 이용해 피해자들의 이야기에 가 닿게끔 구성을 했습니다. 누군가를 한껏 의심하게 만들어 그 인물에게 시선을 집중시킨 뒤 인물이 용의선상에서 제외되는 순간 그가 품고 있던 사연이 하나씩 밝혀지는 방식으로요. 이 사건에 잘못 얽혀들어 굴절된 인물 역시 피해자로 볼 수 있기 때문에 그들의 사연을 비추는 일도 의미가 있다고 생각했어요. 살해된 피해자 역시 그 사람이 어떤 인물이었는지를 더 가까이 들여다보는 방식으로, 범인은 직접적인 묘사보다 그 반짝임을 단절시킨 인간으로서의 우회적인 묘사를 쌓아가려고 했습니다.

그 밖에 고민했던 것은, 워낙 등장인물이 많고 기본적인 설정 자체가 많은 이야기였기 때문에 이들을 효율적으로 전달할 방법을 찾는 일이었는데요. 전체를 끌고 가는 주인공인 해준과 윤영 두 사람을 제외한 인물들에게는 초반에 비교적 강하고 분명한 캐릭터성을 부여해 짧게 강조하는 반면, 주인공에게는 독특하게 규정되는 캐릭터를 따로 설명하기보다 상황적으로 점차 풀어가는 방식을 택하고자 했습니다. 예를 들면, 1부에서는 정말 많은 일들이 벌어져야 했기 때문에 윤영의 경우, 보시는 분들에게 '이 사람은 그냥 나야. 내 얘기야.' 하고 단박에 감정을 붙여 친밀하고 빠르게 쫓아갈 수 있는 상황이 먼저 필요했고, 해준 역시 자신에게 주어진 독특하고 놀라운 상황에 반응하는 방식과 그 선택을 보여줌으로써 인물을 소개하는 쪽이 효과적일 거라 생각했어요. 이후에도 벌어지는 사건에 대한 각자의 생각과 행동으로 인물을 조금씩 쌓아가고자 했는데, 여기에는 물론 실제 배역을 맡은 배우 분들이 아주 섬세하게 덧입혀 주신 색채의 도움을 크게 받았습니다. 기본적으로는 이렇게 정해놓은 틀 안에서 이야기를 꾸려나가려 노력했고, 그 과정 속에서 사건의 디테일들은 조금씩 달라지기도 했지만, 전체적인 라인은 대체로 처음의 계획을 지키면서 써나갔습니다.

3. 집필하면서 가장 어려웠던 점은 무엇인가요?

균형을 잡는 일이었던 것 같아요. 다양한 톤과 장르가 섞이는 이야기였던 만큼 보는 분들마다 원하는 방향이 크게 달라질 수 있는 위험이 있었어요. 사건의 빠른 전개를 원할 수도 있었고, 관계의 진전을 원할 수도, 사람 이야기가 더 많이 다뤄지길 원할 수도 있었죠. 실제로 대본에 대한 피드백에서도 회차마다 기대하는 다음이 저마다 완전히 다른 경우가 종종 있었고, 그때마다 어느 한쪽도 제대로 만족시킬 수 없을지 모른다는 두려움이 생기곤 했습니다. 하지만 뒤집어 생각하면 하나의 흐름 안에서 다양한 재미를 가져갈 수 있다는 장점이 있었기 때문에 그 희망에 더욱 힘을 싣는 쪽으로 노력을 기울였던 것 같아요. 어떻게든 중심을 붙들고 써나가면 될 거라 믿었고, 물론 그 중심은 해준과 윤영이라는 두 사람이었습니다.

4. 주인공을 죽인 사람이 주인공의 아버지라는 설정이 신선했습니다. 연우로 범인을 설정한 이유는 무엇인가요?

해준과 윤영 두 사람 모두 시작점부터 많은 것을 잃어야 했음에도 자신이 어디서부터 무엇을 잃게 되었는지조차 모른 채 살아가던 이들이었습니다. 그런 두 사람이 마주쳤고, 결국 서로가 꼭 마주해야만 하는 시기에 다시금 새로 만날 수 있는 기회를 얻었죠. 그런 이야기를 하고 싶었기 때문에 범인의 정체는 시작부터 연우였습니다. 아마 해준과 윤영 중 한 사람이 혼자서 시간여행을 하고 혼자서만 그 진실을 마주했다면 결코 좋은 끝을 맺을 수 없었을 거예요. 두 사람이 모든 과정을 함께 통과했기에 지금처럼 앞으로 나아갈 수 있었겠지요. 마치 우리의 부모 순애와 희섭이 그랬던 것처럼요.

5. 윤영이 너무 안쓰러우면서도, 또 부럽기도 했습니다. 과거로 돌아가 잘못을 바로잡을 수 있는 기회가 주어졌으니까요. 윤영을 통해 작가님이 전하고자 한 메시지가 있다면 무엇일까요?

어쩌면 16부에서 윤영이 미숙에게 했던 마지막 대사를 전하고 싶었는지도 모르겠습니다. 미래에서 보면 결국 지금의 이 시간도 과거에 속할 테니 아마 아직 늦지 않았을 거라고, 그러니 지금 우리 곁에 있는 사람들에게 조금이라도 따뜻한 사람이 되어주자고, 어쩌면 그게 다른 누구보다 우리 자신을 위한 일인지도 모르겠다는 생각들이요.

6. 범인이 누구인가에 대한 추측도 드라마를 보는 재미였습니다. 관련한 에피소드가 있으실까요?

모든 촬영을 마친 기념으로 가진 자리에서 범룡(주연우 배우)이 슬쩍 들려준 일화가 있습니다. 우리 작품에는 공교롭게도 총 3명의 '연우'가 존재했는데요. 윤연우(정재광 배우), 유범룡(주연우 배우), 고민수(김연우 배우)입니다. 그런데 후반부 촬영을 준비하던 어느 날 범룡 배우가 현장에서 우연히

"범인은 연우.."라는 이야기를 듣게 되었대요. 아마 촬영 일정상 뒤 회차 대본 일부가 미리 나갔기 때문일 텐데, 아무튼 그때부터 범룡의 가슴은 콩닥 콩닥 뛰기 시작했고, '내가 범인이로구나!'라는 고요한 확신으로 남몰래 거울을 보며 범인의 서늘한 얼굴을 여러모로 열심히 준비했다고 합니다. 그런데 그가 받아 든 것은 12부 대본이었고... 범인인 내가 왜 폐가에서 죽음을 맞아야 하나, 한동안 어리둥절했던 그의 얼굴을 보며 어쩐지 미안한 기분이 들어 저 역시 남몰래 식은땀을 뻘뻘 흘린 기억이 납니다.

방송이 나가는 중에는 범인에 대한 시청자분들의 다양한 추리에 감탄하기도 하고, 또 역시 식은땀을 흘리기도 했는데요. 거기서 오는 어떤 긴장감 때문에 결국 14부는 본 방송을 챙겨 보지 못했습니다. 그 시각 밖에서 열심히 맥주를 마시곤 '이젠 모두가 범인을 알게 됐겠지...' 하고 조금은 홀가분해진 마음으로 늦은 밤 집에 돌아왔는데, 그때까지 기다리고 있던 아버지가 단호한 얼굴로 저를 보며 이러시는 겁니다. "아니야. 범인은 연우가 아니야. 범인은 교련이야. 그게 맞아.. 그게 진실이라고.." "아..." 그때 제 귓가에 들린 천둥소리는 무엇이었을까요. '솜사탕 썼은 너구리'가 된 저는 가족조차 믿어주지 않는 엔딩을 껴안고 울먹이며 그렇게 한 주를 더 기다려야 했습니다..

7. 2021년 엄마를 잃고 후회로 괴로워하는 윤영을 보며 많은 것을 느꼈다는 평이 많았는데요, 만약 윤영이처럼 과거의 부모님을 만날 수 있다면, 하고 싶은 것은 무엇이며 건넬 첫 마디는 무엇일까요?

아주 맛있는 밥을 한 끼 사주고 싶습니다. 의심스러워서 저랑 같이 밥을 안 먹어줄 것 같기는 한데, 그렇다면 제가 고마워해도 될 만한 일을 좀 하게 만들어놓고, 그 구실로 맛있는 걸 함께 먹는 거죠. 식당을 나와서는 마지막 인사를 나누는 척 아직 뽀얗고 통통할 그 손을 한 번씩 잡아보고 싶습니다. "고마워요. 정말로 고맙습니다." 그런 말들을 건네면서요.

8. 우리 작품은 인간이 느낄 수 있는 복합적인 감정을 모두 아우르고 있습니다. 덕분에 모든 캐릭터가 주인공처럼 느껴지기도 했습니다. 가장 공감이나 애정이 가는 캐릭터는 누구이며, 그와 관련한 못다 한 얘길 풀어주신다면요?

모든 인물에 크고 작은 마음을 얹혀 놓기 때문에 누구 한 사람을 꼽는 일이 어려운데요. 주인공인 해준과 윤영을 제외한다면, 지금은 희섭이 떠오릅니다. 아마 그가 지내온 시간들을 상상했던 제 시간이 길기 때문일 거예요. 겉으로는 밝아보이기만 했던 희섭이 록 음악을 좋아하는 데에는 사실 그가 이따금 홀로 들어야 했던 환청이나, 시끄러운 제 마음을 덮어주는 소리였기 때문이라는 설정이 있었는데요. 1987년을 배경으로 삼았던 이유 중에는 희섭의 이러한 역사와 연결고리가 있기도 했습니다. 마침 국내에서 헤비메탈의 전성기를 맞이한 시기이기도 했고요. 어떻게든 자신의 시간을 살아보려고 노력했던 희섭이 끝내 자신의 언어마저 버리면서까지 꺾였었다는 걸 생각하면 마음이 아픕니다. 그래서 더 애착이 가는 캐릭터입니다.

9. 해준처럼, 어느 날 타임머신이 눈앞에 나타난다면 사용하실 건가요? 과거와 미래 중 가고 싶은 곳은 어디인가요?

제 자신을 위한 용도라고 한정한다면, 그다지 사용하고 싶지 않습니다. 물론 저도 제 과거의 몇몇 순간에 찾아가서 정신 차리라고 뺨을 좀 때려준다든지, 울지 말고 떡볶이라도 사먹으라고 로또 번호를 좀 쥐여준다든지 하고 싶기는 한데 어쩐지 조금 귀찮은 기분이 드네요. 또 어차피 저는 제 말을 잘 안 들을 것 같습니다. 그렇다고 미래로 가보자니 스포 당한 제 인생을 살아가는 일은 별로 재미가 없을 것 같아요. 포기하겠습니다. 그런데 이렇게 적어놓기는 했지만 제가 과연 정말로 참을 수 있을까요. 인간의 호기심이란… 아마 타임머신을 줍기만 한다면 목적지가 어딘지는 몰라도 거의 고장 날 때까지 열심히 타고 다닐 게 분명합니다. 휴, 줍지 못해 다행이네요.

10. 작가님의 대사는 가끔 함축적인 특색을 띠는데, 때문에 곱씹어 볼수록 의미가 드러나 보는 맛이 있기도 한데요. 글을 쓰실 때 가장 중점에 두는 부분은 무엇이며, 작품을 그리실 때 절대 넣지 않는 요소나 금지 철칙 같은 게 있을까요?

제 나름의 리듬과 균형을 만드는 일을 중요하게 생각하는 편입니다. 구성을 짤 때나, 장면 전환을 할 때, 대사를 쓸 때 비록 어설플지라도 어쨌든 제 스스로 끄덕일 수 있는 리듬으로 낙차를 만들고 이어가는 게 저한테는 중요합니다. 그렇게 해야 한 회차가 한 덩어리로 보이는 느낌도 들어요. 가끔 대사를 쓸 때 작품 안에서 두 가지 의미로 읽힐 수 있는 문장을 쓰게 되면 기분이 좋습니다. 그건 혼자만의 작은 재미를 위한 것이기도 한데, 나중에 시청자분들이 꼼꼼하게 발견하고 공유해 주실 때면 몇 배로 더 좋아집니다. 아직 경험이 많지 않아 따로 금지 철칙 같은 것을 정해두진 않았지만, 언제나 다양한 사람들을 상대로 정해두고 쓰려고 합니다. 세상의 여러 사람들 중에 누군가는 글 안의 어떤 부분 때문에 자칫 상처받을 수도 있다는 가능성을 늘 염두에 두고, 가급적 그런 길을 가지 않으려고 부단히 노력합니다.

11. 전작도, 이번 작품에서도 느꼈습니다만, 로맨틱 장르도 정말 잘 쓰실 것 같다는 생각이 들었습니다. 몇 대사는 너무 설레기도 했는데요. 추후 로맨틱 장르를 쓰실 계획은 없으신지요?

따뜻한 용기를 북돋아 주셔서 감사합니다. (웃음). 서랍 속에 얌전히 넣어둔 이야기가 있기는 한데, 어쩌다 보니 그것도 여덟 글자의 제목을 가지고 있네요. 꺼내 들 수 있는 날이 오면 좋겠습니다. :)

12. 시즌2에 대한 요구가 많습니다. 주인공 해준 역의 김동욱 배우도 그렇고요. 다음 시즌에 대한 계획이 있나요?

제게는 너무나 감사한 상상일 따름입니다. 물론 저도 몇 가지 새로운 시작점에 대해 슬쩍 그려본 적은 있습니다. 비록 고장이 잘 나는 연약한 붕붕이

(타임머신)일지라도, 그 친구만 있다면 우리가 함께 가지 못할 곳이 없지 않을까요?

13. 마지막 회에서 윤영과 해준이 "과연 미래가 바뀌었을까요?"라고 기대하면서 굴다리를 통과하는데요, 두 사람의 바람답게 모두가 행복하게 사는 미래로 바뀌어있었습니다. 보면서, 참 행복했는데요. 작가님이 가장 바꿔주고 싶었던 인물의 과거는 무엇이며, 앞으로 다음 시즌이 있다면 바꿔주고 싶은 인물의 미래는 무엇인가요?

아픈 사연이 많았던 만큼 모든 인물의 미래가 잘 바뀌어있기를 바랐고, 그렇게 매듭지어 줄 수 있어서 다행인 마음입니다. 만약 우리에게 다음이 있다면 우선 다시 살아날 주영과 경애, 그리고 범룡의 새로운 미래를 그려보고 싶고요. 또 무엇보다 봉봉다방을 꿋꿋하게 지키는 청아의 삶을 그려보고 싶습니다. 아직도 청아를 떠올릴 때면 바닷가의 작은 집 평상에 홀로 앉아 영원히 뜨개질을 하고 있을 것만 같아서 마음 한쪽이 아려오는데, 한 번 더 과거를 바꿀 수 있다면 그녀에게도 또 다른 삶을 선물할 수 있지 않을까요. 여기에 조금 더 욕심을 부려보자면, 새로운 인물들이 또...! (웃음)

14. 마지막 장면에서 해준과 윤영은 다시 과거로 떠나기로 합니다. 두 사람은 정말 더 잘 해냈을까요? :)

물론입니다. :) 해준과 윤영이는 섬세하고 다정한 사람들이니 모두에게 최선의 방향이 무엇인지 찾아주려고 했을 거예요. 그리고 이번엔 모든 일을 잘 마친 뒤에 슬쩍 87년에서만 가능한 데이트를 즐겼을지도 모르지요. 강냉이와 함께하는 영화관 구경이라든가, 문 나잇트 디스코 클럽 무대에 오른 희섭의 공연을 함께 본다든가.. 두 번째 시간여행의 '짬바'란 그런 것이니까요.

15. 1987년, 2021년을 살고 있을 극 속 인물들에게 인사를 해주세요.

"모두들 거기 잘 있지요? 다들 행복하게 지내고 있다고 들었어요. 정말 다행입니다. 생각날 때마다 종종 놀러 갈게요. 함께해 줘서 고맙습니다. 오래오래, 기왕이면 영원히, 건강하게 잘 살아주세요!"

16. 대본집을 읽게 될 팬들께 인사 부탁드립니다.

〈어쩌다 마주친, 그대〉를 함께해 주신 여러분들께 진심으로 감사드립니다. 헤어지기가 못내 아쉬운 마음에 주절주절 부끄러운 이야기들을 늘어놓으면서 최대한 작별의 시간을 늘려보았어요. 그럼에도 부족하게만 느껴집니다만, 부디 이 기록들이 우리의 또 다른 따뜻한 마침표가 될 수 있기를 바랍니다. 방송이 나가는 동안 여러분들이 들려주신 애정 어린 말씀들 덕분에 저 역시 많은 감동을 받았습니다. 그 소중한 마음에 보답하는 글을 쓰기 위해 노력하겠습니다. 감사합니다.

서지혜 순애 역

1. 〈어쩌다 마주친, 그대〉를 어떤 작품으로 해석했는지 궁금합니다. 순애를 통해 시청자께 어떤 메시지를 전달하고자 했나요?

우리 작품은 스릴러를 표방하지만 '시간여행'이라는 테마를 활용해 사건을 따라가게 되면서 각 인물들이 살아온 과정을 이해하게 되는 따뜻한 드라마예요. 달콤쌉싸름한 '쌍화차' 같은 드라마라고 할 수 있어요. 작품을 통해 주고자 하는 메시지와 닮아있다고 생각해서 기록해 두었던 책의 한 부분을 가져왔어요.

"다정과 평화를 닮아가는 일은 타인과 세상을 알고자 하는 마음을 통과하는 동안 이뤄지는 것이다. 모르겠는 것, 이해할 수 없는 일들이 '알고 싶다'는 마음이 될 때 우리는 연결된다." _〈슬픔의 방문〉, 장일호(낮은산)

순애를 통해서 우리가 볼 수 없었던 엄마의 반짝이고 풋풋했던 사랑스러운 그 시절을 보여주고 싶었습니다.

2. 순애 역을 어떤 계기로 제안받게 되었고, 하겠다고 마음먹은 결정적인 이유는 무엇인가요?

감사하게도 감독님께서 미리 저에 대해 내가 찾던 순애인 것 같다는 생각을 하셨다고 해요. 그렇게 미팅을 하게 되었고, 그때 리딩과 대화들을 나누면서 순애를 찾았다고 말씀해 주셨던 기억이 떠올라요. 시놉시스의 끝 부분에 "살인사건이 등장하지만 결국 남는 건 '사건'이 아니라 '사람'이 되기를 바란다"는 말이 인상적이었어요. 현재의 우리는 각자의 인생에서 아주 짧게 스쳤던, 혹은 몹시 강렬했던 경험과 인연들, 사소한 순간들, 사건들이 복잡하게 섞여 만들어진 상태잖아요. 시간여행을 통해 과거로 돌아가 함께 사건을 다시 겪게 되면서 지금 현재의 인물들이 왜 이렇게 될 수밖에 없었는지를 알게 되고 마침내 '사람'을 이해하게 되리라는 메시지가 너무 좋았어요.

3. 배우 서지혜가 소개하는 순애는 어떤 사람인가요?

순애는 "무서워하면서 끝까지 걸어가는 사람"이라고 할 수 있을 것 같아요. 안절부절하면서도 결국에는 나아가는 강인함을 가진 사람이요. 절망과 고난 위에서도 씩씩하게 낭만을 안고 살아가는 멋진 사람인 것 같아요.

4. 순애 역할에 찰떡 캐스팅이라는 평이 있습니다. 순애는 겉으로 유약하지만 드러나지 않은 강단이 있는 역할로, 나중엔 자신이 〈작은 문〉의 작가라고 바로 잡기도 하는데요. 시청자의 입장에서 순애의 성장을 지켜보는 것이 큰 쾌감을 불러일으키기도 했습니다. 순애라는 캐릭터를 준비하면서 혹은 연기하면서 어려운 점은 없었나요? 순애라는 역할을 맡고 어떤 점을 부각하려고 노력했는지 궁금합니다.

순애의 성장은 윤영이가 없었으면 가능하지 못했을 거라고 생각해요. 순애의 강인함이 내면에 있긴 했지만, 결국 그걸 꺼내준 건 윤영이었으니까요. 순애를 준비하면서 순애의 순수함과 날 것의 느낌 그리고 연약한 어리숙함을 표현하기 위해서 목소리나 말투도 어눌하고 혹은 귀엽게 바꾸려고 했고,

움직임이나 걸음걸이도 어색하도록 조금 뚝딱거리는 느낌을 많이 주었어요. 엉성한 자세나 폼이 처음엔 적응하기 많이 힘들었지만 금방 순애로 이입하게 되었어요. 그리고 가장 중요한 요소인 순애의 순수한 눈에 집중하려고 노력했어요. 어떤 의도나 감정을 다 지우고 최대한 깨끗하고 투명한 눈으로 바라보기 위해 애썼습니다.

부각하고 싶었던 것은 현재 순애 역을 맡으신 지현 선배님과의 싱크로율이었어요. 어느 정도 맞아야 한다는 생각이 있었고, 실제로 지현 선배님께서는 특유의 사랑스러움과 선함, 소녀스러움이 묻어나는 큰 매력을 가지고 계신 분이라 그 점이 순애와 너무 닮아있다고 생각해서 선배님을 많이 관찰하고 참고하려고 노력했어요.

5. 희섭이 매표소의 순애를 보고 첫눈에 반하는 장면에서 순애는 '그 시절 첫사랑'의 전형이었는데요, (〈스잔〉이라는 노래까지 입혀져 흡사 뮤직비디오 같았습니다) 작품을 관통하는 장르는 스릴러지만 로맨스의 큰 축을 담당하고 있는 순애 덕분에 설렘도 느껴가며 작품을 볼 수 있었습니다. 스스로 생각하기에 순애의 매력이 가장 잘 드러나는 장면은 무엇이며, 이 장면을 비롯하여 촬영하면서 가장 기억에 남았던 순간이나 장면이 있다면 무엇일까요?

저 역시 희섭과의 만남씬을 꼽는데요, 차부집에서 희섭이를 처음 만났을 때와 소풍길에서 만났을 때인 것 같아요. 사실 차부집 첫 만남씬은 노래가 나오지 않는 상태에서 들리는 것처럼 연기해야 했는데요, 그 분위기를 놓치지 않으려고 촬영 전까지 〈스잔〉을 엄청 들었던 기억이 나요. 그리고 소풍길 만남 장면은 제가 굉장히 아름답게 뛰어와야 하는 장면이었는데, 사실 그곳이 엄청 오르막길인데다가 풀이 우거진 곳이라 뛰기 힘들었거든요. 숨도 차고, 땀도 나고요. 그래도 최대한 사뿐하게 뛰려고 애를 많이 먹었고, 마지막엔 '엔딩요정'처럼 엄청 가쁜 숨을 감추고 최대한 아닌 척해야 했던 게 기억에 많이 남아요.

아, 그리고 한 가지 더 꼽자면, 순애와 희섭이의 봉봉다방 장면도 꼽고 싶은 데요, 희섭이가 순애에게 고백하는 장면이면서 순애 또한 희섭이를 보며 설렘을 느끼는 장면이거든요. 그 장면을 촬영하기 전에 원정이가 마치 이 노래가 나올 것 같다며 〈Until l found you〉라는 노래를 보내주었는데요, 노래를 듣자 정말 그 씬이 너무 상상되고 그려져서 촬영 전까지도 계속 그 노래를 듣고 촬영에 임했던 기억이 나요. 실제로 촬영할 때도 정말 그 노래가 흘러나오는 듯했어요.

6. 나이트클럽에서 미래에서 온 딸, 윤영을 처음 마주칩니다. 순애는 황당해하며 윤영에게 본드를 불었냐고 묻기도 했지요. 실제로, 누군가가 미래에서 왔다며 다짜고짜 엄마라고 부른다면 어떻게 반응하겠습니까?

우선 순애처럼 얼어있기 전에 '도를 아십니까' 혹은 신종범죄라고 생각하고 무조건 전속력으로 도망칠 것 같아요. 하지만 음.. 그럴 수 없는 상황이라면 가족들, 친척, 사돈에 팔촌까지 모두 이름을 물어보면서 증명할 수 있는지 먼저 확인해 볼 것 같아요.

7. 회차를 거듭하면서 시청자 사이에서 연쇄살인범 찾기가 화제였습니다. 연쇄살인범이 누구인지 알게 된 시점은 언제인가요? 범인을 알기 전 가장 유력하게 의심했던 캐릭터가 있다면 누구인가요? 주변에서 들었던 재밌는 일화가 있을까요?

우선 범인을 알게 된 시점은 폐가 촬영 일정이 잡힌 뒤였어요. 사실 배우들도 모두 끝까지 거의 몰랐던 상태였기 때문에 서로 추리하고 각자 소설을 써가면서 나름의 재미있는 토크 주제가 되었어요. 제가 생각해 본 범인의 정체는 두 가지였는데, 하나는 모든 사건의 범인이 모두 다르며, 미숙이의 살인 시나리오를 통해 미숙이가 직접 범행을 하진 않지만 소설처럼 옮겨지도록 설계했고 이후 그 시나리오를 출판했을 거라 추측했어요. 두 번째는 성인 미숙이가 시간여행자라는 추측이었는데, 그래서 새로운 시간여행자인 윤영을 견제하며 미리 미숙이가 순애의 소설을 빼앗아 출판했을 거라고 생각했어요. 배우들끼리 나름 추측하면서 즐거웠고요, 또 먼저 범인을 알게 된 배우분들은 모르는 배우들을 상대로 장난치고 놀리면서 범인은 서로 자기라고 했다가 사실 너인데 몰랐냐고 했다가 하면서 재밌게 놀았던 거 같아요.

8. 13회차에 순애가 연쇄살인범에게 납치되어 탈출하는 장면을 보며 두려움과 안타까움을 동시에 느꼈는데요, 해당 장면을 촬영하면서 힘들지는 않았나요? 전체 촬영을 통틀어 가장 힘들었던 장면과 기억에 남는 장면이 있다면 소개해 주세요.

13화 장면을 찍으면서는 실제로 비바람이 부는 날씨 때문에 다들 정말 고생을 많이 했어요. 저는 얼굴에 비닐봉지를 쓰고 손이 뒤로 묶여있어야 했기 때문에 씬이 통으로 끝날 때까지 움직일 수 없었는데요, 비닐봉지가 굉장히 두껍고 앞이 보이지 않는 상태였기 때문에 FD님께서 매번 비닐봉지를 벗겨주시고 씌워주시고 하면서 촬영을 했어요. 도망쳐서 뛰어가는 장면을 찍을 땐, 정말 너무 힘들었는데요, 처음엔 주저하고 망설이면서 뛰다가 살인범이 범룡이를 벽돌로 내리치는 소리만 들렸을 때 그 소리의 의미를 알고는 공포감에 휩싸여 정신없이 뛰었거든요. 살인범이 추격해올 걸 생각하니 실제로도 소리조차 지르지 못하고 겁에 질려 뛰어가는 연기가 나오게 된 거 같아요. 실제로 연우역의 배우께서 뛰시는 걸 먼저 보았는데 정말 무섭도록 달리기가 빠르셨어요. 두려웠습니다.

그리고 다른 힘들었던 장면을 꼽자면 초반 회차에 순애가 친구들의 괴롭힘에 물에 빠지고, 그걸 본 윤영이가 구해주는 장면이 있는데요, 그때가 기주언니와 두 번째 촬영이었거든요. 촬영 당시가 아직 추운 시기여서 겨울 강처럼 무척 차가웠어요. 언니도 저도 둘 다 벌벌 떨면서 촬영했던 기억이 나요. 그 덕분에 언니와 빠르게 가까워지게 되었지만요. 또 희섭이가 경찰에 끌려갔을 때 순애는 방에 갇혀 오열하는 장면도 빼놓을 수 없을 것 같아요. 그때 촬영 장소가 세트여서 홀로 촬영해야 했거든요. 촬영팀 B팀과 첫 촬영이었기 때문에 더 긴장을 많이 했어요. 하지만 촬영에 들어가기 전에 희섭이가 고문당했던 장면을 많이 돌려 보고 당시 운동권 학생들이 고문 받는 영상들을 많이 찾아보면서 희섭이를 떠올려보았죠. 심적으로 괴롭고 슬프고 아팠던 촬영이었어요. 촬영이 끝나고는 정말 녹초가 될 만큼 감정 소모를 많이 해서 힘들었던 기억이 나요. 또 개인적으로는 촬영기간 동안 눈 건강이 악화돼서 햇빛에 눈을 뜨기가 상당히 힘든 상태였어요. 그런데 소풍 씬이나 강가 씬처럼 야외촬영 분량이 많아서 애를 많이 먹었어요. 정말 이마로 눈뜨기, 눈썹으로 눈뜨기 등 여러 방법을 시도해서 잘 버텨내려고 노력했던 것 같아요.

9. 이 작품은 '지나간 시간을 돌이킬 수 있다면'이라는 전제로 시청자에게 말을 겁니다. 배우 서지혜는 시간을 되돌릴 수 있다면, 어느 시점으로 돌아가 어떤 것을 되돌리고 싶나요?

인생에서 수정하고 싶은 부분이라든지 제발 돌이키기를 바라는 그런 순간은 없어요. 모든 순간, 모든 부분이 있었기에 지금의 제가 존재한다고 생각하거든요. 하지만 꼭 가야 한다면... 2018년 보라카이 여행 때 밤바다를 걷던 순간으로 잠시 다녀와 보고 싶어요.

가장 행복함을 느꼈던 때를 생각해 보라고 한다면, 가장 먼저 떠오르는 기억이거든요. 사실 지금은 그때 내가 뭘 느꼈고, 좋았던 이유가 무엇인지 꼽아보라면 뚜렷하게 말할 순 없거든요. 그치만 그때 행복했던 기억은 분명해요. 우리는 살면서 낭만은 점차 잃어버리고, 감정의 임계점은 갈수록 낮아지잖아요. 그래서 행복했던 그 장소에 다시 가더라도 예전과 똑같은 행복을 느끼진 못하잖아요. 저는 그 마음이 너무 아쉬워요. 그래서 저는 그때의 내가 있던 순간으로 돌아가 지금은 휘발되어 없어진 모든 찰나를 음미하고 싶어요.

10. 실제로 타임머신이 내 손에 들어왔다면 해준처럼 사용해 볼 의향이 있으신가요? 반대로 누군가가 먼 미래에서 왔다며, 내 말을 믿어달라고 한다면 어떻게 대응하실 건가요? 첫 마디는?

저는 정말 현실적으로 복권번호를 알아온다거나 재벌집 막내아들처럼 살아볼 것 같아요. (다들 비슷하지 않을까요?) 타임머신을 통해 경제적 여유를 얻을 수 있다면 어떤 불안함이나 초조함 없이 세계를 돌며 여행하고 즐기면서 일하는 말도 안 되는 삶을 살아보고 싶달까..?

그리고 누군가 미래에서 왔다고 하면 우선 의심하면서 이것저것 질문세례를 하고 돗자리 깔아주며 궁금한 것을 마구 물어볼 것 같아요.

11. 배우 서지혜가 꼽는 결정적 장면과 전 캐릭터의 모든 대사를 통틀어 가장 기억에 남는 대사가 있다면 무엇일까요?

첫 번째는 윤영이와의 소풍길에서 윤영이가 했던 내레이션이요. "엄마의 꿈은 이루어졌다. 나에게서." 시청자의 입장으로 보면서 가장 울컥하게 되었던 대사였어요. 그동안 당연히 여겼던 순간들이 얼마나 감사한 것이었는지를 생각해 보게 되었어요. 두 번째는 순애가 입원한 병원에 희섭이가 찾아와서 순애에게 그러거든요. "너가 잘못한 건 아무것도 없어."라고요. 사실 순애는 언니를 불행하게 잃었고, 엄마는 그 충격으로 이상한 행동까지 하게 돼요. 언니가 죽은 이후의 시간은 순애에게 지옥이었을 거거든요. 게다가 그런 상황에서 희섭이까지 자신 때문에 모진 고문을 받게 되었다는 죄책감에 시달리면서 무너지면 안 된다는 생각에 제대로 울지도 못해요. 그런 순애에게 가장 필요하고 듣고 싶은 말이었을 거예요. 실제로 촬영할 때도 뭔가 막힌 곳이 펑 터지듯 참아왔던 눈물이 엄청 쏟아진 느낌이었어요. 세 번째는 병원에서 깨어난 순애가 부모님을 보며 했던 "죄송합니다."라는 대사예요. 사실 부모님을 보고 저도 모르게 나왔던 애드리브였어요. 의도하진 않았지만, 왜였는지 부모님 얼굴을 보자마자 경애언니 때문에 힘들었을 부모님께 나

또한 그런 공포와 슬픔을 안겨줄 뻔했다는 것에 저절로 죄송합니다를 연신 반복하며 울게 되었던 것 같아요.

12. 〈어쩌다 마주친, 그대〉를 촬영하며 배우로서 얻은 것이 있다면 무엇일까요?

출연 회차가 많았던 작품이었던지라 스태프분들, 배우분들과 함께하는 시간이 굉장히 많았거든요. 그래서인지 얼마나 많은 사람들이 각자의 자리에서 얼마나 최선을 다해 함께 만들어 가고 있는지를 고스란히 느낄 수 있었어요. 모두가 함께 만들어 가는 순간들을 통해 '함께'라는 것을 배웠고, 그래서 저 또한 제가 맡은 것들에 대해 최선을 다해야겠다는 생각을 했어요. 그 덕분에 배우라는 직업에 새로운 매력을 느끼게 되었고, 열정을 갖게 되었답니다.

13. 작품을 마치며, 나의 '순애'에게 해주고 싶은 말은?

순애야, 잠시나마 너의 눈에 비친 세상을 바라볼 수 있게 해주어서 고마워. 그 시선은 너무 따뜻하고 다정하고 아름답더라. 나도 한때는 작은 행복에 큰 낭만을 느꼈던 순간이 있었는데. 덕분에 잃어버린 것들에 대해 많이 생각해 보게 되었어. 고마워. 이 느낌을 기억하면서 좀 더 다정히 살아볼게.

14. 〈어쩌다 마주친, 그대〉를 사랑해 주신 분들에게 인사 부탁드립니다.

첫 방송을 기다렸던 게 엊그제 같은데 벌써 16부까지 끝났다는 게 실감이 안 나네요. 하나의 사건을 겪은 사람들의 '현재'라는 결과밖에 알 수 없었던 우리에게 〈어쩌다 마주친, 그대〉는 그들이 걸어온 길을 되짚어 돌아가 보게 하는 '손전등'을 선물합니다. 16부작을 같이 걸어본 지금, 우리가 인생에서 겪는 모든 일이나 고생들이 원하든, 원치않든 주어지기에 그때의 선택들로 이루어진 지금이, 결과가 결코 그 사람을 완벽하게 정의하지 못한다는 것을 알게 되었습니다. 드라마를 통해 조금은 다른 이들을 '이해'해보겠다는 따뜻한 결심으로, 다정을 향하는 태도로 서로를 대하며 사는 계기가 되었기를 바랍니다. 모든 캐릭터를 사랑해 주시고 지켜봐 주셔서 감사드리고 순애를 응원해 주셔서 너무 감사드립니다.

"마음을 귀한 방향으로 기울이는 계기가 되셨기를."

이원정 희섭 역

1. 〈어쩌다 마주친, 그대〉를 어떤 작품으로 정의하셨는지 궁금합니다. 작품 속 희섭을 통해 시청자께 전달하고 싶은 메시지는 무엇일까요?

희섭이의 시점에서 정의하자면 〈어쩌다 마주친, 그대〉가 아니라 〈어쩌다 마주친, 순애〉라고 생각해요. 그리고 저에게 〈어쩌다 마주친, 그대〉는 꼭 만나야 했던 작품, 저를 성장하게 만들어준 작품입니다. 〈어쩌다 마주친, 그대〉는 스릴러, 범인 찾기, 멜로, 가족 이야기, 가슴 아픈 과거 등 다양한 장르가 담긴 '복합장르 드라마'예요. 그렇다고 너무 복잡한 드라마는 아니고요. :) 대본을 보면서 자연스럽게 빠져들었고, 서사와 스토리가 너무 탄탄해서 촬영하면서도 매번 감탄했어요. 우리 드라마는 "나라면 어땠을까?" "난 어떤 선택을 했을까?"라는 생각을 하면서 스스로를 돌아보게 만드는 드라마라고 생각해요.

2. 희섭 역을 제안 받았을 때 어떤 계기로 제안 받게 되었고, 하겠다고 마음먹은 결정적인 이유는 무엇이었나요?

희섭 역할은 오디션을 통해 만났어요. 대본을 처음 본 순간부터 '무조건 하고 싶다' '내가 해야 된다' '잘 해내야 된다'라는 생각밖에 없었고, 오디션을 보는 내내 희섭이에게 100% 스며든 것처럼 표현하려고 노력했던 기억이 나요.

3. 배우 이원정이 소개하는 희섭은?

희섭이는 겉으로 보이지는 않지만 누군가에게 온 마음을 다 쓰고 있는 친구예요. 순애를 사랑하는 만큼 가족을 생각하는 마음이 크고 넓은 캐릭터인데요, 제가 생각하는 희섭이는 '바위' '태양' '음악'으로 비유할 수 있을 것 같아요. 캐릭터가 가진 우직한 면과 누군가를 지키기 위해 버티려고 하는 모습이 바위 같고, 언제나 우리 곁에 있는 태양처럼 주변 사람들의 곁에 머무는 모습이 따뜻하게 다가오죠. 그리고 '음악'은 복합적인 의미를 담고 있는데, 어머니의 환청을 듣지 않기 위해 록 음악을 듣는 설정도 있지만 누군가에게 즐거움을 주기 위한 것도 있어요. 단편적으로 봤을 때는 사투리 쓰는 마냥 귀여운 청년이라고 생각할 수도 있지만 누구보다 섬세하고 다양한 면모를 지니고 있으며, 많은 것들에 마음을 쓰는 입체적인 친구예요.

4. 희섭은 시대의 아픔을 겪는 인물로 등장합니다. 태어나기 전 시대의 인물을 표현한다는 것이 쉽지 않았을 것 같습니다. 그럼에도 그 시절의 고통이 고스란히 전해지도록 표현해 안타까움을 자아냈는데요, 캐릭터를 준비하면서 혹은 연기하면서 가장 중점에 둔 것은 무엇이었나요?

희섭이의 아픔을 표현하기 위해 근현대사 공부를 많이 했어요. 주요 촬영지 중에 전라도가 많았는데요, 그래서 전라도로 촬영을 갔을 때 광주에 가서 5.18 민주화운동 기록관을 둘러보고 서적, 다큐멘터리, 유튜브 등을 찾아보면서 열심히 공부했어요. 그 시절을 겪어보지 않았기 때문에 경험보다는 상상에 의존해야 했는데, 그때의 감정을 상상으로 채우기 위해 노력했어요. 그리고 5.18 민주화운동의 아픔을 모두 담아낼 수는 없지만 제가 할 수 있는 한 모든 것을 표현하고 싶은 마음이 컸어요. 감정 연기를 준비하면서 비주얼 적으로는 고문 받는 장면을 촬영하기 위해 몸의 수분 양을 조절해가며 5kg을 감량했어요. 물을 마시지 않고 몸을 만들다 보니 실제로 쓰러지기도 했죠. 역시 큰 관건은 전라도 사투리였는데요, 전라도 사투리를 전혀 써

본 적이 없기 때문에 공부를 위해 6박 7일 동안 전라도로 떠나 전라북도와 전라남도의 사투리를 구분하면서 공부했고, 드라마의 시대인 80년대 사투리를 구사하기 위해 친구의 할머니께 도움을 요청하기도 했어요. 할머니께 간단한 질문을 드리면서 녹음을 했고 매일매일 들으며 따라 했어요. 그렇게 연습하면서 20대 광주 분들에게 제 사투리가 어떤지 모니터를 해봤는데, 너무 잘한다는 칭찬을 해주셔서 좋았어요. 할머니, 할아버지가 쓰는 사투리 같다고 얘기해 주는 분도 계셨어요. 서울에 돌아와서도 가족들, 친구들, 지인들과 이야기할 때 계속 사투리를 사용했어요. 실제 전라도 분들이 들으셨을 때 어색하다고 느끼지 않도록 노력했어요. 기타 치는 모습도 리얼하게 보이길 원해서 손가락 물집이 잡힐 정도로 계속 연습했어요. 희섭이를 연기하기 위해서 할 수 있는 모든 노력은 다한 거 같아요.

5. 매표소의 순애를 보고 첫눈에 반한 장면이 인상 깊었습니다. 이원정 배우의 매력이 잘 드러나는 부분이었는데요, 해당 장면을 촬영하면서 기억나는 에피소드나 (다른 장면을 촬영하면서) 겪었던 재밌는 일화가 있을까요?

촬영장에서 순애를 보는 순간 정말 드라마 속에서 튀어나온 인물 같았어요. 수수한 외모와 순수한 마음을 가진 순애에게 조명과 앵글까지 더해지니 정말 '희섭이가 반할 수밖에 없다'라는 생각이 들었어요. 그래서 차부집 씬을 찍을 때 감독님께 "순애를 보고 여기서 그냥 넘어져 버리면 어떨까요?"라고 제안한 기억이 나요.

6. 회차를 거듭하면서 시청자 사이에서 연쇄살인범 찾기가 화제였습니다. 살인범이 누구인지 알게 된 시점은 언제인가요? 범인을 알기 전 가장 유력하게 의심했던 캐릭터가 있다면 누구인가요?

저는 연우가 대본에 등장할 때부터 이상했어요. 뭔가 낌새가 심상치 않았고 대본에서 이름을 보는 순간 '어? 뭐지?' 싶었어요. 미국에 있다는 설정도 의심스러웠고요. '과연, 진짜 미국에 있을까?'라는 의문을 가장 먼저 품었죠. 시청자분들만큼이나 몰입해서 범인을 추측했던 거 같아요. 그런데 연우를 의심하다가 교련 선생님에게 화살을 돌리기도 했어요. 사실 연우가 범인인 걸 알기 전까지 대부분의 인물들을 의심했어요. 그만큼 스토리가 촘촘하고 흥미로웠어요.

7. 이 작품은 '지나간 시간을 돌이킬 수 있다면'이라는 전제로 시청자에게 말을 겁니다. 배우 이원정은 시간을 되돌릴 수 있다면, 어느 시점으로 돌아가 어떤 것을 되돌리고 싶나요?

저는 시간을 되돌리고 싶지 않아요. 왜냐하면 양자물리학적으로 시간을 되돌릴 수 없기 때문이죠. 농담입니다(웃음). 저에게는 지금 이 시간 자체가 너무 소중하고 감사해서요. 인간은 서서히 늙어가고 언젠가는 죽기 때문에 매 순간이 아름답고 소중한 거 같아요. 과거로 돌아가서 무언가를 바꾸고 영생을 꿈꾼다는 건 그저 바람일 뿐 바뀌기도 힘들 거 같고요. 현재의 삶에 충실하고 열심히 살아가는 게 더 중요하다고 생각해요.

8. 실제로 타임머신이 극처럼 내 손에 들어왔다면 해준이처럼 사용해 볼 의향이 있으신가요?

만약에 타임머신이 있다면 부모님의 유년 시절로 돌아갈 거 같아요. 저도 윤영이처럼 아버지와 어머니의 유년 시절로 돌아가 같이 친구로 지낸다면 너무 재미있고 기쁠 거 같거든요. 물론 지금도 부모님과 친구처럼 잘 지내고 있지만 또래 친구들한테 장난치는 것처럼은 못 하잖아요. 하지만 과거로 돌아가면 제가 아들인지 모르실 거기 때문에 티격태격하면서 재미있게 놀 수 있어서 행복할 것 같아요. 그리고 과거로 돌아갔는데, 제가 미래에서 온 사람이라고 말해도 믿지 않으면 다음 날 있을 스포츠 경기의 스코어를 맞춘 다거나, 내일 삼성전자 주식이 얼마일 거다, 내일은 이런 일이 벌어질 거다

등 미래를 계속 말해주면서 믿게 할 것 같아요. 그러다 보면 언젠가 제 말을 믿게 되겠죠?

9. 촬영하면서 가장 힘들었던 장면은 무엇이며, 반대로 가장 행복했던 순간은 언제였나요?

촬영하면서 힘들었던 점보다 개인적으로 힘들었던 날이 있는데요, 3회에서 희섭이가 우정고등학교로 전학을 오는 장면이 있어요. 밝은 텐션으로 장난기 가득한 연기를 보여야 하는 장면이었는데, 그날 저희 강아지가 무지개다리를 건넜거든요. 선배님들도 많이 계셨고 웃으면서 촬영했어야 했는데 강아지가 떠났다는 이야기를 듣고 나니 집중하기 힘들었어요. 감사하게도 감독님과 스태프분들, 모든 선배님들이 제가 마음을 잘 추스릴 수 있도록 챙겨주셨고 천천히 촬영해도 되니까 마음을 가다듬으라고 다독여 주셨어요. 그때가 사람 이원정으로서 가장 힘들었던 때예요. 반대로 가장 행복했던 순간은 형을 대신해 잡혀가 고문을 당하는 장면을 촬영할 때예요. 그 장면을 너무 잘 해내고 싶은 욕심이 컸어요. 진지하게 임하고 싶었고, 희섭에게 과거의 트라우마도 있는 중요한 장면이었거든요. 체중 감량까지 하면서 정말 열심히 준비했어요. 촬영 날 리허설보다 한 시간 정도 먼저 그 방에 들어가서 공간을 느끼려고 했어요. 그 시절 이런 마음이었겠구나, 이런 고통을 겪었겠구나, 얼마나 힘들었을까를 상상하면서 집중력을 끌어올렸어요. 연기를 마쳤을 때 감독님께서 "박수 한번 주세요"라고 말씀하셨고, 현장에 계신 전 스태프분들과 모든 배우분들이 기립 박수를 쳐주셨어요. 정말 소름이 돋았고, '아, 내가 이래서 연기를 좋아하는구나'라는 생각이 들면서 인정받는 그 순간이 너무 행복했어요.

10. 배우 이원정이 꼽는 결정적 장면과 전 캐릭터의 모든 대사를 통틀어 가장 기억에 남는 대사가 있다면 무엇일까요?

9회 엔딩 장면과 "당신의 가장 어두운 밤에, 내가"라는 대사인데요, 실제로 대본을 보고 눈물을 흘렸어요. 온전히 대본에 스며들었고 감정이 북받쳐 올라 눈물이 나왔어요. 저도 제가 그렇게 울지 몰랐어요. 지금도 생각하면 마음 한편이 아려요. 정말 기억에 남는 장면이자 대사로 마음에 남아있어요.

11. 〈어쩌다 마주친, 그대〉를 촬영하며 배우로서 얻은 것이 있다면 무엇일까요?

이 작품은 저에게 변곡점이에요. 그동안 작품을 하면서 '이 작품을 발판 삼아 더 높은 자리에 올라야지'라고 생각한 적은 없거든요. 지금도 그 생각은 여전하지만요. 그저 온전히 작품과 역할에 집중하자라는 생각으로 임해왔는데, KBS라는 큰 채널에서 연기할 수 있는 기회가 온 거죠. 온 마음을 다해 작품에 임했는데, 제가 표현한 희섭이가 시청자분들에게 100% 다가갔는지 모르겠어요. 저 개인적으로는 큰 의미가 있는 작품이고, 만족하는 부분도 많지만 반면에 아쉬운 부분도 많거든요. 하지만 희섭이를 만나지 않았더라면 지금 연기를 제대로 하고 있었을지 모르겠어요. 특히 김동욱 선배님을 보면서 정말 많이 배웠어요. 저는 선배님의 연기를 보며 유년 시절을 보냈는데, 이 작품을 하면서 선배님과 마주 보고 연기를 할 수 있다는 게 너무 영광이었어요. 동욱 선배님은 저를 어린 친구로 보는 게 아니라 배우로서 인정해 주셨어요. 제가 보여주고 싶은 것, 희섭이가 하고 싶은 것 등을 알고 계속 기다려주셨고 모든 걸 아우르는 넓은 마음으로 보듬어주셔서 더 열심히 할 수 있었어요. 동욱 선배님의 모든 면과 연기에 반해서 완전히 팬이 되었어요. 믿어주시는 만큼 증명하고 싶었고 보여드리고 싶었어요. 그렇게 진심으로 연기하다 보니 희섭이가 완성됐어요. 동욱 선배님께 감사드린다고 말씀드리고 싶어요.

12. 작품을 마치며, 나의 '희섭'에게 해주고 싶은 말은?

"가정에 충실하며 소중히 여겨라. 가장으로서 그리고 아빠로서 역할에 최선을 다해라. 순애와 윤영이가 눈물 흘리지 않게 최선을 다해라."

13. 〈어쩌다 마주친, 그대〉 대본집을 읽게 될 팬분들께 인사를 남겨주세요.

이 글에서 느껴질지 모르겠지만 모든 스태프분들과 배우분들이 정말 열심히, 심혈을 기울여 노력한 작품이에요. 저희의 마음이 온전히 다 전해질지는 모르겠지만 그래도 시청자분들에게 '따뜻한 드라마였다' '좋은 드라마였다'라고 마음에 남는 작품이었으면 좋겠습니다. 예쁘게 봐주셔서 너무 감사드리고요, 희섭이를 사랑해 주셔서 감사하다는 말씀 전하고 싶어요. 그리고 대본을 보시면서 〈어쩌다 마주친, 그대〉를 다시 정주행하시면 새로운 것들이 보이실 거예요 결말을 알고 보면 다시 보이는 장면과 그에 따른 재미가 있으니 꼭 다시 1회부터 정주행해 보시기를 추천드리겠습니다. 앞으로의 더 많은 기대와 성원 부탁드리겠습니다. 사랑해 주셔서 감사합니다.

만든
사람들

극본   백소연

연출   강수연, 이웅희

출연   김동욱, 진기주, 서지혜, 이원정,
      김종수, 임종윤, 박수영, 이규회,
      김정영, 이지현, 장서원, 최영우,
      정가희, 정재광, 홍승안, 주연우,
      김연우, 권소현, 정신혜, 강지운,
      홍나현, 김예지, 지혜원, 송승환
      [특별출연] 김혜은, 진영

책임프로듀서 윤재혁

제작   안창현

프로듀서 이승범

제작총괄 김신아

제작투자 Viu

제작프로듀서 강수경, 권령아

촬영감독   김시형, 이우경, 박재인, 한상현

촬영A팀 포커스 최형길, 정광기
        윤종섭, 김동완, 이철진, 홍채영,
        황태웅, 유재근

촬영B팀 포커스 김이륜, 조위진
        임지현, 주재형, 이병훈, 김민선,
        김태현, 이한석

촬영장비 [신영필름] 김민재

DIT   [파라블럼]
      손진우, 유근욱, 한채현, 서인주

조명감독   [별빛] 유철, [Shiny] 이승수

조명A팀 박동주, 원태선, 김찬기,
        이창훈, 여기성

조명B팀 김두환, 황인규, 박상필,
        이예림, 이경희

조명지원 이종용, 김광수, 남상민

발전차   [서울발전기] 서성재, 임근상
        [HS발전기] 이효석

조명장비대여 [라이트버드] 이병관

동시녹음A팀 [조은소리]
　　　　　모정훈, 장윤훈, 박기성
동시녹음B팀 [오디오나무]
　　　　　김경습, 임성묵, 김태백
그립A팀 [프로스피드]
　　　　　김형성, 임성규, 길병국
그립B팀 [아톰] 강찬모, 김기철, 오승준
미술 [디자인그린글]
미술감독 이철호
미술팀장 홍은아, 곽효정
세트 [라온(RAON)] 김양곤, 전재현,
　　　최윤정, 윤영배
세트진행 [라온(RAON)] 윤영배, 최윤정
소품팀 [(주)이룸프로덕션] 최성원,
　　　안형태, 강유리아, 남궁경, 조예림,
　　　천예진, 신예지, 김은정
소품탑차 김용준, 허문욱
의상팀 [가온미디어패션] 이수진, 박지연,
　　　노경이, 김서경, 이경신, 정다이
의상차량 정동권, 권은일
분장/미용 [제이엠J.M] 박진아, 장혜령,
　　　권미경, 정하형, 김현주, 엄유진
특수분장 [에이도스 스튜디오] 김민수,
　　　조형준, 장주은, 박솔지, 김채린,
　　　양효진, 박나림, 이윤정
특수소품 [율아트] 엄세용, 이태욱, 박정빈,
　　　강대환, 구용우, 조경문, 김설희
특수효과 [몬스터특수효과] 최병진,
　　　김윤현, 최용준, 함동현
차량배차 [(주)유진네트관광] 장호정
스태프버스 시영수, 김범진, 배광택, 김선진

연출승합 정찬주, 송남헌, 정택열, 김성호
카메라승합 서성영, 최두영, 이상흔, 곽민식
제작승합 한지수, 나병춘
타임머신 및 특수차량 [(주)퍼스트애비뉴]
　　　　　김용욱, 이준협,
　　　　　민경한, 김명복,
　　　　　복혜연
소품차량 [디바인카] 황의선, 김도현
　　　[금호클래식카] 오병연, 백영희,
　　　김성민, 윤정욱, 김용기
캐스팅 [제이엔에이전트] 정치인, 이은샘
아역캐스팅 [(주)티아이] 노태민, 김석호
학생캐스팅 [수 엔터테인먼트] (3부~16부)
보조출연 [하늘예술] 김재희, 서영준,
　　　최민국, 이환, 박새한
무술 [서울액션스쿨]
무술감독 권태호
무술지도 김대연

음악감독 개미
음악팀 이성구, 박정환, 이규옥, 박윤서,
　　　박미선, 유민호, 이준화, 전찬웅
스코어믹싱 구자훈, 고혜민
OST 제작 ㈜블렌딩
OST 프로듀서 구교철
뮤직수퍼바이저 고성필
OST 하현우 "내 얘길 들어주오"
　　　이재훈 "오 나의 사랑"
　　　하현상 "그대가 나에게 그러하듯"
　　　적재 "스잔"
　　　손디아 "발걸음"

홍이삭 "그 밤을 내게 줘요"
손디아 "우연같은 운명"

사운드 [엠스튜디오]
Sound Master 이택환
Dialogue 김은웅
Amblence 김승민
foley 박효진, 이규범

특수영상 [강철금포스트프로덕션]
VFX 강철금, 김우진, 임해인, 김영태,
정지은, 김현정, 황서범, 박혜린,
김희원, 황효비, 마수민, 김수민,
정준표, 강민지, 김유진, 조예원,
강채원, 이지원, 신유수, 신지영,
김영은, 신혜주, 우지연, 김소희,
김태영, 하담은, 진지환, 한정원,
박현지, 홍재영, 김금옥
아트 이상원, 김은지, 김예린, 정하늘,
고은비, 김시아, 김경란
프로젝트메니저 양은진, 전다은,
신세영, 김미라
디지털 메이크업 [호두 나무]
3D 김준기, 김하정, 손영준, 김민수, 김나영
타이틀 제작 [nineconcept]
이정명, 임현석, 장희승
DI [DH Media Works Lab]
이동환, 이한슬
DI Assistant 박주현 김혜정
제작편집감독 안영록
제작편집C.G 나유선

편집 백해경, 김성원
편집보 문선해, 김수지

[KBS홍보]
프로모션총괄 박소현, 이수정
디지털프로모션 전가영, 채지원, 임주리
디자인 추서진
온라인홍보 [KBS미디어]
콘텐츠기획 민지선
웹디자인 박현진
외주마케팅 [미스터피알] 나연화, 박예원
외주홍보대행 [와이트리컴퍼니]
노윤애, 남안우, 김지은
스틸/메이킹 [블리스콘텐츠]
김호빈, 손은정, 유해린, 남소영
박진서, 장은진
타이틀로고/포스터디자인 [Van D]
이용희, 이윤정
포스터사진 [스튜디오 다운] 김다운
매니지먼트 [해준 버팀목]
김형대, 정지건, 고근중, 윤만영,
최예지, 염규창, 권예빈
[윤영 버팀목]
김재웅, 이정호, 김솔빈,
정지은, 김선
[순애 버팀목]
이창오, 오정태, 서윤석
[희섭 버팀목] 남성열
대본인쇄 [슈퍼북] 김은경, 권세나
제작행정 최유빈, 최서희

로케이션 [153스튜디오]

　　　　박정만 ,김광호, 김기현, 원종은

보조작가 이화주

SCR 김수현, 권현주

연출팀 A 지동만, 박장수, 조은아, 신제광

연출팀 B 이진희, 임진향, 김규영,

　　　　최효빈, 황용연

조연출 손석진, 김현희

기획 KBS

제작 아크미디어

어쩌다
마주친,
그대